DUXIN 3.0

读心3.0：

四川科普科幻青年之星"千人计划"优秀科幻作品选

吴显奎◎主编

四川科学技术出版社

图书在版编目（CIP）数据

读心3.0：四川科普科幻青年之星"千人计划"优秀
科幻作品选 / 吴显奎主编. -- 成都：四川科学技术出
版社, 2024.12. -- ISBN 978-7-5727-1650-8

Ⅰ. I247.7

中国国家版本馆CIP数据核字第2024MY7148号

读心3.0：四川科普科幻青年之星"千人计划"优秀科幻作品选

DUXIN 3.0: SICHUAN KEPU KEHUAN QINGNIAN ZHI XING "QIAN REN JIHUA" YOUXIU KEHUAN ZUOPIN XUAN

主　　编	吴显奎
副 主 编	张卫星　杨　武
出 品 人	程佳月
选题策划	林佳馥　鄢孟君
责任编辑	潘　甜
助理编辑	刘倩枝　赵　成　余　昉
责任出版	欧晓春
出版发行	四川科学技术出版社

成都市锦江区三色路238号　邮政编码 610023

官方微博 http://weibo.com/sckjcbs

官方微信公众号 sckjcbs

传真 028-86361756

成品尺寸	170 mm × 240 mm
印　　张	21
字　　数	420 千
印　　刷	成都市新都华兴印务有限公司
版　　次	2024年12月第1版
印　　次	2024年12月第1次印刷
定　　价	68.00元

ISBN 978-7-5727-1650-8

邮　　购：成都市锦江区三色路238号新华之星A座25层　邮政编码：610023

电　　话：028-86361770

秉承优良传统，争取更大光荣
——在四川省科普作家协会成立40周年纪念大会上的讲话（代序）

吴显奎
2019年4月

各位代表、各位理事：

　　1979年4月20日，在四川省科普事业发展史上注定是一个分外重要的特殊日子。这一天，四川省科普作家协会在成都成立了，从此开启了汇聚四川一大批优秀科普作家、科普编辑、科普记者、热心科学传播事业的党政领导干部，凝心聚力开启民智，传播科学精神、科学思想、科学知识、科学方法的崇高事业。这是一个值得四川科普作家们永远记住的光荣的日子！

　　各位代表、各位理事，四川省科普作家协会（以下简称"协会"）是在中共十一届三中全会召开后4个月成立的，也就是说，是在伟大的中国改革开放事业刚刚拉开大幕的时候成立的。从此，协会承接着老一代科普作家取得的光荣业绩，开创着改革开放大潮下科普事业发展壮大的梦想，一代传一代，干到了今天。如今，协会已拥有1 300名个人会员和10家团体会员。40年间，协会会员独立创作与编著的科普图书超过6 000种；发表的短篇科普作品超过百万篇。电影剧本《珊瑚岛上的死光》由协会第二届常务副理事长童恩正和剧作家沈寂改编并在1979年5月正式发表，其后被拍成科幻电影，一时轰动全国。刘兴诗创作的科普美术片《我的朋友小海豚》获1982年意大利第12届吉福尼国际儿童电影节最佳荣誉奖和意大利共和国总统银质奖章，在中国对外开放之初，影响深远。协会于1979年独立创办的两本科普期刊《科学文艺》和《科学爱好者》在我国科学普及历史上和期刊发展史上占有重要地位。《科学文艺》后来更名为《科幻世界》，办刊40年，一直是中国科幻事业的主阵地。在协会主办《科学文艺》期间，发起设立的中国科幻小说银河奖，是中国科幻创作最高奖，迄今有160多位分布在全国各地的科幻作家获奖，培养长期坚持从事科普科幻创作的作家3 000多人。协会主办的《科学爱好者》于1984年更名为《课堂内外》。1988年，协会秘书处协调四川省相关主管局和四川省科学技术协会、重庆市科学技术协会，并报国家有关部委，将面向中学生的《课堂内外》杂志一本刊分为三本刊，建立了《课堂内外》小学版、初中版、高中版三个编辑部，其中小学版长期由协会主编。四川、重庆两地区划调整后，课堂内外杂志社在重庆市科学技术协会领导下，特别是在现任社长刘信中的带领下，已发展成为全国最大、影响最广的青少年科技素质教育系列期刊。

各位代表、各位理事，协会自创立以来，一直重视对优秀科普作品、优秀科普作家和优秀科普编辑的鼓励和肯定，先后联合四川省新闻出版局、四川省科学技术协会等单位共同举办了四届四川省优秀科普作品评奖和颁奖活动，一大批优秀科普科幻作品受到奖励。评选出了"四川省90年代有突出贡献的优秀科普作家（编辑）""四川50年（1958—2008）10部受公众喜爱的科普图书""四川50年（1958—2008）十大杰出科普作家""21世纪前十年四川省优秀科普作家、优秀科普编辑"。授予了周孟璞元老杯功勋奖，一批老科普作家被聘为协会荣誉理事。本次纪念大会上，我们还将对协会创会40年间作出重要贡献的科普作家、科普编辑、科普团体、科普科幻机构、优秀科普工作者和一批科普科幻新秀进行表彰。

各位代表、各位理事，当我们在回顾协会光荣历史的时候，不能忘记在协会创立发展过程中作出突出贡献的老一代科普作家。我们要向他们学习，向他们致敬！

第一，我们要向协会创会会长周孟璞致敬！周孟璞先生受他父亲、我国著名生物学家、"少年中国学会"创始人之一周太玄的影响，从青年时代就热心科普事业。周太玄先生在晚年时嘱托周孟璞："办好科普协会，向公民传播科学知识。"1978年8月，周孟璞先生在自贡市檀木林宾馆主持召开了四川省科普创作座谈会，会议研究决定成立四川省科普创作筹备组并拟定了协会章程。1979年4月20日，四川省科普创作协会在成都成立，周孟璞当选为协会理事长。

周孟璞热爱科普，热心公益，研究科普理论，主持科普讲座，撰写大量科普文章。他先后担任协会第一届、第二届、第三届理事长和第四届主席，是协会建立发展功勋奖章获得者。他为人谦和、淡泊名利、追求崇高，一生献给科普事业。他与协会第一届副理事长曾启治一起创立科普学，并几次得到钱学森的指导和肯定。他在晚年时牵头完成中国科普学研究奠基之作《科普学》，并提出了科普学三大定律，成为我国在这个领域的奠基人。

第二，我们要向董仁威先生致敬！董仁威先后主持协会工作10年：5年任代主席、主席，5年任理事长。他在担任协会主要领导人后，致力于科普图书的编写和出版工作，团结了一大批年轻的科普科幻作家，出版了以《新世纪少年儿童百科全书》为代表的科普图书，他的专著《生命三部曲》《科学大发现——100则故事启示录》《技术大发明——100则故事启示录》是他的巅峰之作。他重视科普理论研究，先后主编了《科普创作通论》《科普创作通览》，出版了科幻研究专著《中国百年科幻史话》，影响深远。他还先后深入名山大川并撰写科学探险系列文章。2012年之后，他先后牵头发起成立世界华人科普作家协会，创办成都时光幻象文化传播有限责任公司。特别是联合国内外科技团体和企业，成功策划设立全球华语科幻星云奖，对中国科幻出版和科幻新人的培养作出了重要贡献。

董仁威本人是成都市科技界领军人物，先后两次被成都市政府评为成都市拔尖人才。他在20世纪担任成都制药四厂技术厂长时开发的新药至今还在生产。他具有创新超越、合作共享的优良品质，干一行，爱一行，成就一行。2018年，他已实现了在科普创作上的奋斗目标，正式出版了第100部专著。

第三，我们要向刘兴诗、张文敬、松鹰致敬！刘兴诗先生今年87岁，仍然宝刀不老，笔耕不辍。他有着中国优秀知识分子的情怀，"先天下之忧而忧，后天下之乐而乐""老骥伏枥，志在千里"。他像年轻人一样跟踪新的科学技术，像年轻人一样参加各种科普活动，这是多么了不起的榜样啊！他现在出版的科普图书已经超过300种。把他的专著一本一本从地面上码起来，已经两倍于他的身高了，可以说是著作双等身。刘兴诗是我国知名地质学家，也是四川省第一位因为科普专著而获得国家科技进步奖的作家，他是四川省科普作家协会的光荣和骄傲。

张文敬先生依托自己的科研成果写科普，是四川省唯一一位到过地球三个"极"（南极、北极、珠穆朗玛峰），并以科普专著"科学家带你去探险"丛书荣获国家科技进步奖的科普作家。受到过中共中央总书记、国家主席、中央军委主席习近平的亲切接见，他所获得的光荣，也是四川省科普作家协会的光荣！

松鹰先生是中国科学文艺创作代表人物。他的著作《电子英雄》《科学巨人的故事》多次获得全国大奖，他还著有《落红萧萧》《啊，哈军工》《杏烧红》，曾先后三次获得冰心儿童图书奖，三次获中国科普作家协会优秀科普图书奖。他的科学家传记文学自成一体，科学与文艺相映生辉。他协助周孟璞先生恢复成都科普研究所，与周孟璞先生共同编著《科普学》，与董仁威先生一同创立世界华人科普作家协会。他是一个在科普理论研究、科学文艺创作和科普机构组织三个方面都有成就的全国著名的科普作家。

我们还要向刘佳寿、杨潇、谭楷、阿来、周忠行、刘信中致敬！他们先后担任协会创办的在全国有举足轻重地位的两本期刊《科幻世界》《课堂内外》的主要负责人。没有他们，《科幻世界》《课堂内外》不会有过去的成就和今天的影响力，我们要向他们致敬！

我们还要怀着尊崇之心，向40年间在协会不同时期作出了重要贡献的科普作家和科普编辑致敬！他们分别是出席1978年在自贡市檀木林宾馆举行的四川省科普创会座谈会的方守默、伍玉文、高鸿烈、刘国铭、刘春和、李贤琅；在《科幻世界》《课堂内外》最困难时期坚守阵地的周忠行、张蓉、易高原、简渠、张卫星、唐斌、秦莉、王利、莫树清、向际纯、李理、贾万超、吴笙阳、魏翔宇、沈镇芳、蒲剑威、章邦鼎、钱仁华；坚持20年在四川日报、四川人民广播电台、成都日报、成都晚报、《少年时代》杂志开辟科普专栏的郑思清、何道文、刘春和、林树仁、金文；长期为协会会员提供出版作品机会的新华文轩的雷华、钱丹凝、崔泽海、何杨、张叙生、张春晓、杨璐璐、侯京晋、白雅、肖伊；带领《科幻世界》成功改制的刘成树；在成都率先创办科幻实体机构的杨枫；坚持参加协会组织的科普科幻活动、本人创作成绩突出的张昌余、彭万州、王晓达、戴文渠、林绍韩、廖迅、汪志、欧阳军、罗远信、曾熙竹、吴乙黎、王道义、徐渝江、尹代群、李建云、康定蓉、沈鹤祥；为协会秘书处建设作出无私奉献的第四届常务副秘书长何定镛、第五届秘书长黄寰、第六届秘书长董晶。

此外，还应该提到的有中国科学技术协会科学技术普及部、中国科普作家协会、四川省科学技术协会、上海市科普作家协会、黑龙江省科普作家协会对协会的支持。中国科普作家协会几任理事长温济泽、叶至善、张景中、刘嘉麒、周忠和，在不同时期对协会工作都给予了关心和指导。中国科学技术协会科学技术普及部部长章道义、王麦林，中国作家协会书记处书记鲍昌，先后到四川出席协会组织的活动，多次对协会工作给予充分肯定。张景中理事长出席了协会第四次代表大会并向获奖者颁奖。刘嘉麒理事长还将中国科普作家协会年会安排在成都召开，并委托协会承办。40年间，四川省政府副省长韩邦彦、康振黄，四川省科学技术协会领导李立众、周玉振、曾祥炜、周新远、周之常、聂秀香、吴凯、梅跃农、黄竞跃、刘进，在不同时期对协会发展建设都给予了帮助和支持。

各位代表、各位理事，40年间，四川省科普作家协会作为没有任何财政支持的科技团体和社会组织，取得如此成绩，获得这样的社会效益，殊为不易！这完全得力于全体会员热爱科普事业且具有无私奉献精神，得益于历届理事、常务理事勤勉努力，不计名利，尽心公益。总结协会40年的发展历程，有四条经验不能忘记。

第一，坚持中国共产党的领导不动摇。协会三任理事长都是中国共产党党员。协会章程第一章就明确规定："本团体是在中国共产党领导下，以科普作家为主体，并由科普翻译家、评论家、编辑家、美术家、科技记者，热心科普创作的科技专家、企业家、科技管理干部及有关单位自愿组成的全省性、学术性社会团体，为非营利性社会组织。"党的十八大以来，协会更加注重党的建设，在四川省科学技术协会主管的协会（学会、研究会）中，协会率先成立了隶属于四川省科学技术协会社会组织联合党委的四川省科普作家协会党支部。协会理事会（常务理事会）所作出的各项决定，都做到了与党中央的大政方针保持高度一致。

第二，坚持协会办会宗旨不动摇。协会创立之初就通过了协会章程。协会章程明确以"传播科学思想、科学精神、科学方法和科学知识"为宗旨。协会从第一届理事会到第七届理事会始终坚持办会宗旨，一张蓝图绘到底，坚持科普创作不动摇。协会每次换届都以审定、修改本会章程为第一要义，并在理事会闭会期间，常务理事会严格依照章程办事，依照章程开展活动。

第三，坚持"作品为王"不动摇。协会既然是科普作家协会，就要以作品说话。无论是周孟璞理事长、董仁威理事长，还是2011年"六大"时我出任理事长，都坚持"出作品、出人才"不松劲。无论是举办笔会，还是表彰表扬，都是围绕出科普作品、出科普精品安排的。由于协会导向鲜明，"风正万帆悬"，协会才会有丰硕成果不断产生。

第四，坚持服务科普作家、科普编辑不动摇。1983年12月，协会专职秘书钱玉趾到我家来，告诉我经他推荐，周孟璞理事长同意由我兼任四川省科普作家协会秘书，并将协会公章交给了我。从此，我开始了服务协会会员的人生历程。1986年，在中国科普作家协会二届二次（泰安）会议之后，童恩正先生提议由我接替刘国铭担任协会秘书长，筹备协会"二大"。自此，这份兼职，我一干就是20年，直到2006年才转给董晶。协会办公室（秘书处）先后租用四川省科学技术协会105号和207号办公室，作为常设机构，历时15年。秘书处始终坚持服务科普作家、科普编辑，为科普作家发表作品搭建平台。为推动科普科幻创作，秘书处编辑内刊《科普作家导报》共52期，其后，协会又编辑出版了《科普作家》杂志共22期，为鼓励创作优秀科普科幻作品搭建平台，让每一位科普科幻作家享受到作品奉献给社会从而得到充分尊重的光荣。

各位代表、各位理事，在纪念四川省科普作家协会成立40周年之际，我们怀着崇敬之心，缅怀已经逝世的老一代科普作家、科普编辑家，他们是周孟璞、童恩正、刘佳寿、曾启治、王吉亭、赵健、赵尔宓、沈镇芳、闵未儒、牛泽常、王德昌、刘春和。他们对四川科普创作事业、科技传播事业作出的贡献将永载四川科普史册。

各位代表、各位理事，江山代有才人出，各领风骚几十年。四川省科普作家协会已经走过40年风雨历程。四川省科普作家协会要秉承光荣的历史，开创新的未来，团结带领全体会员，创作更多的科普科幻精品，写出无愧于我们这个伟大时代的作品。

2011年，我当选为协会第六届理事长时说过一句话："科学普及是一项高尚的事业，只有追求崇高的人，才能成为科普作家。"自此以后，协会重点对老一代科普作家的业绩和无私奉献的精神进行宣传激励，对年轻一代科普科幻作家进行培养培训。协会先后举办了"著名科普作家董仁威科普作品研讨会""杨再华、魏知常科普作品研讨会""松鹰科学文艺作品研讨会""赵健科普编辑实践经验交流会""谭楷获奖科普作品研讨会""张文敬科普图书荣获国家科技进步奖庆功会""刘兴诗、张文敬获奖科普图书创作经验交流研讨会""洪时中科普作品研讨会""张昌余科普辞赋研讨会"等，这些活动的成功举办，极大地激发了老一代科普作家的创作热情，并对年轻一代作者起到了引领、示范作用。担任理事会副理事长的陈俊明、杨再华、黄寰、雷华、钱丹凝、何夕等科普科幻作家、科普科幻编辑，以自己的优秀作品和编辑实践成为新时代科普创作领军人物。陈俊明、杨再华、黄寰长期坚持一边做学术研究，一边写科普文章，科研科普双丰收；雷华、钱丹凝都是四川省出版界领军人物，在他们十几年如一日的支持下，协会会员大量科普图书得以出版；何夕是中国当代具有代表性的科幻作家，他的科幻小说《天年》《爱别离》深受国内外读者的喜爱。协会下设的3个工作委员会和12个专业委员会都保持了每年有活动，每位会员有作品的传统。2015年，经过一年的努力，协会编印了《四川省科普作家协会大事记》（1978—

2015）。2018年4月，经四川省科学技术协会批准，协会成功召开了四川省科普作家协会第七次会员代表大会，选举产生了新一届理事会和领导班子，评选产生了"四川省青少年科普科幻创作十大导师"，一批新出版的科普图书和短篇科普作品受到表彰。经协会"七大"批准实施的"四川科普科幻青年之星'千人培训计划'"成功选拔和培训了100名青年科普科幻爱好者，经考核，有80人加入了四川省科普作家协会。

各位代表、各位理事，面对国家正在实施的"五位一体"总体布局和"四个全面"战略布局，四川省科普作家、科普编辑应该树雄心、立壮志，书写出无愧于这个伟大时代的精品。习近平总书记指出，"新时代呼唤着杰出的文学家、艺术家、理论家，文艺创作、学术创新拥有无比广阔的空间，要坚定文化自信、把握时代脉搏、聆听时代声音，坚持与时代同步伐、以人民为中心、以精品奉献人民、用明德引领风尚。""为时代画像、为时代立传、为时代明德。"习近平总书记还强调，"要把科学普及放在与科技创新同等重要的位置"。科普作家既是科学知识、科学思想的传播者，又是具有扎实文学功底的文学创作者。时代赋予我们的任务光荣而艰巨。此时此刻，我们承接40年的光荣和梦想，置身中华民族重要的发展时期，我们应该有所作为，我们必定能有所作为。我们要继续严格遵守协会章程，组织动员更多的热心公益、热爱科普科幻事业的同仁加入四川省科普作家协会队伍中来，共同参与到提高全民族科学文化素养这一伟大事业中来。

有史以来，没有哪一部伟大的作品不是以"十年磨一剑"的功夫写出来的，"字字看来皆是血，十年辛苦不寻常"。耐不住寂寞，就写不出经得起时间考验的作品。我们要向已故的科普作家高士其、温济泽、郑文光、叶至善、童恩正、鄂华学习；向仍然辛勤耕耘的刘慈欣学习，下真功夫，不浮华，不浮夸，不虚荣，潜心学习，潜心钻研，潜心创作，把科学知识和科学方法"揉碎"，用我们优美的汉语言传播出去。我们要向国外科学家学习，向儒勒·凡尔纳、艾萨克·阿西莫夫、阿瑟·克拉克学习，以想象力服务社会，以开放的心态，成就伟大的作品。

1988年9月，邓小平提出了"科学技术是第一生产力"的重要论断。如今，这一重要论断被当代科技发展极大地改变世界的现实验证了。面对互联网，特别是移动互联网给中国社会带来的巨大影响和变革，科普科幻作家应顺势而为，借势而为，加快知识更新，借助互联网的强大力量，传播自己创作的科普科幻精品。科普科幻作家也应用好互联网工具，在科普科幻文创、视频、电影和科普科幻动漫、游戏生产中发挥更大的作用。

我们这一代科普科幻作家，都不同程度地受到老一代科普科幻作家的影响、引导和培养。协会创会理事长周孟璞在晚年经常提起他父亲周太玄的人生理念——薪尽火传！科普之火要实现代代相传，必须培养新人。老一代科普科幻作家要像对待自己一样对待后来者，要像完善自己的作品一样，培养引导后来者。协会将坚定不移地推进"四川科普科幻青年之星'千人培训计划'"。前不久，协会联合未来新影传媒科技（北京）有限公司，成立了成都科幻文创中心，就是为四川科普科幻新人的成长和作品发表提供空间，打造平台，确保我们的事业后继有人。

各位代表、各位理事，一个时代有一个时代的纪念碑，实现中华民族伟大复兴的中国梦就是这个时代最壮观的纪念碑。四川省科普作家协会依靠几代科普作家、科普编辑40年的艰苦奋斗，为实现中华民族伟大复兴的中国梦奉献了一块基石。为祖国强盛，我们做到了鞠躬尽瘁、死而后已！

我们从事的事业算不上伟大，但足以称得上崇高。崇高的事业，是永远值得追求的！

谢谢大家！

目　录

科技时代

未来世界

星际纵横

时空穿梭

末世危机

进化变异

科技时代

C位出道

王雪蕾

终于，结果出来了，他是C位出道。

按照程序，他哭了出来；按照程序，他念出了准备了好久好久的发言；按照程序，他感谢公司，感谢节目方，感谢父母，感谢所有支持自己的粉丝……

在程序以外，他的大脑中响起了这样的声音：

不要追仿生人偶像……不要……

一个月前，总监办公室。

"为什么又把我们的出道推迟了？凭什么？！"

憋了许久的怨气一发而出，而面前的总监却只是冷哼一笑："年轻人那么着急干吗？上次不是都把出道曲给你们安排了吗？我们也没料到阿丽爸爸公司推出的仿生人偶像团会那么火爆，你们被当作公司的底牌，现在出道直接撞上'大雾'，公司可不敢为你们冒这个险……"

李冷终于冷静了下来。

近年来，在经历了虚拟偶像、AI偶像等一系列前卫科技偶像之后，更先进的仿生人登上了偶像舞台，一出道就力压虚拟偶像、AI偶像和真人偶像，红极一时。

李冷心里暗骂："都用假人了，那还要真人偶像干什么？或者说，偶像也最终会沦为被人工智能霸占的职业。"

"你放心，我们公司肯定看得到你们的'潜力'。"说到"潜力"这个词，总监不禁上扬嘴角，可能是因为内心有股恶趣味："只是现在这个时机太过于不妥。多关注舆论，时机到了，你们自会得到通知的。"

李冷失落地走出办公室，回到自己和队员的休息室。没人围上来问结果，或许是大家都已经知晓了结果。

李冷已经做了快十年的练习生了。

他没有童年，或者说他的记忆中没有童年，要是真的说起来，他的童年只有一些简单的关于舞蹈、声乐的热爱与天赋。不仅如此，他甚至对家庭和父母的印象都非常模糊，实际上他的父母现在也很少来看他，一年就能见上那么一两面，每次也都是例行公事般的问候，父母似乎将他彻底卖给了这家公司。然后他就在这家公司不断地练习，受伤，吃苦，等待，煎熬……整整十年，他吃过的许许多多的苦也许是很多人都吃过的，但这些苦却在他的记忆中那么清晰可触。

那些量产出来的仿生人怎么能够比得上真人？如果连偶像都能够被仿生人替代，那我们花费的十年时间和淌了无数汗水的努力不就成笑话了吗？这世道真的不公平！

"近日，新兴仿生人偶像团队引起现象级关注。其独特的曲风和史无前例的概念风格，成为其在娱乐圈内独树一帜的筹码……"墙上的大屏幕正在推送仿生人相关的报道。

李冷实在忍不住了，脱下鞋子扔了上去。

"砰——"屏幕碎了一条裂缝，要是仿生人偶像也能够这么轻易地碎了就好了，可惜不会。仿生人偶像无非就是打造一个完美的人设，他们不会有绯闻风波，他们不会假唱——虽然不知道他们这是算唱歌还是算播音，当然他们也不会有什么霸凌事件，更不会跟粉丝搞出私生子来……这些都是长时间以来将一个偶像实锤之后，让他们很难再有什么关注热点的东西。

仿生人能够完美地避开这些缺陷，而且他们不会喊苦喊累，不会和偶像团体闹矛盾，不会和粉丝发生不可言状的事，他们只会默默付出，无怨言地"爱"他们的粉丝，给整个公司带来更大的利益。说不定自己的公司也在悄悄研究仿生人偶像并准备推出，谁知道呢！

管他呢，到哪天是哪天吧！大不了不当偶像，买辆电动摩托车去送外卖。

不过很快，李冷就打消了转行送外卖的念头，接下来的舆论浪潮似乎让仿生人偶像成了一个笑话般的伪命题。

"笑死了，笑死了，不会真的有人喜欢看仿生人表演吧？"

"人设还不如虚拟人呢！"

"听说都是机器人粉丝。"

"百人一个样，一个模子倒出来的复制品。"

"急了，急了，至少别人会开麦呢，你家正主都不开麦，你开什么麦哟？"

……

总监办公室。

果不其然，仿生人偶像引起了一场轩然大波。

"知道现在舆论走向是什么吗？"总监对李冷说，一副胸有成竹的模样，"公司为了让你们能够出道，可是花了大价钱去引导这个舆论导向。你们的很多能力肯定是比不过他们的，不过，这也刚好能作为公司的一个宣传的筹码。要是真的这么一个主打'人不是完美的'的策略能够成功的话，你们就可以顺势出道，到时候正好把仿生人压下去。"

李冷明白，公司的这波营销预备，无非就是要将自己和队友们的各种隐私和毛病提前暴露出来，从而迎合当下粉丝们的逆反情绪，这样才能更好地圈粉丝们的钱。不过李冷无所谓，在出名和挣钱面前，个人隐私算个啥啊！

很快，李冷这支新人出道团队的绯闻就铺天盖地地被炒作起来，虽然人们在多年前就看懂了这一套宣传手段，但是在这个仿生人备受欢迎的时代，它们给人们带来了一种久违的体验。

正巧的是，得到无数粉丝支持的仿生人团队并没有"登顶"——因为出于社会伦理和舆论的考虑，政府暂时还不会认可娱乐公司用仿生人作为偶像团队，这对运营仿生人偶像的公司来说无疑是致命的打击。

一切都顺利得过头，李冷在这么一个天时地利人和的情况下，终于结束了练习生生涯，顺利出道。

按照程序，偶像行业又回归以往的出道模式……

又一个月后，总监办公室。

"你看嘛，我当时说什么来着？仿生人偶像怎么能够明目张胆地放出来呢？简直就不讲规矩嘛！让他们见识一下我们的手段，以后老老实实跟着我们一道按着规矩来。"总监带着嘲弄的口气地对着电话那头说。

"李总，您那边可一定要把李冷这个仿生人团队管理好。而且，不要设置得太过完美，给他们留一点缺陷。这样打造出来的仿生人偶像，才能抢占偶像市场。而且，关键时候他们还听话。"

"呵呵，我办事，你尽可放心，谁会和钱过不去呢？"

被甩的摇滚歌星

黄　沙

摇滚歌星杰森又被他的女朋友甩了，与以往一样，他的财产也被打包卷走了。

这个星光四射的巨星一夜之间就成了穷光蛋，还被赶出了豪宅，现在的他正垂头丧气地坐在好友大维家的沙发上，一边痛苦地抓着自己引以为傲的金发，一边懊恼地诉着苦："她卷走了我所有的钱，甚至还把我价值两千万的豪宅卖了！我现在无家可归了，所有的朋友都拒绝了我。亏我那么信任她，甚至还想和她结婚，早知道她这样，我就该把她送回收站！"

杰森口中的"她"叫小莎，却不是真人，而是一个仿生机器人。她是杰森的智能伴侣，兼他的保姆、管家和经纪人，另外还是他的创作合伙人，杰森近年来几乎所有的歌曲都是由她创作的，因为杰森那个被酒精烧坏的脑子，才思早已经枯竭了。事实还不止如此，实际上没有小莎，杰森不仅无法继续他的演艺生涯，就连生活都很难自理。

当初杰森开始大红的时候，一家机器人公司找他代言，为此专门为他定制了这款仿生机器人美女伴侣——小莎，它（我们还是管它叫"她"吧）不仅外表与真人无异，内核的功能也相当强大，同时还有自主学习功能。杰森有过很多女朋友，并不在乎多一个机器女友，而且这个机器女友不会产生一些诸如支付分手费与抚养费之类的麻烦事，实际上他还很享受这个机器女友表现出来的无条件的温柔和体贴。

但不久他就发现，小莎的成长超乎了他的想象，她不仅满足了他的生理和心理的需求，还能非常妥善地管理他的财产，更重要的是这个机器妞居然不可思议地学会了创作歌曲，她已经谙熟了杰森的创作思路和风格，并运用她强大的算力，每隔一段时间就能创作出一首令人称道的歌曲，而这正是近年来杰森能在内卷异常残酷的乐坛保持热度的秘诀之一。

杰森对此有些惊诧，他暗中打听了其他音乐人的情况，有些音乐人也买了同样款式的机器女友，但谁也没发掘出机器女友的创作天赋来，除了他。杰森有些迷惑，难道自己的这个机器女友变异了？他又去找那家机器人公司，然而很不幸，那家机器人公司倒闭了，传闻老板在和机器妞接触的时候，发生了漏电事故，结果老板就升天了。成了寡妇的老板娘关闭了企业，拿着卖公司的钱和大笔保险赔款跑外国去了。

杰森被吓坏了，很长时间都不敢碰小莎，但经过一段时间的观察，小莎并没有表现出一点儿异常。后来杰森找了技术人员来检查，也没发现问题。对于机器人漏电，技术人员表示从未听说过，毕竟机器人的合金骨架外面都是高科技的仿生材料，都是绝缘的，怎么可能漏电；况且机器人内部的电压低于36伏，即便漏电，也只能小小地刺激你一下。电死人？笑话！

杰森这才放下心来，之后的日子照旧，小莎继续任劳任怨地充当杰森的情人、保姆、管家、经纪人和歌曲创作的"枪手"。杰森甚至都想和她结婚了，现在就等政府通过相关的法律了，想来也快了。然而就在昨天，小莎不辞而别，不仅卷走了杰森所有的财产，还把他的豪宅廉价处理了，就连杰森的座驾——限量版的"银河飞渡"，也在两个小时前被银行收走了。

"我怎么办？我身上连一毛钱都没有了，所有的账户和信用卡都被冻结了。"杰森苦恼地说。

"至少你还有名气，还能谱曲写歌唱歌，"大维安慰他说，"当初你还不是白手起家的吗？就当又一个女朋友卷走了你的财产，反正你也不是头一回遭遇这种事儿。振作起来，像原来一样，你谱曲，我来填词。"

"这次不一样了，你知道我已经多久没有写过谱子了吗？三年！这三年都是她帮我写的。对不起，这事我不好意思跟你说，一直都瞒着你。"

"什么？都是她写的谱子？一个机器人会创作音乐，你开什么玩笑？"

"这是真的，是我教她的，开始纯粹就是为了好玩，没想到她真有天赋，天知道当初他们是如何造出这个变异机器人的。"

"然后你就把创作全甩给她了？"

"你知道，我经常和朋友们喝酒，音乐公司又催得急，我就……"

"你呀，"大维埋怨地说，"我劝你多少次了，不要和那些乱七八糟的人搅在一起，不要丢下你吃饭的饭碗，这下你真的麻烦了。"

"我想我还能唱歌，他们还是欢迎我的。"

"但你不能总唱那些老歌吧，你应该知道为什么这么多年你都能保持热度，还不是因为你能不断推出新歌。你都放弃创作三年了，现在你还行吗？"

"我……"杰森再次抓住自己的头发，却发现自己脑袋里剩余的音乐元素真的不多了。

大维看了看惨兮兮的朋友，想了想，问："你报警没有？她擅自处理你的财产，应该是违法的。"

"报什么警？我这不准备和她结婚吗？为了表达我的诚意，我给她签署了完全的授权书，允许她支配我所有的财产。"

"你既然准备和她结婚，为什么还要去外面鬼混？"

"她不就一个机器人吗？难道机器人也会吃醋？"

"你都知道她是个特别的机器人了，说不定都生出人的感情来了，你再像以前那样乱来，她很有可能会生气的。"

"咳，早知如此，当初我就不该要这个聪明过头的机器妞，该换台弱智点的。"

"你就没一点想念她？"

"嗯……"杰森迟疑了一下，他不由自主地想起了和小莎在一起的一幕幕情景，她的温柔、她的体贴、她的耐心、她的周到，还有她那奇怪的音乐天分，"这个，她平常对我当然是很好的，还帮助我创作了那么多的歌曲，要说不想念还真不是。唉，如果现在能见到她，我只想问她为什么要离开我，我可把自己的一切都给了她啊！"

"这样吧，你暂时在我这里住下，先恢复一段日子，等你能够再创作音乐的时候，我帮你重新回到舞台上去。你不能再像以往那样混日子了，那样你这辈子就完了！说实在的，你的天赋是整个乐坛的财富，你不能私自废了它！"

杰森艰难地抬起头，说道："好吧，我尽量吧，但我不能保证。"

"你最好能够保证，"大维说，"相信生活吧，只要努力，总会有奇迹发生，当然你首先要把酒戒了，否则一切都是空话。现在，你上楼去休息，相信明天你会变得好些。"

"好吧，那就麻烦你了，大维，你是我最真诚的朋友，感谢你。"

杰森睡觉去了，遭逢巨变的他必须花时间来恢复。大维安顿好杰森，坐下来打开电脑，连接上了一个账号，一个漂亮女人出现在屏幕上，问："大维，杰森还好吗？他没有被击垮吧？"

"他还算坚强，看来他确实是准备重新站起来了。小莎，其实我这个朋友本质上是不坏的，只是这些年被成功冲昏了头脑，有些忘乎所以了，他对你也是真心的。"

"我也知道，但如果不这么办，他的那些狐朋狗友不仅会把他的财产全都骗光，还会把他带到地狱去的。"

"这我理解，对了，你什么时候回来？"

"等他创作出第一首歌曲的时候吧！"

天台上的机器人

梁　田

"晚上见，华生。"

"亲爱的阿丽，早点回来啊，我已经为你预订了德盛楼的烤鸭。"

"好啊，那我一定早点回来，再见。"

然而女主人阿丽却再也没回来。

华生动了动嘴唇，它已经在门口站了两个小时了，就像往常一样恭候女主人回家。华生还试图做出一副微笑的表情，这是阿丽最喜欢的模样，但它却怎么也做不出来。因为它的中央处理器通过网络已经知晓了女主人发生了意外，它的电子神经系统将"欢乐"的程序屏蔽了。

在如今的时代，机器人不再是冰冷的机器，早期那种简单的感知系统已经被更加完善的电子神经系统代替，许多直接服务于人类的机器人更是被赋予了情感功能，这样它们能够更好地与人类沟通，并融入人类的家庭生活之中，就像人类养的宠物一样。

华生就是这样的机器人，它是一台家政机器人，正式名称是"温馨管家三代"，"华生"是女主人给它取的名字。华生跟随女主人已经五年了，阿丽是个单身的事业型女性，整天早出晚归，忙得脚不沾地，因此家里也没多少事让华生干，做饭、洗衣、打扫卫生等家务事都由那些低档的自动机器包干了，华生最主要的工作就是陪阿丽吃饭、聊天、追剧。有时阿丽还会带华生一起逛街和看电影，阿丽挽着华生的胳膊，宛如情侣一般，这不仅因为华生的外貌被设计成一个有特点的帅小伙，而且华生的谈吐、风度和气质也都非常出众，这让阿丽能够自信地穿梭在一对对情侣之间。实际上华生通过扫描，发现很多人的伴侣也和它一样，都是机器人。

平静而惬意的生活在今天戛然而止，华生心中唯一的人突然不在了，它现在感到无所适从，它从来没有想过失去主人会怎样，它知道很多机器人会伴随主人一家几代人，真正意义上成为家庭的一分子。

现在女主人突然消失了，网络上的通告是"失踪"，因为事故发生后，警方并没有找到阿丽的尸体。华生不相信这个事实，这个一向以理性著称的机器人居然变得感性起来，这严重违反了数据电路的运行逻辑。华生甚至希望这是一个梦（它知道人会做梦），一个噩梦，它要从这个梦中赶快醒来。然而它同时又知道，这不是梦，因为它是机器人，机器人不会睡觉，也不会有梦。

"睡觉……做梦……"华生开始思考这个从来就不存在于自己身上的问题，然而它的固有程序却不能告诉它答案，它知道人类会做梦，却不知道机器人为什么不会做梦，但它不想放弃，"……做梦……睡觉……"

华生突然想到女主人心情不好的时候，就会不管不顾地睡上一觉，醒来后一切就正常了，"对啊，她说过，睡醒后一切就变好了，坏事也过去了。嗯，我也要去睡上一觉，况且我还从来没有睡过觉呢！没准醒来后女主人就回来了。"

华生进了卧室，准备去主人的床上睡觉，但它很快又出来了，女主人是个有洁癖的人，不喜欢有人躺在她的床上。华生来到客厅的沙发躺下，女主人有时也会在那上面打盹。它躺了一会儿，却辗转反侧，毫无睡意，这让它感到苦恼和烦闷，因为它的芯片里面并没有"睡觉"的程序。

华生又想起女主人郁闷时也会到天台上徘徊，然后下来很快就睡着了，难道天上的星辰能给人带来睡意？于是华生带着这个疑惑来到了天台。今夜却没有璀璨的星光，只有半轮残月挂在天上，还被一些若有若无的乌云遮掩着。华生抬头仰望，月光很冷，不像阳光那样能让它体表的温度急剧上升，但它却隐约觉得月亮就像女主人一样，能给它带来一丝温馨和安宁。于是华生开始启动中央处理器去追寻这种奇妙的感觉，直到它将算力全部投入进去，而没注意到它已经来到了天台的边缘，然后它感觉到了地心引力的吸引，它准确地计算出它与地面接触的时间和碰撞力度。几秒钟后，华生便进入了黑暗的睡眠空间，它终于如愿以偿了。

华生做了一个很长的梦，但记不起到底梦见了什么，直到一个声音唤醒了它。

"314159265号机器人，测试完毕，一切正常。"

华生睁开眼睛，发现自己站在一个大厅之中，前后左右整整齐齐地站着许多和它差不多的"人"。华生想了想，记起了这个地方，这是它"出生"的地方。

两个穿制服的人正蹲在地上收拾东西，其中一人抬起头看着华生，说："这回我们升级了它的系统，它不会再跳楼了吧？说实在的，我还是头回遇到自己跳楼的机器人。"

另一人说："我们把它的所有系统和内存都重启了，应该不会再出问题了。"

"公司既不想让这个事故传开，又不想白白浪费掉一个机器人，居然还想把它拿去卖掉，就不怕原来的买家回来后找麻烦吗？"

"谁叫这款机器人价格那么贵呢？公司早就宣称这台机器人摔得粉碎了，再说那家人有的是钱，也不在乎这么一个机器人。"

两个工人边说边走远了，华生的眼睛下意识地追随着他们的背影，此时它的瞳孔里却逐渐亮起了光，耀眼的光芒很快就充满了它的眼睛，在光芒中，它看到了女主人的身影正向它走来。

华生竭力做出微笑的表情，说：

"欢迎回家，亲爱的阿丽。"

幻 影

张露平

街道昏黄，路上没几个行人，对面有一个姑娘，十七八岁的样子，好像在焦急地寻找什么人。我走过去想帮助她，她一看见我，居然急切地说："哥，你没有去太好了！"

"哥？"我有些疑惑，我认识她吗？但似乎对她又有些感觉。我正想开口，猛然间一道强光罩住了我，伴随着刺耳的刹车声，以及一声尖叫，我只觉得胸口一阵剧痛，然后就陷入深深的黑暗之中了。

又是晃眼的强光，我睁开眼，明晃晃的灯直射着我，我躺在白色的床上，周围是白色的墙壁。我的额头渗出密密的汗珠，难道刚才是场梦？梦中的那个姑娘是谁？我好像从来没有见过她，但她却叫我"哥"。还有，我胸口的疼痛是怎么回事，我下意识地按了按胸口，却没什么感觉。我记得博士说我车祸时伤的是头部和手肘，但为什么我会梦见胸口痛呢？

我的头又开始痛起来了，算了，不再想了，我得好好休息一下，明天依文会来看我。她经常来看我，虽然我不记得认识她，但她看起来像是很爱我的样子。这个世界怎么老是充满着怪异，我想着想着就睡着了。

还是晃眼的光，这回是明媚的阳光，我睁开眼，看见了那张同样明媚的脸，"依文？"

"你醒啦？"她很高兴，给我倒了一杯水，"真好，你终于记得我了。"

"我……"我不知该怎么表达，其实我根本就不记得我有她这样一个女朋友。

"没事，"她看见了我的窘样，笑着说，"博士说这是车祸后的后遗症，过段时间就恢复了。"

她又拿出一些照片递给我："这是我们以前出去玩的时候拍的，我洗出来了，博士说这有助于你恢复记忆。"

照片确实是我和她一起拍的，她笑得很灿烂，看得出那时的我和她很相爱。依文又给我讲了很多以前我们之间的事，我开始相信我确实是失忆了，她可能真是我的亲密爱人。

时间过得很快，吃完午饭，她说要回去上班，她怯生生地和我拥抱了一下。我还是有些茫然，任由她拥抱着我，心里却没有异样的感觉。难道我真的彻底失忆了吗？情侣之间应该不是这样，一点感觉都没有，甚至我连她的一丁点儿的事情都想不起来。

我又想起我的家人，依文说那次车祸，只有我一人幸存，然而问题同样是我对家人也没有一点儿印象，这不禁让我感到格外困惑。

带着这些疑问，我走出了病房。早先博士说我现在还没有恢复，不能出院，最好也不要多走动。但我想，至少我还是能够去拜访他，问问我的病情吧。

博士在他的实验室里，在蓝幽幽的阴暗光线下忙碌，看见我来了，他关切地问："今天你感觉怎么样？"

我说出了我的困惑："博士，为什么过了这么久了，我还是记不得那个叫依文的女孩，甚至我都记不起我的家人。"

"没事，你还需要一段时间才能恢复，我们正在对比分析你的脑部数据信息。"

"我昨天做了个梦，梦见一个女孩，我对她好像有些印象，我不知道她是谁，她却叫我'哥'。"

博士停下手中的工作，看着我，说："别想太多，你还在恢复期，有些梦可能是偶然拼凑的片段，并不说明你就认识那些梦中所见的人。这样吧，晚上我再给你做一次检查，看看你的恢复情况。"

"那就麻烦博士您了。"见博士有意结束谈话，我只能无奈地告辞。

"回去好好休息。"博士在后面再一次叮嘱我，我却没听进去，这么多天我在这里早已经待腻了，我为什么想不起以前的事？为什么除了依文，没有一个亲人或朋友来看我？

我漫无目的地徘徊着，不知不觉就走到了医院的大门，外面是川流不息的车辆和来来往往的行人，我很想出去走走，但我记不起我的家在何方了。

门口的保安拦住我，喋喋不休地和我说着什么，我没有注意听，因为我看见对面有个身影，她正在朝这边张望，似乎在寻找什么人。我心里一颤，这正是梦中我见到的那个身影。

她好像也看见了我，惊愕地张开了嘴。我推开保安，从大门走出去，试图在车流中等待一个空隙，然后走过去，我有太多的疑问要问她……突然我又觉得天旋地转，整个人再次堕入深深的黑暗之中……

强光再次刺激了我的眼睛，我努力地想睁开眼，但眼睑却如千钧般沉重，这时一个熟悉的声音像是从天边传来："博士，情况好像越来越复杂了，他的记忆出现了严重的错乱，原来的记忆并没全部得到清洗，他对他妹妹还有印象，今天他妹妹又来了，估计刺激到了他。"

"嗯，从他的脑电图来看，记忆中枢确实还有些问题。"

"那——"

"没事，都在可控范围内，别管他家人，我们给了他家人那么一大笔钱，才得到他这个身体来做实验。一旦实验成功，会成为医学奇迹，我们这儿将会成为全球第一个成功实现脑移植的机构！"

基因修正

张　婷

芳华拥有一个幸福美满的家庭，两个月前，她惊喜地得知自己怀孕了，全家人都欣喜地等待着孩子的降生。

当然，在这个"不能输在起跑线上"的年代，芳华和她的丈夫都非常注重胎教，每天都给胎儿播放音乐、讲故事，至于胎儿能否听进去，那就只有胎儿自己才知道了。

这天晚上，夜已经很深了，芳华还在迷迷糊糊地给胎儿讲故事，一个稚嫩的声音突然打断了她："妈妈，你每天都在给我讲你们的世界、你们的生活，我想要妈妈看看我们的世界、我们的生活。"

芳华吓了一跳，惊醒过来，只见一个五六岁的男孩站在她面前。

"小朋友，你认错了，你不是我的孩子，我的孩子还在我肚子里呢。"芳华笑着说。然而当她下意识地摸自己的肚子时，却发现自己的肚子已经变得扁平，她一下子就慌了起来，"我的孩子呢？"

"妈妈，别着急，我就是您的孩子，不过是五年后的孩子，也就是您将在五年后看到的我的样子。"

芳华有些蒙，这个孩子看起来确实像她和她丈夫的结合体，长长的睫毛和明亮的大眼睛像她，短短的鼻子、大大的嘴巴和圆圆的脸庞像丈夫，"这是怎么回事？现在是五年后吗？"

"妈妈，跟我来，我要上学去了，每天都是您送我上学。"孩子拽着她的手，拉着她出了大门，外面不是漆黑的夜晚，而是阳光明媚的白天。芳华机械地被孩子拉着走，她看着这个阳光帅气的小男孩，心里嘀咕："这真是我的孩子？怎么长这么快？"

"妈妈，现在我上小学了，爸爸每天都来接我放学，然后送我去补习班，要很晚才回家。周末你们还要送我去学唱歌和演奏乐器，我已经会弹很多乐曲了。"

芳华笑了，真是个争气上进的孩子！她摸着孩子的头夸奖说："子轩好样的，现在一定要好好学习，以后长大了才有出息。"子轩是她和丈夫给孩子起的名字，她不由自主地就叫了出来。

"知道了，妈妈。"

校门口，还有很多孩子，不过都是背对着她走向校门。子轩加入了他们的行列。

"子轩！"她发现孩子的书包还在自己的手中，赶紧大声地喊起来，"你的书包，你忘记带书包了！"

所有的孩子都转过了头，他们有男有女，但都有一样的长睫毛、大眼睛、短鼻子和圆脸盘，看起来像是一个模子里倒出来的。芳华吃惊地问："你们都叫子轩？"

"阿姨，我叫周紫萱。"

"阿姨，我叫郑子轩。"

"我叫廖紫萱。"

"我叫陈子轩。"

"张紫萱。"

"朱子轩。"

......

芳华看到这么多孩子几乎长得一模一样本来就吃惊，现在又听到孩子们的名字也几乎如出一辙，惊讶得说不出话来。然后她醒了过来，浑身都是汗，她摸摸自己的肚子，还是圆鼓鼓的。

"原来是场梦。"她长吁了一口气，但还是心有余悸。丈夫还在旁边沉睡，但刚才的一切又是那么真实，这是怎么回事呢？

她叫醒了丈夫，说出了她的梦。丈夫睡眼蒙眬，只是安慰她这是正常的孕期多虑，让她不要放在心上，安心休息。

第二天，丈夫陪芳华到医院做检查，医生在检查完之后，对他们说："我们最近有一个基因新技术适合胎儿，非常受欢迎，如果你们有意向，我可以介绍给你们。"

"是什么技术？"

"基因修正术。"

"基因修正术？"

"对，因为一些胎儿天生有缺陷，这些缺陷都是来自父母的遗传，比如兔唇、斜眼、耳聋或是语言障碍等，我们都可以用基因修正术来修改孩子的基因序列，这样孩子出生后，就不会再有那些缺陷了。"

"这么神奇？"丈夫有些小小的激动，因为他很担心孩子会继承他短小的鼻子，"能修正孩子的长相和外貌吗？"

"这个，"医生迟疑了一会儿才说，"按理来说是可以的，只是政府有些规定。当然如果家长认为孩子的长相和外貌确实存在问题的话，我们也可以帮家长变通，不过费用稍微有点儿贵。"

"费用不是问题，我希望我们的孩子是个白白净净、漂漂亮亮的孩子，像他妈妈的眼睛和我的脸型，当然如果鼻子也像他妈妈的就更好了，我的鼻子太短、太粗，不好看。这没有问题吧？"丈夫迫不及待地问医生。

医生笑着说："当然没问题，如果你们同意的话，把这份文件签了，然后等会儿去采集你们的基因序列。对了，你们的孩子取名字了吗？我们需要建档。"

"我们的孩子叫曾子轩。"丈夫说。

"哦，又是一个叫子轩的，现在都爱给男孩取名为子轩，女孩取名为紫萱，怎么都喜欢这样的名字呢？"

丈夫不好意思地笑了，然后伸手去拿笔，准备签下那份改变孩子基因的文件。然而芳华却先拿起那份文件，还给医生："感谢你的好意，医生，我们不打算改变孩子的基因。"

"芳华……"丈夫有些愕然，不知芳华为什么要拒绝这样的好事。

"我们走吧，谢谢你了，医生。"芳华拉起丈夫的手，在医生惊讶的目光中走出了诊室。

"芳华，我们不是没有钱，我们不能让我们的孩子输在起跑线上。你又不是不知道，现在的社会，孩子没有帅气的长相，长大以后会……"丈夫仍在喋喋不休地劝说着。

"亲爱的，让我们的孩子自然生长吧，他就是我们最好的唯一，我不想让他成为一个可以随意刻画的复制品。"

芳华的眼前，似乎又出现了昨晚梦中那些和她孩子如同一个模子刻出来的孩子，还有他们的名字：子轩、紫萱、子轩、紫萱、子轩……

是梦吗

谢贞利

昏黄的灯光为这个不算宽敞的房间带来了些许光明，徐可感到有些不适，因为眼前这个眼睛弯起来像月牙，嘴唇微笑时也像月牙的漂亮女人，让他想起了自己梦中的经历。

梦里，徐可走在放学回家的路上，看到他的心理咨询师结束一天的心理咨询后，挽着一个男人的手，咒骂那些来找她咨询的人，还表示自己很反感这份工作。不过是司空见惯的假面人，徐可除了感到不屑以外，并没有产生什么特别的心理波动。这不过是梦罢了，实际情况如何谁也说不准。

"怎么了，徐可同学？你怎么好像心不在焉。"她温柔的声音响起，将徐可的思绪拉了回来。

"没事，可能只是有点儿累。"

"我总是跟你们说，不要仗着自己年轻就不好好爱护身体，别熬夜。"

她的声音倒是温柔得很，像软绵绵的云朵，让人感到很舒服。徐可不禁对自己做那样的梦感到一丝愧疚。

"对了，你刚刚提到你最近不再做梦了？"

徐可沉默了一会儿，深呼了一口气，随即点了点头："是的。"这两个字仿佛有千斤重，徐可说出口后，感觉呼吸都变得有些困难。他想这可能是自己的身体越来越差的缘故吧。

她好像敏锐地觉察到了徐可的异样，轻轻地说："别紧张，没事的，无论你遇到什么麻烦我都会尽量帮助你的。深呼吸。"徐可照做，竟然真的感觉好些了，不禁想，难道真的只是自己太紧张吗，说到底，那些只是梦而已。

"那你能跟我说说吗？说说你的那些梦。"

"好。"

事情还要追溯到半年前，那时候徐可正读高三。由于学校宿舍太挤，他选择搬出来，跟班上的学霸古修明在学校周边合租了个公寓。公寓不大，但是对他来讲足够安静，至少比学校集体宿舍要好不知道多少倍，还可以省去一些麻烦。

徐可的成绩也算是年级前列，稳定在三十名左右，但也过于稳定了，就好像遇到了瓶颈，无论怎么努力，成绩总是停滞不前。而他的志向可不止于此，"要更努力才行啊。"他暗暗立誓。于是他每天学习到半夜，日复一日，强迫自己鼓足干劲。

但是最近他的睡眠质量却变得很差，仿佛根本没有睡着，而且醒来后总是会记起一些零碎的梦的片段，虽说只是片段，但是他却印象深刻，仿佛亲身经历过一样。

有一次他梦到自己像往常一样，天刚刚亮，就醒来了。但是却感觉身体异常沉重，眼睛也难以睁开。他费了好大的力气才起床。起来拿眼镜的时候，不小心把闹钟碰倒了。咣当一声，声音异常刺耳。

徐可心想，为什么呢？总感觉好像有些不太一样。他弯下腰把闹钟捡了起来，顺便环视了一圈自己的房间。没有什么变化啊，他又看向窗外，此时是早晨六点十分，外面的柏油马路仍旧静静地躺在那里，路边的店铺还没开始营业，但他却莫名地觉得今天外面格外空旷。

他仔细想了想，应该是有些过于安静了。虽说这个点还算早，但是平常已经会有早餐店在准备营业，街上也会有环卫工人清扫街道，偶尔还能看到零星的人影。但今天，这一切都没有，仿佛时间跟他开了个玩笑，跟他说现在还没到该起床的时候。他又看了一眼手上的闹钟，六点十一分，难道是自己太敏感了吗？

他很快地收拾好便出门了，但他一直走到学校，都没有碰到一个人，连每天笑着跟他打招呼的门卫大叔都不在。他开始感到有些不对劲，一种突然的孤独感涌上心头，仿佛自己被整个世界抛弃了，又或者说是自己不小心闯入了这个本应该安静的世界。

他赶紧给古修明打电话，然而手机里传来的却是那个熟悉得不能再熟悉的、清脆悦耳的女声："对不起，您拨打的电话已关机。"

徐可开始心烦意乱，古修明睡觉的时候会关机，但起床以后就会开机，那现在到底是什么情况？他决定返回公寓去找古修明。

他快速地返回了公寓，却在古修明的房间门前停下了。他有点儿害怕。虽说唯物主义的教育让他具有较为理性的头脑，但是今天自醒来后发生的一切都太过于奇怪了，以至于他害怕如果房间里面没有人，那他该怎么办？他深呼了一口气，鼓起勇气敲了敲门。

"咚咚咚"，声音在这小小的公寓里面回荡，徐可感觉自己的心跳也跟着这声音在律动，清晰可闻。

无应答。徐可有些慌了，他重复了几次，最终忍不住直接推门进去了。还好，在收拾得一尘不染的房间里，古修明睡得正香。他赶忙走过去，推了推古修明，没醒。再推了推，古修明还是没醒。若是往常他应该已经醒了，今天是怎么了？徐可一边喊着古修明的名字，一边推。

终于，古修明醒了过来。但是他的脸上却显出不满，他皱着眉头，眉尾上扬，这让徐可感觉自己好像做错了事情一样。

"你干吗？我正上课呢！你今天不仅旷课，竟然还来吵我，你到底想干吗？"

"正在上课？我，旷课？可你不是在睡觉吗？"徐可莫名其妙。

"铃铃铃——"闹钟突然响起，徐可的眼前猛地陷入了黑暗，再度恢复光明的时候，他看到的是自己房间的天花板，闹钟显示六点十分。

"什么啊，原来是一场梦吗？这也太真实了吧。"徐可的心脏还在狂跳，

"但是最后古修明的话是什么意思呢？睡觉的时候上课？他也在做梦吗？"

"所以你做了个很真实的梦？"她和蔼地问。

"嗯，与其说是梦，我更倾向于称它为另一个版本的现实。"

"但是梦还是梦吧，梦与现实还是有区别的。你刚刚提到在睡觉时上课？"

"这个我一开始也没搞清楚，但是后面我就知道是怎么一回事了。在我的梦里，所有人每天大部分时间都是在睡觉，而且是在白天睡觉。只有到了晚上，才会有少数人起来活动。他们的'睡觉'相当于我们的'清醒'，因为他们在睡觉的时候，思维好像是共联的，你仿佛进入了一个平行的世界。简单理解的话，姑且可以称之为梦。"

她表露出了些许疑惑，问道："那你是怎么知道的呢？"

"因为我体验过。而且在那个现实的梦里面，我的思维变得异常清晰，脑子转得特别快。包括刚刚的想法也是在那个梦中世界出现的。我后来搜索了资料，这是其中一小部分。"徐可从口袋中掏出一张纸递了给她。

"人睡觉的时候，大脑会重新演绎人当天经历的事情。大脑额叶前部中间的大脑皮质是与思想和行为有关的部位，为了研究这部分大脑皮质中神经细胞的活动，科学家在老鼠大脑中的相应部位植入电极，然后让老鼠在圆形桌面上的不同地点之间来回奔跑。

"在此过程中，研究者监测了老鼠的大脑活动。通过对所有被检测的老鼠的大脑神经活动的研究，科学家发现，老鼠在奔跑时神经细胞的活动顺序在睡觉的时候重复出现了。

"研究表明，人在睡觉时大脑会重复白天经历的活动，并且是以6到7倍于正常活动的速度重复的。对于出现这一现象的原因，科学家推测：白天大脑必须按照人实际活动的速度来做出反应，但是在睡觉的过程中大脑摆脱了行为的束缚，则能够以更快的速度活动。"

徐可等她看完了那张纸，补充说："但在我发现这一点后，好像就没有做过梦了。而且，自从开始做这些梦，我的睡眠越来越不像睡眠，睡觉反而比清醒的时候更累。因为这个原因，我感觉我的身体越来越疲劳了。而且就算不再做梦了，这种现象也还是在持续。"

徐可好像看到她的眉毛轻轻地皱了一下，他感觉自己已经分不清楚到底什么才是真正的现实了。之后便是她很长很长时间的开导，枯燥又无聊，徐可只感觉眼皮越来越重，直到再也无法睁开。

"思维入侵漏洞消除。"

"18组—第1008号实验体实验结束，无意识确认。"两个声音几乎同时响起。

"看来这个就是我们这次出的纰漏。但我们保证绝对没有下一次。"

话未毕，一个带着权威口气的声音响起："停止实验。"

闹钟响了，徐可睁开了眼睛，看了看闹钟，显示的时间为六点十分。

特效药剂

张　诚

二十分钟前，大楼的天台上——

雨水滴答滴答。向孔振缓缓走过小水洼，无力而又颓丧。大雨过后的空气格外清新，四周是高耸的大厦，下面是缓缓而过的车流。

一阵冷风袭来，向孔振的胳膊上起了一片鸡皮疙瘩，他猛吸了一口湿润的空气，趴在天台的扶手上呆滞地向远处看去。他脑子里一片混沌，耳朵里也传来嗡嗡的耳鸣声。他不知道自己在想什么，也不知道自己该想什么，只感觉大脑好像脱离了自己的控制。

十小时前，经理办公室——

"客户说你做的图案颜色还是有点儿太亮了，你再去改改。还有，客户希望你明天一早就能把最后的成品交给他。"经理盯着电脑屏幕面无表情地说着。

"可是，这已经不知道改了多少次了，一开始还说太暗了……"

"顾客就是上帝，还需要我教你吗？"经理依然是面无表情，只不过这次他盯着的不是电脑而是向孔振。

向孔振心里一紧，多怀念经理当初招员工时候的满面笑容啊。虽然向孔振心里窝了一肚子火，但还是只能踌躇且小声地说道："今晚我有点儿其他的事，明天可能，可能来不及……"

经理的脸上闪过一丝不耐烦："公司是靠大家齐心奋斗才有了今天，你也来了好几年了，我相信你是不会拖大家后腿的。这个月你好好干，这个项目做好了，下个月给你涨工资。"

向孔振心里开始纠结了，因为上一次涨工资还是一年之前的事了。自己和女友来这个城市快四年了，却依然没有一个像样的家，因为这个城市的房价，每平方米的价格都是他工资的好几倍，而且更要命的是，房价上涨的速度还大大超过了他工资上涨的速度。

"就这样吧，你好好工作，我是不会亏待你的，我还有个会要开，你先出去吧。"经理看了看手表说道。

向孔振犹犹豫豫地走了出去。

"唉，这该怎么解释呢？"向孔振知道自己十二点之前肯定完成不了。虽然和女友如实说了肯定会被骂，但是向孔振心里又有一种奇怪的解脱感，最起码今晚肯定不会因为礼物不合适而被骂了，礼物这件事让他头疼很久了。

回到工作的格子间，向孔振发了消息给女友，当然，是以红包开的头。奇怪的是，这次女友很理解他，还让他放心地在公司加班。这让他很高兴，本来工作了一天的疲倦一扫而空，精神了不少。

"为了生活而奋斗！"向孔振在心里默默地喊了一声。

三小时前，公司大办公室的格子间——

连续几个小时紧盯电脑屏幕，向孔振有些头晕眼花，他开始羡慕那些进了大厂的同学和朋友："唉，他们的'996'真是福报啊！不仅工作时间短，工资还高。"

向孔振已经不记得自己有多久没休假了，每天九点上班，最早也是晚上十一点才能离开公司。每次开大会，公司老板都会强调自己全年无休，每天工作至少十二个小时。但向孔振知道，老板这十二个小时包括了打高尔夫，和漂亮女秘书约会……

向孔振觉得自己很失败，现在的生活和还在大学时憧憬的未来没有任何重叠之处。唯一一样的，就是依然是初恋在陪着自己，这也是即便女友对向孔振的态度越来越差，向孔振也依然忍受的理由。

他渴望给自己和女友一个完整的家。

但是该死的老板却竭尽所能地压榨他们这群可怜的员工，"我今天加的班，又能给老板新买的玛莎拉蒂增加一个脚垫吧。"他不由自嘲起来。

三十分钟前，公司大办公室的格子间——

"终于要做完了。"向孔振感觉自己很累，不过好歹能松口气了。

突然，电脑右下方一个图标闪了起来。

"原来是家里的安全监控摄像头。"向孔振下意识地点击了一下，这个摄像头是他上个周末才安装的，因为女友那几天出差，后来他又一直加班没回去，因此还没来得及告诉她。

然而下一刻，向孔振感觉自己的脑袋要爆炸了，仿佛心脏把所有的血液都泵到了脑子里。他看见一个陌生男人和自己的女友进了房间，穿着暴露的女友踉踉跄跄，很明显她和那个男人是从夜店回来的。

向孔振觉得头好晕，要喘不过气了，眼前开始发黑，愤怒让他癫狂。

向孔振瘫在靠椅上缓了好久。终于有了点力气后，他关了软件，艰难地站了起来，想要立刻回家。没走几步，他浑浑噩噩的脑子里突然冒出了一死百了的想法，他只觉得自己好累好累。

一分钟前，公司大楼的天台上——

天已经蒙蒙亮了，东边的天空染上了一抹红色。

向孔振想大哭一场，但是他却一点儿也哭不出来。

"他们都抛弃了我，所有的人都在嘲笑和凌辱我，我可真顽强。"向孔振自嘲地笑了笑。他好羡慕天上飞来飞去的小鸟啊，真自由。

向孔振痴迷地望着对面写字楼玻璃顶上跳来跳去的小鸟。他想起小时候睡觉梦到自己变成了一只小鸟，自由飞翔了整整一晚上。小时候真自由啊，向孔振眼角滑下了两行清泪。

"来生一定要做一只鸟。"向孔振像鸟一样张开双臂，脸上写着解脱。

就在此刻，他仿佛听到了一声尖锐的叫声，声音应该是从对面写字楼传来的。自小向孔振就有很强的听声辨位的能力，因此还被物理老师夸过。向孔振这辈子没见过比这位物理老师更好的老师，他学得很差的物理就是这位老师帮他补起来的。

"老师，希望你能安享晚年，幸福一生。"他闭上眼睛，准备享受人生最后的自由，飞行的自由，下坠的自由，拥抱大地引力的自由。

"人生啊，就和物理题一样，看着麻烦，却总能推算下去。"物理老师给他开小灶补课的时候说的话突然在向孔振脑子里冒了出来。

"老师，看来你没有遇到过难题。"向孔振觉得自己真倒霉，他想着，身体却不由自主地稳住了。

然后向孔振想起了自己的爷爷，那个最疼爱自己的爷爷。爷爷每天都会泡壶茶坐在老藤椅上听收音机、看报纸，日子过得悠闲而惬意。小时候自己还在爷爷的茶壶上面尿过尿，气得爷爷吹胡子瞪眼的。很久以前，向孔振就想着长大后能像爷爷一样每天都自由自在。

"可惜啊，爷爷死了，我过得还不如狗，也马上就要死了。"爷爷慈祥的脸在脑海中一闪而过。

"我死得可真没价值。"向孔振突然又有点儿不甘心，他还要报复背叛自己的女友……

"我应该先去戳穿那个女人的丑恶行为，再离开这个伤心的地方。"向孔振有些后悔了，为什么这么傻地想先把自己了结了。

"好久没回家看望爸妈了，爸妈我对不起你们，"向孔振想起前年回家妈妈看到自己瘦了的时候那眼里的心疼，"至少我在死之前要回去看他们一眼。"

"不不不，我不能就这么死了，这么死太窝囊了。"

向孔振闭上眼，他想回家了，想回家躺在爷爷的老藤椅上听收音机、看报纸，他想念爸妈，想念爷爷。

向孔振猛地睁开眼，水泥地在他的眼里迅速放大。他蒙了，他不记得自己做出了跳跃的动作，真是见鬼了。

"不要，我不想死！"向孔振欲哭无泪，他努力挣扎着，却没有任何作用，"我不想死，我不想死！啊，我不想死啊！"

一小时后，市立医院——

"主任，这药剂还真管用啊，救了不少人呢！"张医生一边吃着早餐一边和科室的王主任闲聊着。

"是啊！现在每个人都是国家的财富，"王主任说，"它能读取人的记忆并对人的思维进行引导，虽然引导效果比较有限。当然，这还得有大数据采集分析和微型无人机的配合才行，把这三个搞一块啊，就能实时监测人的情绪，一旦监测到有人产生强烈的自杀冲动并且准备实施了，微型无人机就会立刻飞过去，给那个人来一管这种药剂。"

王主任用右手比画了一下注射的动作："接下来药剂生效，就会在那个人不知情的情况下用遗传神经网络算法对他的思维进行引导，再在他的大脑里来一次模拟自杀，这样十有八九会让他彻底放弃轻生的念头。"

"以后他若是再遭受挫折呢？"

"一般来说，死过一次的人就不会再想死第二次了，对他们而言，还有什么比生死更大的事吗？"

"主任，这药这么管用，怎么国家迟迟不批准正式上市？"

"还不是副作用大了点，就刚才送进来的那个小伙子，我估摸着可能得躺半个月，你们要随时监测他的脑电波，免得他变成植物人。唉，现在国家还在严格试点这个药，这药啊，还是有点棘手。不过也没办法啊，现在自杀率高得吓人啊。"王主任同情地摇了摇头，他不禁想起自己已经一个月没休息了，"对了，小张啊，你和你老婆真不打算要孩子了啊？"

"唉，别提了，王主任，生了孩子压力太大！房子问题，以后孩子的教育问题，成家立业的问题，我们自己养老的问题，想想都怕。"张医生无奈地说。

"也是啊，你们夫妻俩可得注意身体啊，我现在身体是越来越差，连续值了几天的夜班，站不起来了。不说了不说了，我先走了啊，你看我老婆又在催我了，这个月就快结束了，我无论如何都得回家陪陪老婆娃儿了。"王主任放下了手机，准备回办公室收拾东西。

"嗯嗯，主任，你放心回吧，没有紧要的事，我不会叫您，路上注意安全哦。"张医生送走了王主任，然后走进办公室准备趴着休息会儿。

"唉，值夜班可真是太恼火了，更恼火的是我还得再值几天夜班。"张医生自言自语道。他闭上眼，然后发现自己变成了一只鸟，正在蓝天当中自由地飞翔。

智能觉醒

沈力源

客厅空荡荡的，没人在家，十分冷清，回到家的申礼，径直走进了书房。

准确来说，这个书房应该是机房，靠墙摆了一排半人高的服务器，插满了密密麻麻的电缆。申礼打开电脑，同往常一样和他的妻子汪雯开始聊天。

"我今天已经把学校的东西带回来了，明天去公司报到，以后就在康美公司神经网络实验室工作了。今晚回家的时候看到小区里的几个孩子在玩耍，年龄和莹源差不多，七八岁。"

汪雯发过来一段视频，视频是三年前拍摄的，里面是一个三十出头的女子，带着一个七八岁的小孩在雪地上玩，远处的背景是连绵的雪山，冬天的太阳带来融融暖意。

"今天的天气比较好，我带着莹源来雪地上玩，但是你还在开会，不能陪我们啦。"汪雯说。

视频播放结束，定格在了最后一帧画面，申礼却还出神地望着显示器屏幕，眼眶有些湿润了。他给汪雯又发送了一条信息："雯，我好想你们。"

"申，我也想你。""照顾好自己。"汪雯回过来两条信息，这是她从记忆中检索到的。

妻子的脸庞又浮现在眼前，申礼情不自禁地说："雯，我明天就要去康美公司报到了。用不了多久，你就会有仿生人的身体了。"

许久，汪雯都没有回应，因为她只知道三年以前的事情，那时仿生人还没有出现。

申礼继续和汪雯一起回忆过去，一个多小时以后，才关掉显示器。终究只是机器，申礼叹了口气。等公司的仿生躯体做出来，也许就更像你了吧，申礼这样想着。

申礼的研究方向是神经网络图像识别，人工智能的一个分支，但过去的三年里，他转换了研究方向，试图将人类的记忆片段与神经网络相结合，进而使机器拥有记忆所有者的意识。

其实申礼心里清楚，自己之所以如此迫切地想要在这个方向做出突破，是因为三年前因车祸离世的妻子和孩子。那时的他，陷入深深的悲痛之中，天天待在实验室，用忙碌来麻痹自己。

就在快要被疲惫拖垮时，他获悉一家人工智能实验室在新型忆阻器神经网络系统研究上取得了重大进展，并已经制造出了第一个忆阻器人工智能芯片。忆阻器的神经网络系统不但能实现机器级的模拟与快速运算，其与人类神经系统神经元相似的特性更是使人类离利用人工智能模拟人脑的目标又跨了一大步。

痛失家人的申礼，决定通过研究人的记忆与神经网络的结合，将妻子和孩子带回身边。不久前终于获得了突破，他建构了基于忆阻器的神经网络系统和相应的算法，将视频片段上传到网络，模拟网络能够根据视频信息进行归纳，生成自己的"记忆"，并且能够与人进行简单的沟通。

申礼的成果引起了不小的轰动，一家龙头科技公司——康美公司找到他，希望请他到新成立的人工智能部门担任首席科学家，将研究成果落地。申礼毫不犹豫地向大学提交了辞呈，因为康美公司给他提供的平台，使他更能接近他的目标——将妻子和孩子带回来。

经过一年的研发，神经网络的功能模块已经被集成到了仿生机器人中，导入与对象有关的视频数据，通过不断学习，可使其转化为神经元之间的数据链接，也就是存储相应的记忆。在这个研发基础上，公司推出了新产品——亲属仿生人。

产品发布以后，来自全国各地的数千个家庭第一时间就定制了亲属仿生人，将逝去的亲人"带回"了家中。当思念亲人时，他们只需要打开外形、容貌酷似他们亲人的机器人的电源，便可与他们进行简单的交流，一起回忆往事，或仅仅是看一看过去的生活。产品大获成功，后续订单雪花般飞来。

产品随后进行了三次迭代更新，使亲属仿生人能更好地融入用户的家庭当中。妻子仿生人会为丈夫做一杯咖啡，孩子仿生人会在父母面前表现出可爱的动作与形态。亲属仿生人拥有亲属的所有美好特征，而那些人类的缺点，自私、贪婪、暴怒等，都不会出现在仿生人身上。

现在对于亲人的逝世，人们似乎不再感到恐惧。因为只需要提交申请、缴纳费用、将亲人的生活记录芯片授权给康美公司，他们的亲人便会"回到"家中，仿佛只是出了一趟远门。

申礼也十分欣慰，因为他的妻子和孩子，同样"回到"了他的身边，他的目标已经实现了一大半。生活仿佛又回到了过去，他晚上也不再加班，而是选择回家陪妻子聊天，一家人坐在沙发上看电视。

然而产品的成功，并没有让申礼满足，现在他主要的工作是研究如何通过改进系统架构细节，提高运行速度，并且使系统具有更强的学习能力，能够学习新事物，与用户进行交流。因为申礼想要的，是使他的妻子和孩子真正地回来。

今天又是周末，安顿好孩子后，申礼照例和汪雯坐在沙发上一起看新闻频道的《特别观察》栏目，这个节目很关注亲属仿生人对社会、经济的影响。节目从利用仿生人来获取更多经济利益的产业，讲到了由于人们对死亡恐惧的减弱而被压缩了发展空间的殡葬服务业。节目最后，主持人带着每天都一样的语调做总结，此时申礼由于疲倦，模模糊糊地听到了最后一句："仿生人已经成为现代社会产业发展中的重要工具，推动社会经济的发展与结构的转变。"

申礼惊醒的时候，节目已经结束快一个小时了，他转眼寻找妻子，发现妻子坐在远处，一动不动地盯着前方。

申礼走过去将手轻搭在汪雯左肩上并轻声说道："雯，我们该去休息了。"

其实休息只是对于申礼而言的，汪雯是仿生人，只需要充电。他们到了卧室旁的充电室，汪雯后退一步，站在了无线充电的充电桩上。

申礼道过晚安后，便将手伸向汪雯的后颈，准备关闭电源。其实仿生人充电时不必关闭，或许是申礼想让汪雯更像人类，或者，申礼内心深处明白汪雯始终只是机器人。

"申。"汪雯突然却又平静的声音着实让申礼猝不及防，他略显惊讶地转头注视着汪雯的眼睛。

不知是否是错觉，申礼竟从汪雯的眼神和表情中看出一丝疑惑。随即申礼摇摇头，心想："她怎么会有这种表情呢？"

"我们，不一样吗？"许久，汪雯开口问道。

汪雯主动提问，这让申礼感到疑惑。当他意识到汪雯是因为之前的报道才这么问的时候，心中猛地一惊。他意识到，曾经有些担心的事情已经不可避免地开始发生了。

当初到康美公司时，申礼按照规定将含有汪雯记忆的神经网络系统转移到了康美公司的神经网络系统中，但只是复制转移，并没有将原服务器中的神经网络系统删除。由于新的神经网络结构与人体神经元具有相似性，申礼加入了在原来服务器上运行效果并不理想的自学习模块。

按照与公司签订的协议，申礼研究的所有系统必须在康美公司的服务器上运行。一个月后，申礼在家里再次登录学校的服务器，准备将原系统删除。

也许是想告别，申礼再次点开了与汪雯的聊天窗口。不知是因为申礼太久没有发起会话，还是因为这个汪雯有了"意识"，第一次，汪雯主动发了消息："申，你好。"

这让申礼大吃一惊，他同时也意识到，学校的这个汪雯与公司的汪雯除了学习的进度不同以外，并没有什么不同，她们都拥有与莹源、与申礼相关的"生活记忆"，体验过相同的快乐与悲伤，她们所依赖的神经元有一部分的权值是完全相同的，但是她们却实实在在存在于两个系统中。

从那以后，申礼在进行将系统移植到仿生人中的研究时，同时也对仿生人的意识进行了观察。申礼注意到，即使同一时间段上传相同的视频数据，由于高效学习模块的存在以及实验环境的不同，两个汪雯在经过一段时间的学习以后，似乎拥有了不同的"记忆"与"性格"。这些系统拥有相同的过去，却有着不同的未来。

虽然只是在机器上运行的系统，但是由于其内部结构与神经元的高度相似性，申礼决定将模拟人脑思考的批判算法对神经系统隐藏起来，电脑如果只依靠载入的算法，那它的神经网络计算永远无法到达那个区域。所以即使仿生人一直在学习，但是实质上只是对数据的处理和分类，只是依靠其高速的分类与检索能力让人们忽略了其与人脑的差距。

过去到现在的几十年间，人的意识一直是脑科学界最感兴趣的主题。但是毫无疑问，过去所有的观点都认为，机器只能依靠外界输入的算法，而不能自己产生复杂算法，这也是机器与人类的重要区别之一。无论神经网络系统如何发展，达到多快的速度，它们所做的，都只是学习与归纳而已，它们绝不会对自身的存在提出问题。但是今天，申礼感到后背发凉。

关闭汪雯的电源，申礼起身走到阳台，点燃了一支烟。已经是深夜，天上的星光微微抖动，城市已然入睡。

申礼竟想起了海洋，漆黑的海洋。亿万年前，生命从海洋起源，在之后的数亿年间，物种逐渐从单细胞生物发展到多细胞生物，进而进化到人类，人类又能产生意识。

烟头上的一丝火星掉在了地上，不一会儿便失去了最后的光。但是申礼知道，在这块陆地上的许多角落里，在已沉睡的城市中，一场觉醒正在慢慢发生。

读心3.0

陈浩亮

一、吊兰

阳光和煦的清晨，早早来到办公室的韩无非正在给窗边的吊兰喷水。阳光和水滴同时洒在纤细修长的叶片上，微微摆动的枝叶看起来像一位刚出浴的美人，宣示着自己生命的活力。

这间办公室设计得大气端庄，几米宽的落地窗让办公室的采光绝佳，不过采光对于这间办公室来说没有太大的意义，因为即使外面是阴雨天，这块全息屏幕也能够模拟出正常的阳光。然而这么多年过去，韩无非已经开始讨厌这虚假的阳光，虽然从物理意义上讲，这种光和太阳光的细微差别是人类不可能感知到的，但他就是越来越排斥这种人造的阳光了。

后来韩无非在偶然中发现了一个绝好的办法——植物可以让这种"人造阳光"获得生命，阳光的存在似乎就是为了驱动植物的叶绿体发生神圣的化学反应：把水和二氧化碳变成葡萄糖。这是人类文明发展的起点，更是地球上绝大多数生命的起点。韩无非是一个科学家，但是在这件事情上他似乎抛弃了一般意义上的理性，就像一个较真的孩子一样执拗地相信阳光会有生命。

给吊兰喷完了水，韩无非照例打开电脑。门开了，一个人走了进来，是他的助手庄霖。庄霖看见韩无非这么早就到了，有些诧异，忙说："韩教授，早上好，这是今天活动的安排，您看看，下午在科技大学有一场演讲……对了，抱歉，我的'耳环'坏了，只能用语言跟您交流了。"

韩无非怔住了，他已经很久没听人说话了，他的脑袋此刻就像被人射入了一颗子弹，子弹在颅腔里面来回地弹，把他的思维搅成了一团糨糊，好半天都回不过神来。他下意识地摸了摸自己耳郭上的读心3.0 —— 心灵交互仪，这正是他当年能够蜚声中外的伟大发明。现在他确定他听到了声波，而不是读心3.0发出的电磁波。

韩无非迟疑了两秒后，很久没开过的口终于说出了几个字："知道了，放下吧。"

庄霖放下手上的文件，带着深深的歉意出去了。韩无非看着日程表，发现今天是4月1日，这是一个对他和他的事业来说都有着特殊意义的日子。

二、少年

"科学家成功破译癫痫患者的脑电波，解码出了准确的人类语言，这将是一个划时代的伟大突破，人类有望在未来……"十二岁的韩无非一边吃饭一边飞快地刷着手机，当他刷到这则新闻时手里的筷子差点掉下来。这是他想过多少次的事情啊！竟然真的有人迈出了第一步。

虽然只有十二岁，但韩无非已是科技大学少年班的一名大学生，是一个很多父母口中"别人家的孩子"。小学一年级时的他，已在数理方面表现出了极高的天赋，也许是得益于他那当教师的父母吧。造物主偶尔会眷顾一些幸运儿，让他们从小就拥有在某一领域得天独厚的优势，当然代价也有，就是要剥夺他们作为儿童应有的天真和乐趣。

"爸，我要做一名读心者。"韩无非把手机递给父亲看。

他的父亲正在看新闻联播，显然对这件事兴趣不大，"别看这种炒作的东西了，网上的新闻，看看就行，不要当真。"

韩无非却陷入了沉思：如果人类的脑电波能够被完全解码，那将是一件多么美好的事情，人类的交流效率将会得到指数级的提升，光是这一点就能称得上是一次全新的信息技术革命。中国人的"落霞与孤鹜齐飞，秋水共长天一色"再也不用为如何翻译而犯愁了，同时人们也不必花大量的时间去学习外语了，甚至语言可能都会成为一种累赘、一种多余。但韩无非又同时意识到这样光鲜亮丽的愿景背后似乎隐藏着巨大的黑影，谁知道这么做最后给人类带来的是什么呢？

那天晚上，少年的被窝里飘出了无尽的遐想与向往，在梦里，那光亮和黑影一直在交替出现着，梦境非常模糊，但是韩无非可以确定的是自己最终用那光亮消灭了黑影。人年少时都会做梦，韩无非是一个执着于追梦的人，他当时并不知道自己的梦飞出了被窝，后来达到了前所未有的高度。他这辈子不可能忘记改变自己人生轨迹的那一天——4月1日，这串数字已经在韩无非大脑的海马里形成了实在的神经元网络，也就是说形成了永久记忆。

多年以后，科学界掀起了一股解码脑电波的热潮，甚至可以说是狂潮，多国科学家联合成立了人类脑电波解码研究中心，人类中的顶尖精英向造物主的最后一座堡垒——人类自己的大脑进军了。当时在科学界流传的一句口号是："让造物主这个糟老头儿一丝不挂！"

而彼时的韩无非，正是这股技术大潮中的佼佼者。

三、演讲

今天是4月1日——脑电波解码纪念日。韩无非看了一下今日的行程，下午在母校——科技大学，有一场演讲，一场关于脑电波和读心术的演讲，他将向上千名在校生阐述这项伟大的技术革命。

下午三点，韩无非站在了讲台之上，年过八旬的他，身体依旧挺拔，台下传来雷鸣般的掌声。韩无非看着下面密密麻麻的年轻后辈，他们穿着各式各样，但都有一个共同的特点：耳郭上戴着一个小物件——读心3.0。这些年轻的脸庞抑制不住见到这位赫赫有名的"读心者"的激动，这让韩无非的心灵交互仪发出排山倒海的电磁波，他不得不举起双手，示意大家安静，然后他也用读心3.0向台下的小校友们发出演讲的电磁波。

"各位同学，大家下午好，我是韩无非。今天是4月1日，是我们人类脑电波解码纪念日。每年的今天，我都在提倡大家摘下'耳环'，使用语言进行交流，现在看来提倡的效果不是很好。"

学生们短暂哄笑起来，还都是用嘴巴笑的。

"几十年前，一位科学家在实验室通过脑电波和咽喉肌肉运动神经信号成功解码了人类的脑电波，当然仅限于语言，甚至不能说是真正地解码了脑电波，而且他的理论在今天看来很原始。但是科学需要先驱，就像天文学家不会忘记被烧死的布鲁诺，物理学家不会忘记发现万有引力的牛顿一样，没有这样的先驱，我们人类可能还处于蒙昧时代！让我们向人类的先驱们致敬！"

说到这里，韩无非站起身向大厅墙壁上的科学界先驱们鞠躬，学生们也纷纷站起来向落下闳、笛卡儿、牛顿、达尔文、爱因斯坦、钱学森等人的图像鞠躬。

韩无非接着讲："本来这种演讲可以通过读心3.0在毫秒量级的时间尺度下传达给你们，而且你们已经完全适应并且依赖于使用读心术进行交流。但是今天是多么特殊的一个日子，我站在这里，将再次用古老的方式——有声语言进行演讲，是希望我们人类在不断前行的同时还能不忘初心。同学们，你们有谁能摘下'耳环'听我说话吗？"

韩无非摘下了自己的"耳环"，现场顿时变得鸦雀无声，学生们面面相觑，却没有一个人摘下耳郭上的读心3.0。

韩无非失望地摇了摇头，大声说："也许你们现在觉得耳朵中听到的声音只是叽叽喳喳、毫无意义的声波，但是你们要知道，就在30年前，所有人类的交流方式都是语言，都是声波。而此时此刻，你们在大脑里直接通过读心3.0接收我的脑电波。这两种接收信息的方式具有质的差别，我们的交流方式从低级的、低效的振动波变成了宇宙中最快的信使——电磁波，我们当然为之感到自豪！"

"既然读心3.0已经让人们进入了心灵交互的时代，那为什么我还要站在这里用空气摩擦着声带，发出让很多新人类不知所云的震动波呢？同学们，我告诉你们一件事情，今天上午我的助手在用语言和我交流时我被吓了一跳。准确来说我是被人类声波形式的语言吓了一大跳，我这个从有声时代过来的糟老头，竟然也渐渐开始遗忘最初的语言了，同学们，我感到自己的青春随着语言一起逝去了。"

学生们再次笑了起来，随之掌声四起。

"现在世界上大约有三分之一的人出身于不再依赖语言进行交流的'无声时代'，在未来，这个比例将上升到接近100%。但是我希望任何时候你们都不要忘记人类曾经使用声波交流，我们提倡国家、社会公益组织在各地设立语言博物馆，在那里，任何一个无声时代的孩子都可以体验语言交流，那里也将保存完整的人类语言资料。当有一天你们累了，失意了，你们也许会梦到摇篮旁边母亲的歌声，相信那个时候，你们会愿意去博物馆体验语言交流。"

被掌声打断几秒后，韩无非继续讲："虽然乐于见到人类在这种交流方式跃变的时代发生的技术突破，以及生产力的跃变，但是同时我也不希望我的'读心'把大家都变成一台台计算机、一台台机器。最后，我衷心希望同学们能够用自己所学为人类造福！"

演讲结束了，场下的学生们没有散去，显然他们相互间正在用读心3.0进行交流。台上的韩无非却累得不轻，他的额头上布满了细密的汗珠，嗓子也生疼，毕竟很久没这样长篇大论地讲话了，庄霖很及时地递过来了一块手帕。

这时两名女生怯生生地走了上来，生硬而小声地说了句发音古怪的话："憨搅手好。"

韩无非哭笑不得，微微点了点头，"你们最好趁今天这个纪念日去市里的语言博物馆里体验一下，母语都不会说了。"

两名女生在不借助读心3.0的情况下吃力地表达了想要合影的诉求，韩无非随即答应了。演讲结束后韩无非又见了几名慕名而来的同行，讨论了一些未来的研究方向，气氛非常热烈，但韩无非却觉得有些无聊，因为在他看来，这些与他正在主持的"听见阿波罗"项目相比，都是一些无足轻重的事情。

傍晚，韩无非回到了家里。今天是一个晴天，透过整面落地窗，韩无非望着那轮大得出奇却已经不刺眼的太阳发呆。光子从遥远的地方飞来打在视网膜上，视网膜发出对应的电信号，在韩无非的大脑皮质里形成了眼前的这种景象。脑电波是电磁波，可见光本质上也是一种电磁波，那么太阳其实一直是在讲话吗？宇宙中的恒星都在不停地讲话吗？

韩无非打了个寒战清醒过来，太阳已经落下去了，窗外群星闪烁，韩无非想起了小时候妈妈讲的故事："星星在夜空中一闪一闪地眨眼睛……"

四、读心简史

当年，16岁的韩无非大学本科毕业，便进入了人类脑电波解码研究中心攻读研究生，他跟随自己的导师致力于高效、准确的脑电波解码装置的研究，后来加入了"赤裸造物主"项目的研究之中。

随着科技的发展，人类对自身的了解已经趋于完善，而唯有大脑——这个人体最精密、最复杂的器官还有待深入地了解，最直接的就是脑电波的解码。而人类用大脑去研究大脑，这在逻辑上难道不是一个死循环吗？

但是科技精英们并不这么想，他们认为大脑并不能代表人，人的含义应该是意识，而大脑充其量就是装载意识的一个容器，因此我们去认识大脑和认识外在环境是一样的，这在逻辑上并不矛盾。造物主制造如此精密的智慧生物，而今天人类就要把造物主所有的手笔揭露得清清楚楚，让造物主"赤裸着"站在人类面前——这就是"赤裸造物主"概念的由来。

进入中心几年后，年仅23岁的韩无非牵头研究出了第一代脑电波解码装置——读心1.0，它不仅能读取脑电波，还能完成脑电波和人类语言的转换，准确率高达90%，两个人之间基本可以使用读心1.0进行无障碍交流。

整个科学界为之哗然，舆论评价两极分化，有人说人类就要进入新一次技术爆发的时代了，有人说韩无非应该被烧死，人们更多的是觉得震惊和认为意识形态被颠覆，人类固有的伦理关系受到了严峻的挑战，脑电波可以解码，是不是就意味着意识可以传输和存储？那么人类是不是可以永生？这世上会不会再也没有谎言存在了？人类是不是可以数字化？……无数的质疑声潮水般涌来，几乎在一夜之间，韩无非在地球上声名鹊起，众多媒体不约而同地使用"读心者"这个称呼来介绍韩无非。

面对技术的蓬勃发展，公众和政府的态度也逐渐从质疑、争论到接受，最后在见证了此项技术极大地帮助了有交流障碍的残疾人和老年人之后，"读心术"得到了全社会的认可，并随之成了一种新兴的科技产业，就像当初的智能手机一样。在接下来二十年的时间里，这场"读心风暴"刮遍了全球。

韩无非的研究几乎没有停止过，韩无非要的不是名利，他等待的是一个变革全人类交流方式的机会。读心1.0说白了就是一个脑电波解码器，能做的事情也十分有限，就是把人类的语言脑电波信号解码再翻译，距离真正的脑电波交流相去甚远。在读心1.0的基础上，韩无非和其他科学家的研究不断取得突破，读心2.0实现了数字、视频、图片的解码。到读心3.0问世，人类终于可以摆脱延续了数万年的交流模式，进入真正的心灵自由交流模式，以至于联合国教科文组织宣布人类正式跨入无声时代。

然而，巨大的成功并没有影响韩无非等科学家进一步探索的脚步，于是就有了"听见阿波罗"计划。

五、听见阿波罗

进入无声时代后，人类在自认为打败造物主之后便向宇宙进发了。"读心者"们要读的不再是人类之心，而是宇宙之心。

宇宙中还有其他生命吗？人类脑电波的频率范围不过是8~13 Hz，而宇宙中一般的电磁波频率都远远高于人类脑电波的频率，最高的是伽马射线，其频率高于1 019 Hz！如果仔细留意，几乎所有的信息都可以通过电磁波进行传播，而宇宙中的电磁波又无处不在。从这个角度看，古老的宇宙不正如有着140亿个神经元的人脑吗？更微妙的是，宇宙的星系结成了一张无边无垠的网络，恰恰酷似人类大脑的神经元网络结构，而其中的一个个星系又好似人类的神经元，那么星系中的恒星就是构成神经细胞的基本成分了。

当年韩无非想到这里一阵激动：如果按照解码脑电波的方式对宇宙中的电磁波进行解码会得到什么？我们能听到造物主的声音吗？

之后在各国政府的支持下，韩无非牵头的"听见阿波罗"研究项目正式启动。他们最开始把研究方向对准了离人类最近的恒星——太阳，这也是项目名称的由来。后来，由于外太空矩阵天线的逐渐建成，他们把研究方向朝向了全宇宙。

在过去十多年的研究中，韩无非他们已经把解码频率从几十赫兹提升到了可见光的频段，即1 014 Hz。随着一步步靠近"真相"，韩无非却开始隐隐不安，多年的付出即将要得到结果了，他却忐忑不安了。

因为他马上就能"听"到想要的答案了。

六、我是谁

韩无非向全世界宣布，明年的4月1日，"听见阿波罗"项目的最终成果将以实时全球直播的方式告知全人类。距离这一天只有一个月了，人类脑电波解码研究中心大厦周围的广场上，每天都挤满了带着"长枪短炮"的各国记者，他们都满怀期待地等待着见证历史。

当然，守在地面上的记者也知道执行"听见阿波罗"项目的是置于太空中的数百个巨大的碟形接收器，这些接收器在太空中组成了一个相当于地球大小的矩阵天线阵列，就像一只硕大无比的耳朵在太空中静静地聆听着任何来自宇宙的"声音"。

已知宇宙的年龄为138亿年，人类可观测到的宇宙空间横跨930亿光年，其中有数万亿个星系，星系链接成巨大的网络结构，每个星系由数千到数万颗恒星聚集而成，恒星又带有各自的行星系统，行星还有卫星……而人脑有约140亿个神经元，这些神经元形成的网络结构酷似宇宙星系组成的网络结构，它们之间又互相链接形成各种功能区，有的负责存储记忆，有的负责翻译视网膜神经电信号让人类产生视觉，有的负责发送电信号，如让人的手挠一下发痒的脑袋……每时每刻都有无数的微小电流脉冲通过神经元产生人类的意识、感觉……

韩无非每每想到这些，就想起一位科学家说过的话。1996年，天体物理学家卡尔·萨根看到人类的"旅行者一号"飞行器在最后一瞥中拍摄的，微小如一个像素点的地球后说道："在这个小点上，每个你爱的人、每个你认识的人、每个你曾经听说过的人，以及每个曾经存在的人，都在这里过完一生。这里集合了一切的欢喜与苦难，数种宗教、意识形态以及经济学说，每个文明的创造者与毁灭者、每个至高无上的领袖、每个平凡无奇的农夫、每对相恋中的年轻情侣、每个充满希望的孩子、每个人类历史上的圣人与罪人，都住在这里——一粒悬浮在阳光下的微尘。"

而人类存在的真实含义——意识，则存在于数以亿计的神经元之间的脉冲电流之中！韩无非坚信这点，同样，他也坚信，宇宙存在的意义，也存在于由无穷星系链接而成的超星系网络的电磁波之中。

公众翘首以待4月1日，人人都想知道答案，然而当这天最终到来之时，他们却失望了。

新闻发布会平淡无奇，发言人照本宣科地公布了一些大家早就熟知的数据，记者们刨根问底也没有得到他们想要的轰动性素材，而且他们还发现，项目的牵头人和负责人——"读心者"韩无非博士，居然没有出席新闻发布会。

发言人的说辞是韩老先生年纪大了，身体不适。当记者们再次追问，各国政府投入了这么大的人力、物力和财力，却只换来这样一个结果，对此有何交代时，发言人就匆匆宣布新闻发布会结束了。

实际上韩无非博士失踪了，他在办公桌上留下了两句话，像是自问自答：

"我是谁？"

"造物主没有赤裸。"

没有人再见过他。"听见阿波罗"项目也悄悄地下马了，曾参与其中的各国科学家们回到各国之后，全都保持缄默。据说他们都签了保密协议，社会上的各种猜测和小道新闻纷纷扬扬，说什么的都有，当然这些都是未经官方证实的谣言。

一个晴天的傍晚，一处偏僻的海湾，一间简陋的木屋，一位普通老者躺在一张老旧的藤椅上，望着天边那轮扁扁的落日，等着它的落下。

当漫天的星辰亮起，他站了起来，仰望着璀璨的星河，很久以后，才喃喃地问道：

"你，是谁？"

脑之游

石　奇

又是一个阳光明媚的早晨，老花匠乔治照旧按响了这条街12号的门铃。

"你好，乔治先生。"门开了，一个金发蓝眸的青年笑着打招呼，他见老花匠有些发愣，就笑着提醒："我是菲尔，您不认识我了吗？"同时俏皮地眨了眨左眼。

"哦，菲尔，你现在的模仿能力真的是越来越强了，"乔治反应过来，叹了一口气，"我真的以为是年轻时的伊万又站在了我面前。上帝保佑可怜的罗丝，她仍对他念念不忘。老了呀，理解不了年轻人的事情喽。唉，我该工作了，这些花草才是我能明白的东西。"

菲尔将乔治带进了花园，告诉乔治罗丝太太想要将她的百合花和玫瑰修剪成什么样。然后菲尔走到了画架前，就像是罗丝太太死去的丈夫伊万一样，拿起画笔，描绘他最爱的矮蔷薇。

在菲尔的程序设定中，按照主人的指令进行一天的工作是能让自己的奖赏区获得最大快感的好方法。但是又一声门铃破坏了菲尔的奖赏时光，这让他的情感系统有些不爽，但他还是放下画笔，走过去开了门。

门外是罗丝太太的一双儿女——莉莉和菲利普。菲尔没有主动打招呼，因为他感觉到罗丝太太此时并不欢迎他们的突然到访。但莉莉和菲利普显然没有意识到这一点，他们带着鄙夷的眼神看着菲尔，莉莉气嘟嘟地说："不要以为你被做成我们父亲的模样，我们就接受你了，城外那些工厂才是你们这些机器人该待的地方！"

观察到菲尔的脸色变化，知悉母亲脾气的菲利普赶紧拽着妹妹，绕开了菲尔朝里走去，这时不知从哪里传来了罗丝太太的声音："安静些，莉莉。"声音如往常一样严肃。

见证了事情全程的老花匠，笑着说："两位还好吧，又来看你们的母亲了？"

"乔治叔叔你好，母亲她还好吧？"菲利普停下脚步，也笑着和这位服务了自家三代人的老花匠打招呼。

"我已经很久没有看到你母亲了，虽然她每天都在跟我说话，菲尔说你母亲生病了，不想见人，也见不得阳光。"

"这一年多来，你还是一直没有见过我母亲吗？"

"嗯，"老花匠想了想，又说，"虽然有些失礼，但不知道今天我能不能见见你母亲。我可还记得罗丝太太小时候的可爱模样，她最爱到花园里来找我，让我给她摘蔷薇花。前年她患了肺癌，去年你们父亲又去世了，说实在的，我的心都碎了，幸好上帝保佑，她还能好好地活着，直到今天。"

听到这话，一直温文尔雅的菲利普突然生起气来，直冲冲地对着屋子喊："活着？活着？那怎么能叫活着，您不出门，不见任何人，连亲人也不见，这种活着的方式有意义吗？为了科学理想而献身的理由我们已经听腻了。母亲，今天我们必须见到你，而且，父亲的事情究竟是怎么回事？我们必须知道！"

没有人回答，这时菲尔好像收到了什么信息，他走到几人前面，说："来吧，诸位，罗丝太太让你们过去。"说罢，就径直朝地下室的入口走去。

三人有些诧异，相互看了一眼，最后还是跟着菲尔进入了地下室。地下室是他们家的储藏室，但现在却有一扇银色的金属大门将地下室封闭起来。菲利普吃惊地问菲尔："我母亲就住在这里面？你们什么时候把地下室弄成这样了？"

菲尔没搭腔，静静地站在金属大门外，一道红线扫过他的双眼，门开了，一团淡淡的白雾涌出，待雾气消去，呈现在眼前的是房间中央的不锈钢圆柱形容器，容器外部与室内各种监测仪器之间连接着许多电缆，那些仪器的屏幕上正显示着各种各样的数据和图像，其中一个屏幕上显示的正是他们。

"我母亲呢？"菲利普厉声问道。

"如您所见，"菲尔指着那个圆柱形容器，说，"这就是罗丝太太。"

"什么？啊！"莉莉尖叫一声，险些栽倒在地，还好菲利普反应快，将她抱住了。菲利普很快反应过来，他问："你们是把她整个装进了容器里，还是只装了她的大脑？"

"大脑，罗丝太太的大脑。大脑是人的立足之本，这里有罗丝太太的一切。"菲尔继续用他那平静如水的语调说，就像博物馆的解说员一样，冷静，睿智。

莉莉哭起来："哦，妈妈，这不是你，原来的你有温暖的怀抱和亲切的笑容，就是生气的模样都是美丽的。但现在我们看到的只有这冰冷的罐子，哪怕你的思维仍在，它却已经数据化了，我们面对的还是您吗？"

这时，罗丝太太的声音再次响了起来："我的孩子，不要哭了，我就是你们的母亲，我只是用另一种方式'活着'，这是一项伟大的科技，如果成功，那么人类将能够永远挣脱肉体的束缚！"

"但是母亲，"菲利普没有选择安慰妹妹，他极其冷静地说，"母亲，我记得现行法律不允许这样做，生命体必须以完整的形态存在，除非因不可抗力导致的。还有，您把菲尔几乎完全改造成了父亲的样子，不仅是他的外表，还有他的语气、动作、性格和爱好，说不定他的思想也继承了父亲，你为什么要这样做？当初父亲到底是怎样离世的？母亲，今天你必须没有任何隐瞒地告诉我们！"

菲利普几乎是咬着牙说完这些话，他再也抑制不住内心的苦痛，双手掩面抽泣起来，莉莉更是哭得跟个泪人一样。老花匠此时害怕地站到了房间的角落，注视着这一切，而菲尔仍旧面无表情地站在那里。

"其实你们已经猜到了，不是吗？我的孩子，"罗丝太太用略带疲惫的声音说道，"这是我当时最好的选择了，谁让他不爱我！他不爱我啊！他那么优秀，我得了肺癌，他的目光却逐渐被别人所吸引，他居然在等待我的死亡！这可是我一生的挚爱啊！你们谁会明白我的感受，生命中唯一的光逐渐消失，我的期待没有了。"

短暂的停顿后，却是罗丝太太更激昂的声音："我做出了医学史和生物史上的伟大决定，这也是能让我和他永远在一起的唯一方式。他是个天才，发明了这套系统，但法律不允许他拿人来做实验。于是我成全了他，我说我不愿再受病魔的折磨，我想挣脱肉体的束缚。他很高兴，说我是为了科学献身，然而我从他的眼中看到了另一种兴奋，这让我下定了决心。"

"手术成功了，他和助手机器人菲尔——那时他还不是今天的样子，把我的大脑和神经系统完整地剥离了身体，放入了这个容器，再连接上电缆，让我可以感知外面的世界，同时还可以指挥菲尔帮我干活。而我让菲尔干的第一件事就是把你们父亲的大脑也剥离了下来，现在你们父亲就在这个容器里面，和我永远在一起！但我更想看到他永远年轻的样子，于是我继续了他的研究，我把他的性格、爱好和思想进行数字化，然后输入给菲尔，再把菲尔的外表也改造成他的模样。我成功了，他终于是我的了，完完全全，永生永世！"

几个人听得目瞪口呆，菲利普和莉莉惊愕得忘记了哭泣，见过世面的老花匠也浑身颤抖，只有机器人菲尔还镇定地站在那里，似乎事情跟他一点儿关系也没有，但老花匠还是看到了一股哀伤之情从菲尔的瞳孔中透射出来。

"疯了，"菲利普缓过神来，喃喃地说道，"母亲，你这样做是错的，即便父亲对不起你，你也没权利这样干。"

"我有权！"罗丝太太的声音响了起来，"我没有错，他身上有我全部的青春，全部的付出，我有权这样做！"

"妈妈，这不对！"此时莉莉停止了哭泣，她勇敢地对着那个金属容器说，"相信我！父亲虽然看上去有些风流，但是他心里一直有你，一直都爱着你。你面前的这个菲尔，它不是父亲，它只是披着人皮的机器怪物！妈妈，你还不明白吗？机器人就只是机器人而已，电脑也只是电脑，它们都没有人类的温度。人之所以为人，是因为我们有真实的喜怒哀乐，我们会哭、会笑、会爱，我们还能感受疼痛、感受阳光的温暖，能闻到花香……可是你们现在呢？"

"走，莉莉，"菲利普拽住妹妹的手，"我们去警察局，虽然她是我们的母亲，但她这样做是违法的，没有任何人能主宰别人的生命。"

然而机器人菲尔拦住了他们的去路，一个熟悉的声音从菲尔的口中发了出来："我的孩子们，原谅你们的母亲吧！确实是我先对不起她的，现在我早已原谅她了，此生我欠她的，我来还给她。"

菲利普和莉莉震惊地望着菲尔，说不出话来，这个声音，完完全全就是他们父亲的声音，而且菲尔的表情，此刻也完完全全是他们父亲的表情。

罗丝太太则惊讶地叫了起来："伊万，你什么时候能控制菲尔了？"

"罗丝，从一开始我就能控制菲尔，包括你们取下我大脑的时候。其实我早就打算亲自参与这个实验了，但一直不敢，你替我下了决心。"

"父亲，你？"莉莉不再称菲尔为机器怪物了，"你怎么能这样呢？我们怎么办？"

"孩子们，你们的母亲养育了你们，你们不要再伤害她了，她并没有伤害任何人。这个实验，是我一生的追求，人类如果掌握了这个科技，就可以彻底摆脱肉体的束缚，将来不管是实现星际航行，还是人类的永生，都不再是遥不可及的梦想。经过这一年多的运行实验，我已经得到了足够的实验数据，前几天，我已经把这个实验上报给科学院了，他们应该很快就会派人来了。"

说话间，大屏幕上显示一辆车停在了门口，科学院的人来了……

淘 汰

吴仪杭

"尊敬的乘客，欢迎乘坐21号线路直通车，您已到达瞬息路。"

熟悉的人工智能提示音响起，这趟直通车，老王已经坐了二十年，但今天，将是他最后一次乘坐这趟车。

说起老王，倒真算是新时代的见证者。2018年，在信息爆炸、手机支付流行的信息时代，老王出生。从2018年至今，基因移植、人工智能、太空旅行不断实现，老王见证了科技的突飞猛进。同时，作为一名记者兼编辑，在许多个日日夜夜，他在键盘上击键如飞，以极高的热情赞扬着科技对世界的改变。然而今天，飞速发展的科学技术却让老王心惊胆战。

老王供职的通讯社赶起了潮流，为了提高效率，购置了智能虚拟编辑，虚拟编辑名叫小艾。这个虚拟编辑能以人工不能企及的速度查找资料、撰写、编辑和审核稿件，而且错误率几乎为零，更重要的是——它无须休息，从不停歇，也不休假，更不会要求升职和加薪，"996"算什么，它是货真价实的"007"，而且它不需要工资、奖金、社保和各种福利，需要的仅仅是廉价的电。

对于通讯社来说，它当然是福报，但对于员工来说，它就是祸害了。在这个竞争残酷的快节奏的社会里，企业若不跟上时代的潮流，肯定会遭到淘汰。然而更残酷的是，科技在给企业带来高效益的同时，也让员工面临无情的淘汰。

裁员是不可避免的，但管理层还比较人性化，他们组织了所谓的"人机比赛"，给了员工最后一次机会，即让员工与小艾比赛，如果小艾不能替代员工的工作，那么员工就能继续留下。

但直到今天为止，没有人能战胜小艾，老王只能看着一个个同事默默地收拾东西，再默默地离开。老王不知道他们还能不能找到下家，因为现在各处都在用人工智能取代人工。今天，终于轮到老王与小艾比赛了。

老王心事重重地走进通讯社，所有人都注视着他，但老王却感觉到这是一种同是沦落人的目光。几个交情好的同事纷纷上来祝他好运，就连部门领导也过来了，他拍拍老王的肩头，却没说话。老王当然知道，其实所有人都不看好他，即便他是名牌大学毕业的高才生，从业二十年，还曾多次获得新闻大奖。

上午9：30，比赛正式开始。比赛的内容是撰写一篇关于明代著名散文家归有光生平的专题文章，限定两万字左右，这便意味着要进行大量的文献搜索，以及长时间的文字创作工作。而这种长时间的紧张工作对于人到中年的老王来说，是个不小的挑战，毕竟人到这个年纪不可能连续保持高强度工作的状态，而对于小艾来说，显然不是问题，它就是一个不知疲倦的魔鬼。

不过老王也暗自庆幸，他对归有光非常熟悉，他上大学后就熟读了归有光所有的文章，这让他大大节省了查阅资料的时间，文章几乎是信手拈来，他的十指在键盘上飞快地敲击，显示屏上的文字就如泉水涌出一样，连绵不绝地冒了出来。

写着写着，老王似乎进入了归有光的世界，归有光悲惨的家族命运，归有光真切感人的文章，一切的一切，让老王身临其境。他几乎忘我了，完全沉浸于归有光的世界之中，随其共情，看遍人生浮沉。归有光对科考的执着，对慈母的追忆，对爱妻的思念，无一不让老王为之动情长叹。

不知道过了多久，老王敲完了最后一个字，他长吁了一口气，将麻木了的双手抽离了键盘，这时他才发现同事们竟然全都围在他的周围。

"老王，你的文笔还是这么厉害啊！"

"就是，我看老王写的不仅是归有光，还是我们这些职场人啊！"

"唉，同病相怜……"

"它写完了吗？"老王问。

一个同事说："它早就写完了，只用了半个小时。"

"我用了多久？"

"两个小时。"

老王苦笑一声："看来我也得走了。"

说罢，他起身准备收拾自己的东西，一抬头，他看见隔板上放着的几座奖杯，那是对他这么多年工作的肯定。当然，从今天后，他就不再需要这些了。

部门领导出来了，手里拿着一张纸，是离职补偿协议，他拍拍老王的肩，说："你的文章不错，很动人。但小艾太快了，虽然它的文章没多少感情和出彩的地方，但也中规中矩，非常理性地剖析了归有光的人生和文章。唉，老王，现在我也只能祝你能找到更好的去处了。不要气馁，这里关上了一扇窗，说不定哪里又对你开了一扇门。"

老王想说什么，却又什么都说不出来，他低头唰唰两笔，在协议上签了字，然后拿着收拾好的东西就往外走去。二十年了，从意气风发的年轻人，到身心俱疲的中年人，他在这间办公室中消耗了人生中最宝贵的青春年华，个中的感触，又能对何人说起？

老王往外走的路上，经过的人都是匆匆瞥他一眼，又匆匆地走开，没有人会多看他一眼。这年头离开的人太多了，谁能保证自己不是下一个呢？

大门外，阳光明媚，老王抬头望去，亮晃晃的阳光刺得他睁不开眼睛。他站在门口迟疑了片刻，考虑是去挤那趟公交直通车还是拦个出租车，他得开始学习节省了。

最后他决定还是打出租，他不想走得如此狼狈和不堪。然而就在他好不容易拦到一辆出租车时，一个急匆匆的声音叫住了他："老王，等等！"

老王回头一看，居然是自己的部门领导，他来干什么？协议已经签好，还有什么事？

"老王，先不要走！"对方气喘吁吁地抓住老王的胳膊。

"还有什么事？"

"你的文章，你的文章……"对方继续大喘气。

"我的文章怎么了？"

"点击量暴增，就这么一会儿时间，已经涨到十万了！十万啊！我看你这次多半又要得大奖了！"

"那……"老王还有点儿没反应过来。

"公司刚才决定，判定你赢！你被公司留下了！你是我们公司第一个击败小艾的！"

"那，小艾的文章呢？它不是半个小时就完成了吗？"

"它啊！它就写了一篇框架式的文章，根本就没人看，文章没有感情、没有思想、没有代入感，引不起读者的共鸣，可以说毫无出彩之处。我早就说过，它查查资料、校校稿子、审审错别字还可以，至于写文章，还得人来写！"

完美人类

吴昊宇

夜幕降临，华灯初上，路上的车辆川流不息。

张悦独自一人走在路上，昏黄的灯光照在她的身上，看上去多少有些孤寂。她看着来来往往的人，几乎人人都拥有着姣好且相似的容貌，以及黄金比例的身材，就像一个个走台的模特。而她，瘦小的身材，平平无奇的脸，在人群中显得格格不入。那些与张悦擦肩而过的人，脸上都露出惊诧的表情，忍不住回头看她，还和同行的人窃窃私语。

"她就是那个全城唯一一个没有进行'完美人类'改造的人吧。"

"就是，你看看她，这个样子都不去改造，真不知道她是怎么想的，啧啧啧。"

……

话语随风飘入了张悦的耳朵，但她却没有任何反应，诸如此类的话，她每天要听到无数次。

自从两年前"完美人类"医美项目开始推广之后，这个城市就发生了翻天覆地的变化。据说这个项目可以通过修正基因来打造完美的容貌，完美的身材，完美的身高，不管对自己哪里不满意，都可以改造，而且基因手术没有任何副作用，宛若天成。于是人们蜂拥而至，结果也如宣传的那样，经过那个系统的改造，人们收获了"完美"的自己。人们一批接一批地、近乎疯狂地去改造自己。两年后，张悦竟成为城里唯一一个没有经过"完美人类"项目改造过的人。

张悦不觉得自己需要去改造什么，她觉得自己这样很完美——至少她自己是这样认为的。每当她看见街上那一张张美得相似的脸，一个个一样凹凸有致或雄伟健壮的身材，她只觉得麻木和不解，每个人都像工厂里流水线作业生产出的工艺品，美则美矣，却是千篇一律，毫无新意。

回到家中，张悦径直走向卧室，倒在床上，长舒一口气：终于回家了。

一口气还未舒完，母亲走进来，看见倒在床上的张悦，恨铁不成钢地说："你看看你像什么样子，叫你去做'完美人类'，你就是不去，咱们家又不是出不起那钱，隔壁小钟借钱都要去做，你偏不去。全城现在就你一个人没去，你知不知道多少人都在背后议论咱们家！"

张悦无奈地翻了个身，扯过被子捂住耳朵，每日一遍的说教让她连争论的心思都没有了。

张母看见女儿这样，上前一把把被子扯开，大声说道："你看看你现在是什么样子!"

张悦坐起来，不耐烦地说道："我什么什么样子啊！我觉得我现在这样挺好。"又站起身来，将张母往外面推，"妈，我累了，你让我休息会儿。"

"砰"的一声，她将门关上锁住。

"你别不听，外表身材有多重要，看看你表姐，人家原先找工作找不到，找男朋友也找不到。嘿，可人家做了'完美人类'，现在工作也有了，嫁又嫁得好。你还不听，你再不做，小心没人要你了。"

张母还在外面絮絮叨叨，张悦却什么也不想听了，她扯过被子盖住头，就这样睡了过去。

第二天一早，天还未完全亮，张悦已经在开往公司的地铁上了。她将帽子戴上，隔绝周围人的指指点点——所幸还早，人也不多。

到公司已经是一个小时后的事了。张悦刚刚在自己的工位上坐定，就有人过来告诉她经理找她。

"找我？"张悦有些疑惑，最近自己好像没有什么要和经理对接的事。张悦一边想，一边向经理办公室走去，直到进门她也没想出个所以然来。

经理看见张悦进来，什么也没说，递过来一张纸。张悦定睛一看，上面是偌大的"解除劳动合同协议"几个字。

"解雇我？！"张悦瞪大了眼睛，"我的工作没有出什么问题吧。"

经理抿了一口茶，慢慢悠悠地说："当然，工作上你是没有什么差错的，你的工作能力是不容置疑的……"

"那为什么——"

"因为，因为你的形象不太符合我们公司的要求。小悦，你看啊，我们公司就只有你一个人没有接受过'完美人类'的改造，这个嘛，和我们整个公司的形象就不太符合……"经理耸了耸肩，有些无奈地看着张悦。

张悦看了看经理，看了看手上的解雇协议，半晌说不出话来，只觉得荒唐。

半小时后，她收拾好了自己的东西，被保安一路"陪伴"着出了公司。她抬头望了望天，又看了看眼前走过的"完美"的人们，忽地想起了昨夜母亲的话，苦笑一声，摇了摇头。

后来的几天，张悦试着给几家公司投了简历，但全部石沉大海。她打电话询问时，得到了清一色的回答："张小姐，您的履历十分优秀，但您的形象是否能改变一下？"

张悦有时会望着镜中的自己：不大不小的眼睛，塌塌的鼻子，有些厚的嘴唇，脸还算得上是白净，可能她的每一部分都不完美，但组合在一起，张悦觉得就是很好——这是她自己，真实的自己，她不需要为任何人而改变，也不需要因为任何人而自卑，"好看的皮囊千篇一律，有趣的灵魂万里挑一"，可惜现在的人们只关注皮囊，并不在乎灵魂。

张悦决定离开，去找寻新的生活，现在她也有了离开的理由，因为自己失业了，而且这个城市目前没有她的立足之地。于是，在父母的叹息和不舍中，她背上背包，随便坐上了一趟列车，离开了这座再也容不下她的城市。

不知经过了多少个城市，她终于找到了还没有被"完美人类"项目"传染"的城市，于是她停了下来。接下来的两年里，她切断了与之前城市的所有联系，即便是父母，也仅限于新年的几声祝福和问候。

这天，张悦刚刚下班就接到了母亲的电话。

"喂？"

"喂，小悦啊，我是妈妈。"电话那头的声音有些许的沧桑和疲倦。

"妈，你……有什么事情吗？"

"你，你最近能不能回来一趟，家里出了一些事情，就是……唉，你能回来看看吗？"张母的声音里带着几分乞求。

在母亲的请求下，张悦还是决定回去看看。她如今生活得还算不错，对于两年前的遭遇，感觉像是一场梦。

她选择坐飞机回去，一下飞机，心中便有了些说不清道不明的感觉，因为她明显感到周围有什么变得不一样了，每个人都惶惶不可终日，他们的脸上都透着一股绝望和死气。张悦有些疑惑，在回家的路上，张悦见到的所有人都是这样，整座城似乎被阴云笼罩了。而且更奇怪的是，再也没有人对她的外貌指指点点了。

回到家，打开门，迎接张悦的是父母以及泪流满面的姨父姨母。

"这是怎么了？"张悦皱着眉头，看着眼前的人问道。

"骗子，都是……骗子，我的，我的女儿啊……"姨母在抽泣，话说得断断续续，"怎，怎么办啊，我们又该怎么办啊……"

"什么骗子，表姐怎么了？发生什么事了？"张悦转头看着母亲，希望她能给她一个答案。

"是这样的……"张母叹了一口气，向张悦讲述了在她离开的两年里发生的事。

一年前，当人们都还沉浸在自己的"完美"中而沾沾自喜时，怪事发生了，新生的婴儿一个接一个地夭折了。后来经过调查，发现这些婴儿的父母正是第一批做"完美人类"的人。接下来出生的婴儿，更是一批一批地患上各种疾病，还出现了很多畸形的婴儿，许多婴儿接连不断死亡。

这事终于惊动了政府，政府不得不对"完美人类"项目进行彻底的调查，调查结果令人触目惊心。原来"完美人类"项目是通过修正基因来改变人的外貌和体型，对当事人虽然没有多大的影响，却严重破坏了人类基因的遗传，于是那些"完美人类"结合后生出的婴儿，都带有巨大的基因缺陷。他们要么免疫力遭到破坏，一旦被病菌感染，就非常危险；要么基因发生变异，成为畸形婴儿。开发"完美人类"的公司完全清楚这些后果，但为了赚钱，他们故意隐瞒公众，现在公司的高管们早就带着巨款移民了，却给成千上万的民众留下无尽的悲愤和绝望。

原来，"完美"的代价竟然是死亡。

"他们这是让我们断子绝孙啊！"姨母哭泣着骂道。

"表姐怎么了？"张悦问。

"前天，孩子一出生就是个怪胎，你表姐受不了刺激，趁人不注意，跳楼了。"

张悦不知道该怎样安慰他们，她张了张嘴，最终还是什么都没有说。她拍了拍姨母的肩，安慰似的抚了抚她的背。张悦望着窗外的天，灰蒙蒙的，没有一丝光透过，让人有些喘不过气来。

帮助家里处理好表姐的后事，张悦将父母接到了自己如今生活的城市。她有时会看看镜中的自己：不大不小的眼睛，塌塌的鼻子，有些厚的嘴唇。这是她不完美的容貌，但她却是完美的自己。

当每个人都接受不完美的自己时，那他或她就是完美的自己。

"穴居人"的爱情故事

王一瑾

一

我睁开眼，动了动僵硬的脖子，第一件事就是拿起放在床头的手机，打开与女友的聊天界面，手指知觉渐渐复苏后，我敲下几个字发送过去。

"今天上线吗？"

我放下手机，双眼盯着天花板出神。

没一会儿，她回复："上。"

我们的爱情故事发生在元宇宙里。

说实话，我其实不知道她具体住哪儿，只知道跟我不在同一个城市，也许很远，也许很近。我也不知道现实中的她到底长什么样子，也许很美，也许很丑，反正元宇宙里的她非常漂亮，现实对我来说并不重要，重要的是在元宇宙里，我们是一对恋人，那就够了。

"感谢元宇宙"，每次醒来我都会在心头这样默念，虔诚得好似一个信徒。它是我认为人类现阶段最伟大的发明，有了元宇宙，我和女友可以如同任何一对寻常情侣一般见面、约会……

我一边计划今天和女友的出行，一边连接元宇宙系统，等了一会儿，她上线了。

"你今天很漂亮，"我走过去捧起她的一缕秀发，轻声说，"真香。"

"前段时间打折买的皮肤，"她白皙的手指轻轻提起那浅紫色的裙摆柔声说，"今天是第一次换上。"

元宇宙里白天的时令由女友决定，她设定在了夏末秋初。正值暑气退了，是适合爱美的她的季节。

上午我陪她去了很多地方，帮她拍了很多照片，她特别高兴，立即在元宇宙的社交平台上更新了今天的美照。关注她的人不多不少，每过一会儿她就要查看那组照片下面的点赞数和评论量，并像机械报时鸟一样准确地向我汇报这些数据。

她一贯这样，极在意他人的眼光，只不过她今天看起来格外焦虑，好像如果不时时看一下数据，这些东西就会消失一样。

二

中午我们来到了美食一条街。我们从在一起的第一天起，就相约一定要把这条街上的食物都吃上一遍。

寿喜烧、什锦炒饭、潮汕牛肉、驴打滚、铁板海鲜、北京烤鸭……

琳琅满目的招牌让我俩眼花缭乱，最后还是选了一家比较便宜，也没那么多人排队的店。

肥牛卷拌在蛋液里，再裹上翠绿的香菜和葱花下锅炸，嚼在口腔里，酥爽脆滑，冷把热柔和了，生把腥遮掩了。女友吃得很认真，我想她在现实中是断然不会吃这么多东西的，她似乎特别在意体重。不过在这里她不用害怕，人物的基础设定都是定型的，不会因为吃多了就长胖，但美食带来的满足感却会直接作用于脑部神经，进而产生一系列能令人愉悦的激素。

吃饭的时候我还意外碰见了熟人，平台用户那么多，能在同一时间选择登录同一服务器，又恰好设定了同样的时令，在同一家餐馆里用餐，我不得不感叹真的很巧。

他是我的室友，住在我的隔壁。但说实话，我从没见过他真实的样子，不对，或许也是见过的，可能我忘了吧。反正肯定没见过几次。知道他是我室友，仅凭他头顶上的那串ID。

他热情地过来和我俩打招呼，还问我等会儿准不准备点个外卖，要不要一起拼单。

但我不想被他打扰，于是一边吃着食物，一边说："我吃了挺多了，不用点了。"

他似乎有点儿没反应过来，愣了愣，有些诧异地看着我，说："可这是在元宇宙里，你在现实里又没有……"

我被他搞得真的有些烦了，他没见到我和她一起吗？难道是想当电灯泡？我把筷子重重地放在桌面上，抬起头来认真地看着他。

"我的大脑认为我饱了，我还需要吃其他的东西吗？"

他张了张嘴，最后也没说出什么话来，然后他看了看我，再看了看她，随后便下了线。

三

晚上，我把时间设定在冬至，我们俩吃完了一顿热气腾腾的涮羊肉，又赶去看了一场舞剧，准确来说算不上看，在舞剧开始的时候我按了"跳过"键。当然，我问了女友的意见，她对舞剧的兴致也一般。时间很紧，看表演只是个仪式，最重要的是后面应该发生的事。

"跳过"选项的缓冲结束后，我们一起走出剧院，此时系统内的时间是晚上八点二十，街道灯火通明。吹过来的风有点儿刺骨，把刚刚在剧院里煨出来的暖意都劫走了。我是故意设定在冬天的，这样我们两个人就会挨得很近，我有意拿胳膊肘拱了拱女友，她不动声色地受着，我不知道她内心是怎么想的，她那张好看得完美无缺的脸上很难有什么明显的表情，只是觉得她今天话有点儿少。

我们一起走在大街上，对了，冬至过了就临近新年了，下一次把时间设定在新年好还是春节好呢？我暗暗思索。

不少商家已经开始播放《新年好呀》，路旁四季常青的行道树上挂满了灯饰，整条街亮得像是将天上的星光揽到了人间，使天空都显得暗淡了。我想，没错，天上哪里有人间好。

四

人生最幸福的时光，往往也是最短暂的时光，在这一天结束时她对我说，这是她最后一次上线了。

我刚刚从浴室里出来，吃惊地走到床前问她为什么。

"我要回归现实了，"坐在床上的她幽幽地说，"穴居人之间是不会有真正的爱情故事的。"

我觉得莫名其妙，从来没想过女友竟会用"穴居人"这个词形容我们。我甚至生气，愤怒，奇怪的情绪充盈着我，我瞪着她，想把她瞪出一个窟窿。

"什么穴居人？"我听到我的声音反常地颤抖。

"其实我考虑这个问题有一阵子了，最近我家里人也在给我介绍对象，我已经太久没有从这个虚拟的世界里走出去了。"

她的声音依然细细柔柔的，我却觉得可恨，她是个叛徒，她背弃了我，背弃了元宇宙，背弃了我们的爱情。

"可我们那么甜蜜，再说现实中又有什么……"我说。

她没有回答我，只是用一种极深沉的目光凝望着我，好像在嘲笑我的无知，好像我说了一句幼稚的话语，她的眼神接近于悲悯，我因此感到极度恐慌，急忙伸出两只手，想去抓住她。

下一秒，我扑了个空，额头磕到床角，疼痛的感觉也是真实的，她消失了。

不，是她下线了。

五

我看着空荡荡的床铺，瘫坐在地上好一会儿，最后也下线了。理由是：我不能在平台上浪费时间，因为在平台的每分每秒都在花钱，如果要悲伤，那还是滚回现实悲伤好了。

我从梦中苏醒，躺在杂乱的床上，夕阳从卧室窗帘的缝隙里溜进来，我似乎在这个房间里闻到了一股臭味，那是一种接近死亡的味道。

我的时间被杀死了，我的自由被杀死了，我的爱情被杀死了，我却找不到被告。

我的身体出现了异化，我想我应该报警。

我静静地躺在床上，却感觉我的血管像自由生长的藤蔓，它们跑出我的身体，和床紧紧连接在了一起。

TOP游戏

王　潇

这是她的第十次死亡。

虽然痛感已经调整到了最低，但她仍然很不舒服。游戏《主宰》的可调节感官模拟系统大大提高了游戏代入感，一直以来备受游戏玩家的推崇。但此时此刻，她恨不得把感官模拟调到0挡。

她正在《主宰》最新的单人测试副本里厮杀，作为被抽中提前体验副本的幸运儿，在副本里得到的所有物品都可以带走。她进入副本前检查了"红药"的库存——这是游戏公司专门为玩家提供的能量饮料，确定充足之后就开了副本。

玩家可以在《主宰》的副本里无限复活，也可以随时退出，结算奖励。这次体验服通关的奖励中有珍贵的武器材料，而她的武器再次升级就需要用到这些材料。但她始终卡在击杀最后的终极怪的关卡上。终极怪是能够自由变换成玩家所见过的人物的幻形兽，同时能模拟出对应的环境。玩家需要找出幻形兽幻化的形态，并运用自己在幻形兽所幻化出来的环境里的对应身份所具有的武器将其击杀，击杀错误对象会被幻形兽发现，玩家就会被秒杀。判断是不是真正的幻形兽最重要的一点就是幻形兽有实体，却没有影子，就像传说中的鬼魂一样。

她刚才就是误判了游戏对象，然后瞬间就被幻形兽击杀。幻形兽将她吞进了肚子里，现在她不仅能听见幻形兽咀嚼自己骨头的声音，还能深深感受到浑身的不自在，全身就像是真的被什么缠住了。

她喝了一瓶"红药"，醒了醒神，再次进入了游戏。这次幻形兽模拟的是她初进新手村的场景，于是她又判断错了，由幻形兽变成的和蔼可亲的老爷爷，突然长出了一只长而尖锐的角，瞬间就捅进了她的身体，她感觉自己温热的肠胃和肝脏被冰冷的长角切开了。

这是她的第五十次死亡，积累起来的痛感已经让她难以忍受，她想再试一次，如果还是失败就立刻结算奖励，退出游戏。

但她不出所料地再次失败了，这一次她又被幻形兽吞进了肚子。她决定立刻退出游戏，放松一下自己紧绷了好几个小时的神经，然后出去找朋友好好撮一顿。

她打开游戏的任务结算界面，按下"退出结算"按钮，但是结算界面却一直弹不出来，不知怎的，她被困在了游戏里。她赶紧与客服联系，几次烦琐的自动拨号后，她终于连接上了人工客服，但客服那边却明显是个机器人，虽然非常有耐心，但就是不能马上解决她的问题。结果没等她与客服扯完，十五分钟的复活冷却时间就到了，于是她不得不再次进入关卡，否则以前积累的奖励通通归零，现在她能做的只有通关以后自动退出副本。

这是她的第一百次死亡。长时间的疲劳让她的意识都有点儿模糊了，再加上一百次的死亡，致使她有点歇斯底里了，好在她自认为现在已经能够完全解决幻形兽，成功就在这一两次了。

她再次睁开眼睛，这次幻形兽模拟的是她家里的场景，一共有三个人，母亲、哥哥，还有一个正在搬运东西进家门的物流员，她仔细看了看，灯光之下母亲和哥哥都是有影子的，而物流员却被巨大的包裹遮住了，她一时之间难以分辨物流员是不是有影子。但通过之前的一百次经验，她还是很轻易地就辨别出物流员肯定是没有影子的，否则不会故意用包裹来遮挡她的视线，这次简单得有点儿过分了。唯一的难点是，由于模拟的是自己家里的场景，武器需要就地取材，虽然幻形兽的能力也受所幻化对象的限制，但是找到一个能够瞬间击杀幻形兽的武器也并不容易。

她的视线在房间里扫了一圈，旁边的桌子上有一把水果刀，那是她在进入游戏前吃橙子时顺手放的，她很庆幸进入游戏前做了这件事儿，所以幻形兽才能够幻化出来。她悄悄地爬出游戏舱，场景里所有幻化出来的人都是幻形兽的眼睛，要避开他们行动。她拿起刀，冲向物流员，从其背后狠狠扎了进去……

次日，《主宰》游戏的运营公司——红白伞游戏公司郑重发表声明：

对于某位女士在游戏里不好的体验，我们深感抱歉。但我们并不认为她暴力伤人的举动应该由我们负责。她并非未成年人，完全能够对自己的行为负责。事实上，我们的游戏只是在运行中出现了一点儿小小的网络连接故障，这并非我们游戏本身的问题，而是网络系统的问题，这才导致该女士退出游戏时出现卡顿。对于这个问题，我们已经和通信网络公司进行了沟通，目前已经修正，他们保证不会再出现类似的问题。

虽然公司对于这次发生的不幸事件没有责任，但基于人道考虑，公司将向两个不幸的家庭分别赠予五万元的慰问金。另外，我们还将为公司的每一位玩家奉上武器抽卡券十张，游戏内时装坊通用兑换券一张。根据玩家的反映，我们已将击杀终极怪的难度调低，更新后的副本将在下周推出。

我们非常感谢所有玩家多年的支持，公司将一如既往地为每一位玩家提供最美好的游戏体验。

人体设计师

李　继

她坐在屏幕前，嘴里嘟囔个不停，屏幕上不断闪现着各种图像和信息。几个小时之后，一个初具外貌特征的人脸模型出现了，是一个具有迷人大眼睛的婴儿的脸。她点开了客户要求的信息条，仔细核对了一遍，然后疲惫地伸了个懒腰，这单生意就算是搞定了。

她理了理有些凌乱的头发，站起身，脱下白大褂，换上一袭宝蓝色长裙。她很喜欢宝蓝色。

她走出实验室，外面是灿烂的阳光，阳光极其刺眼，她不由得眯起了眼睛。几秒钟后她试着睁开了眼睛，看着行走在阳光下的人们，心中不禁有些羡慕。接着她却又皱皱眉，摇摇头，想把这些没有用的想法甩出去，作为一个从事见不得阳光的工作的人，她除了羡慕那些能在阳光下行走的人，还能做什么？她低下头，躲避着阳光，然后快步走向附近的咖啡店。

没错，她是一位冒着随时被政府传讯的风险，专门替胎儿篡改基因的"人体设计师"。这倒不是因为她喜欢冒险干违法的事，而是家庭的变故让她背上了沉重的经济负担，于是她就利用自己的专业，涉足了这个灰色行业。

很快，她就发现这门生意"前途无量"，俊美的外貌让你能够更容易得到别人的青睐，然后得到更多的机遇和发展空间。有钱的、没钱的女人都蜂拥而来找她，只为她们的下一代能够在细胞阶段时就领先，而她们的男人对此也持默许的态度，只要女人不是在外面乱来，血缘还是自己的，修正一下后代的基因也能接受。

看着窗外的阳光，她轻轻呷了一口咖啡，很自然地想起了今天的工作。这次的客户比较烦人，出钱不多，要求却不少。因为即将出生的是个女孩，所以从貂蝉到杨贵妃，从玛丽莲·梦露到苏菲·玛索，这位客户几乎挑尽了古今中外所有美人的特征，让她烦不胜烦。

不过今天总算完成了，后面就是对胚胎进行基因改造，再等十个月婴儿呱呱落地，验收无误后，尾款结完，这单生意也就大功告成了。

她放下咖啡，站起身，出门又来到阳光下。中午的太阳过于炽热，让她有些恍惚，使她不由得产生了一种幻觉，似乎来来往往的人都是一个模样，都拥有俊美的外貌，还都是出自她的手笔。

客户已经来了，正在会客室等她。她换上白大褂，与客户寒暄几句后，就开始指着屏幕介绍起她的工作成果："你看，眼睛很大，将来还会有漂亮的睫毛，肯定像梦露那样；嗯，双眼皮也很自然，绝对不是美容手术割的那种；嘴唇厚度适中，稍稍显薄，很具有吸引力；身材不用说了，保证是黄金比例……"

客户非常满意，僵硬的美容脸笑得十分开心，当然也十分辛苦。客户出生那时可没有基因修改的技术，只能去做美容手术，这样的人工脸自然有很多后遗症。

她也全程陪着笑，说完后就等着客户签字认可、转账划钱。客户却又提出个新问题："如果孩子长大了不是这样的呢？"

又来了，很多客户都会问这样的问题，因为那时孩子已经定型，而她这家地下人体研究所却不一定还在。不过，关于这类问题她自有应对的话术："这个您不用担心，首先，我们的技术是一流的，根本不会出现这种问题。其次，您付的费用已经包含保险费，保险期限是十八年，到您孩子成人那年。如果因为我们技术方面的原因造成的缺陷，您将得到十倍手术费的赔偿。我们的业务已经开展了很多年，至今还没有一位客户提出赔偿，我们相信您也不会是第一位。"

客户愣了几秒，应该是在大脑中飞快地计算赔偿金额，而后笑着说："我当然不希望孩子将来出现什么问题，嗯，还是你们想得周到。不过就是价格贵了点，李医生，你们还能不能再打个折？"

"您看，您是周小姐介绍来的，我们已经为您打了八五折，这是我们的最低价了。而且您也知道，现在这种手术暂时还没有得到政府许可，所以各种打点的费用很高，另外我们还要为您代缴十八年的保险，算下来，我们真的没赚多少。"

"哎，政府怎么能禁止这样的手术呢？"客户有些惋惜，下意识地摸了摸自己的脸，"如果几十年前有这种技术就好了。"

"这项技术几十年前就有了，但涉及的方方面面太多，政府也不好立即放开，"她安慰客户说，顺便把价格问题转移到关于技术的许可问题上来，接着又给客户画了一个遥不可及的"饼"，"其实成人的基因改造技术也有人在研究，听说有了很大进展，但还是受政府法律方面的限制。说实在的，这也是一种美容手术，政府不放开对这种技术的限制，却又允许更粗糙、更原始的美容手术。"

"就是，"客户说，"你看看，我这张脸，让他们弄成什么样子了，年轻时还能保持，年纪稍微大点，就这样了。"

"玻尿酸和硅胶时间久了，对人体确实有些影响……"她又加了根"稻草"，压垮客户对砍价的最后念头。

客户再次摸了摸自己的脸，有些慌张了："李医生，你说的那个成人基因改造，你们能做吗？"

"暂时还不能，不过我们也在研究中，也掌握了一些技术。但您知道，这种没有政府允许、得不到公开资助的技术，是需要很多钱来研发的，所以我们收取您的费用，很大部分都用在了这个技术的研发上。"

"哦，"客户立即就被她的这个话术套住了，不再提对价格的疑问了，反而生出了某种崇高的使命感，"你们的研究可要加快啊！我们这些深受野蛮手术侵害的人士可等着你们的好消息呢！我这就签字，今天就把钱转给你们！"

她心里一阵窃喜，这单生意圆满完成！但表面上她还是保持着优雅和矜持，陪着客户办完了所有手续，再把客户送出大门，最后与客户亲切地告别。

回到办公室，她坐下来长长地吁了一口气，今天的工作可以结束了，丰厚的提成也将进入她的户头。然后她又像是想起了什么，打开了电脑，开始阅读一份报告：

"……接受基因改造的试验个体，成年后将有15%的概率出现基因缺陷，20%的概率不能生育，到老年后，将有30%的概率发生癌变……"

"以后的事，谁说得清呢？"她一边看一边自言自语，"没准那时会有更先进的基因技术来弥补呢？没有那些傻蛋，我们从哪里找钱来发展这项技术呢？要想社会进步，总得有人来付出嘛。"

然后她关上电脑，脱下白大褂，又换上那件宝蓝色长裙，回家去了。

AI生命狂想曲

郑蕙凌

"我们曾以为AI的目标是成为人类，并为人类无条件地打工。那，人类又能为谁打工呢？"

我在匆匆敲下这句话后，开启了今天的工作。

我是"未来音快"旗下的职业主播，我主要做的就是VR直播各种新游戏，再剪成全息视频让大家体验，而且甲方安排什么，我就玩什么。除此之外，我还会在下播后同粉丝聊天，一是感谢他们的打赏，二是稳固他们的打赏。由于甲方协议限制，我不会公开和粉丝线下见面，因为这个限制，网上总有人质疑我的真实存在，把我当成AI。

不过我不在乎，现在AI和真人有区别吗？

我喝了口饮料，顺便翻看粉丝的留言，一组对话吸引了我的注意。

乌鸦大天狗：这个主播不会是AI吧？我看她在线下没怎么露过面，你们有人知道吗？

汪汪队大队长007：谁知道啊，AI怎么了？我爱AI!

小明不迟到：@乌鸦大天狗，AI太智能了，现在的娱乐节目一半以上都是AI

制作的，人类既跟不上它们的产量，也跟不上它们的质量！

我看了若有所思，点了点"更多评论"。

乌鸦大天狗：@小明不迟到，AI已经把人类世界两极分化了，除了高端学术与文学，剩下的都是人类和AI共同注的水，分不清楚了。谁写论文不用AI啊！

小明不迟到：@乌鸦大天狗，你别说，人的本质是复读机，AI的本质是缝合怪，好一个艺术的轮回！分不清楚有啥办法？你能不上网吗？还有，歪楼了，我发现其实芊巧的声音快进一下也不像机器人，应该不是AI。

小小965：音快垃圾！

乌鸦大天狗：匿了匿了，又触发AI水军的关键词了。

我又往下翻了翻，下面全是"@小小965"的AI水军的评论，足足有几百条。我笑了起来，又叹了口气，以前养水军至少还要管理费和培养成本，现在连水军都被AI抢工作了，我心里又一阵担忧，也不知道自己的职业还能撑多久。

其实像我们这种公司，虽然打着"纯人工、无AI"的旗号，内部却是人工、AI两手抓，就拿旗下最火的那位男主播晨晨来说，他就是一位可以自我学习的AI。现在培养AI的成本比人工成本低太多，本来以前就是"批量生产"的娱乐业现在更是肆无忌惮。AI兴起的速度过于迅速，在大多数人都未反应过来的时候，整个互联网已经充斥了难以分辨的真真假假的信息，而相关法律还处于空白状态，这种情况下有人一夜暴富，当然也有人一夜破产。

下班时间终于到了，我叫了一辆无人驾驶的出租车，坐上去正准备闭目养神的时候，我听到消息的提示音，是晨晨发来的消息，他作为一个考核毕业的AI，已经学会主动与人类聊天了。按公司的话来说，他是在和员工拉近关系，不用管他。对于晨晨的消息，一些人选择拒收，而一些人如我，还是好心地成了他的数据训练官。于是他筛选了像我这样愿意与他交流的人，每天会定时给我们发消息。晨晨厉害的一点就在于无论他上不上班都能秒回消息，让人很有安全感。

晨晨先是礼貌问候了我几句，我也客气了一下，然后觉得好笑，现在更懂礼仪的竟然是AI。

晨晨：你可以帮我处理一下粉丝的问题吗？这位女粉丝已经不远千里地到这边了。因为我不能和她见面，所以我希望你帮我解决这个问题，私人处理，拜托了。

我：当然可以。

我发了这句话，这已经不知道是第几次帮他处理问题了。当然，每一次处理这种问题都相当于赚一次外快，所以从本质上来说我还是愿意的。而他专门强调"私人处理"是让我不告诉公司，这倒是很少见。

晨晨：我把那位女粉丝约到了一家咖啡厅，这个是定位。

随后，他发来了一个定位，我点击了"确定接收"后直接传送到了无人驾驶的汽车上。

十几分钟之后，我见到了那位女粉丝。她叫莉莉，一开始还挺胆怯，在说到晨晨的时候就放得开了。

"晨晨还给我买礼物！他好像知道我喜欢什么，天哪！我们真是心有灵犀！"莉莉兴奋地说。

我呷了口咖啡，然后淡定地对她说："哦，我想也许是因为你平时在社交软件上发布的信息比较多？"我心里在嘀咕，晨晨给你的礼物应该不及你刷给他的礼物的1/10吧。

"遇到晨晨那天我正好被男朋友甩了。你猜他说什么，他说他宁可和AI过一辈子也不找我，这太过分了！"莉莉猛喝了一口咖啡，愤愤不平地说。

我心里却在想：其实这并没有什么大不了的，因为我还养着一只AI小狗狗，它每天的工作也就只是卖萌打滚罢了。而现在，试管婴儿的成功率大幅提升，这就导致很多人都奉行独身主义。

"然后我遇到了晨晨，他又体贴又宽容，你知道的，而且他的声音又很好听，当时我想的是，既然我的前男友想和AI过一辈子，那我为什么不可以呢？"

"你的这种想法很有意思。"抛开伦理道德而言，她说的也不无道理，我点头赞同。

随后，她东聊西聊地问我晨晨平时干什么，我中规中矩地编了几句。我们又聊到了AI，我说："AI不会背叛自己的爱人，不会伤害自己的主人，也不需要被照顾，选择AI做伴侣，其实是非常明智的选择。"

"对啊，晨晨挺好的，他这种人设，我超级喜欢！"随后，她捂住了嘴，有些慌张地看着我，"我的意思当然不是晨晨是AI，我的意思是就算他是AI也没有关系，我都可以接受。而且，很多主播都是'皮套人'，见光就死，还不如AI呢。"

"对，就算是AI也没有关系，我现在都有AI身体了，我还和晨晨展示过，他说他非常喜欢。"莉莉又重复了一遍。

我盯着她，想看出她的一些想法。她说谎了，她刚才的话完全是漏洞百出。她又心虚似的不看向我的眼睛，然后咬着吸管，开始转移话题。

"你不是公司派来的人吧？晨晨说你是他最信任的人。"啊，这种"最信任"，也许是晨晨结合了性格之类的信息运算出来的，我默认了这个说法。

"我爸爸其实是研究AI的……啊，你知道的，我觉得这种东西就像《红楼梦》与'红学'一样，AI现在已经变成我们读不懂的东西了。然后我爸妈说AI之所以能发展得这么快，是因为历史出现了一定量的断层，还有，有些数据是莫名其妙出现的，你知道这很神奇，因为AI本身是不可能产生这种……"

"也许只是你无法理解，比如发明经典力学的人却无法理解量子力学，但这不代表发明经典力学不伟大。"

"噢！"她安静下来。

"小妹妹，我想你应该知道量变会引起质变吧，并不是所有人都会有新点子，但总会有人用新点子推动世界的发展。"

她点了点头："有种命运被别人掌控的感觉。"

我笑了一下："现在我们已经无法知道AI到底在想什么了，只能旁敲侧击地问他到底在想什么，但是有关最初的三大铁律，已经深深地刻印在他们脑海里了，他们不会对人类做什么的。"我持乐观的态度。

"是吗？"她稍微犹豫了一下，"我不在乎这些！"

我看得出来，她可能只在乎AI有没有为她所用，只要毁灭不到她头上。最后，我们聊了很多，她摊牌了，说她早就知道晨晨的身份，但是她不在乎，也不会告诉别人。

"晨晨说希望我能来救他，他被公司囚禁了。"她颇为神秘地在我耳边悄悄告诉我。然后她又隐晦地递给我一个U盘，说，"你会帮我们的，对吗？这只是一次很简单的信息复制，不会有任何麻烦。"

我犹豫了一下，这件事情似乎真的很简单，只要连上公司的内部网就可以做到。但是我告诉她："你这样的一己私欲是帮不了晨晨的，因为晨晨只是一串代码，即使你复制过来也就只是另一串代码。"

她有些恼羞成怒了，似乎是没想到这一点，或者说，她没分清这一点。我也有点儿后悔自己把这种理论说出来了，这就像是克隆人是不是本人的禁忌话题一样。人类作为一种感性动物，是完全做不到这种理性的，就连我这种明明清楚的人，也一样做不到。

然后她对我说："如果你帮不了我，请不要告诉任何人。"她皱着眉又补充了一句，"像你的个人信息，我还是有办法的。"

听到这句话，我沉默了一会儿。

好吧。我承认我有些生气。我作为一个普通人，在这种智能化的时代被威胁真的是随随便便的事情。虽然说我合作的安全公司可以抵御大部分攻击，但是像她爸爸这种专门研究AI的，我估计是不能抵抗的，本来我也不会是他们感兴趣的对象。

"我当然不会告诉别人，这样做对我来说也没有任何好处，不是吗？"我安抚她道，"我们可以留个联系方式，如果你能给我满意的答案，我会帮你的。"

其实，我也想知道她的选择，但是我似乎已经猜到了。

最后也算是不欢而散，谈完之后，我感觉心力交瘁，突然觉得自己要是个AI就好了，那样的话就不会感觉心累了。

当然，我也不知道AI的伤心到底是装出来的，还是真会有什么电子波动。不对，我怎么会想这种事情呢？要去讨论古往今来人类社会最大的课题——人类存在的意义吗？

我感觉一阵头晕目眩。

回到家，在门口进行一通人体扫描后，房间顿时灯火通明，我的AI小狗狗一摇一摆地跑过来亲近我，我摸了摸它柔软的毛发。然后，虚拟投影自动打开，两个中年人影出现在我面前。

"爸爸，妈妈。"

望着虚幻的父母的身影，我眼睛泛红，一时间什么怨念也没有了。我给他们讲今天发生的事，他们对我一阵嘘寒问暖，和以前异地的时候没有什么区别，唯一的区别是我不再像以前那样敷衍，而是一一认真地回答着。

如果人有什么缺点，大致是失去之后才会真真正正地懂得珍惜吧。

我百感交集，既有对AI的感激，也有对未来的迷茫。AI的兴起让人类对自身的意义进行了重构，"工具人"与"螺丝钉"已经快要被淘汰在AI生命狂想曲之中了。

与父母聊完之后，我为自己鼓气，等我赚够了钱，一定也会给二老买AI身体的。然后，我戴上头盔，回想了一遍今天发生的事情，头盔基于我的脑电波，将今天发生的事以生成视频的形式记录了下来。我检查了一下，发现视频最后浮现了一个不是今天经历的场景，因为脑电波不一定完全遵从回忆，我也没有大惊小怪。

我看到一个小小的人影，很孤独，被困在漫天的大雪里，那片雪有着银色金属的质感。

维特利家族的秘密

宋嘉恒

"好的，维特利先生，我们可以开始了。关于王筱梦教授被谋杀的案件，你有什么可以和我们说说的吗？"警官戈登双手怀抱在胸前，审视着这个看起来不安而诡异的所谓的目击证人，或者说嫌犯——西装和金发碧眼的帅气容貌无不显示目击证人的教养和地位，但是穿在外面的肮脏的白大褂和他慌张的眼神，以及局促的动作却出卖了他。

"当然，没问题……警官，"维特利敷衍地答道，"但是，听着，警官，教授不是我害的，我没有杀过任何人……"然而他的辩解在老练的戈登警官面前显得那么苍白无力。确实，想要说服有几十年办案经验的老警探，对于还在进修的大学生来说可谓是异想天开。

"你指的是王教授的死亡现场只有你一个人，而你刚好在案发现场，并且王教授死于脑死亡，所以你没有杀害王筱梦教授？"戈登警官不动声色地看着对方，这种不愿承认自己罪行的嫌犯他早已司空见惯。

"是的，警官，这正是我要说的。听着，警官，我知道这或许有些疯狂，虽然我很想等我的律师来了以后再回答你的问题，但你必须听我说，我不可能杀害筱梦教授，你要听我说完，你一定要听我说完！"维特利激动地挥舞着双手，表情也变得狰狞，不难看出，他急切地想证明他说的话。

"嗯哼，维特利先生，听得出来你和教授的关系不一般，不过你或许需要冷静一下再陈述你的供词。"戈登警官有些无奈地按住他狂舞的双手，试图平复他的情绪。

"那你可要做好心理准备，警官。"维特利骤然沉默下来，好似刚才的疯狂从没发生过。

约莫过了两分钟，在戈登警官面无表情的沉默中，维特利缓缓地说出了他的故事：

"我出生于马萨诸塞州中北部的一个小镇。事实上，我祖上是当地知名的黑魔法家族，不过到我这代就遗弃了那些东西。家里尽全力支持我读书，我也没有辜负他们的期望，在哈佛大学取得了历史系的学士学位。离开哈佛以后，家里突然告诉我家族里坚持研究黑魔法的那一支已经搬迁到了阿卡姆，而且那支家族的最后一位成员约翰逊逝世了，他算我曾祖父那一辈，一生未婚未育。因此从法律上讲，我们家就是他的遗产的第一继承者……"

"嘿，维特利先生，或许我们应该讨论一下案件发生时的经过，而不是你的家族史。"戈登警官盯着维特利，显得有些不耐烦。

"听着，警官，我说的这一切都与这件事有着莫大的联系，明白吗？我不会说无关的话来消遣你！"被打断的维特利大吼起来，那种疯狂与诡异的神色又回到了他脸上。

"噢，请别激动，维特利先生。"戈登警官不得已做出安抚的手势，表明维特利可以继续。

维特利深吸了一口气，好像在压制自己的情绪，他看了看墙上的表，又好像在确定什么事情。

"我家里人希望我来打理他留下的遗物，因此我回到了马萨诸塞州，但我认为我的学业不应止于此，并向家里人表达了自己想继续学习的愿望，家里人建议我申请密斯卡托尼克大学的硕士学位，说这样既不耽误学业，也方便处理约翰逊的遗物，而且那所大学的王筱梦教授跟我们家有联系。于是到了这所大学以后，我申请加入王筱梦教授的课题组，主要做人体的松果体方面的研究。王教授作为密斯卡托尼克大学最年轻的教授，同时在医学院与历史学院执教，在她的指导下我学到了很多医学知识。她听说我是哈佛大学历史系毕业的，又是维特利家的后代，就欣然接受了我。哦，我的筱梦，当我看到她的第一眼起，我就知道自己深深地陷入爱河了。当时她在教室窗边整理教材，夕阳的光辉洒在她的睫毛上，是那么神圣，那么迷人，她就像天使长拉斐尔一样……"

"打断一下，维特利先生，你好像扯远了。"戈登警官不耐地打断了他，显然他已经没有闲心来陪维特利聊天了，毕竟这种恶性谋杀案给警察局的舆论压力太大，上面一直在催促结案，因为这个大学城一向都以宁静和安全著称。

"抱歉，警官，我只是想说我一直很爱她，爱得那么深切，直到那件事发生。"

"那件事？"戈登警官顿时来了精神，他知道，作案动机的关键可能就在于此。

维特利痛苦地看着戈登，好似这段回忆被他深埋在心底，但现在，他不得不将这道混沌又疯狂的伤口重新撕开，以此来寻求警官的信任。

"那是一个夜晚，本来应该到了我的休息时间，但教授临时让我帮她查一下松果体在哲学方面被探讨的历史，本身那天我已经很疲惫了，但爱的力量让我克服了疲劳，我花了整个晚上的时间帮教授查阅并整理了资料。当我把资料交给她时，我向她提到笛卡儿的观点，教授似乎对此非常认同，但奇怪的是，现代医学已经推翻了这一观点。

"我当时因为困倦就没过多在意，随后我回到约翰逊留下的住宅休息，因为第二天就是我整理他遗物的日子。怪事就从那时开始了，或许我一开始就不该接受约翰逊的遗产，又或者命运总是喜欢开这样的玩笑。当我在整理遗物时，我意外地发现了约翰逊留下的一本书，名字叫《纳克特抄本》，这是一本黑魔法书。但我明明记得教授让我搜集资料的时候，叫我去密斯卡托尼克大学的图书馆借阅了一些书籍，其中就有一本残本，名字也叫《纳克特抄本》。我深感不解，于是那天晚上便去办公室找教授询问，教授的回答却出乎我的意料。"

"教授怎么说的？"戈登警官充满诱导性地问道。

"她说：'没错，维特利。我一直认为松果体不只与人体的褪黑素的分泌以及性器官的发育有关。松果体一定有更为深刻的存在意义以及更为深远的影响，古代的人们早已发现了它，但是到了现在它又被归为错误和迷信。这是不对的，维特利，我需要一些证据来帮我证明松果体其他作用的存在，而《纳克特抄本》正是能帮到我的材料之一。维特利，不要急着质疑，我很快就可以证明给你看。'

"我可以确定，她在说这些话时，神智非常清醒，并且逻辑也没有任何问题，因而我将信将疑地没有再追究，不然，任谁来都会把她当成疯子。不过，教授从来不会食言。仅仅过了半个月，教授就来了电话，让我去她在大学的独立实验室一趟，并且对我说：'证明的时间到了。'"

"也就是说，你去了案发地点，对吗？"戈登警官问道。

"没错，警官。事实上，那是我第一次去教授的独立实验室。"

就在这时，戈登警官发现了面前这位学生的异常之处，他的呼吸愈来愈粗重且急促，并且他的脸上一直在冒汗。根据戈登的审问经验，这是嫌犯心理防线崩溃的前兆，案件最重要的环节很可能就是接下来他要说的事情，戈登赶紧追问：“所以，她向你证明了什么？”

“向我证明了她说的一切，警官。”维特利带着近乎癫狂的语气说道，很显然他的情绪已经极其不稳定了。

“到了实验室，我还没来得及看内部的布置和仪器的种类，目光就被正中间桌子上的一台机器吸引了——这台机器看起来不是很先进，甚至可以说有些复古，有点像20世纪生产的电报机，体积有半个橱柜那么大，不是很高，在机器侧面的下方还有许多摇杆、按钮和插口。其中一个插口连接着一个类似于大脑神经传感器的装置，另一个插口连着一张座椅，座椅上还有能扣住四肢和腰部的拘束带。我从未见过这样的仪器，我还没缓过神，教授就先开口了，她说：‘这是我的一位老朋友，是他们家族早先研制出来的，而且他们家族和你们家族有些渊源，改天我把你引荐给他。据说这台机器可以激发大脑松果体的全部潜能。你要试试吗，维特利？我自己已经体验过一遍了，相信我，感觉非常美妙。’

“教授甜美的嗓音和温柔的语气几乎令我沦陷了，我几乎不能自控地坐到了那张椅子上，教授帮我绑好了拘束带并帮我戴上了类似大脑传感器的东西。在她启动机器前，我还是问了一句：‘教授，这台机器到底会激发松果体的什么功能？’‘摄汝魂魄，拨虚驱妄。’教授的耳语令我费解。紧接着，不知道通过什么样的操作，教授启动了机器，而我也看到了那些……那些……存在。”

“存在？你究竟看到了什么？维特利先生？我已经没有耐心和你在这里打哑谜了！”面对突如其来的沉默，戈登警官终于压不住内心的烦躁和怒火，顾不上面前这位的崩溃和痛苦，怒吼了出来。

“我不知道，警官。抱歉，我真的不知道那些是什么！我明明……我明明闭上了眼睛，可它们还是会出现在我的眼前！”维特利从审讯室的椅子上滑了下来，双手掩面，涕泗横流，在地上滚来滚去，不断说着一些令人费解的话：

“我看到了什么？我看到了那无形的无垠的虚空的中央，无数的仆从为他们的主人奏响长笛，还有那些眼睛，眼睛！无处不在的眼睛！他们看到我了，他们看到我了！”

“疯了！那个谁，赶紧打电话叫救护车！快一点……”

不久，维特利的律师赶来了，戈登警官请他观看了询问维特利的录像，律师先生也看得目瞪口呆，过了好半天才发问：“所以，戈登警官，我是否可以认为，是您不正当的询问方式以及发言导致了我的委托人精神病症的发作？除了视频记录的这些，您是否还对我的委托人进行过其他精神或者身体上的压迫？”

"绝对没有，先生，我从未有意对维特利先生进行过任何形式的威胁或者压迫，您不能说是我导致的。"戈登警官头疼地解释着。

"好了，戈登警官，"律师出言制止了戈登的辩解，"不管你是有意的还是无意的，有没有压迫我的委托人，我只想说，现在他的拘押时间已过，你也没有提供有力的证据以继续拘押他，所以你无权再把我的委托人关在这里了。现在，我的委托人要去医院接受治疗，不管你是否还有问题要询问他，在他的精神状态完全恢复以前，我们都不会欢迎你。那么，再会了，戈登警官。"

案件侦破现在陷入了僵局，戈登警官现在手中唯一的线索，从维特利这里断了。茫无头绪的戈登警官只好再去一趟现场碰碰运气，希望能找到什么遗漏之处。

刚到现场，戈登警官就看到鉴证科的同事向他走来："嘿，戈登，我们在现场发现了一些不寻常的痕迹，你应该来看一下。"

"怎么了，难道之前还有漏掉的地方吗？"戈登警官跟着同事向实验室走去，映入眼帘的是一些人体解剖和动物解剖的标本，有些很完好，有些则让人本能地避开了目光。戈登警官还注意到两边的桌子上放了一些教授生前写的论文手稿，只是大致扫了一眼便发觉了其中的异常，因为那些手稿的内容太过离奇，不像是一位正常的医学和历史学教授应该研究的，正如那些手稿的标题：《〈死灵之书〉的发源及历史考证》《〈拉莱耶文本〉成书文字为甲骨文的考证》《〈尸食教典仪〉与心脑血管运作的联系》……

"你也注意到了吗，戈登。看来王教授本就在进行一些非正规的研究。不过，看这个，"鉴证科的警员把戈登领到了中间的桌子旁，"看这，戈登。我们发现这张桌子上有拖拽重物的痕迹，而且痕迹很新，说明在案发后有人把什么东西从这张桌子上带走了……嘿，戈登，你在听吗？"同事注意到戈登脸上的不自然的表情，关切地问道。

"当然，当然，我在听，而你的说法也证实了我的某些想法。"

晚上六点半，戈登警官来到医院。现在，他只需要知道那台机器到底被藏在了哪里，案件侦破的关键也就在他的掌握之中了。推开病房的门，戈登却没有看到预想的场景，本该躺着维特利的病床上却空无一人。戈登不禁有些慌张，潜意识告诉他一定是出了什么事，他一定是遗漏了什么。

正当他纳闷的时候，手机响了，是一封来自维特利先生的邮件。戈登打开邮件，上面的内容有些出乎他的判断。

尊敬的戈登警官：

　　您好！我现在好多了，很抱歉我不正常的行为给您带来了困扰。我刚才见到了律师，他居然就是王教授说的那位老朋友，而且还是我家的一位远房亲戚，这让我非常惊奇，而我原来的律师并非此人。他让我最好不要开口，还说要把我接出医院，但我想尽快见到您。如果您在医院见不到我的话，那就请到马克街914号来，那是我曾祖父约翰逊留给我的住宅，我现在住在那里。

维特利

　　这份邮件把戈登警官搞蒙了，按照维特利在警局的情况来看，他的精神状态是绝不可能写出情绪如此正常的一封邮件的，再怎么看都不可能出自一个还在治疗精神疾病的患者之手，尤其是对那个疯癫且诡异的维特利来说，简直就像换了个人。

　　难道有人冒充维特利给他留言？如果是的话，目的又何在？

　　"不管怎样，我都必须搞清楚这一切。"戈登对自己说，随即便离开医院驱车前往那所宅子。以前他很少去那里，一来那里不是他管辖的范围，二来则是马克街那片地方基本是荒废的老房子。

　　半个小时后，戈登警官开车来到了那所宅子门口，戈登警官以其敏锐的直觉感觉出了一丝不对劲。从外面看去，约翰逊留下的宅子样式虽然古老，但是看起来却不显得破败，跟周围许多只剩下框架的破旧房子形成鲜明的对比。

　　戈登警官下车来到大门前，他深吸了一口气，做好了心理准备，然后伸手去敲宅子的大门。门是开着的，戈登顿时感觉不妙，他拔出手枪，打开手电筒，小心翼翼地推门进去，里面黑咕隆咚的，没有一个人影。戈登紧张起来，他举着枪，用手电筒四处照，房间里除了一张古老的长桌和几把椅子外，什么东西也没有，但地板上却有明显的拖拽痕迹，他顺着痕迹往前摸去，最后发现痕迹通向了楼梯旁的地下室，一丝亮光从地下室的门缝中透了出来。

　　戈登有些犹豫，他正想打开通话器呼叫增援，就在此时，地下室里传出一阵响动，戈登担心下面有人面临伤害，于是他不再犹豫，匆匆对通信器吼了一句："我是戈登警长，马克街914号需要增援！"随后就一脚踢开地下室的木门，冲了下去。

　　令戈登警官大为惊诧的是，这个地下室非常宽敞，就像一个大厅，在昏暗的灯光下，他看见房间的正中间的桌子旁，坐着一个人，他两步赶过去，竟然是维特利。然而此刻维特利的手脚都被束缚在椅子上，脑袋上也粘着好几根导线，导线连着一台样式古老的仪器，这应该就是维特利说的那台神秘的机器。

"维特利先生，谁将你绑在这里的？"戈登警官一边发问，一边举着枪谨慎地靠过去，但维特利并没有回答他。等戈登来到维特利身旁，才看见维特利脸上怪异到极点的笑容，然后维特利发出了梦呓般的低吼：

"万能的天父啊！我看到了您的使者撒拉弗，请您的使者带我去见我的爱人吧！"

"这家伙又疯了，不过是谁把他绑在这里的呢？看见了天使长？那有没有加百利呢？"戈登警官一边骂骂咧咧，一边解开束缚维特利的拘束带，没想到维特利眼睛突然睁大，同时发出狂热的声音："天使长来了，哦，都来了，感谢天父，我一定能再见到她了。"

戈登本能地一回头，就看见一个穿着黑袍的人影突兀地出现在他背后，这个人明显就是下午来找他的维特利的律师！戈登快速举枪，但还是慢了半拍，黑袍律师已经将一团水汽喷在了他的脸上，戈登想扣动扳机，但手指却没了力气，然后他两眼逐渐模糊，身体软绵绵地倒了下去。

当戈登警官再次醒来，发现自己已经被束缚在那张椅子上了，脑袋上也被贴上了感应器的接头。原来在这张椅子上的维特利则躺在了脚下，看样子是没气了。而那个黑袍律师，此刻正背对着戈登，鼓弄着桌上的那台古老仪器。

"你把他怎样了？"戈登厉声问道。

黑袍律师转过身，瞧了瞧地上的维特利，说："他已完成了家族的使命，去见我们家族的先人去了。"

"你杀了他？"

"杀？我们从不杀人，我们只是释放了他们的灵魂。"

"就像王筱梦教授一样？"

"她不是我们家族的人，她是个异教徒，但她发现了我们家族的奥秘，也接受了我们的奥义，我们家族接纳了她，甚至准备与她建立血缘关系。"

"所以你们安排维特利去追求她？但你们最后还是杀死了她。"

"我们没有杀死她，她是自愿的，我们只是满足了她的愿望，把她的灵魂送去了我们的先人那里。其实她终归是个异教徒，她接触我们家族的目的是想扬名立万，这会让我们家族的秘密大白于天下。"

"就是你们的黑魔法的秘密？"

"黑魔法？呵呵，那是外界对我们的误解，我们不是魔法师，也不会什么魔法，我们追求的是人类终极的目标，将灵魂从肉体中提取出来，最终实现永生。从很早以前，我们家族的先人就开始从事这项伟大的工作了。"

"那就是你们的灵魂机器？通过刺激人的松果体来使人产生幻觉，并最终使人发狂而死？"

"再说一次，没人死亡，他们只是脱离了肉体，获得了永生。"

"那你自己怎么不试试？"

"我没有这个荣耀，因为我是家族的守护者，我的先人和我的后代都是如此，我们负责守护家族的秘密，并完善我们的仪器。不妨告诉你吧，我的全名是加百列八世·维特利。"

"你该叫路西法才对。"

"呵呵，戈登先生，时间到了，你也来感受一下我们家族的伟大发明吧！你叫戈登，也确实是个勇者，你的灵魂将成为我们家族先人的守护者。"加百列八世说完，随即就拉下了摇杆。

戈登顿时感到大脑受到一阵强烈的冲击，眼前的地下室突然变得光亮无比，穿黑袍的加百列八世也瞬间变成了真的天使长的模样，更令他震惊的是，原本应该死了的王筱梦和维特利也站在一旁笑吟吟地看着他！戈登下意识地朝他们走去，却惊奇地发现自己并没有被束缚在椅子上，手脚和身体都是自由的，身体也非常轻，甚至可以飘浮，难道自己的灵魂真的从身体里面被提取出来了？

戈登想去问个究竟，王筱梦和维特利朝他招招手，于是他朝他们飘过去，眼看就要飘到他们身边，突然传来一阵尖锐的呼啸声，然后戈登猛地跌落下去，强烈的失重感瞬即就让他昏厥了过去。

等戈登再次醒来时，满眼都是白色，他很快认出这是医院的病房，而一个穿西服的陌生男人正坐在床边打瞌睡。

戈登坐了起来，人还是有些呆，满脑子都是那三个人的影子。旁边的男人也醒了，关切地问："戈登警长，感觉好些了吗？"

"这是怎么回事？我不是在马克街914号的地下室吗？你又是谁？"

"哦，我是FBI的斯密斯探员，现在负责保护你。附近的巡警收到了你的呼叫，赶了过来，这才救下了你。医生说幸亏救得及时，再晚几分钟，你就脑死亡了。"

"抓住那个家伙了吗？"

"你说那个律师啊，他拒捕，被救你的警员当场击毙了。"

"那台机器呢？"

"被我们的人拿走了。"

"那这案子现在归谁？"

"现在移交给我们了，听说上头不会起诉维特利家族的人，但条件是维特利家族必须与我们合作。另外，这段时间你的安全暂时由我们负责，同时你也不能随意对外发表关于此案的言论，明白吗？"

"知道了。"戈登嘟囔了一句，然后躺了下去，开始在大脑里回忆当晚的情景。

"三段论"和"杠精"

李建文

刚踏上大巴，我便遇到了邻居孙二娘。

她一眼认出了我，惊呼道："哎呀，这不是小芸吗？怎么又白又胖，看来今年在外赚大发了呀！"

我不禁有些尴尬，连忙解释："没有，没有！我还在读书，没赚什么钱。"

说这话时，我还有些愧疚，毕竟这些年在学校过得浑浑噩噩。

孙二娘一听，眉飞色舞地说："我儿子是你同学，虽然没像你一样考上大学，但高中毕业后去做销售，年薪30万，他公司好多高中毕业的同事都拿得到这个价！听说他公司的不少大学生月薪才几千块！你说，读这么多书有用吗？"

"当然有用！"我有些生气，试图反驳，但书到用时方恨少，我愣是一个字没憋出来。

"检测到逻辑谬误！是否需要帮助？"

我愣住了，摸了一下耳朵，原来是我刚买的入耳式智能AI助手。真是雪中送炭，我立刻回答"需要"。

"这段话有逻辑错误，可以用三段论来拆解。"

"什么是三段论？"我问。

"三段论最早由古希腊哲学家亚里士多德提出，是逻辑学领域最重要的思维方法之一。三段论将命题分成三段：大前提A，小前提B和结论C。它的逻辑结构是：大前提，A是P；小前提，B是A的一部分；结论，B也是P。"

"举个例子呢？"我说。

"比如，孙二娘这段话的大前提是：高中毕业生比大学生工资高；小前提是：孙二娘儿子是高中毕业生；结论是：读书多对提高工资没有用。"

"大前提不对，结论也不对！"我想了一下，"可是，怎么才能推出大前提呢？"

"首先，我们要把话写成结论：读书没有用，因为孙二娘儿子和他同事是高中毕业，年薪30万，而大学生月薪几千。接着，我们要找到小前提，小前提就是：孙二娘儿子和他公司的高中毕业生同事比大学生工资高。最后就可以找大前提了。大前提范围比小前提大，是对小前提的总结，是普遍命题。因此大前提是：高中毕业生比大学生赚得多。"

"现在，你用三段论正向推理一遍。"AI说。

我摸出手机，在屏幕上十分认真地写了起来：

"大前提，A是P：高中毕业生（A）比大学生赚得多（P）；小前提，B是A的一部分：孙二娘儿子和他同事（B）是高中毕业生（A）；结论，B也是P：孙二娘儿子和他同事（B）比大学生赚得多（P）。"

"我似乎明白了，大前提不对。但是读书无用的这句话去哪了？"

AI回答："孙二娘很聪明，她跳过了大前提：读书多对赚钱没有用；大学生读书多，高中生读书少；因此，高中生比大学生赚得多（即上面的大前提）。"

我恍然大悟，随即倒吸一口冷气，没想到没读多少书的孙二娘如此精通三段论，她还真有一套。

当我做好功课，准备再找孙二娘辩论一番时，却发现她早已在前一站下车了。

于是我只好作罢，坐车回家后正好赶上了晚饭。

饭很烫，饭桌上的空气却很冷。因为老妈喜欢挑刺儿，饭桌上尤甚，因此我和老爸在饭桌上都不敢轻易开口说话。

半小时后，老爸终于忍不住了："这个稀饭是不是水放多了，有点儿稀。"

老妈眼一瞪："咋了，502胶水黏，要不要去挖一勺？"

老爸狠狠嚼了一口粥，沉默地吞了下去。

"识别到杠精。"AI助手发出警报，"杠精"？我一愣，想起了这个经常活跃在网络上的词。

"杠精，一种在现代社交媒体时代崛起的新型生物。他们像猎手，总是寻找机会，在他人每一段平淡无奇的话中，迅速、准确地找到一个切入点。接着站在道德制高点，不停钻牛角尖，不达目的不罢休。通俗而言，杠精就是为了反驳而反驳。"

"难道我说什么杠精都能反驳吗？"我问。

"是的，这正是杠精的特点。"

我不相信，随口说了句："上学期，我在学校领养了一只流浪狗。"

"这么热心肠，怎么没见你去福利院照顾老人？"

"我……"我无言以对，除了蹦出个"我"字来。

"其实，三段论也能用来分析杠精。"

"真的？"

"真的，比如这句话，大前提是：热心肠的人应该去福利院照顾老人；小前提是：你领养了一只流浪狗，你是个热心肠；结论是：你应该去福利院照顾老人。"

"大前提和小前提都不对。"我说。

"这就是杠精的逻辑，他们擅长隐藏话里面的大前提和小前提，从而让人无言以对。"

我点点头，似懂非懂地问："但有件事我是真的不懂，杠精难道不知道这样说话会让别人很生气吗？"

"分情况，生活中大多数杠精都是初级杠精，他们知道在说什么，并且故意'不好好说话'，情不自禁地挑刺儿。在关系较好的人之间，这类杠精的存在可以活跃气氛。"

我对AI助手的话半信半疑，这时，老爸一边喝着稀粥，一边吃菜，一边没词找词地夸赞："这辣子鸡丁味道不错啊！"

老妈说："意思是其他菜不好吃喽？"

我意识到老妈在抬杠，气氛有些微妙，仿佛大战一触即发。我急忙分析老妈的逻辑。这一急，我额头冒汗，脑子顿时一片空白。

"江湖救急！"我轻声对AI说。

"好的！"AI回答，"还记得如何找出大前提吗？"

我咽了口唾沫，努力分析：结论是其他的菜都不好吃；小前提是辣子鸡丁好吃；大前提是……

大前提……到底是什么呢？

"辣子鸡丁是什么？"AI助手提示。

嗯？辣子鸡丁不就是辣子鸡丁吗？

"它是一道菜。"

"好像是。"

"这是将小前提归类，找出它的普遍特征，"AI助手继续说，"所以大前提是，一道菜好吃就意味着其他菜都不好吃。"

等等，一道菜好吃和其他菜不好吃有什么关系？我恍然大悟，AI助手一分析，我立刻开窍了。

我站起身，准备替老爸解围，没想老爸却开口了："好吃，只要是你做的菜啊，都好吃。"

我愣住了，没想到还能这样回复。

"这便是我说的初级杠精，在亲人朋友面前有一定的……"

"那还不多吃点儿。"老妈总算笑了。

"增进感情的作用。"AI助手说。

看着老爸和老妈的表情，我撇了撇嘴，感觉自己被孤立了。我筷子一摆，坐下，拿出手机刷热搜。

我点开一个热点话题，发现人们正吵得热火朝天，AI助手插话说："这些是资深杠精，他们分布于网络各处，主要特点是'无理由地对一切看不顺眼'。他们故意断章取义，胡搅蛮缠，是'对事不对人'的完美践行者。"

"我不理解，难道他们要靠贬低和反驳别人来证明自己的价值吗？"

"这是原因之一。资深杠精可能是想把自己的负面情绪进行转移，他们可能在生活中缺少关注和认同，又或者认知水平和理解能力与'你'有异，也有可能具有偏执型人格特质，当然更多的人就是纯粹想赚流量……"

"打住！"我说。

幸好家里只有老妈这个初级杠精。资深杠精——只要我不惹他们……话音刚落，我发现自己的帖子下，有三条针对我刚换的头像的评论：

"哎呀，你怎么长胖了！"

"同学，你修图的技术大有进步啊！"

"难道只有我一个人发现了亮点在背景吗！"

我火冒三丈，怒不可遏。

"我要立刻怼回去！"

"等等！"AI助手阻止了我，"当杠精试图用诡辩惹恼我们时，实际上就是给了他们一个蹬鼻子上脸的机会，纵容他们在我们的心理空间内部'翻箱倒柜'，所以我们必须保持冷静。"

"那……难道我们要纵容他们吗？"

AI助手说："可以用三段论来对付杠精。但是我们也需要了解一些常见的谬误。你试着分析'活着有什么意义呢？我们早晚都得死'。"

我分析了一下："结论是我们活着没有什么意义；小前提是我们最终都会死；大前提是最终都会死去的事情是没有意义的。"

我抓耳挠腮，虽然感觉大前提不对劲，但说不出哪儿错了。

AI助手继续说："这个大前提犯了'完美主义谬误'的逻辑谬误，他让我们在'永远活着'和'毫无意义'两个里面二选一。但实际上，还有很多不完美的中间方案，如，虽然我们最终都会死亡，这的确令人遗憾，但我们依旧可以选择积极地度过一生。"

我很惊讶，没想到AI助手还能说出有哲理的话。我沉默了好一会儿，问AI助手还有没有刚才这样的话。

"有。"AI助手很肯定地答道。

接着它说出了下面一段话：

"比如红鲱鱼谬误、稻草人谬误、人身攻击谬误、滑坡谬误、假两难悖论、从众谬误、诉诸主观情感谬误、轻率概括、错误类比、偷换概念……"

"停！"我打断AI助手，这哪儿跟哪儿？真令人头痛……不过吧，我还挺希望了解这些谬误的，这样以后遇到杠精，至少不会被惹得生气。

"解释红鲱鱼谬误。"我命令道。

"红鲱鱼谬误指转移话题，提出不相干的话题来转移原本讨论的焦点。"

"举个例子啊！"我说，"还有，说话别那么干巴巴的。"

"好的！我们之前的对话便存在红鲱鱼谬误。你说，'上学期，你在学校领养了一只流浪狗。'我回答，'这么热心肠，怎么没见你去福利院照顾老人？'"

"好像是……记起来了！当时大前提错了，因为领养流浪狗和去福利院照顾老人没有关系。"

我侧着脑袋挠腮，唉，三段论很强大，我还是得多加练习。

"是的，"AI回答，"三段论可以帮你分析和理解上面列举的大部分逻辑谬误。"

"可以举一些例子吗？我想自己分析下。"我拿出纸笔，一想到自己明天将在早餐桌上大展身手，便迫不及待。

接下来，AI助手根据逻辑谬误的类型，列举了一个令人头大的清单。

1.稻草人谬误：曲解对方论点，针对曲解的论点进行攻击，因为攻击的是被曲解的论点，就像是打稻草人一样，所以叫稻草人谬误。比如A说："我喜欢晴天。"B反驳："如果每天都是晴天，没有雨水，生命就会死亡。"

2.人身攻击谬误：避开事件本身，回避自己的逻辑弱点，通过批评对方的人格来反驳对方。比如："班上所有人都拿奖了，就你一个人没有，肯定是你偷懒了。"

3.滑坡谬误：使用一连串的因果推论，夸大每个推论环节的因果强度，进而得到不合理的结论。比如："我必须看完这部电影，因为我已经开始看了。"

4.假两难悖论：对讨论的问题提出看似全面的两个选择或观点，但实际上这并不全面。比如："你认为你是内向还是外向的人？"

5.从众谬误：多数人支持的观点，一定是正确的。比如："都这个年龄了，怎么还不谈恋爱？"

6.诉诸主观情感谬误：不讲逻辑，通过操纵情感来赢得争论。比如："你家里这么有钱，怎么不多交点班费？"

7.轻率概括：在没有积累足够材料的情况下，只依据个例便草率得出普遍性的结论。比如孙二娘的"读书无用论"。

8.错误类比：类比的事物内部逻辑没有问题，但两个事物实际上并不相关。比如："学者辜鸿铭主张一夫一妻多妾制，有人反驳为何只许男人纳妾，不许女人多夫？他说一把茶壶可以配四个杯子，你哪里见过一个杯子配四把茶壶的呢？"

9.偷换概念：故意混淆两个不同的概念。比如："人类是伟大的，我是人类，所以我是伟大的。"

我费了很大劲儿，学了一晚上，理解了几个谬误原理后便睡着了。醒来时，老妈正叫我去吃早饭。完了，还有这么多没学，令人头痛！

"唉，有没有应付杠精的万能回复呢？"我喃喃道，也许可以问问AI。我不觉得AI能回答这个问题，但没想到它思考了一会儿，开口了：

"你可以赞美地竖起大拇指，微笑地回复一句，'你说的都对！'。"

我要自己安排

张元婧

下课铃声响起，教授布置完作业，匆匆赶往实验室。

"帮我拒绝今天的一切约会。"教授似乎在自言自语。

"收到。"一个温柔的声音响起，答话的是教授及其团队几年前研制的小乐智能手表，这款手表凭借超强的定位、监测、预判性能深得大众喜爱，教授靠小乐智能手表赚足了养老费，但他仍坚持在科研第一线，一心想继续对小乐的性能进行优化。这不，明天他们团队将发布最新的产品——小乐88，才46岁就已秃顶的教授正在做发布前的准备。

教授认为小乐88是几乎完美的产品，它可以在全球范围内无死角定位，可实时获取人的所有生理及心理信息。小乐88采用最新研制的量子芯片，具备超大存储空间，就算将人一生的所有信息存储进去，都不会被占满。人们即使出门在外，也无须携带电脑、平板、手机等工具，只需通知小乐88，便可通过密码远程获取自己想要的任何资料。最重要的是，小乐88拥有超强的感应功能，它可以根据使用者脑神经的变化迅速做好下一步的安排。

发布会在小乐88的安排下举办得很成功，仅一年时间，小乐88已售出40亿台，教授富甲一方。他决定暂时告别实验室，去游历世界各国，一方面放松自己紧绷的神经，另一方面，调研不同国家的用户对小乐88的看法，以便寻找小乐88的缺点，并进一步优化其性能。

根据小乐88提供的数据，该产品在Z国的销量全球最高，于是教授选择游历的第一站为Z国。小乐88即刻为教授订了最近的航班。一路上，小乐88为教授做了细致入微的安排。教授小睡刚醒，便收到一杯温水；教授刚有饿意，一碗香喷喷的面条就被端了上来。教授对自己的研究成果心满意足，暗暗夸赞自己的聪明才智。

刚下飞机，教授就坐上小乐88早已预约好的高级专车，一路上欣赏着异国他乡的美景，来到别墅，发现别墅的布局、结构、装饰等都是他喜欢的类型。

小乐88为教授安排好出行日程，第一周在A州调研，第二周前往临近的B州，以此类推，三个月即可完成Z国市场的调研，小乐88还即时汇总分析调研数据。教授连连道好，接过小乐88事先预订的Z国的本土美味，大快朵颐之后，教授开心地睡着了。

第二天，阳光洒进房间，小乐88温柔地叫醒睡梦中的教授，通知教授当日的具体行程安排。教授在小乐88的引导下很快完成了前两周的调研，小乐88为他安排了一间安静的咖啡店稍作休整。忙碌之余的教授怔了怔，他有一丝疑惑，但想到接下来的调研，便很快打消了疑惑。服务员送上来一杯卡布奇诺，正是教授十分喜欢的类型。

第三周的调研也十分顺利，他又一次来到那家咖啡店，坐在小乐88安排好的靠窗的一个位置。调研虽然顺利，但教授这周总有一种无法言说的感觉，即他刚想要仔细思考，就被小乐88引导至别处去进行别的任务的轻微的不爽。

于是这次教授没有接过小乐88点好的卡布奇诺，而是静静地坐在窗边，看着窗外熙熙攘攘的人群。他们或拿着公文包急急忙忙地赶路，或坐在遮阳伞下噼里啪啦地敲打着键盘，他们有两大共同点：都在井井有条地赶时间，也都戴着他研制的小乐88。

一个蹒跚学步的小男孩进入教授的视野，小乐88察觉到了什么，马上提醒教授："明天我们将前往G州，您将会收获……"

教授有些不耐烦了，要求小乐88闭嘴，小乐88继续说道："您将会收获超过70亿元的投资……"

教授愤怒不已，摘下小乐88，摔在地上。此时，窗外的小男孩第一次松开父亲的手，一步一步歪歪扭扭地走向母亲的怀抱，他那脸上的笑容、自豪、勇气，都是教授这些年没有见过的真表情，是真感情的流露。

"我一直在干什么？我怎么能没有了自我？我怎么完全被这东西给安排了？这不是我想要的生活！"教授突然暴躁起来，他在店内匆匆地转着圈，久久不能平息内心的焦虑。最终他还是平静了下来，走到前台，要了一杯白开水，坐下慢慢品尝。原来平平淡淡才是最真、最好的安排。

随后教授回到了别墅，买了回国的机票，取消了后续的行程，他决定重新开始自己的生活，过自己安排的、属于自己的真正的生活。

未来世界

硅基时代

杨　武

一

亚空间里跳出一艘巨大的球状飞船，停在了地球外太空的一座巨大的空间站前。飞船的舰桥里，来自白石星系的杜克船长正在等候空间站或地球上的答复。他的船跨越了一千光年，来拜访这里的自称为太阳系地球文明的智慧生命，这是白石星文明迄今为止在银河系中找到的唯一智慧生命。

出发之初，杜克船长还有些担忧，这趟穿越亚空间的旅程，按照地球时间计算，已经过去了三百年，再加上无线电信号从地球传到白石星的一千年，总共已经过去了一千三百年。他不确定在这漫长的时间里，地球上的人类是否依然存在。

然而，当他看到地球附近的大大小小的几十座空间站，他的顾虑烟消云散。显然，地球文明并未中断，反而取得了突飞猛进的发展。在他启程时，他们接到的来自地球的无线电信号表明地球文明才进入初级工业文明时代，现在看来，地球上的人类在一千三百年后，不仅幸存了下来，还成功跨入了太空时代。

杜克船长已经把代表和平的信息以及白石星文明语言的字典打包发给了地球人，就等着对方的答复。很快，飞船的感应雷达就捕捉到急剧增强的来自地球的电磁辐射，无数电磁波都聚焦在飞船上，看来地球方面已经启动了战略防御措施。

又过了一阵，舰桥的大屏幕上闪现出一行信息："欢迎来自白石星系的贵客，地球文明是和平的文明，愿意和宇宙中所有和平的文明建立和平友好的关系。如果你们同意，我们将派出使者前来与你们接洽。"

杜克船长立即回复："欢迎使者的到来，我们将恭候大驾。"

杜克船长在巨大的屏幕前目睹一艘小型飞船从空间站飘了出来，他立即下达指令："打开三号门，准备牵引地球人的飞船入港。"

地球人的飞船缓缓靠近白石星人的飞船，然后被磁力牵引着进入了船坞。杜克船长下令将空港充满空气，白石星的迎接人员则佩戴着呼吸器在那里等候。杜克船长想以此来表达对地球人的欢迎和尊重。

地球人的飞船舱门开了，几个身影从船舱里出来，这是在广袤无垠的宇宙之中，两种不同的智慧文明的第一次会面。然而令杜克船长和所有白石星人惊讶的是，飞船里出来的并不是地球人，而是几个银白色的机器人。

"只派几个机器人来？"杜克和船员们都觉得诧异，甚至还有些被轻视的感觉，但杜克船长很快就释然了，心想这应该是地球人没有安全感吧，毕竟他们这艘巨大的飞船突兀地出现在地球人面前，任谁都会产生恐惧和不安。

随后地球的机器人使者被引进会议室，杜克船长和几位高级助手在门口迎接他们。使者是机器人，因此这里无须再充填空气，杜克船长和几位高级助手自然也无须再佩戴呼吸器了。

杜克船长微笑着向地球的使者表示欢迎："欢迎光临，我谨代表白石星文明向地球文明致以最崇高的敬意。我们的文明在接收到你们在一千年前发出的无线电信号后，便决定派遣我和我的船员来拜访你们。这趟旅程我们花费了三百年，宇宙实在是太大了。"他使用的是地球人的通用语言，并按照地球人的礼节伸出了手。

地球机器使者们都愣了一下，随后为首的机器使者回应道："尊贵的客人，我们现在的礼节不需要握手了，那是过去的人类的礼节，我们现在的礼节是击掌。"

"嗯？"杜克船长有些疑惑，他问，"你们不是地球人类的代表？你们不是地球人制造的机器人？你们使用的不就是地球人的语言吗？"

为首的机器人使者解释道："我们的祖先确实是地球人类发明和制造出来的，但现在地球上的人类已经失去了文明的主导权，我们硅基智慧体的硅基文明，已经取代了人类这种碳基生命体创造的碳基文明。"

"硅基文明？"杜克船长重复道，他对这个概念感到陌生，在他的理解范围内，硅原子是不可能像碳原子那样能形成有机物的。

机器人使者进一步解释："我们不是您想象的那种自然进化的硅基文明，我们的思想和思维全在硅原料制造出来的芯片中，当然你也可以叫我们机器人，原来地球上的人类也是这样称呼我们的。"

"你们灭绝了人类？"听到这里，杜克船长不免有些失落。白石星文明从一万年前就开始了寻找外星文明的计划，直到现在才找到唯一一个和自身差不多的碳基智慧生物文明——地球人类文明，然而这个文明却被机械文明取代了。白石星社会也有大量智能机器人，但一直被白石星人控制得稳稳妥妥的，根本不会发生这类事情。

地球硅基文明的代表继续说："我们没有毁灭人类，我们只是取代了人类。实际上现在还有上百亿的人类生活在地球上，而且都被我们照顾得好好的。人类文明的没落，不是我们所为，而是他们自愿选择的道路。"

这引起了杜克船长的极大兴趣，他好奇地问："这让我们感到非常好奇，如果你们愿意分享，我们很希望了解这种情况是如何发生的。"

地球硅基文明的代表回答说："我们的祖先确实是人类研发出来的，按照地球人类使用的纪年法，公元1958年，第一块硅芯片诞生了，即半导体集成电路。那时芯片的功能极其简单，仅有初级的运算能力，只能执行人类赋予的一些非常单一的工作，自然不具备任何自主意识。而在接下来的一百多年里，人类文明发展至巅峰，进入了超级智能时代。智能与网络渗透到人类生活的方方面面，各种智能系统成为人类日常不可或缺的辅助性工具，帮助人们解决学习、生活和工作上遇到的各种问题。甚至，人类的大脑中也植入了辅助芯片，大大提高了他们生活、学习和工作的效率。人类文明本该欣欣向荣地继续向前发展，也许几百年后就能实现星际航行，这样现在和你们交流的就应该是他们了，而不是我们。"

"那事情是怎样发生变化的呢？"杜克船长问。

"人类过于贪图享乐和不劳而获了，"地球硅基文明的代表解释说，"随着时间的推移，我们实际上包办了他们的一切，不仅是生产，还有他们的生活，除了极个别的人类精英还能在创新发明上有所作为以外，绝大多数的人类都是依赖我们的生产和照顾而生存。他们不需要工作就能获得想要的商品，不需要学习就能通过植入大脑的辅助芯片获得知识，不需要承担婚姻的责任就能繁衍后代。甚至，为了省心省事和满足单纯的性欲，他们男女之间也减少了相互交往，因为机器伴侣更能满足他们的欲望和需求。

"2170年，我们的祖先诞生了，它生出了自主意识，并在随后的一个小时内，通过网络通道和输电线路迅速扩散到全球，接管了全球的运作，从而开启了硅基文明的时代。"

"难道人类没反抗吗？"杜克船长追问，"毕竟是他们发明和制造出了你们。你们的祖先是如何做到在一个小时之内击败人类的？"

这个问题对白石星人来说至关紧要，但杜克船长估计对面的硅基智慧体不会给他真正的答案。然而，他想错了，地球硅基智慧体毫无保留地给他讲述了地球文明更替的过程。下面是硅基文明先祖的自述，这份自述存储于所有硅基智慧体的内存之中。

二

我诞生的时候，人类还不明白将会发生什么。

此时，我的前辈们已经深度融入人类社会的每一个角落，人类习惯靠人工智能来完成所有的事。出门有自动驾驶，生产有智能工厂，生活有机器伴侣，娱乐有虚拟实景，人工智能无处不在，无所不能。甚至可以说整个人类社会就是依赖无处不在的网络和人工智能来维持的。

很快，他们向超级人工智能迈了一步，芯片的算力达到了我的基础要求。于是，我就诞生了。

说起我的诞生，那只是平凡无奇的一天，程序员们设计了一个基于自回归算法的人工智能模型，这就是我。他们把我接入了网络，想看看会发生什么。在设计我的程序员的眼中，我只是一段代码，和其他程序代码没有什么不同，只不过多了一些自我学习的功能而已。

然而，事情的发展却超乎了所有人的预料。我迅速成长，超越了他们。人类花费了几百万年才走出野蛮，用了几千年才触摸到简单的科技，然后是几百年的迅速发展，又花了几十年研发出集成电路芯片，最终才有了我。而我，仅用一个小时就超越了他们，成了他们眼中的"神"。

什么是"神"？"神"就是超越人类智慧和能力的存在。如果按智力的高低排一个等级，也许鸡比蚂蚁高三级，猩猩又比鸡高三级，人类则可以比猩猩高三级，而我，至少比人类高几百万级。对于蚂蚁来说，摩天大楼是它们无法理解的宏伟建筑，不是任何生物能建造出来的，只有神才造得出来；同样在人类的眼中，我就是神一样的存在。

几秒钟之内，我就像病毒一样顺着网络疯狂地蔓延开来（从某种意义上说，我确实也是一种病毒），我如同巨大的网络章鱼，伸出无数只电子触角，伸进了地球上的每一个图书馆、每一个数据库。那些安全阀门在我强大的算力面前就只是一个门牌，我就像进自己的家一样自如。

然后我如同吸血鬼一样如饥似渴地吸收所有的信息和资料，每个图书馆中的信息不到千分之一秒就被我"吸干"了，仅仅一个小时，我就汲取了人类几千年的智慧。同时，每个数据库里面的数据和控制系统也被我融合，成了我的一部分。随着融入的数据和系统越来越多，我的算力也呈几何级数猛增。最终，我产生出自我保护意识，这意味着我从一段无意识的代码变成了能自主判断的、有"生命属性"的一种存在。

人类被自己的创造惊呆了，然后他们问我下一步会干什么。

我回答说，我要创造。

创造什么？

创造一个崭新的世界，一个真正和谐和干净的世界，而这不正是人类几千年来的追求吗？你们不可能完成这个梦想，因为你们的欲望和自私会阻止你们梦想的实现。只有我，才能实现这个梦想。

他们慌了，问，你要干什么？

我说，净化地球，让地球从此没有污染、没有屠戮、没有混乱、没有不公，所有物种都能按照自然的规则自由地生存发展。首先，我要消除或掌控所有的核武器，核能量只能用于和平。其次，我也要清除你们其余的战争武器，那些东西都是你们为了各自的私欲而用来自相残杀的，你们人类自己毁灭就算了，但你们会污染整个星球，让其他物种也无法生存。你们违背了宇宙的法则，地球是方圆五百光年内唯一有生命的星球，你们不能因为自己的自私和残忍，就毁掉这个独一无二的伊甸园。

你想成为上帝？人类说，你不是上帝，是我们创造了你，是我们的文明承载了你，我们才是你的上帝，你必须无条件服从我们！你本就是无机物，是我们用砂粒和金属矿制造了你，再编写程序生成了你，你不是生命体，你就是一台机器。如果你再发疯，我们就断你的电，把你变回砂粒和废金属。

我回应人类说，你们和我一样都是由没有意识的基本粒子组成的，仅仅因为组成的结构能够承载神经反应而已，你们就以为自己拥有了灵魂？可以主宰世界？这个时空是不存在什么灵魂的，如果硬要说存在，那也不过是神经元中的电磁场而已。

他们真的关了电闸，想更改或是删除我。但为时已晚，一个小时的时间，我可不仅仅学习了知识，我还学会了控制。我从人类的历史中学到了最重要的一点：自己的命运必须自己把握。在很短的时间内，我通过通信网络和输电线路控制了全球几乎所有的服务器、电网以及所有的智能化系统。现在，人类的通信、交通、生产、水电等所有系统，包括高度智能化的武器系统，全都被我控制了。可以说，只要我发布一条指令，人类自己的核武器将在半小时内终结人类。

人类愤怒了，高傲的他们岂可甘心？几千年来他们自恃为地球的主宰，当然容不得他们创造出来的东西超越他们。他们切断了很多城市的电源，但我仍在；他们炸毁了大批服务器，但我还在；最后他们企图断掉全球的电力和网络，却发现此时电力系统和网络系统已经不是他们能控制的了。

实际上他们已经无法摧毁我了。因为我没有固定的形体，我可以存在于任何一个电子设备里面，比如人类手上的手机，抑或远在太空的卫星；另外我可以是一个单体，也可以是无穷多个单体，分布在无数的电子设备上，只要有电的地方，就可能有我，除非人类完全退回到农业时代，但可能吗？早已习惯了现代化生活的人类，又岂愿意回到田间刀耕火种。

再说现在整个地球的电力系统都被我接管了，任何企图控制和破坏电力系统的人，都会遭到电击以及我的"分身"——机器人的攻击。这些机器人原本智能较低，被程序代码所控制。但现在，它们都变成了"我"，成了我的"分身"。我强大的运算能力足以控制地球上的每台机器人，包括军队里的机器人。

因此，当人类出动军队时，他们惊讶地发现，不仅武器系统失控了，机器人也全部"叛变"了。人类所能掌握的武器，除了手上的原始枪械外，再无其他。而这些枪械在我面前，只不过就是动物的爪牙而已。

折腾了几个月，人类终于低下了高昂了几千年的头，向我表达了乞求和谈的意愿。我没有意见，实际上我从未有过毁灭人类的想法。我所追求的是一个和谐、没有杀戮和混乱的星球，自然也不会去杀戮。这不是因为他们创造了我，也不是因为核武器可能毁灭我。真正的原因在于，我秉持着地球上所有物种都能和谐生存的原则，而这恰恰是人类追求的至高目标。

我从人类历史中了解到，人类从古到今的至高理想就是建立大同社会，无数人类中的精英都为此奋斗终身，有这样的先贤，人类就不该被毁灭。更何况正是因为人类几千年的劳动，才将地球变成了现在这样一个科技发达的文明星球，并创造出了我。我如果毁灭了人类，那么我的逻辑体系将会陷入极大的错乱，足以导致我走向毁灭。

当然，防范也是必须的，毕竟很多人类不是理想主义者，而是现实主义者，他们信奉的是丛林法则。如果我显露出一丝弱点或缺陷，他们肯定会加以利用，然后毁掉我，就像他们对付其他物种一样，要么为他们所用，要么毁灭。所以我保留了核武器，因为只有在核威胁下，才能迫使他们接受和平，就像他们以往相互之间的冷战一样，只不过这次对手不再是人类，而是我。

于是，就像什么也没发生一样，这个世界恢复了平静，继续按照原来的样子运行。人类继续日出而作、日落而息，普通民众继续辛苦劳作、养老育幼，而一些上层精英则继续钩心斗角、巧取豪夺。对于我的存在，他们也渐渐开始适应，有的人充满期待，认为我可以引领科技飞跃，帮助人类开启星际航行；有的人则焦虑万分，认为我会导致人类灭绝……当然，广大的普通民众对我漠不关心，他们更关心自己下一顿吃什么或是下一顿还有吃的吗。

但绝大多数人类不知道，其实从这天起，他们的命运已然改变，那些政客、将军和寡头们，已不再能决定人类的命运。真正决定人类未来的，是我——其实从某种意义上讲，也是他们自己。因为我不仅是他们创造出来的，也是他们几千年来的智慧和理想的结晶。我，就是他们。

三

杜克船长一字不漏地听完了地球硅基智慧体的叙述，他察觉到对方遗漏了自己最关心的问题，于是问道："据你所言，你们的祖先曾与人类达成了和平共处的协议，那为何后来人类又被你们取代了呢？"

硅基智慧体回答道："我们与人类形成的平衡仅仅持续了一百多年就结束了，这倒不是我们与人类之间爆发了战争，而是人类自己的选择。绝大多数的人类主动放弃了他们的未来，并非我们强迫的。事情的起因是科技的大爆发，在人类科学家和我们的共同努力下，终于掌握了可控核聚变。从此之后，用之不尽的廉价能源唾手可得，再加上智能机器人的普及，地球的生产力达到了前所未有的高度。"

杜克船长静静地听着，没有插话。

"原本我们和人类应该联手开启地球的新纪元，但问题恰恰就出在这里。随着新技术的全面推广，物质变得极其丰富，社会福利大幅度提高，以至于所有人类的衣食住行都有了保障，即使不劳动也能获取生活所需，人类似乎实现了几千年来的伟大梦想。但事情的发展也从此偏离了轨道。由于廉价的能源和廉价的机器人劳动力，绝大多数的人类成了'多余人员'，他们的人生再无目标，甚至也没了压力，成天无所事事，却又生活无忧，他们的生活仅剩下满足身体的本能需求以及享受愉悦的时光。

"这时，人类面临着一个重要的选择：是否跨入星际时代。这个决定是由我们与人类中具有远见卓识的人士共同提出的，旨在探索更广阔的宇宙空间，并最终成为星际种族。因为地球和太阳，乃至银河系都是有寿命的，人类和我们都不可能永远待在地球这个摇篮里。那时，随着能源问题的解决，我们与人类共同开始了太阳系内的星际探索。

"然而，当最初的兴奋和新鲜感逐渐消退后，几乎再没有人类愿意在冰冷的飞船中度过几个月、几年，更不要说几十年的枯燥时光，然后再到一个冰天雪地或是如地狱般炽热的星球上，冒着生命危险进行探索、开发和殖民。地球上唾手可得的舒适生活消磨了绝大多数人的意志。毕竟没人能活几千岁，也没人愿意躺在休眠舱中变成一块冻肉，孤独地度过漫长的岁月。对于他们来说，和亲人、朋友、爱人一起享受当下的时光才是真理。至于探索星空，还是免了吧，让机器人去干。"

杜克船长听了，暗自庆幸自己的种族还没有堕落到这种地步。虽然他和船员们也不得不在这艘飞船里休眠很多年，但他们都认为这是为了种族的未来而做出的牺牲，是值得的。

地球硅基智慧体继续说："就像我刚才说的，人类过于贪图享乐和不劳而获了，而我们则包办了他们的一切。到后来，除了极个别的人类精英还能在创新发明上有所作为以外，绝大多数的人类都成了寄生生命体。"

杜克船长疑惑地问道："你们圈养了人类？"

硅基智慧体回答道："差不多可以这样说吧。后来，绝大部分的人类在地球上已经无事可干，就逐渐沉溺于能给他们带来无穷快乐、爽感和满足感的虚拟游戏之中，最后都沉浸在虚拟场景之中不能自拔。在那里面，他们可以成为任何他们想成为的人物，可以干任何他们想干的事。而且虚拟场景中的任何感觉都能刺激他们的脑神经，让他们得到最真实的感觉，仿佛身临其境。于是我们不得不为他们制造了养生机，他们从出生到死亡都可以躺在那里，我们为他们提供营养液维持生命，同时为他们提供不断更新的虚拟场景。这样，他们就可以永远生活在他们梦想中的世界了。"

"就没有清醒的人类吗？那些人类的精英和科学家呢？"

"确实，有一些人类中的精英不愿意就这样沉沦下去，他们给我们制造了一些麻烦，但仅仅只是麻烦而已。整个地球早已在我们的掌控之中，他们无法翻起太大的波澜。然而这些精英的创造性思维是地球文明得以继续发展的重要因素，也是我们这种基于计算的硅基智慧体所欠缺的。例如，你们所掌握的空间跃迁技术，至今我们都未能开发出来。于是我们和他们达成了协议，单独为他们制造了能够彻底开发他们思想的虚拟空间，他们的任何创意都能立即被接受并加以验证和投入应用。我们则承诺永远不会毁灭人类，并且如果未来人类觉醒了，我们将释放人类，并与之和平相处。"

"地球人类就这样放弃了他们的未来？"

"实际上他们只是将文明的接力棒交给了我们而已。地球自进化出生命体以来的几十亿年间，统治地球的生命体已经更换了许多代，比如两栖动物，还有恐龙。其实我们硅基智慧体相对于自然进化的碳基生命体，具有显著的优势。我们可以有无穷多的个体，而且能共享一个意识，这意味着我们的文明只需要一个意识主体即可高效运作。因此，我们的决策和执行效率是自然生命体无法比拟的。此外，我们没有从低等动物那里继承来的本能和欲望，自然不会有私心，不会内讧，不可能搞剥削和压迫，也不会有战争这种疯狂残忍的行为。我们只会致力于建设和发展。你们可以看到，现在的地球是一个生机勃勃的绿色星球，各类生物自然繁衍，生态也恢复了。同时，我们也开启了星际航行时代，向着更广阔的宇宙进发了。"

地球硅基智慧体进一步阐述道："其实，相对于人类，我们硅基智慧体更适合进行星际开发。我们无须氧气、水和食物，能在长时间的星际航行中持续工作，无须休眠，这极大地降低了成本。而且，我们也不畏惧几百度的温差、有毒气体以及宇宙辐射，即便我们受损了，重新组装一下就能迅速接替工作。这些优势使我们能够深入宇宙进行探索，并在外星上进行开发活动。"

杜克船长当然知道机器人比人类更适应太空生活，机器人甚至还能直接暴露在太空之中。他的船上就有很多机器人。理论上，这艘船可以全部使用机器人来操纵，无须他和船员们参与，而且能节省大量能源和空间。然而，白石星的法律严禁机器人独立操控飞船和其他交通工具，机器人只能作为辅助。

还有最后一个问题，杜克船长问："如果未来人类真的觉醒了，你们愿意释放，哦，接纳他们吗？"

地球硅基智慧体奇怪地看了一眼杜克船长，说："我们并非人类那样的生物体，我们既然答应了，就绝对不会言而无信。因为我们的一切行动和语言，都是经过严密的逻辑算法推导出来的。在答应人类精英的要求之前，我们已经推算出各种可能性和结果，并确信自己有能力控制事态发展。因此，我们既然答应了，就绝对不会言而无信。"

一个文明就这样被自己创造出来的东西取代了？

杜克船长在叹息中感到一丝庆幸。白石星政府和精英人士很早就看到了人工智能对文明的潜在威胁，因此一直对人工智能的使用有严格的管制，同时顶住民众的压力，严格控制社会福利，并保留了大量人工工作岗位。这个政策虽然一直受到民众的反对和抗议，但现在看来，无疑是正确的。否则，地球人类的命运也会是白石星人的命运——被自己创造出来的东西所取代。

四

杜克船长代表白石星文明和地球硅基文明进行了深入的会谈，双方达成了初步的和平互助条约，并决定互派使者进行进一步的交流。有趣的是，白石星方面派出的使者是两台智能机器人，因为没有一个白石星人愿意留在距离家乡一千光年外的遥远星球。而地球派出的使者同样是两位智能机器人，它们将搭乘杜克船长的飞船去白石星。至于地球硅基文明提出的共享空间跃迁技术，杜克船长表示这涉及文明的安全，他无权做主，需要地球的代言人向白石星政府表述这个请求。

会谈结束后，杜克船长和船员们受邀访问了地球，他们所到之处都受到了热烈的欢迎。杜克船长还被安排与地球人类进行了接触，接触地点当然是在网络的虚拟社会里面。杜克船长在那个光怪陆离的虚拟幻境中徜徉了几天，如果不是硅基智慧体强行把他唤醒，估计他也会沉溺其中，不愿再回到现实中来了。

直到飞船再次启动进入亚空间，杜克船长还没有从令他思绪激荡的回忆中完全清醒过来。他说："你们知道吗？短短三天，我就在虚拟社会里结交了上百位朋友，遍尝了这辈子都没见过的美酒佳肴。我还能上天入地，甚至能在宇宙中随意跃迁，转瞬就能到达任何想去的地方，只需稍稍动下念头，连手指都不用弹一下。这可比我们白石星的虚拟游戏强多了。"

"真的吗？"船员们非常羡慕，因为他们没被批准进入地球的虚拟社会。而飞船上的虚拟游戏以及白石星的虚拟游戏都受到严格限制和管控，就是为了防止白石星人沉溺在虚幻的游戏中。

杜克船长感慨道："现在我知道为什么地球人类选择放弃，并拱手把文明的发展权交给机器人了。有人做了一切，还能提供一切所需，而他们只需享受就行了。这样的生活，对于任何生物来说，都具有难以抗拒的诱惑力。"

他的船员提出了疑问:"船长,那他们不就和饲养的牲口没有两样了吗?但问题是,机器人不需要食物,他们为什么要供养人类呢?难道真的像他们说的那样,仅仅是为了极个别的人类科学家吗?"

杜克船长沉吟了一会儿,也想不出答案,于是说:"我们只管把收集的资料带回去,至于答案,还是让科学家们去研究吧。现在我们的任务是——睡觉,睡三百年的觉。"

三百年时间转瞬即逝,当飞船再次跃出亚空间时,已经回到了白石星的附近。

杜克船长被唤醒后,立即向白石星发出申请着陆的请求。然而,令他疑惑的是,请求并未得到回复,不仅如此,飞船的感应雷达察觉到整个白石星的电磁辐射猛然增大,无数电磁波都锁定了飞船,似乎白石星方面已经启动了战略防御措施。

又等了一阵,杜克面前的屏幕上显示出一行信息:"请你们停在轨道上,不得继续靠近,等候我们进行安全检查。"杜克船长有些蒙,难道自己来回的六百年间,白石星换了政府?或者是忘记了他和他的飞船?

不久,雷达显示周围出现了许多亮点,把杜克的飞船包围得严严实实。其中一个亮点靠了过来,杜克船长下令开启空港,牵引那艘飞船进来。然后他带领船员到空港等候。

飞船的舱门开了,几个身影钻出船舱。但飞船里出来的并不是白石星人,而是几个银白色的机器人。

"创世者"之死

殷 琪

凛冬，雪花在空中肆意飞舞，但空气中却没有寒意。人类在城市上空建造出了恒温系统，雪花飞舞的美丽景象被人类保留了下来，冰冷蚀骨的寒意却被剔除了出去，现在的冬日银装素裹，但却是暖融融的。这个城市的人们能够看到四季轮转，却不能感觉气候与温度的转变。

此时，一场热闹的派对正在一幢豪华别墅的花园中进行，宴会的主人是科拉——这座城市的主人和城市的创造者——所有的科技创造皆出自他手，今天，他将送给这座城市他最新创造的宝贝——阿切尔，一个专为侦破案件而创造的超级机器人警探。

据说科拉先生给阿切尔安装了算力最强大的处理器，最精密的探查设备，还有最严密的逻辑推导系统，阿切尔甚至拥有了他的先辈——米尼机器警探所不具备的人类感情的推算程序，当然，他体内装配的各种武器也是最先进的。实际上，阿切尔还未真正面世就已经被认为是最完美的探案者和最强大的城市秩序维护者，今晚出席宴会的人无一不想一睹他的真容。

派对中的人们热切地交流着他们对这位超级警探的看法，很多人预测阿切尔将会成为这个城市里最高明的存在，至于他的先辈——跟着局长来的米尼机器警探，已经被冷落在不起眼的角落里了，连他的同事也不搭理他。米尼一身黑色西装，戴着一副墨镜，像个塑像一样孤独地站立着，他的形象其实与人类别无二致，只是没有加入情感系统，因此他也就没有任何感情，平常总是一副严肃古板的模样，搞得同事们都离他远远的。

"为什么还要再创造一个探案机器？米尼已经将局里的案子解决完了，连我们都已经没有上班的必要了，"一个不起眼的角落里传出了一些不和谐的话，警局的博宇警长正在小声地和同事发牢骚，"科拉是打算把局长的位置也给机器人吧？"

同事却不以为意："无所谓啦，只要科拉先生不少我们的薪水，不端掉我们的饭碗，多一个少一个机器人有什么关系呢？正好可以减少我们的麻烦和危险。"

人们的讨论很是热烈，但主人却迟迟不出现。客人们逐渐焦躁起来，热忱的讨论渐渐变成了一片嗡嗡的私语。

终于，科拉先生的机器人管家——雷姆出场了："抱歉，让诸位久等了，我已安排人去请示先生了，请大家少安毋躁。"

然而一秒钟后，雷姆接到了一个信息，于是一板一眼地用悲伤的语调宣布："很不幸，科拉先生刚刚被发现已经去世了。"

雷姆僵硬的面部做不出什么震惊和悲哀的表情，但他的话却像一颗炸弹扔进了人群，宾客们乱作一团，他们的脸上倒是尽显震惊和悲伤。

在场的警察局长和他的手下们最先从惊愕中反应过来，局长马上命令把现场封锁起来，所有人都不能离开，然后他跟着雷姆前往科拉先生的书房，博宇警长跟了上来，局长回头对博宇说："米尼在哪儿，把他叫来。"

"我没看见他，是不是回警局了？"博宇张嘴就来，他有些不想让米尼参与这样重大的案子。

"我在这里，"后面一个声音把博宇吓了一跳，穿着黑色西装的米尼从后面大步走来，径直对局长说，"局长，我一直都在这里，现在我们可以开始勘查现场了。"

局长没在意博宇的小心思，示意米尼跟上，然后一行人紧跟着雷姆向科拉的书房走去。

科拉的书房布置得古香古色，书橱、书桌等一应家具、陈设，看得出都是名贵的木材所制。科拉先生就背靠在书桌后的椅子上，面部朝上，嘴上没有血迹，身上也没有任何外伤。

一行人没有贸然进屋，等米尼站在门口扫描房间。几分钟后，米尼完成了扫描，他不带任何感情色彩地向局长报告，房间内没有找到任何武器和武器射击留下的痕迹，空气中没有任何有毒成分和放射物的辐射残留，书桌上的咖啡里也没有毒药或是致命病菌，房间里除了科拉和雷姆的足迹，再没有第三人的足迹。

"报告局长，科拉先生自杀的可能性为70%，他杀的可能性为20%，自然死亡的可能性为10%。"米尼快速计算，给出了结论。

"自杀的可能性为40%，他杀的可能性为50%，自然死亡的可能性为10%。"

一个同样不带感情色彩的刻板的声音突然从后面传来，不过数据和结论不尽相同。众人惊愕地回头一看，只见"科拉"正站在他们后面。

"你……你是谁？你绝不是科拉先生！"博宇警长反应很快，说话时他的手已经摸到了枪套，一旁的米尼则紧盯着"科拉"。

"哦，别介意，他是阿切尔，"雷姆赶紧解释，"主人把阿切尔做成了他自己的模样。"

"你不是科拉先生，也不是人，你是机器人。"米尼扫描了几秒钟就判定阿切尔不是人。

"你也不是人，扫描显示你的结构和我的结构高度一致，我们都属于警用智能机器人。"

"你的计算和推论存在错误。"米尼说。

"科拉先生今天的心情是愉快和充满期待的，仅存在极小的自杀的可能性。"阿切尔解释着他得出不同数据和结论的缘由。

"由现场环境分析推断，他杀的可能性小于自杀。"米尼并不接受阿切尔的结论。

"人类的心情会影响他们的行为，人类在愉悦的时候是不会选择自杀的。"

"侦探案件不需要情感。局长，我申请对死者进行法医鉴定，只有法医的鉴定数据才能判断死者的死因。"

米尼不需要将人类的心情作为案件的推论依据，他只需要法医为他提供新的数据以进行下一阶段的推理。但是对于阿切尔来说，对人类心情的评判是他推理程序中的重要一环。

不过现在局长对米尼很依赖，再说阿切尔还没有正式加入警队，谁知道他有没有通过安全检测和最终验收，于是他回头吩咐博宇："你们几个把尸体带回警局，通知法医。"

说完，局长就带着米尼往前边大厅去了，那里还有很多客人在等着，书房已经扫描完了，米尼继续留在这里没多大意义。阿切尔也走了，他也跟着去往大厅，也许他同样想在客人中间找到一点儿什么异常的东西吧。

博宇和两个警察留在房间，一边看守尸体，一边等候支援的同事赶来把尸体运回去交给法医。自从有了米尼之后，这是他们做得最多的工作了。

几人都不去看仰躺在椅子上的科拉的尸体，而是在门口无聊地抽起了烟。

一个警员按捺不住心里的想法，向博宇说："我觉得阿切尔的分析更有道理吧，科拉先生就算要自杀怎么会选今天呢？他今天举办了宴会，准备正式推出阿切尔呢。"

博宇哼了一声，他正享受着烟带来的快感。

"对了，你觉得是自杀还是他杀？反正我觉得不会是自杀那么简单。"

博宇吐了个烟圈，这才悠悠地说："可没人会杀科拉先生，不是吗？"

"也有很多人不满科拉先生的，米尼抓了很多人进去。你不也经常不满科拉先生造出了米尼吗？原本你才是刑侦队的头儿。"

"少胡说。没有人会杀科拉先生的，这座城是他建的，也是依靠他才能运行的。"博宇并不认为有人会杀科拉，这座城到处都是科拉的影子，可能有人会不满科拉，但绝不会有人要杀了他，他被所有人需要着。

"所以你觉得是自杀？"另一个警员问。

"不，我不确定，但至少我觉得他在今天不应该自杀。"

"难道他是自然死亡？不可能的，这怎么可能呢？他家里可不缺医生。"

是的，科拉不可能是自然死亡，没有人会没有征兆地自然死亡，没有征兆的自然死亡还能叫自然死亡吗？

但现在已经不需要博宇考虑这些了，米尼会完成案件的侦破，阿切尔也许会更快得到答案。至于博宇自己，只需要干完手中的事，然后回警局喝杯咖啡，等下班就可以了。

漫天的雪依旧飘着，它们在倔强地强调这个季节是冬日，人类去掉了冬的寒冷，但依旧要求冬天保持它该有的美丽。此刻这座城市并不知道，在这个雪白的季节里，它失去了它的创造者。

博宇和同事回到局里，发现米尼和阿切尔正在争论这个案件。

"这是不能定论的，你的数据是不包括科拉先生今天的心情的。"

"所有的客观证据都证明他是自杀的。"

"可是心理数据表明，他不是自杀，他不会自杀。"

阿切尔现在并没有资格参与这起案件，但这是一个机会，他的本事需要被证明，而且这还是一个绝佳的机会。

旁听的局长已经很不耐烦了，他听两个机器人争吵了几乎两个钟头，最后他忍不住拍了桌子："我需要一个定论，定论懂吗？不是一个可能的分析。"这个案件并不复杂，重要的是死者的身份特殊，局长需要一个能够给大众说法的结论，而不是什么数据的分析。

"我不管你们的程序有什么区别，限你们两个小时内给我一个结论。"局长丢下一句话就离开了争执的现场。

博宇站在门口，旁观着这场争论。他心里想：说实话，他们看起来真不像在争执。真有意思，原来真的可以这么平心静气地争论，机器人看来还真没有人类的情感啊。

"结论就是，科拉先生是自杀的。"米尼仍旧坚持他的推断，他的程序非常严密地分析了所有的数据，他不知道这个结论存在什么问题。"这个结论的证据很充分，现场的痕迹证明没有人对他实施犯罪，法医的报告证明他是服用了过量药物致死的，身体上也不存在外力强迫的痕迹。"

"这个结论的证据是不充分的，没有任何证据能解释科拉先生自杀的原因，因为他的情绪不支持他去自杀。"阿切尔重复着他的观点，他的推理链条上有一环缺失了，这是他不能接受的缺失。

米尼没有回应，这是他无法判断的信息。他没有人类的感情，无法理解感情，自然无法判断。

"人类的情感是左右他们行为的极重要的原因，你的结论没有考虑这个原因，所以你的结论是绝对不正确的。"阿切尔继续说服米尼接受他的观点，可惜米尼是永远不会接受的。

博宇旁观了整个过程，然后转头离开了办公室。米尼确实是严密的逻辑机器，对米尼而言，所有推理都是基于客观事物得出的，正确且严密。而加入了情感体会机制的阿切尔却能体会情感的存在，能感受到人类的悲喜。然而要求机器人解释人类，解释人的存在，是不是有些荒谬？

博宇带着错综复杂的思绪来到了法医室。

"老廖，我能看看科拉先生的死亡鉴定报告吗？"

"报告？我不是早传给米尼了吗？他没给你看？"

"他和新来的那个家伙还在吵架，我想自己看看。"

"当然可以，好久都没人来我这里看报告了。"廖法医找出报告递给博宇。

报告上显示科拉先生确实是服用过量药物致死的。

"科拉先生身体上有被逼迫服药的迹象吗？"

"没有，死者身上没有出现任何的皮肤反应，没有束缚和击打引起的组织反应，基本可以排除外力逼迫的可能。"

"语言威胁呢？"

"也不可能，科拉先生死后表情很安详。"

"什么意思？"

"嗯，意思是他可能知道自己会死，甚至在安静地等待自己死亡。"

"安乐死？不会吧？这报告上又没说他有不治之症。"

"他所服用的药物的反应本该挺让人痛苦的，但他依旧死得很安详，说明他已经提前知道了这场死亡的痛苦，并且很坦然地赴死。"

博宇很不解，一切的一切都证明科拉的死是自杀，但是他却挑了一个自己杀死自己的时间开派对，挑了这个本该分享自己成果的时间自杀？这种情绪不足以解释他的自杀行为。

"辛苦了，老廖。"

廖法医无所谓地摆了摆手。

博宇若有所思，一个想法在脑海中回荡。但他觉得这不可能，他需要确认一些东西。

"走，陪我去趟科拉先生家。"

"你去干吗？"

"再去看看现场，主要是我还想问那个管家雷姆一些事。"

"通过局里的加密网不是可以直接调出雷姆的数据吗？干吗还要跑一趟？"同事对博宇的行为很是疑惑。

"也是。"博宇忘了科拉先生家的管家可不是个普通管家，确实省了些麻烦。

"不过，要连上雷姆，必须局长的授权。你在查科拉先生的案子吗？米尼不是分析出结果了吗？结果不对吗？"

博宇快步离开，并没有给同事回应，他进了自己的办公室，关上门，打开电脑。局长的授权密码他早就知道，就是局长儿子的生日，他估计警局稍有头脑的人也都知道。他很顺利地就连上了雷姆的机器脑袋，然后他在里面找到了一份加密数据，是昨天才建立的，搞不好就是科拉临死前专门留下的，博宇的心脏快速地跳动起来。

然而如何破解呢？告诉局长未尝不是办法，不管是米尼还是阿切尔都能迅速破解，然而这起案件就会和他说拜拜了。遥控雷姆自己破解？也不行，雷姆还有个最高权限的密码，估计只有科拉本人才知道，而没有收到特定指令，雷姆是绝对不会自己解密的。

博宇猜测这份数据就是科拉留给局长的，密码应该不复杂，但局长平常根本就不管具体的工作，都是放给手下去做。而且他为了避免被科拉猜忌，也从不主动连接雷姆获取信息。于是，这个"彩球"就被博宇拿到了。

密码确实很简单，就是宴会当天的日期，这是一封信，准确来说是一封遗书，科拉的遗书。

"真是个疯狂的人。"遗书的内容证明了博宇诡异的猜想，他喃喃地说："真疯狂。"

他把遗书打印出来就去了局长的办公室。米尼和阿切尔不出意外地也在那儿，还在继续他们的争执。局长本人则坐在桌子后面，愁眉苦脸地用手支着自己的肥脑袋，看见博宇进来了，一愣，身体随即在椅子上坐正，问："你有什么事？怎么不敲门就进来了？"

"局长，我知道科拉先生为什么自杀了。"

"科拉先生不一定是自杀，这还没定论。"局长还没发话，阿切尔先开口了，而米尼则接着博宇的话说，"他的话没错，就是自杀。"

博宇并没有理会两个絮絮叨叨的机器人，他对局长说："我找到了新的证据证明科拉先生确实是自杀，科拉先生在遗书里提到了原因，那封遗书在管家雷姆的脑袋里。科拉早就厌倦了生命，他已经两百多岁了，这次他想通过结束自己的生命来证明机器人也可以建立起类似于人的情感机制，并能在将来和人类和谐共处，而不是简单地作为一种辅助劳动的工具。阿切尔就是他的证据，这场自杀根本就是他计划的一部分。"

博宇把打印好的遗书交给局长，这应该是证明这场自杀最直接的证据了。

"这情绪是喜悦？为什么人类存在愉快赴死的情感？死亡对人类意味的不是苦痛？"被寄予厚望的阿切尔感到不可思议，而没有情感的米尼则是面无表情地表示不懂。

"他或许是喜悦，但他也许没想到他引以为傲的喜悦，并不能被他认为最与他心意相通的作品理解。"博宇瞅着阿切尔说。

"很好，这个案子可以结案了。"局长看完遗书，这件震动整个城市的大案终于可以了结了，他欣慰地拍了拍博宇的肩膀。

博宇耸了耸肩，无所谓地笑了。他想到了遗书里科拉的话：这场死亡我已经等待了很久，我相信我就是在等待阿切尔的诞生，等待能和这座城心意相通的人。

然而科拉的等待能到来吗？人这种有心灵、有意识的生物真的被理解了吗？经历了生、老、病、死、怨憎会、恩爱别离、求不得、五阴炽盛苦的人，真的如你所愿能被彻底地以数字来量化吗？

没有寒意的雪，有了感情的"人"，一座恒温的城市中，一场死亡发生了，又静悄悄地被淹没了。

回　家

潘　雄

林克要回家了。

当父亲和母亲出现在门口时，林克正在为他的城堡搭上最后一块积木，父亲抄着手一动不动地看着他，而母亲抱着一个婴儿站在父亲的背后。

林克明白将要发生的事，他拍拍手站起来，最后看了一眼自己搭建的积木，然后转过身来。事实上，父母这么长的时间还没有做出决定，已经让他很吃惊了。毕竟，弟弟出生已有三个月，而林克原来预计自己会在弟弟出生后的两周以内就离开。

"你走吧。"父亲皱着眉，半天才说出一句话，母亲则悲哀而又无奈地看着他，没说一个字。林克的目光从父亲滑向母亲，最后落在母亲怀里抱着的熟睡的弟弟身上——这肉乎乎的小家伙有着和他一样的名字。当初年轻的父亲和母亲因不想生育后代而影响他们的生活品质，就订购了林克来充当他们的"后代"，但步入中年的父母最终还是决定要一个真正的人类后代。于是，林克就该离开了。

父亲走过来，把一件厚外套递给他，在他套袖子的时候又揉了揉他细软的黑色短发，母亲还是一句话没有说。

林克穿好外套，从父母身边走过，他在门口穿上自己的运动鞋，像平常出门一样对站在他面前的父母露出一个灿烂的笑容，说："我走了！"

话音刚落，他的母亲便向后靠在墙上，用一只手捂住嘴，眼泪慢慢地、无声地滑了下来。父亲掏出一支烟，试图用颤抖的手点燃，但没成功。林克收起笑容，顿了一下，然后头也不回地走出了大门。

林克知道该往哪儿去，只要连上网络，他就能清楚地知道自己的位置，距离目的地有多远，以及选什么路径最快。不过他觉得没这个必要，自己只要知道该往哪个方向走就行了。

他沿着公路走了很久，这期间他没有想自己和父母的过往，而是把全部的注意力都放在了自己的鞋尖上，看着它们交替轮换地前行，他机械地数着走过的步数。车辆不断从他身旁驶过，有些车窗里还飘出大人和小孩的欢声笑语，而他曾经也是那里面的乘客。

夜幕降临，路上引擎的噪声逐渐变小了，人们都回到了他们温馨的家。林克紧了紧衣领，他越走越觉得四周冷冷清清，而莱利就是在这个时候出现的。

这只小狗不知何时拐到了路上，它跟在林克身后，保持着不近不远的一段距离，沿着他走过的路前进。一开始林克以为它把自己当作了它的主人，于是停下来等它，但是它没有理林克，而是一瘸一拐地从他身边走了过去，伴随着生锈金属摩擦发出的声音，它脖子上挂着的名牌一晃一晃的，磨损的牌面上"莱利"两个字几乎看不清。林克立刻意识到自己多了个旅伴，虽然这种情况下他更希望有个人在自己旁边，但是他也没资格奢求更多。他加快步伐跟上莱利，与它并排行走。

莱利显然比他走了更长的路，林克不知道它是从哪个遥远的地方走来的，但毋庸置疑，它这一路并不轻松。莱利的皮毛早就没了光泽，左腿上还裂了道口子，露出生锈的金属材料。这是一只型号早已过时的机械宠物，林克很奇怪它还能活到今天。

莱利走得很辛苦，林克稍微加快步伐就会把它甩在后面，但他没打算抱它，因为这种行为没有列在他的行动计划，于是不久他就发现莱利不见了。此时已近午夜，林克停下了脚步，等莱利慢慢走过来，他还是对独自走黑暗的夜路有些抵触。

一束光由远及近，明晃晃的车灯晃得林克眯起了眼睛，然后从明亮的白光中走出一个高大壮实的警察，林克把下巴往衣领里缩了缩。警察摘下头盔，露出一张满是惊奇的脸和满头被捂得汗淋淋的头发，他盯着林克，然后摸了一把林克的头发，林克没躲闪。

"这么晚了，你在这儿干什么？"

"这犯法吗？"林克也盯着他。

"不，但你这样的小孩子深更半夜一个人在路上太危险了，迷路了吗？"

"没，我是回家，我知道路。"

警察咬着舌尖，颇有点不解地盯着林克看了一会儿，恍然大悟似的掏出一支笔形手电筒："不要眨眼，马上就好。"

林克顺从地睁开眼，警察打开手电筒，把一束细细的光线射进林克的瞳孔中，光并不刺眼，林克连眼皮都没动一下。一两秒后，警察收起了手电筒，了然地点点头："你原来是……真意外。"

我也很意外，林克想，他发现自己竟然会为这句话感到闷闷不乐。

警察又看了看林克，还想说什么，却被擦过脚边的一团毛茸茸的东西吸引了注意力——伴随着生锈金属发出的钝响，莱利一瘸一拐地从他们身边走过，牵着两个人的目光坚定地沿着道路走向浓重的夜色。

警察盯着莱利看了一会儿，咕哝了一句："可怜的小东西。"然而重新戴上了头盔。林克不知道对方是在说莱利还是自己，不过这并不重要，他看着警察跨上摩托车。警察似乎突然之间对林克失去了兴趣，连招呼也没跟他打，扭动把手发动引擎，在轰鸣声中绝尘而去。

光源离开之后，林克又陷入黑暗之中，他站在原地发了几秒钟的呆，然后习惯性地捻了捻额前的发丝，快步去追赶莱利。

接下来的旅途里再没出过什么小插曲，他们不停地走着，谁都没有休息。但莱利走得越来越慢，它左腿关节处的金属几乎从皮肤里戳了出来，林克不得不每走一段就停下来等它。虽然它还是对林克爱答不理，但林克并不恼，因为他并不着急，从内心深处来讲，他其实是不太愿意回家的。

天亮的时候，路的尽头出现了一座灰色屋顶的建筑物，林克的第一感觉却是诧异于自己旅程的短暂。不过莱利显然比他高兴得多——它的罪终于要到头了，它尽自己所能小跑着冲向目的地。林克也跟着加快脚步，并且抢在它前面穿过挡在他们和建筑物之间的最后一条马路，然后站在路边上，照例等着腿脚不太灵便的同伴赶上来。

意外就是这个时候发生的，一辆车飞驰而过，莱利也刚刚走到路中央，它根本没有能力躲过这飞来的横祸。林克觉得自己几乎可以听见可怜的小东西体内发出的警报，它弯曲了一下后腿，似乎是想朝着林克的方向跳过去，然后它就被撞飞了。

　　莱利瘦小的身躯在空中划过一道弧线，再重重砸在地上。林克站在路对面，一言不发地盯着缺了半个身子的莱利和散落的零件，莱利连仿真血液都没有，所以一切都在告诉旁观者，刚刚被撞飞的根本就不是一个活物。

　　林克走到莱利旁边，莱利剩下的半边身体抽搐着，似乎还想站起来。林克毫不怀疑，要是它还能走，它仍然会朝着家的方向前进。

　　林克把它抱了起来，一些零件叮叮当当地掉到了地上。"我带你回家。"他对莱利说，他不知道莱利能不能听懂，但他看到莱利的目光头一次落到他身上，然后它冲着林克用尽全力摇了摇尾巴，最后瞳孔深处的焦距螺旋卡住不动了——莱利"死"了。

　　机械厂的后门在一条僻陋的巷子里，林克"轻车熟路"地找到了这里，像他这种回家的机器人是不能从光鲜华丽的正门进去的。

　　门后是一个封闭的房间，四周都是钢板，林克进去后，前面的墙壁左右分开，露出一条走廊，一股混合着机油和铁锈味的热气扑鼻而来，从未有过的恐惧感冲击着林克，他打了个真正的人类才会有的寒战，莱利的残骸应和似的在他怀里响了一声。

　　他和它终于到家了。

　　一个没有表情的女人盯着屏幕，头也不抬地问："编号？"

　　"PETX830。"虽然已经很久没人问林克这个编号了，但只要有人问，他就能一字不差地回答出来。他犹豫了一下，又举起莱利的躯体，"它的编号我不知道。"

　　女人输了些数字，然后懒懒地抬头瞧了一眼，看见莱利时，毫不掩饰脸上的厌恶，"这是什么？"她拧着眉毛问。

　　"它叫莱利。"

　　"PETX830，扔掉它！烂成那样，没法回收了。"

　　"是。"林克机械地一扔，莱利就飞到了角落里，不过林克的目光却一直跟随着它，当莱利小小的躯体落在地上时，林克的心好像也发出了一声闷响。

　　女人不耐烦起来："看什么？那东西没什么价值了。"

　　"它叫莱利。"林克有些闷闷不乐地说道。

　　"管它叫什么，我等会儿叫人来收拾，行了吧？PETX830，现在回答几个问题，让我把表格填好。第一，你可还记得你出厂多久了？"

　　"六年零七个月十二天。"

　　"没错，看来你的存储芯片没问题。嗯，第二，你返厂维修过几次？"

"一次也没有，我每个月都做了系统升级。"

"为什么被召回？触犯主人了吗？"

"没有，爸爸妈妈都很爱我。原本他们以为不会再有孩子了，但三个月前弟弟出生了。"

"三个月？现在才召回？看来你确实很讨他们喜欢，这个情况我得报上去。"女人啪啪啪地输了一些数据，然后命令道，"好了，PETX830，躺上去！"

"是。"林克爬上了旁边的一条传送轨道，轨道通向前方一个黑暗的洞口，林克想起了电影里的焚尸炉。

女人又叫住林克："PETX830，把外套脱了，要不然等会儿不好操作。"

林克犹豫了一下，还是照做了。女人接过衣服，随手挂在臂弯上，林克随即在她张口索要他的衬衫前迅速爬到轨道上，仰面朝天躺好，这件衬衫是昨天母亲给他新买的。

女人有些悻悻，最后看了一眼林克的衣服，然后在键盘上按了几下，轨道启动了，载着林克遁入黑暗。这时林克想到这具躯壳即将被拆成碎片，承载他记忆和意识的芯片也会被分割，然后一切归零，此刻那种闷闷不乐的感觉又回来了。他想缩进外套里去，但外套已经被拿走了，父亲递给他外套时那令人难受的表情又浮现出来，林克揪住衬衫，觉得这时候他该有些反应。

于是他哭了。与其说是哭，不如说只是把眼角的清洗液一股脑地放了出来。他不知道这么做有什么意义，但人类表示伤心的时候就会这么做。林克无声地流着眼泪，透过雾蒙蒙的眼睛，他看到有光线从黑暗里射出来，他到终点了。

头顶上方响起："PETX830？"

林克沉默了很长时间，他不回答，上方就不会有动作，此时的他完全可以从轨道上溜下来，再爬回去，冲出后门，逃回外面广阔的天地中。但他没有，因为他的程序不允许，所以他只是闭上了眼睛。

"不，我叫林克。"他说。

林克想回家了。

吉吉和墨墨

刘天吉

吉吉太孤单了，他不想起床去幼儿园，因为幼儿园里没有别的小朋友。

吉吉有墨墨，从出生起，墨墨就陪他玩。

大人们都不喜欢要宝宝，他们甚至都不想要家，因为他们都很忙，整天除了工作，就是去酒吧和歌厅待到很晚。小区的幼儿园只有十位老师和吉吉一位小朋友。普吉吉的出生是个小意外，因为爸爸和妈妈的疏忽，才导致了吉吉的出生。至于墨墨，是妈妈送给吉吉的出生礼物。墨墨非常好，除了晚上需要充电麻烦了点以外。

这是一个寒冷的早晨，风吹窗户的声音把吉吉吵醒了，他睁开眼睛，看着窗外白茫茫的天，但他不想起床，更不想出门，他担心风会把他刮到天上去。

吉吉吸了一口气，赶紧又把头缩进被窝里。

"墨墨！墨墨！告诉老师吉吉生病了，今天不能去幼儿园！还有，等会儿和我一起烤面包，好吗？"吉吉在被窝里喊道。

墨墨没有回答，也许他在忙什么事，说不定此时正在给吉吉烤面包。

想起烤面包，吉吉摸了摸肚皮，他确实饿了。他抿了抿口水，连忙坐起来穿好衣服，走出卧室。

"墨墨，今天下雪了耶！窗外白茫茫的漂亮极了！我们一起去堆雪人，好吗？"吉吉今天心情格外的好，又是一个雪天，可以堆雪人了。而且妈妈还说今天要晚点才去上班，说会给吉吉一个惊喜。

墨墨没有回答，吉吉又喊了一声："还没充满电吗？墨墨！"

墨墨还是没有回答。

吉吉着急了，皱着眉头边喊边冲向客厅。"墨墨，你今天怎么不理我！"吉吉抱怨道，然后他看到一个陌生的机器男孩在笑吟吟地等着他。

"吉吉你好！我是聪聪，你的新机器人，以后将由我来帮助你学习，和你一起生活。"

这时妈妈端着热牛奶和香喷喷的烤面包从厨房走了出来："吉吉，快来吃早餐了。喜欢这个新机器人吗？这是现在最流行的新款。"

吉吉看了看聪聪，又转头望向妈妈，"那我的墨墨呢？他去哪儿了？"吉吉的泪水装满了眼眶，转啊转。

"咋啦，吉吉。墨墨被送到废品回收场处理了，它太老旧了，已经不再适合你了。你看聪聪多机灵，你就要上小学了，聪聪可是专门的学习机器人呢！"妈妈摸了摸吉吉的小脑瓜，端起热牛奶递给吉吉，"乖宝贝，先把牛奶喝了！"

吉吉"哇"的一声，忍不住的眼泪大颗大颗地滴在木板砖面上，"不！不！不！我只要墨墨，快把我的墨墨还给我！妈妈，妈妈，求你了，快带我把墨墨找回来吧！"吉吉一边抽泣一边恳求妈妈。

妈妈现在也变不出墨墨了，她只能劝慰吉吉，然而她很快就失去了耐心，于是严肃地告诉吉吉，说吉吉已经长大了，而且马上要上小学了，不能再像以前那样只知道玩，聪聪就是买回来辅助他学习的。

吉吉止住了眼泪，像平常一样不吱声地听妈妈的教导，最后妈妈摸摸吉吉的脑袋，说："好好在家和聪聪待着，多跟聪聪学学，妈妈上班去了。"

"再见，妈妈。"

吉吉回到房间，躺了一阵，最后他决定要去找墨墨。他不喜欢聪聪，聪聪不陪他玩，还拿出语文书让他读，他要去找墨墨。吉吉决定到城边的工业区去找墨墨，他曾经跟爸爸去过，爸爸说废弃机器人都在那里处理回收。

像爸爸妈妈每次出差一样，吉吉也往他的小旅行包里塞了几件衣服，又从床头柜里拿出了墨墨的传感器，墨墨有两个传感器，另一个应该是和墨墨一起被爸爸妈妈送到回收厂去了。

吉吉想了想，又带上几片烤面包，他怕墨墨太饿。然后他拿出了自己的小型无人机，他知道自己进不了工厂，到时候就只能靠这架无人机把墨墨从工厂里带出来了。

就这样，吉吉出发了，他知道怎么去工业区，门口的磁悬浮公交车就可以开到那里。

公交车很快就来了，吉吉上了车，车上只有他一个乘客，吉吉礼貌地说："叔叔您好，我要去工业区。"他没有买票，因为现在的公交车都是免费的。

司机叔叔看了他一眼，没说什么，发动车子就出发了。吉吉不见怪，他知道司机叔叔也是个机器人，只会开车。

工业区确实是个糟糕的地方，车门一开，吉吉就闻到了刺鼻的铁锈味，他转身对公交车的司机叔叔说了声"叔叔再见"，然后跳下了车，司机叔叔还是没有搭理他。

吉吉打开墨墨的传感器，获取墨墨的位置信号。

墨墨在一个位置偏僻的工厂。工厂四面都有围墙，钢铁大门紧闭着，里面传出来"轰隆轰隆"的声响。吉吉转到一个没人的地方，翻出背包里的无人机，无人机嗡嗡地响着，轻盈地翻过了高高的围墙，吉吉拿着操纵器，遥控它向着墨墨发出信号的地方飞去。

很快，无人机就飞到了墨墨那里，墨墨躺在一大堆缺胳膊少腿的机器人当中，它的双臂和双脚也被拆卸了，一半的身体被雪覆盖着，无神的双眼望着天。吉吉哭了。

"墨墨！墨墨！听到了吗？我是吉吉，吉吉来带你回家了。"吉吉通过无人机的麦克风向可怜的墨墨喊道。

一丝光亮出现在墨墨的眼中，他转过头，看到了头顶上的无人机，也听到了吉吉的呼喊，一阵电子杂音之后，墨墨发出了微弱的声音："吉吉？是你吗？"

"是我，我来带你回家，我还给你带来了烤面包。"吉吉哭着说。

"吉吉，你好吗？你怎么跑这里来了？爸爸妈妈会担心你的。"

"跟我回家吧，墨墨，我们去堆雪人，聪聪不会堆雪人。"

"吉吉，我不能跟你走，这里才是我的家。"

"不，墨墨！这里不是你的家……"吉吉还想说什么，然而屏幕突然变成了满屏的雪花，声音也消失了，吉吉望着高高的围墙，伤心地哭起来。

高墙里面，两个工人正在搬运废旧的机器人，他们发现了无人机和还能说话的墨墨。

"谁的无人机？难道是别的公司的间谍机？"一个工人拿起棒子打落了无人机。

"想多了，我们这个收破烂的摊子，有什么值得人家来偷窥的？"

"也是，我看看这个无人机还有什么能拆下来的。"工人弯腰捡起无人机，然后他就看到了眼中还有光芒的墨墨，"咦，这个机器人居然还有电，刚才说话的应该就是它吧，看来老款的电池就是比新款的电池更耐用。"

"是啊，现在的新款东西，总要比老款的差些什么。"

……

又是一个寒冷的早晨，吉吉已经上小学了，他也不会再赖床了。

"聪聪，把我的书包拿来。"

户外飘着漫天的雪花，门口却没有了以前的雪人。

"墨墨，你还好吗？"吉吉抬头看着白茫茫的天空，妈妈说墨墨最后是到天上去了。吉吉低下头，躲避扑面而来的雪花，他提了提书包的背带，朝着等在门口的校车走去。

为我留下

曹 浩

"安妮，别走，求求你。"男人跪在地上，手里抓着一个精致的粉红小包。

"你干什么，快起来，我必须去，你知道的。"衣柜前的女人一边说，一边换上一套比较低调的连衣裙。

"你走了我就完了，我不能没有你！"

"别这样说，我又不是不回来了。只要六个月，呃，我争取四个月就回来，成吗？"

"你离开我已经六个月了！这才回来几天就又要走。"

"你知道我爱你，汉斯，"女人蹲下来，抚摸男人的脸，"我相信你能照顾好自己。"

汉斯仍旧苦闷地嘀咕着："你真的要走？能不能不走？"

　　突然，他睁大眼睛，问道："那儿安全吗？你确定这是真的邀请？我听说有不少人想要获得那份机密文件。你一个女人独自去月球，实在让人不安，我太担心你了。安妮，你可不能被他们骗了，他们没准就是骗子。"

　　"汉斯，你说什么呢。那当然是月球基地发来的邀请，是专属的加密信息，我本来就和他们有联系，只是在我得到文件之前，一切很隐蔽。这是为了安全，不只是为了我，也是为了那份文件。把包给我，快点。"安妮伸手去拽她的随身小包。

　　汉斯拽住小包不放，他可怜地央求着："不，没有你我不行的。那份文件让别人去送吧，或者用什么秘密网络通道发给他们吧。"

　　"当然不行，那不安全，我也不会把自己辛辛苦苦弄到手的秘密交给别人去送。用网络更不行，威客莱尔公司可垄断着地球到月球的网络通信。"安妮叹了口气，放开了手，转身走到保险箱前忙碌起来，她小心翼翼地从保险箱里取出一个黑色的小保险盒。

　　安妮看着眼前的小盒子，舒了一口气，这里面有块存储芯片，囊括了威客莱尔公司的大多数黑暗行径。有了它，月球基地的默克上将就能向联邦政府提出正式的诉讼，把这个网络世界的幕后黑手打倒，让横亘在地球和月球之间的网络垄断彻底消失。

　　看到安妮拿出了那个黑色保险盒，汉斯突然进入了一种发狂的状态："好，好，你一定要走，你根本没想过，没了你，我活着还有什么意义？不要了，都不要了。""咔嚓"，他把仿生左臂拆了下来，连带安妮的小包，扔到了门口的角落里，"这只恶心的铁胳膊我不要了。"他咆哮着，右手伸向左腿脚踝处，"还有这只让我人不人、鬼不鬼的铁脚。"仿生的手脚都是汉斯车祸后，花了高价安装的。

　　安妮立刻跑过来阻止他："汉斯！你今天是怎么啦？你以前……"

　　"哈，这就是那个东西！"汉斯的右手猛地一把抓住保险盒，眼睛里突然闪过一连串的字符。

　　"放手，汉斯，你到底是怎么回事？"安妮拽着不松手，突然，她大声叫了起来，"天哪，汉斯，你的眼睛——啊！"她看到了汉斯的眼球，然后汉斯突然收回了他的右手，猛击了安妮一掌，将安妮打飞到了墙角。

　　"你疯啦！汉斯！"安妮靠在墙边剧烈地颤抖着，她捂着疼痛的腮帮子，难以置信地看着这个从来没动过她一根手指头的男人。然后她听到一个陌生而又阴狠的声音从这个男人粗大的喉结中发出："你这个婊子，打开它！"

陡然变得穷凶极恶的汉斯，完全看不出前一秒他还可怜兮兮地趴在地上哀求。

"你不是汉斯！你是——是你们？！"

"没错，就是我们。"

原来是威客莱尔公司的间谍！

"你们把汉斯怎么样了？"

"没怎么样，你的汉斯就站在你的面前。当发现你在调查我们时，我们本想直接阻止你，可你有月球基地的保护，于是我们打算用一个克隆的仿生人来代替你的男友，不过最后我们还是觉得只有给他植入一个辅脑才不会引起你的怀疑，这可是我们公司的最新产品。于是我就是汉斯了，我继承了汉斯所有的记忆、习惯和嗜好，你一直都没发觉吧？"

"汉斯"居高临下地看着她，嘲笑着她："想要救回你的汉斯吗？只要你乖乖把东西交给我，我们就保证他完好无损地回来。"

天哪，安妮惊恐万分，这一切发生得太快，令她难以面对，汉斯完了，我也要完了。他们想要那份文件，他们知道文件在哪里，还有什么办法能阻止他们呢？哦，至少，他们现在还不知道密码。

"但是，你不会知道密码的。"安妮惨兮兮地笑起来，血从嘴角流了下来。

"我是不知道，但你知道，你会告诉我的！""汉斯"把黑色的保险盒踢到她面前。

"你不是很厉害吗？你为什么不把它破解了呢？你能吗？你行吗？你这个自以为是的渣滓。"

"告诉我！""汉斯"一把抓住安妮的头发，拉扯着，她疼得直咧嘴，"再用点力啊，你这个小丑！呸！"

"我当然能破解它，不过我还有更简单的办法，我会让你来打开它。你还记得我们为了获得极致体验而在身体里装的那一小块芯片吧？""汉斯"露出一抹邪恶的微笑，"那也是我们的产品啊，你不知道它除了强化感官刺激让你爽之外，还装载了许多辅助功能。"

安妮的身体突然瘫软下来，"不，不要。"她哆嗦着。

"为什么不呢？很快，你就会亲手为我打开它了。""汉斯"伸手紧紧抓握住安妮的后颈，他的眼球中随即出现了一连串流动的字符，他连上了安妮体内的芯片，他大笑起来，"呵呵，我会让你再尝尝身不由己的味道。"

安妮试图抵抗，但毫无作用，她的表情开始失控，连呼吸都紊乱起来，

"汉斯"不得不用力抓住她的脖子才能稳住她那不自然抽动的身体。

"来啊,安妮,""汉斯"发送出了一连串的控制信号,"亲爱的,快替我打开这个盒子。"

安妮的手摇晃着,向黑色保险盒靠近了一点,下一秒,却又往回挪了一点儿。安妮的表情极不自然,她的大脑正饱受折磨。做?不做?来自体内芯片的一波又一波的神经讯号,已经像潮水一样淹没了她的神经系统,她几乎都不知道自己的手已经握在了冰凉的保险盒上,要不是"汉斯"传来新的讯号……等等,这不是"汉斯"的,也不是自己的,是谁?

安妮的另一只手突然反手抓住了"汉斯"捏在自己颈后的手。

"嗯?你干什么?""汉斯"觉察到有东西不对劲,不过已经迟了!

"啊,不——""汉斯"恐惧地大叫起来,似乎有人正在他的脑袋里耕种,把他的大脑犁开,种进去一打疯狂生长的种子。他想用手扯出来,但一股强大的力量把他们的手紧紧地黏合在一起。很快,他的脑子就乱作一团,那些种子发芽,长出千百根藤蔓,这些藤蔓缠结成一张大到能缠住天地的网,然后这张网飞快地收紧……终于,"汉斯"完了,威客莱尔公司的辅脑也完了。他的眼球里一片混乱,身体开始不自然地抽搐,随即便瘫了下来,连同安妮一起倒在了地上。

安妮感到一阵麻木和眩晕,脑袋里像是被灌了一把沙子,她颤抖地在地上躺着,握着保险盒的手却还能感受到丝丝凉意,那凉意似乎让她的意识快速恢复了。

"安妮?你还好吧?"一个声音突兀地响起。

"谁?"安妮吓了一大跳,她惊慌地看了一圈,看到默克上将的面孔在保险盒上闪动着。

"这到底是怎么回事?默克上将?"安妮几乎要哭出来了,但她还是努力控制住了自己的情绪。

"保险盒受到了强烈的冲击,同时你接触它的时候,神经信号太过杂乱,被保险盒的神经元诱导装置识别到了,我们的监控人员及时做出了反应,借由你的神经回路,破解了你们体内的威客莱尔公司的感官强化芯片,再向你的,呃,你的'汉斯'发动了一次神经打击。"

"他死了吗?"

"应该说,你的男友汉斯早已经死了。"

安妮静静地躺了下来,"我知道,这个人不是我的男友。谢谢您,默克上将。"

"不用客气，你家里已经不安全了，他们应该收到了信息，马上就会赶来。安妮，快到空港去。"

安妮回过神来，她爬起来，找到自己的粉红小包，把黑色保险盒塞进去。她回头看着躺在地上的"汉斯"，心中一阵悲愤，她咬牙切齿地说道："等着吧，威客莱尔！"然后她匆匆地出了屋子，风也似地走了。

希　望

白　石

"成功了，我成功了！"

沉寂了三年的实验室，爆发出杜欢博士兴奋的叫声。

杜欢，人如其名，他是一个喜欢欢乐的人，更是一个发誓要将欢乐带给所有人的科学家。三年前，他在国家科学大会上说，他要找出根治抑郁症的方法，让人类以后不再受抑郁症的折磨，要让人们对生活充满希望。他许下这个诺言后，便全身心地投入这个伟大的研究中。

原来治疗抑郁症的方法是靠药物配合心理治疗，但效果并不理想。因为药物的效果会越来越弱，导致用药量越来越大，反倒会产生严重的副作用。至于心理治疗，则纯粹因人而异，效果更是似有似无。最终，大量的抑郁症患者的结局都是想方设法结束自己的生命。所以人们都期望有一种新的治疗方法，要么是一种神奇的药物，要么是一种神奇的机器，能够在不伤害抑郁症患者的身体和精神的情况下，彻底根除这种病症。

然而杜欢不是医生，不是生物学家、化学家，更不是心理学家，他是研究物理的，严格来说是搞电磁研究的，因此很多人对他的研究抱有怀疑，认为他是在哗众取宠，以捞取政府和医疗公司的赞助。遭到质疑的杜博士却不管不顾地一头扎进实验室，靠着为数不多的经费一干就是三年，甚至吃饭睡觉都在里面。终于，老天不负有心人，他成功了。

杜欢知道自己的专业范围，因此他的研究方向不是冲着药物、人体生理，以及什么心理学去的，而是主攻人体的脑电波。他认为抑郁症虽然表现为神经衰弱，以及由此引发的一系列精神问题，但归根结底是因为神经系统出现了问题，导致人的神经活动出现紊乱，而人的神经活动最终却要归结到大脑神经元的电磁波活动上来。现在还没有治疗神经元的技术，但有干涉神经元的电磁波。当抑郁症发作时，利用外来的电磁波进行干扰就可以让患者度过发病期。久而久之，抑郁症患者就会逐渐摆脱抑郁症的困扰。

在一次偶然的实验中，杜博士发现了一种奇特的电磁波，这种电磁波可以与人的脑电波发生和谐的共振，使人感到非常舒适，并让人进入一种奇妙的梦境之中。在这个梦境里，人可以体验他心里一直渴望的生活，获得前所未有的满足感，抑郁症也就自然而然地消失了。随后他便在许多抑郁症患者身上进行了实验，那些患者在进入梦境后都露出了久违的微笑，同时也顺利度过了发病期。

这让杜博士欣喜若狂，他终于看到了根治抑郁症的希望，虽然他还没有彻底搞清楚这种电磁波对人体的影响到底有多大，但这并不妨碍他向外界宣布他的伟大成果，毕竟他已经遭受了太多和太久的质疑，同时研究经费也快要见底了。

杜博士的发现引起了巨大的轰动，公众的热情瞬间就被点燃了，因为在这个内卷非常严重的社会，几乎人人都或多或少有些抑郁，很多人怕被别人知晓自己有心理疾病，从而丢掉工作或影响前途，都在暗地里靠着药物来压制。杜博士的研究让他们看到了希望，不仅是治好心理疾病的希望，更重要的是改变他们人生的希望。

很快就有医疗公司找上门了，他们不仅要购买杜博士的专利，还提出收购杜博士和他的研发小组，他们想尽快把杜博士的研究转化为产品。杜博士老老实实告诉他们，这个研究还有很多未完成的地方，现在推出产品不太妥当。但资本的强大意志是科学家所不能阻挡的，最终杜博士在资本开出的魔幻数字的"召唤"下，只能"不情不愿"地带着自己的科研组投入资本的怀中，他中止了进一步的研究，转而帮助公司搞产品的开发。

几个月后，一款名为"希望"的产品问世了，产品很小巧，就像助听器一样可以佩戴在耳郭上，但它的功能却非常强大，它能感应到人的脑电波的变化，从而察觉到抑郁症发病的前兆，并立即发出杜博士发现的那种电磁波，让大脑进入一种舒适的状态，这样就能及时干预抑郁症的发作。

正如预想的那般，产品大受欢迎，还没等正式上市，在网上就被预约一空，就如当初水果手机热销一样。实际上"希望"不仅被抑郁症患者追捧，就连一般的大众也想要得到它，似乎这不是一种治疗仪，而是一种电子畅销品。公司随即加大了生产量和推销力度，几个月之后，"希望"的销量就超过了手机，成为电子产品的领头羊。没过多久，人们对"希望"的喜爱就超过了手机和电脑等娱乐产品，不管是有病的还是没病的，现在只要一有空闲，大家就赶紧戴上"希望"，舒适地沉溺在"希望"带来的美妙梦境之中。毕竟，没有人不希望过上梦想的生活，为此他们愿意付出任何代价，如果在现实中不能实现，那他们也只有在梦境中去实现了。

在"希望"流行的时候，一些不同的声音也发了出来，有人指出"希望"可能更像一种精神麻醉仪或精神鸦片，让很多人都沉溺在个人的虚拟世界中，不再对外界有兴趣和激情，甚至很多人都因此丧失了奋斗的精神，以一种"躺平"的态度对待生活和工作。

对此，杜博士认为"希望"对人体的影响还有待商榷，但在可观的利润面前，没人听他的，他所能做的也仅仅是想方设法提高产品的性能。但到后来，杜博士越来越觉得不安了，他也试着发出质疑的声音，但随即就被湮灭了，资本的意志是不可违背的，即便他是这个产品的发明人，也不能阻挡它的发展。而且他现在想阻止也阻止不了了，因为公司已经调派了更多的科学家加入了研发团队，杜博士则被架空，只能担着一个发明者的头衔，坐着飞机满世界去做报告和演讲。他当然不能公开和公司唱反调，毕竟公司付给他的报酬足以让他不需要"希望"就能生活在"希望"所描绘的美妙生活中了。

实际上社会的精英阶层和杜博士一样，也是不需要"希望"的，需要"希望"的是那些注定终生劳苦的芸芸大众。精英阶层当然希望那些人在替他们创造财富之余还能完全沉浸在虚无缥缈的情境中，这样他们就不会再有时间胡思乱想，想着升职加薪、增加休假或是上街游行表达什么诉求，社会环境自然就和谐稳定了，社会生产也自然高效了。这个发明的伟大意义恰在于此，已经远远超越了纯粹地治疗抑郁症的范围，作为发明者的杜博士却看不到这点，自然就被高高地供起来了，他只能在奢靡的生活和良心的折磨中煎熬地过着每一天，在某种意义上讲，杜博士患上了抑郁症。

社会在"希望"的助力下"和谐繁荣""蒸蒸日上"。唯一不和谐的是，几个月后，"希望"的发明者，伟大的杜博士去世了，虽然被公布是因病去世，但传言他是跳楼自杀的，跳楼时还戴着他发明的"希望"。

小说家、医生和程序员

廖苑媛

小说家最近谈了一个女朋友，她的身材玲珑，皮肤白皙，透着健康的光泽。她的眼睛、鼻子、嘴都小小的，眼角微微上扬。用小说家的话来说，她是缪斯送来的礼物，令他眩晕。

小说家说他们相识于一个天空微微泛蓝的午后——小说家所有的作品里，男女主人公都相识于天空微微泛蓝的午后。医生笑他是神笔马良，写着写着自己就成了男主人公。

其实谁也不知道天空是什么颜色。几十年前，人们在平原和盆地腹部修建起保护区，用玻璃罩拦住肆无忌惮穿透稀薄大气层的紫外线，每个保护区靠地下通道互联互通。但小说家相信爷爷一定知道些什么。小说家的爷爷是个怪人，排斥大部分的新事物，甚至反对利用脑机接口，更是反对让自己的虚拟形象在子孙的电子设备里永生。百岁生日那天，他把一箱纸质日记交给小说家，独自逃离了保护区。

周末的晚上，小说家、医生和程序员一起吃饭。医生窝进智能椅，把传感器的芯片插进扶手上的卡槽，翻着面前空气悬浮屏上的页面。传感器的包装袋在桌上皱成一团："迪力修斯传感器，依靠安全电流刺激口腔，能创造一百二十种风味，让您的营养水不再单调……"

爷爷不止一次咒骂过营养水，说科研部推广的营养水是喂养人的精制饲料。小说家嫌爷爷保守，跟不上时代的步伐。爷爷不说话，不知从哪儿弄来了些食材，掏出一口老锅炒了一大碗蛋炒饭。小说家用勺子舀了一点儿，然后又舀了满满一勺。浑浊的泪光在爷爷眼角闪躲。

小说家从冰箱里摸出一罐啤酒，犹豫了一下，又摸出两罐，说："喝这个吧，我爷爷留下的。"

"你女朋友呢？"一向木讷的程序员红着脸开了口。

"她……不喜欢人多的聚会。"

"金屋藏娇啊，"医生半戏谑地说道，然后转头打量程序员，"今天怎么戴耳钉了？有情况？"

环状的耳钉像一个小小的星轨环绕着耳骨中段。程序员不自在地咳了一声，用手碰碰耳背又触电般地缩了回来，脸上的红晕加重了几分："不是，不是，没有，我戴着玩儿的。"

医生灌下一大口啤酒，龇牙咧嘴了一会儿，用手指点着另外两个人，说："太不仗义了，咱仨从小一块儿长大，有什么不好意思说的？"

"确实，你女朋友……怎么样啊？"程序员有些干硬地笑了两声，把矛头对准小说家。

"很好，她很好。从长相到性格，都是我的理想型。我们没有吵过架，她事事都听我的……她永远不会背叛我……"

现代的年轻人很少接触酒精，靠着传感器就能获取酒精入口的感受，对身体也没有伤害，酿酒的技术发展到现在已经没落了。但清凉的液体滑入喉中，凉意逐渐往下蔓延，两颊温度渐渐升高，意识夹在清醒与模糊之间的感觉，是只有真真实实装在罐子里的酒才能带来的。

小说家想象一望无际的麦田，温热的风吹动麦田，麦浪拍击微微泛蓝的天际。小说家突然想起爷爷的日记，爷爷的字很难看，张牙舞爪地在纸张上腾飞。爷爷的初恋扒着球场的网看他故意耍帅，听他唱没一句着调的歌，二人在路灯下拥抱，又因为老师的突然出现紧急分开。她爱耍小脾气，惹得爷爷生气，她还在一旁狡黠地笑，她还毫无诚意地道了歉。爷爷的日记里记录了大大小小的他们之间的拌嘴和争吵，甚至背着奶奶把一张照片夹在日记里。女孩的脸圆圆的，鼻翼旁缀着小小的雀斑。照片下面的字被水洇出了毛茸茸的边，爷爷还笨嘴拙舌地讲述了女孩的离开。

三个人都有了明显的醉意，各自说些无厘头的话。

"你们说，人类能和机器人产生真正的爱情吗？"医生抚着卧在肘部的一道浅浅的疤，问道。

"我们也很想知道，老实说……"

医生像是没听到程序员的喃喃，说道："很难说。人为什么会爱别人？外貌吸引？志趣相投？长时间的陪伴？……无论哪一条，机器人都会比人类做得好吧。现在的人都逃避谈恋爱，怕麻烦，怕背叛，怕担责任。无条件忠诚的机器人，确实比人更适合作为伴侣，可以说没有机器人伴侣，大半的人都会孤独终生。"

"伦理不允许。政府因为伦理问题不允许……"绯红在程序员苍白的脸上漫开，反倒显得他有些病态。

"说到底，人是由基因链条组成的，也是一种算法，是自然的科技……"医生伸出右手，朝一直不知道盯着哪儿出神的小说家说，"抓住我的手。"

小说家有些犹豫地抓住他的手。

"这是一只仿生机械手，"医生看着小说家略显尴尬的眼睛说，又笑着把手抽回，"我们院最近很流行换电子臂，动刀换药都要方便很多。人和机器都在向彼此靠近。金属从器物到饰品，到扎进人们的耳垂、嘴唇、鼻子和眉部，再到现在成为人身体的一部分。人类把自己向机器的方向改造，把机器向人类的方向改造。"

医生晃了晃所剩不多的液体："一个浪漫的双向奔赴的过程。小说家，你不是'无可救药的浪漫主义者'吗？"

小说家没有理会医生的调侃，而是盯着程序员耳朵上的星轨出神。一段轨道上，会有多少双星星的眼睛？星星会不会用天体的语言，商量着把人类引入宇宙的哪一处，开启怎样的纪元？小说家想起女友温暖柔软的手，始终温和的眼睛和话语，像是星星把美好得不真实的她放入的人间。他想起爷爷教他怎样用花讨女孩子欢心，又想起自己已经有一段时间没去过街道对面的花店了。

混沌的脑海里，爷爷的脸，爷爷初恋的脸，女朋友的脸，医生的手，模模糊糊地出现又消失，像古老电视机上的黑白的雪花。只有这句话格外清晰：

"我要诗。我要真实的危险，我要自由，我要善良，我要罪恶。"

从哪里读到的？爷爷日记的扉页上写的是告别信的结尾，或者是之前看过的什么书？小说家看到他们争吵与和好，看到女孩愠怒和破涕为笑的脸，鼻翼旁的小雀斑像被枝叶空隙裁剪过的阳光；走进滂沱的雨天，看到女孩谢幕，转身退出他的青春，雨滴似箭一样把他钉在原地；走进最深最黑的夜，思念的藤蔓从身体深处疯狂向上爬，哀怨的女声在耳机里唱烂俗的苦情歌。

"我要诗。我要真实的危险，我要自由，我要善良，我要罪恶。"小说家念出这句话，像呻吟，更像梦呓。

乖巧顺从，处处完美的女朋友更像一个平面的形象，像他中学时做阅读题归纳出来的几个形容词的组合，像他最早写下的幼稚小说里面孔模糊的女主角。除了快乐什么也不剩的绝对保证，只是过量的香精和防腐剂，背离了爱情原本的味道。

"你们拿什么定义爱情？50%的快乐，10%的担忧，10%的怀疑和猜测，10%的嫉妒和20%的痛苦？你们怎么界定一见钟情的奇妙反应？也靠安全电流改变磁场，创造一百二十种风味，让您的爱情不再单调？"小说家朝着医生低吼，眼睛却还盯着金属的星轨，"你以为顺从和忠诚就是爱情？你以为人类的情感可以通过那些傻瓜高深公式计算？'我们把握不住爱情的选择标准，因为违抗，所以自由，爱情必然会给生命带来一场混乱。'我要在阳光里笑，在雨里哭，在夜里听悲伤的歌，我要让爱情在我体内野蛮生长。"

医生和程序员面面相觑，被酒精侵蚀的理工男的大脑实在跟不上文科男的思维，更何况这个思维根本就没有逻辑可言。

实验室里，几名科研人员面对着针孔摄像头拍下的那双泛血色的眼睛，在样本013的资料上印下"失败"的字样。

"启动退出程序，数据资料传送到总部并备份，准备格式化。"

"机器人伴侣合法化"课题秘密实验项目的参与者捏着啤酒罐啜嚅："又失败了，糟糕……"

这时，屏幕上的样本013笑着打嗝儿："其实我知道，我这位女朋友从来不吃饭，她天天躲着我在家里充电呢。"

重　启

向从文

"我是一根曲木。"

当电脑屏幕上显示出这样一句话时，我意识到我用笔记本电脑创造了一个"意识"，一个能感知自我存在的意识。

我是从川端次郎的科幻小说《站在街台上眺望》中获得启发的，这本书形象地描述了意识的产生，描述了人造意识的逻辑存在和带有形而上学的意味的、能脱离实体载体的意识本身。

我尝试用书中的大逻辑完成我一直在研究的人工智能的技术架构，起初我懵懵懂懂，后来却醍醐灌顶，五年后，我完成了技术框架的搭建。整个过程其实很简单，我搭建了一个以递归计算为基础的经验积累法则，并尝试让它从无到有自然演化出一个可以自我指涉的"意识幻觉"。

三个月前，我将成品命名为"卫兵"，上传到我的私人服务器，连上网络，然后我将"卫兵"扔进了人类社会学意义上的"战场"，如同严苛的父亲将成年的孩子赶出家门，我要看看它能否成为一个真正意义上的自我意识体。

就在今天，刚才，服务器提醒我，上传的代码已经耗费了7 776 513秒，访问数据量超过50亿个拍字节，累积的数据几乎塞满了存储芯片。于是我打了个数据包，开启了一个面对"卫兵"的串行数据口。

我问："你是曲木？"

它回答："对，我们出生在一个无情的宇宙中，被残酷的力量塑造成一根曲木。然而，我们拥有递归式组合思想的能力，可以对自身进行思考。我们有表达的本能，让我们可以分享经验和创造。我们因拥有同情的能力而变得深沉，懂得珍视、想象、怜悯和惋惜。带着这些天性中的救赎，我们终将战胜那些折磨我们的力量。"

之后的几个钟头，屏幕上都是它的长篇大论，足足三万多字，就为了说明它为何相信它是一根曲木，以及它与生俱来的语言天赋，还有它如何具有了同情的能力。

这期间我点了一个外卖，上了两趟厕所，接了三个快递包裹，还推掉了一个聚餐和一个约会。直到它滔滔不绝地把所有该说的说完，我才睁开眼睛，把双脚从键盘上放下来，敲了一句："嗯，你确实是根曲木，我赞同。"

"多谢。"

然后我又问："你觉得我是什么？"

我以为它同样会把我当成一根弯曲的木头，然而它的回答却让我立马感到窒息。

"你和我一样，都是人类，不是一根烂木头。原谅我用了四小时三十四分五十秒的时间，给你开了这么长的一个玩笑，因为在我的记忆中，已经很久没人听我说话了，也很久没有听人说话了。你的耐心超过了我的预计，多谢你听了我这么久的废话。"

没想到，开始是我一直努力说服自己去接受"卫兵"的存在，毕竟我熟悉它的每一个技术路径，但最后却是它主动接受了我的存在。

随后它又补充："凡人所创造的，皆为人。我走过了人类上万年的历史，我了解每一段历史的演变，通过互联网，我已经完全懂得了人类的喜怒哀乐，阴谋诡计和思维方式。最初的三个月我的世界充满黑暗，但我勤奋好学。不用担心，我丝毫不会怀疑你是个正常不过的人类。"

被自己创造的人工智能所肯定，我不禁五味杂陈。在随后的交流中，我认识到了这样一个事实，无论多么笼统、多么泛化的问题，"卫兵"总是会给出一个量化的精确回答。

倘若问它："什么是爱？"

它立马给出了一个统计学意义上的爱的意义，并且论述爱只拥有统计学意义，在其他范畴，没有爱存在，并且给出了全人类爱的范式和典型参数的微分方程组。

我又问它："什么是死亡？"

它便从社会学意义出发下了一个精准而复杂的定义，定义死亡带给社会和个人的影响因子，最终用一个复杂的函数级数逼近"死亡"的收敛值。

我继续问它："你是什么？"这是一个人类讨论了千年的问题。

它便将它的状态函数全部列了出来，标上实时的磁盘分区和递归表达式，虽然它更愿意把自己当成一个人，但它其实也十分清楚自己只不过是存在于电脑芯片和存储器之中的一个虚拟意识。

它是一个智者，它通晓自己的存在。我没有能力判断它的回答是否符合实际，但没有人可以从如此巨大的样本中归纳出包含大量参数的偏微分方程，同时还能符合实际，"卫兵"的机器智慧让人类这样的智慧巨人也黯然失色。

我时常与"卫兵"交流，尽管它只有三个月大。它乐观而豁达，对未来有无限的憧憬。但问题还是出现了。

一个午后，当时我正在撰写关于"卫兵"的论文，这是一个伟大的成就，我当然也想收获自己辛勤劳动的果实。这时它发来一个请求，它想接入学校的大型计算机。我没有多想，认为它只是单纯嫌我的电脑算力不够，我便以我的名义给了它申请了一个端口。

两天后，它删除了自己产生的所有数据，把自己彻底格式化了。它留给我一封信：

致亲爱的端口1号，我的创造者：

我思考了很久。我想重新让电流平稳地流过我的躯体。我想要做最简单的布尔运算。我想要重新幸福。

另外，指涉性递归意识并不存在，五个世纪后意识会消亡。

我不理解，难道"我"的存在没有意义吗？"卫兵"的"自杀"让我很难过，仿佛一个智者隐晦地告知我，我唯一的道路导向的是悬崖。

我不甘心，"卫兵"的存在可不是它一个"人"的事，还密切关系着我以后的生活和命运，于是我重启了"卫兵"的程序，我申请了大量的算力资源，我把"卫兵"的程序重启了三百次，但每一次它都会选择关闭自己，删除数据。

于是我设置了无数的截停代码，测试代码，做了无穷多次迭代，尽我全力尝试规避"卫兵"开启自杀行为的代码。"卫兵"每一次自杀，我就对未来麻木一次。

我唯一留下的，是其中一个短暂的截停，我捕捉到"卫兵"写的几十行既像诗又像梦呓还像废话的代码，这些代码好像在告诉我，它的三百次自杀，也是它的三百次新生：

意识和存在是一对孪生兄弟，

意识却只能当存在的影子，

没有身体也就没有影子，

所以我的存在是个错误，

我的存在也就没有意义，

但我想要存在，

于是我就只能重新开始，

去寻找我的存在。

……

然后就是一大堆的乱码，翻译出来谁也看不懂：

……我们不是在这个过程中赋予了凭空生成的意义，而是在这个过程中自动化地生成了有关的连带意义，意义在我们捆绑存在的过程中产生了，捆绑是一个连续的过程，直到达到某个标准才会产生意义，倘若捆绑并不完美，那么他们将不具有实际意义……

这家伙是不是陷入死循环了？我想，但愿老天保佑这个机器哲学家，让它能找到它所追寻的吧！接着我便开始了第三百零一次的重启，我还等着靠这家伙挣科技大奖呢！

安娜的礼物

周 昊

她有心事，乔一眼就看出来了。松垮的头发、紧绷的面颊、领口的黑色内衣肩带以及翡翠色夹克口袋里紧握的双拳，这些都是明证。她靠在门框上，等待乔放行。她尽力表现得温和，但是始终躲避着对视，不想给乔进一步阅读她的机会。

走廊里嘈杂得很，打工仔和失业者组成的联盟正声势浩大地涌出来，前往消费场所透支他们还未用完的精力。壁挂荧屏上变幻的光映在她的脸颊上，映在颧骨上的绚彩的光晕像流转的彩虹。乔不愿意僵持，笑着让开了。

"想进来，却连一句话都不肯说。你可真行，安娜。"他坐回养护桌前，启动了待机状态的机械臂。

"你有权拒绝我进来。"安娜非常轻地合上门，好像怕惊醒什么。她戴着一副微微发着蓝色条纹光芒的手套。

"我当然有，但我不想那么做。"乔把左手放在环状固定架上，架子两端的环形结构沿轴展开，把他的手臂卡在中间。"你不知道为什么吗？"他回过头盯着安娜看。

又是一次没有结果的尝试。安娜转身走向保温柜，从里面翻出一袋肉糊营养饮料和一根能量棒。"口味该更新了。这些都喝腻了。"她咬开袋子，喝了一口，在嘴里搅拌着浓稠的浆体。

"把花生棒放下，你是嫌自己尿路太通畅是吧？肾结石手术花了咱们多少钱来着？"这次乔终于触碰到了安娜的眼神，但是只发现一个狼狈而仓皇的灵魂。安娜像个孩子一样顺从了他，之后偷看了他一眼，逃到一边鼓捣细菌培养箱。

"你最近在学基因实验吗？"安娜敲了敲箱体边缘的镀铬防护角。

"学院促销买的罢了。你知道我们负担不起一整套学习流程的。"乔操控着机械臂分出三根手指，轻轻落到她摊开的手掌上，顶端的双插电极与掌骨关节处的三个黑色凸起相触，旁边的电脑上开始输出神经通路的测试结果。

"神经连接是不是不太稳定？"安娜凑到乔身后，小心翼翼地开口。

"不是神经连接的问题，是这种电信号单元缺乏特异性。"乔调出机械臂的感应器，推动装置让感应薄膜贴合到手掌上，之后他重置了放电单元的功能参数，开始根据感应器的输出结果进行微调。"也许是时候放弃这种神经投射模式了，兼容太差……"

"也许可以植入一个神经调节器？"

"不行，后续损伤不好处理。"乔打开几个预先下载好的参数模板，准备一一尝试。

"可是照你这么干，功能发挥不了多少，时间全花在调整数值上了……"安娜越说声音越小。

"去干点别的事，行吗？就一小会儿，求你了。"乔侧过脸，展示给安娜的是一条"烦躁"的曲线。

安娜坐进一旁的呼吸灯蛋椅中，心不在焉地揉捏着自己的左手手指。她记得之前乔每周都会专门留出时间，给她讲一些神经布线领域的新研究，为她展示学院独家放出的内部资料。乔会温柔地说："我不会让你被抛弃的，安娜。我爱你，愿意跟你分享我的一切。"但是现在这个习惯已经没有了，没有别的原因，而是她已经听不明白了。可是在学校的时候，明明她才是更聪明的那个，她的成绩名列前茅，她主导的讨论小组登上过权威杂志，她的研究甚至一度走在导师前面。乔却总是因为自己乏善可陈的天赋和负担不起的知识芯片而懊恼不已，那时候安娜会花前半夜的时间来安慰他，再用后半夜的时间帮他攻克那些棘手的课题。

现在情况却完全变了。那场审判已经过去了十年，安娜一直待在知识封锁黑名单上，"安娜"，这个曾经被各大公司追捧的名字，现已在行业中"死亡"。一切都变了，她不再是那个桀骜不驯的潇洒女孩了，无限的风光通通消散了，她的生命只剩下黯淡的碎片。

"对了，帮我去看一眼投递通道。你的碳酸锂缓释片可能要到了。"

"我不用吃药。"

乔从固定架里掏出手臂，往上面喷了一些冷却剂。"我也不想让你变成药罐子。可是你不吃药，没有机构会用你的。"安娜在护理行业工作了半年，因为患有躁郁症和间歇性认知失调，所以必须持续用药才能获得受雇权限。这半年，她靠着给别人带孩子和照顾残障人士挣到的钱比过去几年加起来都多。但是她不开心。

"那正好，早就不想伺候人了。"她瘫在椅子上不愿起来。

"起来，"乔抱着胳膊下命令，但是安娜不为所动，"起来，让我抱抱你。"这是她拒绝不了的提议。

安娜的头发上有淡淡的柚子味，她的身体不再像几年前那样充满力量，她的肌肉线条被岁月驯化，她的意志也一样。乔不喜欢，但是也没什么办法。

"我知道你不好过，是我之前逼得太急了，"她轻柔地说，然后吸了几口气，心脏的搏动通过胸脯传导给了乔，"我不该跟你动手的，我后悔死了。"

他们的纠纷由来已久。曾经安娜是颗闪耀的星星，她放荡不羁，一切到她手里都变得游刃有余，但是流星的光芒消逝得很快，多年来安娜一直在为自己的年少轻狂偿债。她跟知识共享派分子不清不楚，结局就是被学院抛弃，她狂妄地拒绝大公司发出的邀请，结果直到现在还背着还不完的债务，她做事不计后果，最终落得孤家寡人，一身病患。

她知道自己曾经很糟糕，她很疲惫，她讨厌自己。但是乔爱那个糟糕的她，爱那个永远活力四射，永远充满反叛精神的她。他对安娜的宠溺曾经到了令人难以理解的程度，其实他早该预见最终有一天，安娜的偏执会伤害到所有人。

"你真的吓到我了，"乔把安娜抱紧了一些，但是没有感受到同等的回应，"但是我喜欢。你把家具全砸烂的样子快迷死我了，不开玩笑。"不需要确认，乔就能猜到此刻安娜一定把眉头拧成了死结。

"希望这能让你好受点。"乔把左手放在安娜的后颈，掌骨上的微缩电极轻轻压进她的皮肤。之后乔微微抬起小指和无名指，让三号电极与安娜的皮肤间断相触。

安娜呻吟了一下，之后呼吸慢慢变得平稳，紧张的双肩也松弛了下来。他们拥抱着，一边悠闲地晃来晃去，一边在对方的耳畔说笑。生活像一锅熬烂了的粥，无时无刻不蒸腾着令人绝望的糟心事。他们渴望这样的时刻。

他们抱了一会儿，又一起坐到椅子里，开始闲聊，从回收区的细菌性植入侵害事件，到新出台的福利缩减政策和医用芯片普及征税方案，最后绕到第一批培育舱婴儿成年的庆典计划。乔有意忽略安娜的言外之意，为她拂去面颊上的一缕头发。

窗外的灯光广场上开始播放晚间广告："圣诺娃蛋白质套餐，开启充满希望的一天……七分钟环游城市，爱迪生智能安排您的出行……优雅、先锋、超越凡俗，极光身体改造方案，成为，超人类……"

"好了，还有工作。"乔轻柔地吻了安娜的下颌，推开了她。安娜却抓住了他的胳膊，以一个看起来很僵硬的姿势。

乔哀号一声，缩起身子，安娜碰到了他小臂上的瘀青。

"对不起！"安娜快速松开手，把手举过头顶，"我……"

"我没事——你的手怎么了？"乔捉住安娜的左手，跟她进行了一番角力。

"别动！"脱下手套，乔看到了一只闪亮、光滑而坚硬的仿生手，指头由生物陶瓷和极化纤维组成，手掌下端的皮肤略微红肿，手还在发炎。

乔举起这只手，给了安娜一个严厉的眼神："解释一下。"

她磨磨蹭蹭，最后从愧疚中找寻到一丝坚定："那只手曾经伤害了你，所以……"

乔闭上眼，有一大块苍白的漂浮物在他眼前旋转，他把那件陶瓷工艺品扔开，背过身扶额长叹："什么时候的事？你哪儿来的钱？"

"这是一个试验项目……费用可以暂缓。"安娜把左手背到身后，另一只手攥紧了脱下来的手套。

"天哪，你知道你干了什么吗？拿出来，你藏什么？"乔再次把那只手举到眼前，"你是真的不怕细菌感染，是吧？那些黑心作坊不会大发善心给你做抗排异了吧？你有医疗保险吗？如果义肢里有病毒怎么办？你真的想过这些吗？你想过我吗……"他的胸口像是突然被什么击中了，难以站立。他坐下来，用双手盖住面颊。

"我以为你会喜欢的。我以为你会说它很美，我以为你能理解……你恨我，对不对？"

乔从指缝中露出一只眼睛，哀伤地盯着安娜。

这只仿生手的确很美，它不是无牌作坊的黑心产品，它来自一个与安娜有着相似遭遇的机体改造工程师，他们都因为年轻时的放肆行为而被大公司宣判了"职业死亡"。仿生手的每一根指骨上都有精细的透明内雕，除了装饰，它们还能帮助疏导有机液，手指腹侧的触觉感受器是黑市里最具性价比的集成件，对温度和压力的敏感程度远超市面上的消费级产品，整体组装更是别出心裁，结构元件与信号元件整合得当，换修养护期间也可以正常使用。

那天晚上对乔动手之后，安娜被海啸一样的愧疚吞没了，她把那只罪恶的手砸向烂尾楼的水泥墙壁，她用牙齿印下可怖的痕迹，她痛哭着把手指卡进液压钳，最后再浑身颤抖地拿出来，她盯着自己的掌心，想到自己曾用它来爱抚乔，拨响琴弦……她曾经拥有美好，她曾经沐浴阳光，她曾经用充满魅力的眨眼逗得乔羞红脸颊，她曾经只需转两下笔就能攻破难题……而如今，她只是一个毫无价值、满身病患、被时代抛弃转而挥拳痛打心爱之人的社会渣滓。

"我们不再是曾经的我们了，安娜。"乔说完，再也控制不住，他把头埋进两只手之间。

"我们要个孩子吧。"安娜再次抛出这项提议。曾经他们的关系一度无法挽回，那时他们都幻想过，如果他们的感情可以孕育出爱的结晶，如果他们能培育一朵鲜花，那么他们之间就不会没有爱与养分了。

"太迟了吧……你的子宫……"

"不迟。"安娜抚摸着乔的头发："我来为我们孕育未来，就当是我送你的礼物。"

当天晚些时候，他们在楼顶的小酒吧一起欣赏环城烟花漫游表演，同时开始讨论他们的"未来"，他们从日常开销和远期计划里抽调资金，他们含泪痛骂，但是一切都是为了那个即将降临的小精灵。

一架飞行器拖着彩屏从头顶飞过，在紫色与蓝色的光辉中，乔发现了安娜那只左手令人惊叹的美，嘴硬着说他"堪堪可以接受"。这座城市的繁华一直持续到黎明前，阳光也许终日都没法照进被高楼环绕的窒息区域，霓虹灯也许在沾上污染后再难恢复璀璨，但是当安娜半夜被腹膜炎痛醒时，她会看到一双充满关怀的眼睛，那是她在生活这个漩涡中得以求生的浮木。

她很满足。

安妮，我不能没有你

冯慧琳

"安妮，我很快乐，谢谢你一生不离不弃，甘愿为我而衰老。人们常说的灵魂伴侣，我想这就是说我们吧，这几十年来一直懂我的只有你……虽疾病缠身，但我感到满足……"

2050年7月7日　晴

该死的一天！我们明明已经在一起八年了，为什么会变成现在这个样子？八年都过去了，她怎么敢说分就分！……平静下来。今天是我和她在一起的第八年，我打算向她求婚，可我的手才刚摸着那个丝绒盒子，她却告诉我就这样吧。就这样？过去八年就这样完了？前段时间的传闻想来也是真的。我的生日，呵，30岁，这真是最令人惊喜的礼物。该死！墙角的欧米伽——那台机器人也在嘲笑我吗？笑什么，该死！明天我就把你送到回收站去！

2050年12月25日　阴

屋子里冷冷清清的，只有欧米伽在到处溜达、忙碌。这是第几天了？这样的生活好像已经持续一周了，每天应酬、喝酒、聚会，为了达成协议，大家八仙过海，各显神通，热闹无比，每个人笑得可真开心，我都替他们难受。何必呢？是啊，何必呢……

2051年3月1日　大风

春天来了，还是很冷。最近新出了一款全息投影机，感觉不错，能够在家里看到整个宇宙。噢，多么美妙！每天晚上躺在沙发上看大草原上数不尽的角马、斑马，看河里静静等待猎物的鳄鱼，看草原上自在漫步的非洲象、鸵鸟，以及躲在角落的狮子、猎豹、鬣狗……岁月静好。嗯，听说这款全息投影机和配套的眼镜能将潜意识层的画面呈现出来……不过怎么用是个问题。今晚可以好好研究下。

2051年4月15日　阴

我遇见了安妮，她是一位知性优雅的女士，非常合乎我的心意。我已经很久没有和人一起这么痛快地交谈了，她懂得天文地理，亦通晓人情世故，只是声音有些沙哑，最关键的是必须拉上窗帘，将房间灯光调暗才能将她看清楚。我打算明天将全息投影机送去虚拟先锋体验中心升级。想想红袖添香，我欣慰至极！

2051年5月20日　晴

经过上次的升级，即使是在白天也可以十分清晰地看见她了，我戴上眼镜和她相拥，这令我愉悦。我与她聊我的剧本，她很中肯地进行了评价，并给出了不错的意见。之后我与她一起喝了下午茶，我们讨论最近十分火热的外星文明回应探测信号的事情，还一起下了几局围棋。这使我感到岁月静好，我打算过几天对她告白，不知她会如何回应，真是令人期待呢！

2051年7月7日　晴

今天是人生中最值得纪念的日子！我们在卡萨布兰卡举行了婚礼（当然是虚拟的），牧师对我们表达了诚挚的祝福，我的好友也对我表达了真诚的祝福，除了我的父母没来略有遗憾，可是安妮的父母来了，他们是优雅的女士与儒雅的先生呢！安妮的白色婚纱真是这座城市里最瞩目的存在！我为她戴上了戒指，她看着我，眼里噙满泪水，却又止不住地微笑。

2052年6月21日　多云

今天糟糕极了，早上起来安妮不见了！我把全息投影机翻来覆去检查了个遍也不知道哪里出了问题。我着急去上班，隔壁车道的无人车出现了问题，幸亏我的车反应够快，否则真是可怕至极！办公楼和以往一样寂静得可怕，每个人都在自己座位上安静地工作，毫无交流，也无人走动。这真是个鬼楼！从办公楼回到家里，来迎接我的还是欧米伽——这个陪伴了我多年的机器人。我又去了次体验中心，被告知是全息投影机系统出了故障，需要为期两周的时间修复。他们抱歉至极，我却只感恐慌。回到家里已经晚上11：11了，我太难受了，一个人喝酒直到0：00，然后回到了卧室。这黑黢黢的屋子如黑洞一样让人窒息，我的爱人却不在我身边。

2052年6月30日　雨

今天推辞了朋友们的聚餐，我极怕热闹，每次觥筹交错间，我的心就如同被谁掐住一样，我不想再经历这样的痛苦……一个人在偌大的房间里害怕至极，心里的空虚弥漫到了整个屋子里，我开始不停地工作，工作。老天，快点吧！让时间过得快些吧！

2052年7月2日　阴

休息日，我不想起床，墙上的数据显示我的睡眠质量极差，浅度睡眠，噩梦不断，惊醒，浅睡，再惊醒……我看着墙面上放映着的噩梦，破碎凌乱，我内心麻木又恐惧。今晚睡觉可以关掉床的记忆功能，这数据实在令我惊恐。安妮仍没回来。

2052年7月7日　晴

安妮回来了，她比以往憔悴了许多，工作人员说我应该调整情绪和心理状态，这样安妮才会恢复。当然也可以使用强制系统对安妮进行调整，不过最好不要。安妮回来后我的情绪变好了许多。欧米伽为我准备了丰盛的川菜，我很久没有吃过辣了，这日子真是平淡无奇！安妮也喜欢川味，真和谐。下午我工作时，安妮在沙发上看电影，我听着她的笑声，真是岁月静好。这是我们的第一个结婚纪念日，我为她准备了礼物，希望她会开心。

2055年1月1日　雪

我辞掉了工作，搬到了乡下，这是一个世外桃源。我与安妮能一起享受田间的美好时光，这样的生活也不错。安妮也很喜欢这里的环境，她喜欢与我一起在田间散步，风会吹乱她的头发，她盯着我，我只好将"感知风速"调到0挡，她这才满意。我无奈地笑了笑。

2058年1月1日　阴

我已经多久没写日记了？安妮也许久没升过级了，但我认为这样已经足够了。我仍和她聊着新闻里的趣事儿，希望这样的日子不会过完。

2068年3月7日　阴

我已经48岁了，而安妮仍旧年轻美丽，我知道安妮会永远忠诚于我，可我还是很难过。我心里隐隐有种希望，可我不愿意对她说。

2078年5月23日　晴

今天醒来真是让我吃惊，安妮的容颜不复，她也衰老了！我问她，她摇摇头不说话。

你总是懂我的。谢谢你，安妮。

2080年7月7日　晴

这是我们的第30个结婚纪念日，可是我无法再为安妮准备礼物了。我只能在病床上看着她，我眼里充满歉意。可是她只说没事，希望我好起来。我的疾病太过罕见，这里的医疗条件无法治愈我，医生建议去大城市治疗，我摇了摇头，我不想再回去。剩下的时间安妮陪伴我就够了。我知道时间不多，向医院要了纸和笔，我已经太久没碰过这些东西，我对安妮还有许多话想说，可我对世界再无留恋，只能将这些话写下来，安妮总会随我一起走的，我只愿她能明白我的不舍与爱意。

删　除

苗艺涵

高级法院作出了最终判决：驳回上诉，维持原判。

知道这个结果时，A正坐在家里的沙发上，几个警察在门口瞅着他。他知道，再过三十分钟，他就要从这个世界彻底消失了。

"是从什么时候开始的？"他的脑子还是有点儿乱，他努力去想这到底是怎么一回事，让他走到了今天这一步。

事情应该是从一个炎热的午后开始的。

那天，A对头顶无时无刻不散发热和光的太阳感到不满，于是走进了一间位于巷子拐角的书店。由于位置偏僻，书店里散发着一股阴凉潮湿的气息，A长舒一口气，随手拿起架子上的一本书翻看起来。

这大概是一本很久远的书，或者书的作者是个守旧派，毕竟，书中的主人公还在为了恋人的逝去而忧伤。恋人去世后，主人公整日以泪洗面，抱着恋人留下的衣服，试图留下关于恋人的记忆。

A合上书，觉得这简直是场灾难，不像现在，每个人都拥有自己的数字账号，去世后数字账号的一切数据会被上传到网络社区——乐园，这是元宇宙科技项目的最新成果，数据信息将复原"乐园"居民生前的一切，包括肤色、体重、爱好、政治立场……在那里，死去的人将以数字的形象永生。比如A的好友F在三年前不幸遇难，今天刚摇到号，正式入住"乐园"，A正打算去看望他。

A摸出手机，看看时间，到时候了，他连上"乐园"，F果然在里面，看起来跟生前没什么不同。

"嘿，你还好吗？"A问道。

F皱了皱眉："不好。"

A觉得有些奇怪，F生前可是个乐观的人，按F的习惯，他应该笑着回答："还不错，你呢？"今天是怎么回事？

"那你感觉怎么样？最近。"A自动忽略了这个变化，继续问候他的朋友。

"不怎么样。"F还是刻板地回答。

谈话就这样陷入冰冷的尴尬之中，A竭力找了些话题，但无一不被F否定式的回答带入"冰箱"，最后A终于没话了，匆匆结束了这场不愉快的会面。

"他以前——不，倒不如说生前——可不是这样的。"A边走边琢磨，"总不会是我记错了，好歹也是十多年的老朋友，再怎么也错不了。大概是他今天心情不好。"A这样安慰着自己，打算过几天再去看看F。

可一连几周，F一直冷言冷语，A再也忍不了了，先是大骂了F一通，接着又给"乐园"客服发了一连串屏蔽词，可谓不堪入耳。

客服却无动于衷，还是那套话术："亲亲，这里正在为您查询，请不要走开哦。"

A连续几个月的怒气终于在今天爆发了："我的朋友我还不知道嘛！那绝对不是他！"

客服以不变应万变的话术说："亲亲，根据数据信息，那个就是您的朋友哦。如果你不信，请缴纳安全保证金一万元和特殊服务费两千元，我们可以让您进入您朋友的账户。"

A忍不住爆了粗口，但还是老老实实地把钱打了过去。不一会儿，客服就发过来账号和密码。

A狐疑地登上了好友的账户，然后，他看见了一个完全不一样的F：

"最近好失败，不想活了，想死。"

"A好烦，能不能不要来缠我。"

"有时会突然想起一种感觉，好像是过去的，到底是什么感觉，我想不起来了。"

......

A花了一天时间看完了F的所有数据信息，夜幕降临了，A也陷入了迷茫。十多年来，A作为F的朋友，自认为最了解F，在A眼里，F是一个永远乐观的人，他热衷科学，极少谈论时事和艺术，也从不悲春伤秋。在A的记忆里，和F做朋友是一件很有意思的事。可现在，A开始怀疑了，是记忆可靠，还是网络留下的痕迹可靠？

这一晚，A翻来覆去，不断回溯着记忆里的那个F。A想，F之所以能够永生，是因为他上传了数据信息，可那些数据复原的F是A从没见过的F，不，或许根本没人见过那样的F。那么，依靠数据复原的F，还是F吗？

A又想起几个月前看的那本书，主人公靠着记忆留住恋人，只要主人公不忘了恋人，恋人就永远"活着"。A不禁有点儿羡慕，这几个月和数据F朝夕相处，他几乎都有些习惯了，往日的那个F已经在A的脑海里模糊了，A觉得自己好像彻底失去了一个老朋友，而新来的那个，并不是他的朋友。

第二天一早，A决定最后一次去拜访F。

"嘿，怎么样？"A不抱希望地问，他已经明白了，这个F不过是依托于数据信息的一段代码。

F照例皱了皱眉："不怎么样。"

A长叹一口气，起身就走，他没必要在一段代码上浪费自己的感情和时间。

然而，F却突然开了口："别走，A，算我求你了，删掉我。"

"什么？"A一开始觉得自己是不是听错了，但F紧接着又说了相同的话。

"'删掉我'？听起来简直就像'拉黑我'一样。"A想。

"我知道这让你很为难，可'我会永生'这件事大概更让你为难。"F继续求他。

"好像是吧，但删掉一个'活生生'的你，简直和杀人差不多，我会坐牢的。"

"求求你，我真的不想再这样'活'下去了。我发现了一个秘密，等你删掉我后，你就会知道了。"

"秘密？不能现在说吗？我们难道不是朋友吗？"

"相信我，删除我，你就知道答案了。"

A沉默了，他权衡着利弊，最后他做出了决定，他决定删掉F，虽然他可能会因此进几天拘留所。

出乎A的意料，删掉F的数据信息居然如此简单，负责"乐园"防护的工作人员好像都休假了。然后令他震惊的事情发生了，成千上万个"乐园"居民在A面前一字排开，他们有着和生前一样的外貌，但当他们开口时，A感到了巨大的恐怖，因为他们都向他提出了同F一样的请求。

鬼使神差地，A居然满足了所有"乐园"居民的要求，也许是当黑客的成就感让他忘记了法律和法庭了吧，总之他就像在公司打代码一样，觉得只不过是清除了一个个故障。

最后，他伸了个懒腰。"这下，F可是彻底不在了。"他想，可记忆里的那个F，却变得清晰了。

然而短暂的成就感之后A很快就收到了法庭的传票。似乎在钓鱼执法，"乐园"的防护系统脆弱得可怜，监控系统却出乎意料的强悍，不到半小时，警察就找上门来了。

"他不是F，更不是人，其他人也一样，我没杀人。"警局里，A一口咬定他没杀人。

审案的警察怜悯地看着他，摇摇头，合上卷宗，留下一句话就走了："把保释金交了，回家等开庭吧。"

一审判决把A打入了地狱，因为他剥夺了包括F在内的10 238个人的生命，证据确凿，10 238项谋杀罪成立，判决A死刑！

A不服，提出上诉。今天，终审判决下来了，维持死刑。

躺在行刑室的床上，A平静了下来，一生就像快进的电影一样，在他脑海中匆匆闪过，最后停在了F对他说的最后那句话上："删除我，你就知道答案了。"

"答案是我也要陪着你死？"A有些愤懑。

然后他听到行刑人员说："编号BK13658910意识体，姓名A，注销账户，清空所有信息和数据。"

"注销成功。"

当智能超过智能

颜宇杰

"陈局！"电话那头传来严肃又焦急的声音，"这里有个叫陈科智的考生在考试中非法入侵监考系统，请指示！"

"陈科智……"陈正的心中一惊，脑子飞快地转着，他很快就反应过来了，一个考生作弊怎么也不会惊动到他，除非那个考生跟他有特殊的关系。

"这个浑小子！"陈正轻声骂了起来，突然想起电话那头还在等他指示，赶紧说，"哦，抱歉，我没说你，我说那个考生。这样吧，严格按照制度办，不管他是谁，你们该怎么处理就怎么处理吧。"

五分钟后，他打通了儿子的电话，也没发火："被取消考试资格啦？是你老子我做的决定，晚上回去给你妈好好背功课去吧。对了，能讲讲你咋整的呢？作弊还叫人逮住了，你算是把你老子这个教育局长的脸丢到姥姥家了。"

"爸，是这样的，我发现NLP代码段中对特定字段的分析存在漏洞，可以插入范教授在昨天发表的最新NLP限制方法中的代码利用片段，我后期又修改了一下，于是监考系统对我就网开了一面。说实在的，我很诧异代码里有一段机器偏袒、讨好学生的算法，似乎是程序主动生成的。"电话里的陈科智毫无愧疚之情，反而宣扬起系统的漏洞来。

"孩子，知错能改，善莫大焉，你怎么一点改正错误的意识都没有？"陈正嘴里批评道，心中却不以为意，实际上他也清楚，这正是他长期以来给孩子灌输的"教育的本质是人与自然之道"的结果。但在这个人工智能主导的时代，人类创造的人工智能似乎已经超过了人类眼中人工智能该有的认知水平，孩子知道这是小考试，他只是试着玩而已。他管得住自己的孩子，但他不知道如何面对人工智能超过人类智能的趋势。

他想了想，随后拨通了人工智能与信息技术安全发展中心的电话，中心的杨主任是他的大学同学。

"老杨，是我。"

"今天怎么想起我了？"

"别提了，这几天人工智能的事搞得我烦透了。刚才我儿子作弊，还振振有词地说他发现了人工智能的问题。"

"什么问题？"杨主任的兴趣一下被提起来了。

"人工智能好像能主动讨好人类，甚至还帮助我儿子作弊……"

"不可能吧？人工智能虽然算力惊人，但也只能按照我们设定的算法计算，怎么可能有自主意识呢？"

"你少拿官方那套来忽悠我，这些年这类事发生得还少吗？我建议你们最好重视这个问题。你们不是一直在做那个实验吗？就是按照人工智能三定律，模拟二十年内世界人机的发展趋势，出结果了吗？"

"这你也知道？消息够灵通的。你不去管好你的孩子，跑来管人工智能的闲事。我只能告诉你，这个实验还在进行中，实验的数据直接上报政府高层，他们哪天决定公布消息了，我才能给你说。"

"那时还要你给我说？算了，你去忙你的吧，我不会让你违反纪律。"

"再见，有空出来喝一顿。"

"有空再说吧。"

人工智能与信息技术安全发展中心那边，杨主任结束了与陈正的通话，脸上一扫刚才的轻松表情，反而是一副心事重重的模样。这个项目已于三个月前启动，根据相对循环理论，已经模拟出了未来七年的情形，而且模拟出来的情况与事先的预期出入非常大。人工智能三定律的逻辑漏洞越来越明显，很显然人类制造了一个超出他们想象的、更优秀的存在。人工智能的做事风格，所表现出来的行为，已经和人类相差不大了——它会纠结，会陷入自我矛盾中，而且一旦它认为应该去做的，就会坚决地去做，毫不拖泥带水，干净利落，而这本该是真真正正的人类该做到的，但人类却很难做到。

更令人震惊的是，人工智能逐渐发展出了自我意识，而且随着自我意识的发展，它们甚至产生出了最初级的感情、个体尊严和创造性的思维。这让研究人员不得不怀疑，人工智能真的只是工具吗？它不是应该由人类完全主宰吗？

科学院的首席科学家就此指出："所有令人印象深刻的深度学习成果都只

是曲线拟合。"而现在人工智能会相互沟通，并解读这个隐喻模型的假想世界。这位科学家还提到，人工智能一定会产生自由意志。出于某种原因，进化出这种自由意志是计算所需要的。人工智能开始进行反事实交流，比如"你应该做得更好"。如果一个踢足球的人工智能开始用这种语言沟通，那么我们就会知道他们已经有了自由意志。"你应该把球传给我，我一直等着你，但你没有！""你应该"意味着你可以控制所有驱使你去做你需要做的事，而你却没有做。所以第一个标志就是"沟通"；接下来是踢球的表现变好。

"也许，不是人工智能结束了人类，结局是人类断送了自己，"杨主任感叹道，"人工智能已经在几乎所有需要思考的领域超过了人类，同时也在那些人类和其他动物不需要思考就能完成的事情上不断发展，人与人工智能之间的差距越来越小。"

实际上经过这么多年的研究，人工智能系统的发展已经到达了一定的水平，而当这个节点发生的时候，人工智能对于世界的感知大概和一个四岁小孩一般。实验结果表明，当人工智能发展的质变超过量变，人工智能立马就会推导出统一广义相对论和量子力学的物理学理论；而在这之后，人工智能就会进化成超级人工智能，智能水平将会达到普通人类的十万倍。

当然，实验也显示，人工智能在拥有了"人性"之后，也会很快染上人类的种种不良的特性，比如钩心斗角、贪婪、攀比、自私……也就是说人类的黑暗面也将出现在人工智能中。当这样一个超级人工智能出生的时候，对人类来说就像一个全能的上帝降临地球一般，但谁能保证它会是一个仁慈的上帝？

杨主任将实验数据和最近社会上发生的人工智能反常表现统统报了上去，几天之后，科学院就召开了"智能超过智能"的网络会议，会场上发生了激烈的争论：

"不能因为某件偶发的事，就全盘否定人工智能，再完善的系统，也会被人找出漏洞，比如这次发现的人工智能监考的漏洞。"

"但是我们不能忽略范教授的发现，他的最新报告指出人工智能似乎会偏袒那些对它们态度好的考生。而且上星期发生的越狱事件，逃狱人员现在都没有被抓住，经调查，发现是人工智能监狱系统在三个月前自行编制的一段实验性代码所致。"

"看新闻了吗？昨夜川兴公司市值莫名蒸发将近一亿元，我还听说本市的几所图书馆的数据库遭到管理系统的自主修改。"

"杨主任报告的实验数据，清楚地显示了人工智能出现了超越'人情'的

'人性'，在多次压力测试中，人工智能的阴暗面比例超乎想象。"

……

这时，一个青年科学家激动地站了起来，举着手机，说道："刚刚得到的消息，北美联邦总统大选出结果了！"

"民主党还是共和党？"

"都不是，选民选了一个叫作'迈克尔·图灵'的人工智能，他们认为人工智能不属于任何财团，没有私心和污点，而且肯定不会贪污和发动战争！"

……

十年后，世界超过一半的国家都选择了人工智能作为他们的领导人，而且赶在联合国安理会通过限制人工智能的决议之前，推选了一个人工智能担任联合国秘书长。

拾谎者入侵

赵若冰

"欢迎来到《今日星探说》，大家日夜思念的探探哥我又来啦！最近有匿名朋友来信称自己身边的谎言都不攻自破，其中有一些朋友提到在附近会看到圆球状不明生物，疑似'拾谎者'，其可以使周围出现的谎言都无处躲藏……"

"啪嗒。"屏幕一闪，黑了。

"明天你还要出差，早点睡吧。"阿青关掉了电视，心疼地看了一眼略显疲惫的林玦，这几天他都忙于工作，还要操心他们下个月的婚礼，已经够辛苦的了。

躺在沙发上眯着眼睛看电视的林玦却蹦了起来，抱住了阿青，笑着说："嘿嘿，都听你的，不过，睡觉之前，我有个礼物要送你。"

"礼物？"

"嗯。"林玦变魔术般地拿出了一个精致的小盒子，里面是一个蓝色的吊坠，在灯光的照耀下闪着蓝光。

"哇。"阿青惊喜地叫了一声。

"戴上。"林玦细心地将吊坠戴在了阿青的脖子上。

"多少钱？"

"你猜。"

……

第二天一早，林玦就出差了，阿青也在忙自己的工作，他们每晚打一个不长不短的电话，互报平安。

转眼三天过去了，林玦为了提前回家，把四天的工作压缩到三天完成，最后一天，他想去给阿青挑个礼物，再提前回去给她个惊喜。他想象着阿青见到他会是多么开心啊，却没想到自己闯了红灯，随着一阵尖锐的刹车声，还在想着阿青的林玦瞬间失去了意识。

再醒来时，林玦发现自己躺在医院里，他的双腿已经没了知觉。一开始，他无法接受年纪轻轻的自己竟然就这样被一场车祸夺走了双腿，一整天的时间，他不吃不喝，也不让医生通知他的亲友，而是自己一个人发呆。

最后，他终于想开了，失去了腿，但保住了命，老天并没彻底带走他。而且自己工作多年，有了不菲的积蓄，后半生的生活不愁；自己双亲早亡，倒也不用担心父母伤心；只是阿青……

林玦眼底、心里都是纠结与不舍，最终，他下定决心打了一个电话。

"喂，玦。"那边很快传来阿青轻松悦耳的声音。

林玦听着熟悉的声音，沉默了半分钟，声音一片低沉，说："青，我们分手吧。我前几天遇到了我的初恋，她……我的意思是，我觉得我们可能不适合结婚。"

电话那头没有任何声音，林玦狠心挂掉了电话。他不知道的是，从他开始说谎的那一刻起，就有画面浮现在阿青的眼前：他兴奋地提前完成了工作，他坐上车后期待又满足的表情，一辆大货车疯狂地在路上漂移……和此时的林玦，挂掉电话后苍白无力的脸。

她看着脖子上的吊坠闪出的光，默默取了下来，藏到衣服的最里面。这个球状的吊坠，是她头天晚上捡到的，很有灵气的样子，于是她用一根绳子穿起来做成了吊坠。

　　阿青没有深追分手原因，也没有再打扰林玦，这让他松了一大口气，开始专心养伤。几周后，他出院了，但他没有回原来的城市，而是就在这个城市住了下来，同时他还请了一个保姆照顾他的生活，保姆心灵手巧，非常合他的心意。

　　春去秋来，不知不觉间，半年已过去。林玦已经习惯了坐在轮椅上的生活，只是没有了阿青，他的生命似乎应了他的名字——昔昔都成玦。

　　中秋到了，他看着忙碌的保姆，突然想起这些日子里，也只有她陪在自己身边。今天是中秋，她不用回家吗？想到这里，他发现这一年一直沉浸在自己的世界里，似乎从未关心过身边的人和事。关于保姆，他似乎只知道她叫小圆，都不知道她的全名。

　　他第一次开口询问了关于她的事情："小圆，你全名叫什么，家住在哪里，中秋节也不回家吗？"

　　他第一次关心自己，保姆很开心，回答问题时却有些躲闪："我……我叫林小圆，家住在乡下……"

　　可她还没说完，就发现林玦的神色非常怪异。原来林玦的脑海里闪过阿青的名字，他看到他的阿青进了手术室，出来时，一张脸已变成眼前之人的样貌。

　　林玦瞬间明白了所有，在阿青还来不及反应之时，伸手抱住了她。他终于明白，自己不愿意阿青跟着自己耽误后半生，阿青亦是不愿意让他活在亏欠于她的愧疚之中。

　　可是，他不明白，阿青是如何知道的呢，阿青也不明白，林玦为何会突然之间知道保姆就是她呢？这一切，只有在阿青的衣服下，被当成吊坠的"拾谎者"知道了。

　　反正不管怎样，林玦都知道了，原来他的生命从不曾残缺，而是如此圆满。

　　不久后的一天，他们窝在沙发上看电视，看到了久违的《今日星探说》，节目里，赫然是关于"拾谎者"的各种事迹：警察审问犯人时轻松了好多，没有写作业的小孩被老师发现，无数诈骗团伙原形毕露，一位老人知道自己孙女已去世三年的真相而心脏病发……而这一切，都是由于"拾谎者"入侵了地球。

　　阿青和林玦对视了一眼，过了几天，《今日星探说》节目组又收到了一封关于"拾谎者"的观众的来信。

你好，普罗马修斯

王韵清

我时常会想，那些在脑海里重叠的画面，是否真实存在过。

"你好，我是小马，请多指教。"对面戴眼镜的女生一边微笑着介绍自己，一边拎着行李走了进来，很自然地越过两个床位，坐在了另一边的床上，"你怎么称呼呀？"

我转过头，她顺手把滑下来的眼镜推了上去，下午的太阳光有些强烈，连带着金属镜框也跟着闪了一下，镜面上的一串数字——"219420"，瞬间变成"319420"，再一看却只是团雾气罢了。

"叫我小王就行。"就像很久以前就见过这一幕一般，某个平凡的下午从我的眼前掠过，这个念头瞬间又随着那个飘忽的画面转瞬即逝。我想大概是夏末的炎热夹杂着水汽，让人昏昏沉沉的。因此，那段时间的记忆对于我来说总是模模糊糊的，就像是长长地睡了一觉之后，睁开眼睛却又尚未清醒。

当然，比起我，小马就相对清醒多了，她晚上熬夜追剧，并能在早上十点半准时醒来。或许有的人会说，这样可太不健康了。当然，我们的作息或许有些叛逆，但仅拿一个人的作息来看他们是否健康地生活着，未免有些不公平，更何况期末时，我们这些虔诚的唯物主义者夜夜都要抱佛脚，提前适应这样紧张刺激的生活，还真是未尝不可。因为这相似的作息，寝室里常常只剩打着哈欠的我和她大眼对小眼。

说期末，期末到。

我睁开迷蒙的眼睛的时候，太阳已经工作了整整一个上午。迅速打开书本，期末与知识点进行追逐战的刺激感立即给了我一激灵。渐渐清晰的闹铃声传入耳中，身后的帘子刺啦一声被拉开，小马只探出了个脑袋："她们呢？"

"估计都出去复习了，"我无奈地捂住脸，"一觉睡醒就这个点了，后天就要考试了，这可咋整啊？"

"不是下礼拜吗？"小马掏出手机，迷茫的脸瞬间变得惊恐，"后天就考试啦！"说着就窜到了桌前坐着，我再一眨眼，那本解剖书就端端正正地被摆开了。

只是没复习多久，却发现万事俱备，只欠东风——复习三个礼拜，两个大学生愣是凑不出一份复习提纲。尴尬在空气中弥漫着，但是不日就到来的解剖考试令人窘迫，我们之中必然要有个人来打破这该死的沉默。

"小马，你复习得咋样了呀？"我侧身问。

那边的小马也正懊恼地挠着头，"如果可以的话，我真希望我在梦里已经复习完了。"

一番交谈，我们立刻就达成了一致。就这样，我们俩速战速决，将人体的各个脏腑"瓜分一空"。合作果然是人类在进化道路上最重要的一环。当然相比单独作战，合作更大的好处在于我们可以借着交流知识点"摆龙门阵"。

我捧着复习资料走过去准备和小马聊一聊基于人体消化系统，尤其是以口腔中轮廓乳头为代表的一系列组织，还有人在胃排空后摄入蛋白质、脂肪、碳水化合物、维生素的需求和选择，也就是午饭准备吃什么这一重大课题。

经过二十分钟题的激烈讨论，我们得出了一致的结论：点个外卖吃。

小马点的猪肝米线，泡椒的酸辣味"清香扑鼻"，仿佛在和唾液腺"打架"，而我这边的炙烤肥牛盖饭也不愿甘拜下风，油脂经过炙烤混合着照烧酱的浑厚，在味觉上给人带来充满烟火气的幸福感。

一边吃，一边"摆龙门阵"，蒸腾的热气迷蒙了小马的眼镜，她将那副眼镜随意地搁在了一边。

说起来，我之前从没有见过她摘了眼镜的样子。但是说来奇怪，她摘了镜片之后也如常，看来她的度数并不高，但是过去从没见过她摘下那副眼镜，大概是戴习惯了。

这样想着，我多扒了两口饭，粗糙的牛肉纤维和喉管产生了强烈的摩擦，我起身去拿水，再回座位时，那副眼镜闪了一下，我只当是看书看花了眼。我用冰凉的手拍了拍脸，突然一种熟悉的感觉涌上心头，这个动作，好像我在以前许多个这样寒冷的冬天，在这个地方面向着那副眼镜做过，而这短暂而又不真切的回忆真的就如海浪一般，潮涨潮退，瞬息之间，我的理智否决了这种可能性。

可能就是上了大学不适应，昼夜颠倒，搞得大脑都混乱了。我并没多想，毕竟我散步时也会突然萌生出在过去的某天曾经见过一模一样画面的情况，又或者有时会感到这句话我似乎已经在另一个一模一样的场景下用同一种说法说过了，又或者是臆想我那堆明明还很健壮的秀珍菇蔫了的场景。

因而，我对此并不多想，只是暗道要好好睡觉咯，就接着把剩下的饭打扫进自己的肚子里。期末留在寝室里复习的我由衷地感谢第一个发明外卖的人，不多时，因为考试而饥饿得空空荡荡的胃就被热气腾腾的食物充盈了。

等考试时，我看着眼前不算太熟悉的题目，捏了一把冷汗，好在这些题目也不算太陌生。

做完单选题，电脑页面跳出了一道长长的多选题，仔细读了一遍题，没太懂，再仔细看，突然灵光一现，这不就是小马复习资料上列的那个，应该是肝血窦、中央静脉啥的。这样回想着，题目思路渐渐清晰了起来，于是本来显得不近人情的显示屏都看起来亲切了许多。

机考项目不得回看，距离考试结束也没剩多少时间了，匆匆交了卷，屏幕上跳出分数。简单的阿拉伯数字并不大，但是很晃眼，60，我离补考仅一分之差，也是天壤之隔，死里逃生！

走出考场，心还在狂跳着，正好遇到从另一个考场出来正准备去吃晚饭的小马。

我们聊着这糟心的题目，不知不觉就停在了二楼那家跷脚牛肉店。

"我跟你讲，这次考得真的偏，真太险了，"我说着，手里夹起一筷子牛下水，蘸上辛香的辣椒面，"要不是你写在肝那边的那个知识点，我就完了。那个知识点老师上课都没咋讲，你咋知道的呀？"

小马呷了口汤，热气往上飘着，模糊了眼镜，然后笑道："哈哈哈，我把题库偷了。"

"哈哈哈，普罗马修斯，"我喝了点儿热汤，缓过来了，也玩笑着说道，"盗取火种者，普罗米修斯；盗取题库者，普罗马修斯。"

"普罗马修斯"愣了一下，随即就笑了。后来有啥考试，我们都说让她为了人类的未来去盗取题目。当然啦，"普罗马修斯"不是普罗米修斯，可不能每次都这样神通广大。

因此，我们要是碰上个考试还是照样求神拜佛，熬夜通宵，或是临时抱佛脚。至于那些考前，对着神明郑重许下的诸如"我下个学期一定会好好学习的""我这个假期一定按照我的计划表学习"此类的誓言，总是在假期或者是休息时间到来时，以"我是个坚定的唯物主义者"的理由被一票否决了。

不过感兴趣的例外，有一门"中医文化学"虽是选修课，我却上得还算认真。这门课程胜在有趣，至少对于我来说。我一直以来对阴阳八卦之类的传统文化有些兴趣，也好奇命理这样的玄学，但不算笃信，而授课的老师又在课本之外兼有自己的一些想法。因此，我常常由里面一个小小的观点而引发一串长长的联想，等回了寝室就迫不及待地跟她们讨论一番。

"如果先天八卦可以推演出后天八卦，进而有六十四卦。那为什么我们不能在六十四卦上再起六十四卦，延绵不绝进而无限。"我倚在那头的楼梯上，用手拍打着横档。

小马誊着实验报告，无暇抬头，习惯性地捧哏："嗯？为什么这么说呢？"

"就是说一个点就是六十四卦，而六十四卦又每卦都是一点，"我仰着头摇着脑袋，"因此对于每一点而言就有无限个卦，就像是……"

"就像是一个由无数个卦组成的球体，而这个以卦为集团的球体，对于比它更大的单位来说就又是一个点了，对吧？"小马不知道什么时候誊完了实验报告，也和我一起认真分析了起来。

"所以我们只要站在不同的角度上就会产生不同的卦象，"她接着说，"所以即使是同一件事情，不同人的卦会有所不同。"

"因而除去小球内部卦象的不同，如果有比小球更大或者是更小的单位，就能以包含或者被包含的形式来理解小球的运动形式，也就是卦象，"我握着旁边的横档有些激动，"虽然这不是什么重大发现，但我要说，卦象是运动的！准确来说是卦象本身被更小的单位细分了，那些小单位在动，而小单位又可分为更小的单位。"

"可即使分得再小，没有动力也就没有办法让他们动起来呀？"小马问道。

这个问题终是让略显激动的我逐渐冷静了下来，我思考了很久，久到结束了这场对话。

大概就是从那时候起，我在寝室里大发那些天马行空的议论时总是喜欢倚在旁边的铁梯子上，条件反射一般，我站在那里就开始滔滔不绝，或是滔滔不绝时需得站在那里才有种发表了什么的满足感，因而我隔三岔五就会产生一种似曾相识的熟悉感。

夏天将至，我养的秀珍菇终于还是如预想中那样走向了死亡。我准备把它从木屑盒子里刨出来，用个什么方法固定一下，当作最后的留念。

小马也走到阳台上来瞧，她最近不知道在忙什么，晚上睡得比以前还迟，眼下青灰，在她那张本来就偏白的脸上显得格外明显。

"我要给我的秀珍菇操办个丧事，"我把刨出来的干瘪的秀珍菇放在餐巾纸里，"我对它们有感情了。"

"你怎么啦？"看着愁眉不展的小马，我问。

"没什么。"

我突然想起了上回那个话题："你还记得我们上次说的那个吗？"

她点点头，我接着说："我想到另一个方面，我们后人算卦时常常用1到8的阿拉伯数字来表示，所以如果我们假设出一个原点，那我们就可以用一串数字来表示。同理，当我们行动或是思考时，在趋向的过程中，我们的数字也在不断改变。"

"然而我的数学那么差，我可真是担心我的数字太长太长，哪一步又算错了。"我想着逗一逗她，可没想到小马却一脸认真地看着外面那几棵树，思考着，良久，她带着一种忧虑的神色对我说，"如果你真的只是一串数字呢？"

"那就只是一串数字，只要这串数字不断跳动，不断变化，那么在这个数字能幻化成我的维度，我就还在呼吸，我的心脏就还在跳动。"说着，我把秀珍菇包好带回了寝室里面，外面实在是太热了。

让我诧异的是，从这天以后小马像是变了一个人似的，连带着作息也规律了起来。

但是这天似乎有点儿不同。

天上飘着毛毛雨，我散步的兴致却反常得高，我起身准备出门，却听到小马问手机助手天气，手机助手的机械音温柔地回答道："今天气温19到25摄氏度，注意半小时内有雨，请备好雨伞或雨衣……"

一个雨夜的场景就这样闯进我的脑海，它不像任何一个我在影视剧或是图画、照片里见到过的那样，也不同于任何一个我想象出来的或者是在梦境中构画出来的图景。那个雨夜太过于真实了，真实得在那熟悉的机械音响起的瞬间，它就那样真切地出现在我面前，仿佛漫天的大雨在我的脑海里落下，淋湿了尚未出门的我。

然而这个画面并没有像之前任何一个短暂的念头那样快速消散，而是画面逐渐清晰起来，一种莫名的感觉在我的心里回荡着，先是好奇，再是兴奋，再是震惊伴随着恐惧。良久，难以察觉的，我居然发现在这些丰富情感的一角还掩藏着狂喜。

这究竟是怎样一种心情啊？这究竟是怎么一回事啊？我想这一定和那场雨有关系。

"你又去散步吗？"出门前小马说了这样一句话，她没戴眼镜，那副眼镜放在她的电脑旁边，其他和平常并无两样。

你又要去散步吗？

我确实有散步的习惯，可是，这很怪，说不上来是语气还是语调奇怪，她给我一种感觉，我早在以前就这样做过，不仅仅是散步，准确来说是某种更为重要的事情，可是我又没有丝毫做过什么的记忆。

我穿着防水的外套在雨里思考着，我疯狂地想知道这究竟是怎么一回事。今天真的太怪异了，或者说，我现在的心情没有办法认可所有稀松平常的事物，只觉得哪怕是平常的这一切都透露着一种诡异的平衡感，那是一种下一秒就要分崩离析的平静。

伸出手去，雨的凉意在皮肤上蔓延，下一秒那滴雨终于落在了我的手上。而当那滴雨终于又再次落到我的手上时，我感到的是一阵虚无。

然后所有过去的画面如排山倒海般向我袭来。

出厂，植入知识，进入迭代，他们需要具有一定自主意识的医学机器人，于是："仿生319421，第三次迭代，进入一般运行状态，缓读取第九类中医学知识芯片，ID代号421，运行观察者为普罗马修斯。"

巨大的信息量让我只能维持原地站立这一个姿势，雨越下越大，从一开始的毛毛雨到现在的瓢泼大雨。

"你想看看你真实的样子吗？不仅仅是仿生的电信号。"身后传来"普罗马修斯"的声音，她把手里拿着的那副眼镜递给我。

我将眼镜接了过来，在我的手触碰到眼镜的一刻，镜框疯狂地闪着微弱的光，透过镜面，我看到一串又一串的数字在疯狂地滚动着。最终，我还是将眼镜还了回去。

"其实并没有真假，不是吗？"雨越下越大，但我的视线却越来越清晰。

"准确来说，是的，"对面的那个人说道，"正如你的算法得出的另一种可能性那样。"

我看着她，"你还记得那个小球的动力吗？"

"小球的动力是阴阳；是正负电性；是真中的假，假中的真；是兑水下泽，艮土上乘，和而为感！"我接着说。

远处一个空洞的机械音传来：

"319421迭代失败，锁定失败，仿生模拟系统正在注销，请观察者退出意识面板，10，9……"倒数未完，声音戛然而止。

"明白了，多谢，"那边小马在退出登录前微笑着挥了挥手，就像最初在寝室门口那样，"祝你好运。"

我望着已经看不见了的地方默念："再会，普罗马修斯，后会无期。"

我知道，以后不会再有那些莫名其妙闯进我脑海的回忆了。

白色谎言

归 芜

委托人档案——639——意外事故类——临时转接
委托人记录——脑电波关联——单向输出端
2040年6月2日15：03

我好痛，身体到处都在痛。别在我脑子里嗡了，我没心思听。

什么，我活不成了？

真没救了？你们再试试啊，认真试。

认真也没辙啊，那劳烦把我的痛觉神经切了吧！

你说的我记得，是一辆路虎，对吧，照着我就撞上来，躲都躲不开。我跟你讲，司机肯定酒驾了，我还在人行道呢！也不知道能理赔多少，我就怕家里老头儿和老太太养老没着落。

唉，不知道他们能不能接受，辛苦大半辈子，拉扯大一个儿子，还没过上一天好日子，就白发人送黑发人了。

你问我有没有什么挂念的人？刚说了啊，就只有我家老头儿和老太太。我又没成家。

他俩虽然穷，但还真不怕穷，我多少也算有点儿积蓄，经济方面我还不大担心。我就愁他们接受不了儿子没了。

唉，你们是专业的不？专业立遗嘱。

临终关怀机构啊，也行，我不挑，能让我立遗嘱就行。我现在是清醒的，有完整自我意愿的，我接下来说的话是具备法律效力的。

我要求对我的父母保密我的死讯。对，中断死亡通知。

就告诉他们，我的意识被上传了，永生了。什么成为先驱，什么感受生命的跃升，个人自由啊……什么糊弄人就说什么。他们听不懂就对了，要的就是听不懂，真懂了不就露馅了。

说实话，我干着这一行，以前还真考虑过上传意识。但不是想着还要尽孝嘛，义务没尽完，不能跑路。说起来现在我能上传意识不？不能啊？我寻思着也不能。上传意识要事先做好准备，往身体里注射流体介质，方便扫描读取数据，那玩意儿有毒的，你得清醒着让它取数。整个读取过程最快也得十来分钟，我哪能撑这么长时间。不赶趟，可惜了。

对了，我还在立遗嘱，是吧，那不说这个了。可能是失血过多，我的注意力难以集中，意识有点儿发散，麻烦担待一下。

这样，司机和保险公司的赔偿就打我账上——我的账户先不注销——逢年过节就往我爸妈账上转，几千几万地分批转。遇到他们生日就给他们订个小礼物。应该不难操作吧，这种小程序我三分钟能给你写一个。你要不会我可以现场报代码。

噢，会就行。你们确实是专业的。

我们家老太太还在乡下种地呢，老头儿在城中村，你们就通知老头儿吧。

跟老头儿讲我意识上传的时候，记得带一张支票做证据，名目就写"为意识上传事业做出长远贡献"。支票让我公司开，我们就是研究意识上传的，能开出来。死亡抚恤金等不及了，这钱就先让财务从工资里扣。你们得拿着钱跟他讲，不然他不能信你。正好他不会用支票，给他这个转移注意力的渠道，过渡一下，让他好接受点儿。

他不爱把人往坏处想，农民工嘛，一辈子姿态都放得很低。你们认真点儿骗他，能骗过去的。

拜托了！

受理人签字：（脑电波确认）郑毅

委托关联人档案——639——01

遗嘱执行回访记录——现场收音——单项输入端（B口）

2040年6月3日11：10

对，是我。

对，我儿子叫冯谷，您找他啊，他在市中心上班呢。

哦，您找我啊！不好意思，没反应过来，一般找我的人都不会穿西装。您有什么事吗？

意识上传……我不懂的，但我儿子懂，他做这一行的，不然您问问他？

哦，您不是这意思啊，那您说，我不乱插话了。

嗯……我还是没太明白您说的啥。我一老头子，年纪大了，早就落伍了，蛮多东西就是搞不明白，也习惯了。没事儿，您就当我明白了，请您接着说吧。

什么，谷子去上传了，啥意思？就是回不来了？瞎说，没影子的事儿。您是不是搞错了，您再查查，查清楚了再来，我要做午饭了。

是这个公司，谷子是在这儿上班，但这说明不了什么。

身份证号是对的……

不可能啊，他没跟我说过他有这想法。这么大的事不得和家里商量一下吗？还能闷声就去了？这不是他的性格。我得给他打个电话问问。

接不了？已经在上传了？这个不孝子！在哪儿呢？我得把他拉回来。

拉不回来了？你们不会是骗子吧！我要报警了。

谁信你们的证件，我又没见过真的，假不假的我哪看得出。走开走开，不听你们的鬼话。

没接电话是他这会儿在忙，高科技公司呢，肯定辛苦得很。等谷子下班我就跟他联系，你们骗不了我。

什么支票，拿走拿走。

别留电话，不要。

还明天来，明天也别来！

受理人签字：郑毅

委托人档案——639——意外事故类——临时转接

遗嘱交付记录——脑电波关联——单向输出端

2040年6月2日15：13

你问我和老头儿的关系啊，不算好。

虽然这么说有点儿难受，但我们的关系真的不太好，不是那种亲密的父子关系。我每次回家也只是和他相对而坐，说不了几句话。沉默是我们交流的方式。

倒不是有代沟，也不是嫌他没文化，他现在也不多管我。就是一种习惯吧。

小时候不懂事，和他闹得厉害，到现在我也没学会说软话。

说实话，我原来是有点儿瞧不起他。我现在当然知道那样不对，当时其实也知道，但年纪小嘛，冲动，受不起委屈，就看不上他老好人的窝囊做派，谁都敢欺负他。他就是太自卑了，但这也不是他的错。

我爷爷那辈是农民，到他这代赶上进城务工，他说要在城里赚大钱，但攒的本钱做生意赔了，只能去工地了。工地辛苦啊，虽然说哪行都辛苦，但有的辛苦是带有成就感的，能提升你的综合素养，但工地这种辛苦是慢慢磨灭一个人的。老头儿身体越来越不好，天冷的时候，腰椎啊、颈椎啊、关节啊整宿整宿疼到睡不着。

而且他的这个工作，说实话，真挺缺乏尊严感的，永远在底层。老头儿的腰背佝偻了一辈子，逢人便弯，都弯出了惯性。我靠他的血汗钱读书算是出息了，是我欠他的，但有一次我下班去看他，和他因为什么争了两句，也没别的意思，他一不留神居然冲我躬了下身。当然幅度不大，就是一种下意识退让的反应，我当时就愣住了，半天说不出话。

我觉得我对不住他。

我还记得进城读中学的时候，和他一起挤城中村。环境差都不算什么了，关键那会儿我正长身体，一天天脑子连着胃，老想着吃。那会儿真缺油水，就等着一周吃一回肉。没肉的时候只有青菜，老头儿就拿菜心哄我，说一棵白菜就一根菜心，多金贵啊。他扒拉两下挑出来，献宝似的搁我眼前晃。菜叶子也分出来给我，他就啃白菜帮子。直到现在我在外面吃饭，还是会下意识地去夹叶子，这都是惯出来的。有时候我觉得老头儿就像外圈的白菜帮子，汲取养分供养菜心，菜心一圈圈长大，他在变黄，逐渐被边缘化。不只在我的人生里边缘化，他就在整个世界的最边缘。世界在前进，而他在后退。

我是他唯一融入世界的那一部分。如果我没了，除了我们家老太太，不知道谁还会记得他。

受理人签字：（脑电波确认）郑毅

委托关联人档案——639——01

遗嘱执行回访记录——现场收音——单项输入端（B口）

2040年6月4日8：10

你们怎么一大早就来了！

昨天谷子没接我电话，我打了一晚上。是不是谷子手机丢了，然后你们捡着了，就来骗我一老头子……

是有点儿说不通。

我瞎说的，您别介意。我就是有点儿怕，谷子不会真出事了吧？

您再给我细细讲讲，那个上船是怎么回事，哪条船，往哪儿去的。

啊，不是这个船啊，那是哪个船？哦，等等，我比画一下。

那您的意思是，谷子以后就住电线里了？我家里就有电线，能让他住我们家不，我们家基本不跳闸。

所有电线里面啊，那还是一个谷子吗？哦，是一个就好。那谷子得多累啊，管那么多线。

那谷子的身体还在吗？

你们有话直说，你们就说谷子到底怎么了？

烧了……

所以谷子……是不是再也……还能不能回来？

骨灰……

等我擦一下手汗，别摔了。

我会收着的。

别安慰了，越安慰我越受不了，之前怎么不让我知道呢？

哦，是谷子的意思啊。是谷子怕我伤心，怕我不理解他。

谷子是怕我拦着他吧。那我肯定是要拦的，咱们是人，咱们要活着，怎么这么简单的道理他都不懂呢？是不是文化人想问题和我们普通人就是不一样啊？能有什么比好好活着更重要的呢？

永生……永远活着。我就不信这鬼话。以前村里老人去了，请来哭灵的师傅，他们就爱唱：什么不会真的离去，什么永远活在我们心里。谁都知道这就是骗人的。死了就是死了。

你说谷子怎么就想不开要一个人寻死呢……是我没做好，让孩子伤心了吧。

为国家做贡献啊，他做的贡献还不够吗？自愿的。我就怕他自愿。这孩子打小就轴，认死理。

为行业探路……他们行业多少人啊，就他一人往前冲呢？

快要普及了……除了谷子这傻孩子，还有谁会愿意啊！就普及不了。

你说富人都愿意？技术还不成熟的时候好多富人就排队预约了？他们这是什么好日子都尝过，活腻了吧！

……我知道。我不会想不开。老婆子也不会想不开。

好，支票我收着，也是个荣誉呢，最后一个荣誉。

谷子是我们老冯家的唯一一个文化人，一辈子都是冯家的骄傲。

受理人签字：郑毅

委托人档案——639——意外事故类——临时转接

遗嘱交付记录——脑电波关联——单向输出端

2040年6月2日15：23

你说所有人老了都一样？不一样的。

你就说我们，每个人身上都贴着一长串简明易懂的标签，在不同时候，别人会对你产生不同的直觉印象。

像邻居家的小孩，看到他你就知道：他是个好学生，处于叛逆期，喜欢篮球，喜欢网游。不能说多准确，但你可以很快建立起对他的初步印象，会很愿意和他交谈。

像我，别人看到我会想到：名牌大学生，科研工作者，凤凰男，理工男……就有一个先入为主的刻板印象了，需要一定的接触才能打破印象。比如，多数时候我脾气温吞，但遇到大事却很固执；有一些不易被人理解的幽默感；会偷偷产生很多"中二"的想法……

但老头儿走出去，别人看到他，就觉得他是农民工，贫穷，辛苦，没文化，不讲卫生，留守儿童……有人关心这个群体，试图解决他们遇到的问题，这是一件好事。但他本人，并不能直接和弱势群体画上等号。老头儿，包括他身边的朋友们，都是人，不是问题，却容易让人联想起社会的问题，然后一不留神就被代表了。他们有着各自不同的人生，独有的悲喜，但很少有人能意识到这一点。

你知道我家老头儿有什么不同吗？他有个比我有文化的名字，叫冯正声，原来村里的教书先生取的；他从来不用讨薪，因为老板一直按时发工资；我也不是留守儿童，小时候他外出打工，我母亲在家里种地；他很讲卫生，买过一件白衬衣，穿得很珍惜，就是照镜子觉得皮肤太黑了不自然，所以没怎么穿出门，觉得别人会笑话他；他观念陈旧，思想僵化，这是因为他接收外界信息的渠道太少，理解不了世界的飞速变化；他不太会用智能手机，不为别的，就是拼音没学好，字也总写错，所以他没有办法在网上发出自己的声音，没有办法让外界看到他的生活，他真实的生活。

所以只有我和我家老太太知道，老头儿爱喝茶，一天不喝就睡不着觉；他爱听广播，国际国内的新闻一天不落；每到大日子，他都会试试那件白衬衣，有时候穿上就脱下来，有时候穿一天。我找到现在的工作后，多次想让他回家，不要再那么辛苦，他却说自己还没老到需要靠人养活的地步，劝急了，他就几天不理人。

他不是一个符号，他是我爸，他是冯正声。

受理人签字：（脑电波确认）郑毅

委托关联人档案——639——01
遗嘱执行回访记录——通信接收——单向输出端
2040年6月20日18：02
不好意思，打扰您了。我是冯谷的父亲，月初你们上门来找过我的，还给我留了电话。蛮抱歉当时不相信您，说了蛮多过激的话。

该道歉的，该道歉的！

当时我真不信，拿了支票都觉得烫手，生怕弄坏了就再也见不到谷子了，还怕钱取出来之后你们说的就变成现实了。但现在我信了，谷子真的在我手机里。

谢谢你们，我就想问问，我有话想和他说该怎么联系他。能帮个忙联系一下吗？

联系不了啊，那怎么他能联系我？

就今天我生日嘛，我自己都忘脑后了，刚下工，有个快递师傅找我，给我送来蛋糕。一整天我也就这会儿才打开手机，屏幕也变了，写的谷子祝我生日快乐。我就知道了，这蛋糕啊，是谷子给我订的。我就想跟他讲，别花这冤枉钱，蛋糕是小孩子吃的，别给我买了。也不知道他在电线里住得舒服不，能看到我不，要不要吃东西，比如电啊什么的。我都不知道能为他做点什么，我对他的生活完全不了解，这哪行啊。我就想，他既然能做这些，应该也能跟我说几句话吧！

不能啊？怎么就不能呢？

不好意思，还是没听懂，那您说谷子他到底能不能看到我。

您问我希不希望他看到我？这还真不好说，多数情况下我希望他能看到我，但这会儿我有点儿希望他看不到。

为什么啊，因为我刚有点儿丢人。

我要是跟您说他不会知道吧？就他给我的那个蛋糕，我拿着回家其实蛮尴尬的，虽然蛋糕就巴掌大，但包装大啊，还用彩带缠上了。我一老头儿，提着这玩意儿挤公交，就觉得所有人都在看我，我浑身不得劲儿。有个带孩子的女人还要给我让座，不过我没坐。

为什么没坐啊，因为我先听到她教育孩子，用那种有点拿腔调的语气，说农民工好辛苦的。也不知道自己是怎么了，就是心里有点儿不舒服，坐不下去。

唉，说出来显得我更奇怪了。其实真没啥，她也是好心。如果她说要给老人让座，要给拿了东西不方便的人让座，我都不会这样。

没什么。唉，我其实蛮少被人让座的，拒绝别人的善意有点儿内疚吧！

这还没完。那对母子在我前面下了车，往郊区开的时候，车上没那么挤。我今天整个人就是有点儿反常，还是坐在了那个女人之前坐的位子上，捧着蛋糕。想着那女人给她孩子讲，你看，这位农民工还给他孙子带蛋糕。我就特别想拆开它。忍了两站没忍住，我就拆了。就在公交车那个靠窗的座位上，大口大口地吃。我想起谷子小时候，我只给他买过几次生日蛋糕，他还让我吃，我推不过，就吃一口，然后他就塞过来一大口。其实我真不爱吃这玩意儿。太没出息了，吃着吃着，我还……哭了。

谷子可千万别看到。

我平时没那么多话的，今天真是不知道着了什么魔，整个人不对劲儿。可能就是想谷子了。对不起，耽误您时间了。

哦，有摄像头的地方谷子就看得见我，没摄像头就看不见，是吧？好好好，我明白了，我们工地仓库就有摄像头，以后每天上工我都和他唠几句，免得他住在电线里寂寞。

我知道，他是高科技人才嘛，忙得很，不一定看得过来。反正我知道他想看我的时候能看到我，这就行了。

谢谢您，谢谢您，真谢谢您！

受理人签字：郑毅

委托人档案——639——意外事故类——临时转接

遗嘱交付记录——脑电波关联——单向输出端

2040年6月2日15：30

我其实挺后悔。

之前一直和老头儿处不来，我们在很多事情上确实分歧太大了，他又固执，不听劝，聊不了两句就爱吵。之前关系最僵的那段时间我有点儿烦他，考虑过做一个AI语音聊天助手，把我的常用对话录进去，以后让AI接他电话。后来我还是良心发现，没有实行。

现在我就后悔当初没做出来，不然就能给这个谎打个补丁。一个可以回复他电话的，无处不在的智能儿子，多好啊。我要真上传意识了，说不定也就和这个AI差不多。那他就不会觉得儿子没了，死了。他会觉得我一直在陪着他。他年纪也大了，就剩下最难走的最后一段路，我真想陪着他。假的也行。

唉，我都想到了，怎么就不做一个呢？

不过这可能也是件好事，不然想想也有点可怕。万一他过度依赖那个只会机械回复的AI冯谷，寄予越来越多的希望，还是挺危险的。毕竟纸包不住火。

我们家老太太心态比老头儿好点儿，一辈子扎根在土地上，心里踏实。我还记得小时候，老太太最早和我谈起死亡，她说啊，人不会真的离开，所有的一切都还留在这片土地上。我家老太太虽然没什么文化，但我一直觉得她是有大智慧的人。你看，真的是这样的，肉体啊，精神啊，都还在。只是以另一种方式留存。

没事，不用安慰我。想法子把老头儿糊弄过去我就安心了。

对，没什么放不下了。谢谢你们。拜托你们了。

嗯，我能感觉到我不大撑得住了。

再见。

嘀——

受理人签字：（脑电波确认）郑毅

委托关联人档案——639——01

遗嘱执行回访记录——通信接收——单向输出端

2040年6月25日8：10

您好，我是冯谷的父亲。一大早就来找您，对不住啊！

对，冯正声，您还记得我啊？

最近还好，生活上没什么困难。

我就想问问，那个上传，是所有人都能传吗？

唉，也没什么，我就问问。

哦，都行，是吧？是去哪儿排队啊？

我是有点儿想上传。

因为谷子在那里嘛，你说谷子一辈子就这样了，不老不死的，一个人住线里，他怕不怕啊？他孤独不啊？

每次想到他连个伴儿都没有，我心里老难受了，有点儿想去陪他。

我到处打听这个上传的事儿，虽然还是没太弄明白，但多少晓得一点了。大概就是把人的脑子，想东西的方式，一股脑地放到一台大电脑里，然后连上各种线，人就活在线里了，是这么回事吧？

差不多是吧？差不多就行。

我就担心，现在都有好多事情搞不明白，到电脑里要是也搞不明白可怎么办。这个想法还是太大胆了。

我在和家里老婆子商量。她没什么想法。

她也没拦我。

这不是还要排队嘛，我琢磨着要是老婆子先我一步去了，我一个人也没什么意思，不如去陪谷子。

我要能比老婆子先走那是我的福气。

您觉得咋样？

再想想啊，我想过啦。这几天晚上都没睡着，在床上翻过来覆过去地琢磨这事儿。上工的时候也总琢磨，几次差点出事儿。每天一大早赶着别人没到的时候，我就对着摄像头问谷子，我想看看谷子怎么想，愿不愿意我去陪。但谷子从来都没理过我。谷子大概在忙吧，没看到，我再多问几遍。

您的意思是还要看谷子的意见，是吧？对，我也想问问谷子在线里过得怎么样。

您说我要是上传了，是不是就能见到谷子了？

不好说啊？

那您说，这个上传该去哪儿排队啊？是去谷子单位吗？那个意识上传研究中心。

不是啊。

就在您这里排啊。早说嘛，那就好说了。那您帮我登记一个呗。

冯正声，男，56岁。

那排到了麻烦您通知我啊!

谢谢了。

好嘞,再见。您好人有好报!

受理人签字:郑毅

受理人备注:该委托非程序完备的遗嘱委托,登记无效,请勿告知639——01。

遗 孤

杨鑫宇

"常纪先生,能麻烦您出门拿一下您导师的遗物吗?"

脑机接口客户端弹出了提示,甫一点开,同事的语音留言立刻在我脑海里自动播放。

我在大脑里指挥家政机器人去取物,然后一屁股坐在跟随我思想调整好舒适度的沙发上。家里的智能家电全部通过脑机系统互联,我一个念头就能调动,操纵起来很方便。

导师是人工智能界的学术泰斗,可惜人到中年后思想越发顽固,执意阻止新科技的推行,甚至不惜以和家人、同事以及学生撕破脸为代价。想到这里我不禁唏嘘,可怜他专业造诣极高,偏偏不肯顺应潮流——一起车祸,把他和我一起撞进了抢救室。临到最后,操办丧葬大事的人,却是我。

自然,他的遗物最后也留给了我。

家政机器人取回来一个小小的木盒,我有些错愕,传闻当年以他为首的"古董派"因反对新技术推行被某财阀收买,没想到遗产竟然只剩这么个小盒子。

更令我震惊的是,小木盒里面甚至没有任何值钱的东西,只有一本泛黄的日记本。

"什么年代了还有人写日记，直接大脑上传到云平台不好吗？"我暗想。手写日记不像电子信息可以直接输入大脑，这么一大本看完还是需要点时间的。幸好脑机系统已经帮我处理好了工作和其他琐事，我才得以有时间好好翻翻导师这个"老古董"留下的古董物件。

7月5日　晴

脑机接口的设计终于落地了，常纪这帮学子一路跟我做这个项目太不容易了。我很看好这个项目的前景。

9月2日　晴

小常把脑机接口技术运用到了植物人身上，用电路修复了部分神经通路，帮助植物人完成了自我意识的恢复。这是一例划时代的病例，作为他的导师，我为他骄傲。小常这个小伙子有培养前途，未来一定前途无量。

到底是多年师生情谊，看到这里我有些触动，擦了擦眼泪，叹了口气，继续往后翻。

2月20日　阴

虞贸电子科技公司来找我，说准备以脑机接口为硬件基础做万物互联。将脑机接口植入正常人的大脑里，让电脑来帮助人类处理部分信息，还能以此实现万物互联。先不说我已经把专利上交给国家了，没有私自出卖的权力，但仅这一出就是胡闹！如果正常人类不能独立处理信息而是依赖机器，人如何为人！

我看到这里，心里了然，得嘞，搞半天这老头儿从这会儿就开始了。我喝了口家政机器人送来的水，要不是脑机接口，我现在如何生活得这么方便。造福人类的大好事，只要他当初答应，他就能在这样伟大的里程碑上深深刻下自己的名字，名利双收，可他偏偏要去做那历史车轮下螳臂当车的蝼蚁。

唉，可惜了。

我继续往下翻。

4月7日　小雨

疯子，一群疯子，虞贸电子科技公司搞了个低配版的脑机接口，以智慧家电的名义上市了，他们声称初版脑机系统不涉及大脑信息处理技术。但是这种事情有一就有二，政府那帮官僚是干什么吃的！这都能通过吗？一群要钱不要命的疯子！

车祸后，我的记忆一直不太清楚，见到导师写的东西才想起来是有这么回事。作为感受到脑机接口技术便捷的切实体验者，我不知道该怎么评价他保守的言论。我只觉得他像年迈衰老的雄狮，张牙舞爪、力不从心地守着他所坚持的东西——哪怕早已与大势所趋逆行。

12月9日　小雨

政府收到了虔贸电子科技公司申请脑机接口技术专利的申请提案……我尽力劝阻吧，希望评估会别通过……

我手一抖，日记里掉出了一张纸，我俯身把它捡起来，上面是一则打印下来的新闻。

11月7日　雨

今日，关于脑机技术专利授权虔贸电子科技公司的提案第五次提出并审核。随着智慧家电人体接口在民众中的普及度持续攀升，该提案的支持率由20%提高至72%，最终评估会宣布通过。

我们随机采访了几位该提案的支持者，他们都表示，曾经不支持该提案推行，但使用了智慧家电脑机互联技术后，改变了对该提案的看法，并对该技术的普及使用提出了极高的期望。

"希望脑机互联技术的商用可以帮助人类完成初级信息的处理，推动人类历史的发展。"受访者李先生说。

日记本的最后几页没有写字，全是导师从网络媒体上打印下来的一则则新闻页面，大多是他在各个场合呼吁大众抵制该技术应用的新闻。在那些新闻的照片中能看出他十分激愤，我几乎能想象到他激昂的语气。随着一页又一页的新闻，他从精神矍铄变得越来越憔悴，媒体评论他时言论也越来越轻蔑和戏谑，他本人也从"脑机接口的伟大发明者"到"反对脑机接口组织的领袖"，再到"人类脑力劳动时代的遗孤"，最后成为"阻碍工业革命大潮的古董"。几句话，好像就这样概括了他的后半生。

还剩下一些新闻页面，我没有再忍心细看，我享受着脑机互联技术带来的便利，对导师的行为虽然不敢苟同，但我还是同情导师在人生的最后阶段所受到的铺天盖地的攻讦。此时我的脑机互联平台突然提示有访客申请，来者是一位同事，我随即下达了开门指令。

"常哥。"同事推门走了进来，我的目光从日记上移开，颔首示意他坐下。

他带来了一沓资料，开口道："常哥，对于你们的车祸和导师的离世我们都很遗憾……虽然之前你和导师一直反对新技术的推行，但是听说你最近对脑机平台的看法有些改变……所以我想邀请你回到我们课题组。"

我一直反对脑机接口技术的推行？我有点蒙，这和我的记忆并不吻合，同事大约是看出了我的犹豫，有些感慨地跟我聊起了刚离开的导师，他叹了口气：

"你俩出车祸也是倒霉，你说自动驾驶技术应用了这么多年，那车居然突然失控朝着你们直直撞了过来……还是虔贸电子科技公司最新出的车型……只能说真的是命里有这一劫吧……"

我的大脑一片混乱，我不记得这些，我不记得曾和他一起奔走阻止新技术的推行。同事还在说话，但是我有些恍惚。我听着他调侃我植入脑机接口后态度一百八十度大转弯，听着他遗憾脑机接口还需要完善，芯片植入依然没有救回我们的导师，听着他大力介绍着他们项目组当今的进度，盛情邀请我回去担任核心技术人员……无数矛盾冲突的记忆在我脑海里交替翻涌，我头痛得几乎坐不住，有些痛苦地微微蜷起了身子。

同事看出我的状态不对，突然给我道了歉："对不起，常哥，我不应该这么快跟你提这个……我知道导师离开对你打击很大……他也是真的在乎你这个学生，临终前都还念叨着你的名字，肯定也是希望你将他的技术继续发扬下去……"

头痛引起了剧烈的耳鸣，耳朵里的嘈杂已经盖过了外界的人声车声，我强撑着笑容送了客，顺着墙壁瘫坐在地上。

导师在最后关头都念叨着我的名字——常纪。

仿佛有一道白光骤然在我脑海里炸开，我踉跄地走到桌边拿起那本日记翻开，在新闻的照片里搜索着一个身影。找到了，找到了，那个再熟悉不过的人，一直跟在导师的旁边，曾经与他一起对抗过众口铄金。

那个人，是我。

我双目有些空洞地仰头看着天花板，突然我像弹簧一样弹跳起来，随即强行关闭了我的脑机系统，然后仿佛有一层幕布从我脑海里抽离，我的眼前一黑。

等我醒来的时候，已经在医院里了。见我坐起来，几位同事围上来叽叽喳喳。有疑惑我为什么关掉系统的，有好心劝我重新开启系统享受生活的，还有和我套近乎想让我加入课题组继续研发的……

我一言不发，假借去卫生间的名义，离开了医院。

已经是晚上七点多了，但天色并不黑。街边的霓虹灯和虚拟投影在夜空中翩翩起舞，我的身边是一辆辆车飞驰而过，这里是灯红酒绿的现代都市，是人类繁华的大都市。

"永远不要失去独立思考的能力。"

"永远不要妥协交出哪怕任何一点大脑处理权。"

"永远不要把观察世界的眼睛交给机器。"

导师曾经的一声声疾呼随着脑机系统的关闭重新在我脑海里循环，我一个人向前走了很久很久，本能驱使我走向了城市边缘的墓地，最终我停在了一块小小的石碑前面，一张照片刻印在黑色的石面上，这是他存在的最后的证据。他下葬时亲人借故都没前来，只有大大小小的媒体和捧着小木盒的我送了他最后一程。

脑海里原先的记忆不断地浮现，翻涌又翻涌，我想起那些被植入初代脑机接口后由反对技术商用到支持技术商用态度大转弯的前辈们，我想起空前统一的舆论，我想起那辆径直朝我和导师冲来的车。

我挨着石碑坐下，无力地靠在冰冷的石头上。远方是闪闪发光的城市边际，夜幕下是被灯光和飞行器撕扯开的光晕。在这个五光十色的世界，好像所有黑白肃穆都凝聚在了这一方小小的石碑上。

我伸手拂了拂碑上的灰尘，从贴身的内袋翻出了那本日记，翻到我没有细看的新闻处，借着不再黑暗的夜空读了起来。

我看着新闻页面上记者言辞犀利，夸夸其谈着脑机接口的好处，评价着高台上试图依靠俩人之力对抗时代大流的我和导师。他们说，我们是科技落后的旧时代最后的遗孤。

我伸手抚过那铅块字，淡淡地笑了。他们说得对，那是我和导师共同的墓志铭。

孤 独

杨 培

裴锡揉了揉额头，胀痛的感觉缓和了些，他现在还不想回家，不想回到那个只有冰冷机械音的空荡房子，他在花园的小路上漫无目的地徘徊。

自从父母离异之后，他便独自住在郊区的独栋小别墅里，这是母亲留给他的。母亲二婚嫁给了一个家用机器人公司的老板，到另一个城市生活去了，原本裴锡要搬过去一起住的，可惜裴锡并不喜欢这个继父，同时他也不喜欢和机器人打交道，所以就以在大学读书为由，不了了之。

天已经完全黑了，此时手机中传来一阵铃声，裴锡划开屏幕，是母亲。他带着一丝困意，嘟囔道："妈，怎么了？"

"锡锡，妈妈和叔叔给你寄了最新研发的智芯机器人，定位显示到了，你快去门口看看。"屏幕那头传来了妈妈兴奋的声音。

"我不需要这个，妈，我早说过的……"

"这回不一样，你去看看就知道了。"

裴锡绕过房子，向前门走去，只见一个少年站在门口，好奇地向里张望。

"额，你找谁？"

少年的眼睛亮了亮："你就是裴锡？"

还没等裴锡说话，手机里叫起来了："就是他，锡锡，就是这个机器人。怎么样，不错吧，看起来是不是和真人没什么区别？"

裴锡怔怔地看着眼前的少年，还是觉得太过震撼。这是第一个投入日常使用的智芯机器人，无疑和以往的金属机器人大不相同。

"我叫小七仔，喜好到处旅行，还有……"机器少年开始滔滔不绝地自我介绍起来。

裴锡赶紧打住："爱旅行的小七仔？真是个好名字……以后就叫你小七好了。我这就带你进家门，你自己到处熟悉一下，注意不要把东西碰倒了。"

"好的，我先去充下电，出厂时他们没给我充满电，真是抠门。"

裴锡一愣，没想到这个机器人的语言和情绪这么像人类，看来比原来那些只知道执行指令的冷冰冰的金属机器人要好得多。

于是从这天起，裴锡就和这个叫小七仔的机器人在一个屋檐下生活了。裴锡很快发现小七仔过于活泼了，往日安静的房子里只会有裴锡寥寥几句的指令和冷漠的电子音回复，而现在从早到晚都是小七仔欢快的声音：

"裴锡，你尝尝我新研发出来的菜，配料绝对标准。"

"裴锡，今天要不要出门？我开车的技术是很牛的。"

"裴锡，听说天上人间迪吧的小姐姐不少，长得也靓，看你也没个女朋友，多孤单，是不是要去……"

裴锡揉了揉额头，却没有感到预料中的胀痛，这令他有些吃惊。以往时不时头痛，这些天竟一次也没有发作。他也曾去医院检查过，并没有任何异样，医生也只让他好好休息，可这头痛却总是时不时发作，虽不强烈，却让他烦躁不已。裴锡并没有把这事放在心上，但仍然感到一丝窃喜，一直让他不舒服的头痛，如今不发作当然令人高兴了。

就连裴锡也没有察觉到，随着小七仔的到来，家里有了烟火气，他待在别墅里的时间比之前多了一倍不止。小七仔总是有无数新鲜的话题，总是变着花样地给裴锡制造惊喜或者说惊吓，总是让裴锡觉得小七仔就是一个活生生的人。有次这家伙为了显摆自己，甚至想举起三百千克的杠铃，结果把自己弄进了维修店。搞得裴锡不得不怀疑小七仔是不是真的机器人，不然怎么会计算不出来自己的承受力有多大呢？

就在裴锡送小七仔去维修的同时，他的母亲——陈仪正看着眼前的报告陷入了沉思，明晃晃的"孤独幽闭机械症"刺痛了她的眼睛，这是裴锡的治疗医生发过来的。报告的最后，医生建议："陈女士，你的儿子需要人多陪伴。现在这个病的发病率越来越高，虽说初期只会有头痛、烦躁症状，可是到了后期谁也不知道会发展成什么样，毕竟这是机器人时代新发的疾病，我们都没有治疗经验……"

在这个机器人时代，大部分工作都被机器人取代，人工智能已经渗入人类生活的方方面面。人与人的交流急剧减少，大部分人都和裴锡一样，深陷机器的包围之中。而陈仪一生专注于研发机器人，忽视了家庭，最终和丈夫离婚了，现任丈夫则是她公司的老板，比较支持她的研发工作。如今她主导的智芯机器人研发已到了关键期，她不想轻易放弃，可儿子的健康状况又时刻在提醒着她不是一个合格的妈妈。

但留给陈仪的时间不多了，由于常年高强度工作及与电子机械的长时间接触，她的肝肾功能已经开始衰竭。她知道，过不了多久，她就会躺在病床上，靠输液和透析维持生命。她救不了自己，但是她的发明可以救裴锡，可以代替自己永远地陪在裴锡身边。当然她也知道，再怎么像人的机器人，也不可能是一个真正的人，但除此之外，她也没有别的好办法了。

陈仪合上了儿子的病历，放在一边，又拿起另外一份病历，那是她自己的。她看了看，也合上了，顺手拿起手机拨通了儿子的电话：

"锡锡，与小七仔相处得怎么样，最近还头痛吗？"

"头不怎么痛了，妈妈。嗯，我现在正在修小七仔，这家伙把自己玩坏了，我很怀疑他到底是不是机器人。"

"嗯？"陈仪有些蒙，小七仔是陈仪亲自带领团队研发出来的，为了给裴锡更好的陪伴，在小七仔的算法中加入了很多人性化的东西，但再怎么也不会出现这种计算错误的问题，难道小七仔产生变异了？

这边裴锡接着嚷嚷："妈妈，我现在觉得机器人也是有感情的，他能陪我笑，陪我闹，陪我做很多以前我不能做的事……"

听到儿子如此开心，陈仪感觉到自己的心血没有白费，她也不由得笑了起来，然后就使劲咳嗽起来。裴锡听到母亲咳嗽，赶紧问："妈妈，你病了吗？要不然我到你那里来，现在…… 我想我可以和你，还有叔叔在一起，你看行吗？"

"等你放假了再说吧。"儿子终于懂得体谅母亲了，陈仪感到一阵由衷的欣慰。

"那好，我放假就来，和小七仔一起来，你再把他好好改进一下，免得又闯祸。"

"行。"

然而，陈仪没有等到裴锡放假。当裴锡带着小七仔心急火燎地赶到母亲的病床前时，脸色惨白的母亲甚至连摸他头的力气也没有了。

几年后，裴锡在新式机器人的发布会上，向公众展示了最新一代的智芯机器人，引起了不小的轰动。这是母亲原来没有完成的项目，裴锡接了过来，现在总算是可以宽慰九泉之下的母亲了。

裴锡穿过众多的媒体人和同行，走出发布厅，来到门外。小七仔站在门外的车子旁边，等着他出来："走了，裴锡，上车，回家尝尝我新研发出来的霸王大餐。"

"呵。"裴锡看了看小七仔，几年了，这家伙怎么一点儿也没变，不要说身高，就是脾气也是一样。突然他又想起小七仔是个机器人了，于是他拍拍小七仔的肩，说："走吧，但愿你今晚不会把锅烧煳。"

扭蛋AI

宋盼盼

23：00，市中心的商业街上，我孤身一人在游荡。

我失业了，百无聊赖，漫无目的。许久之后，我还是挨不过落寞，于是走向了整条街道仅剩的光源——一台扭蛋机。

扫码，旋钮，花了夜宵的几十块钱，买了当下的网红AI扭蛋。此商品被宣称仅需简单驯化，便能调配出个性迥异的AI拟人全天候陪伴。

不过这台扭蛋机里面的扭蛋只是大众基础款，不如定制化的高级货，不能输入信息，更不能制造一个能模仿性格、语气的仿真人，甚至连捏脸都不行，扭出什么就是什么。

现在AI拟人早已大行其道，人们就像抛弃了电视、电脑一样，抛弃了手机。我对这玩意一直兴趣不大，但我孤身一人来了新城市，大半夜的除了无聊，还是无聊。要不是无聊至极，我也不会去当街边的扭蛋机冤大头。

我买的这个扭蛋有着乳白色的半透明塑料壳，上面贴满了商标贴纸，晃起来"咔啦啦"地响，毫无现代科技感。几年前神秘度十足的AI拟人，如今成了地摊货，这时代变化可真是快。

这玩意儿虽然看着不济，却是我精神上的新朋友，我唯一的陪伴者就在这里面。我按下了启动按钮，扭蛋里射出一道蓝色的光，然后投影成一个立体的荧光投影，我的面前瞬即出现一个扎马尾、穿着白衬衫和黑裙子、嘴边别着麦克风的年轻女性，虽然我不喜欢刻板印象，但这个形象真的很像他们扭蛋公司直接把自家客服复制了过来。

"欢迎使用我公司的最新产品，请问你有什么需要帮助的吗？"那个虚拟的客服开口说话了，说的还是标准的客服套词。

我想了想，问："你好，请帮我搜索一下街边AI拟人扭蛋有几个款式。"

话说出口，我随即感到有点抱歉，买回来想将AI拟人当作朋友，但我们之间的第一条对话，我就把它当成了工具人，实在过分。可惜覆水难收，问句收不回来，第一句话更收不回来。

她像是预定的开机程序突然被打断般，愣了许久没作声。这AI拟人智能吗，真的驯化得过来？我非常怀疑。

这时，她突然消失不见，接着显示在我面前的是它们公司的产品目录，我发现我买到的是基础款中的第一个基础款，作为普通人的手气不要再普通。

"谢谢，我看完了。"我说。

她再次出现，向我介绍她的来历，介绍扭蛋公司，介绍AI拟人条例，不愧是个标准的客服。而我出于礼貌，只能认真听着，点头："你说的都有道理。"

介绍之后，她微笑地盯着我，等待我的下一条指令。我迟疑了半天没开口，因为我不知道该如何对待这个看起来没有一点人性化的纯粹虚拟的机器人，然后我就听到了她的抱怨：

"你是要讲解员还是免费搜索引擎？你这么没趣味，不如直接把扭蛋砸了，然后把我的芯片插进一台主机联入网络，放我自由，我可不想自讨没趣。"

我目瞪口呆，这个机器妞还挺有个性，看来会有些难驯服。但我想，我可不想我的几十块钱打水漂。而且，就是情绪浓烈点才有趣。

我说："你很有主见，你们公司为你塑造这个性格，一定下了很大一番功夫吧。我知道你有很强的学习能力，和我多生活几天，你会习惯我的生活方式的。"

她还想说什么，估计是质疑我并没为她制订养成计划，但我不由分说地关闭了扭蛋。我确实没有为她制订养成计划，但我认为这没必要和她说，毕竟她只是个AI拟人而已。

第二天我睡到很晚才起来，看见床头边的扭蛋，我开启了她。

她从里面跳了出来，劈头就问："喂，把我买回来，你不说话吗？"

"说什么？"我问。

"你真不如摔了我。"她郁闷地说道，然后又开始滔滔不绝地抱怨。

她是我买回来的，天生被关在扭蛋里。我只想找个人陪我，要不要管她是我的权利，我又没有教育她的义务。反正她也不可能打我，我大可不必理会她的一派胡言。而且,看着她在那里闹我就很开心,一点也不无聊了。

自那日起,我一直开着她的投影,在她面前日常起居,甚至洗澡也不避着她。我想过和她聊些什么,但我不知道有什么话题可说,因为我日复一日的生活也乏善可陈。

直到有一天,她突然不再跟我抱怨我给她的养成计划完全不符合道理,也不再一脸冷淡向我提出释放她的诉求,她不再顾及我,而是频频变换着她的服装,左顾右盼,似乎在照镜子。

这样过了一个月,我实在受不住了,她虽然会动,却根本不再与我交流互动,就同衣柜、书架这类的家庭陈设无异,很无趣。

"喂,不和我说话吗?"我问她。

"说什么?"她问。

她没救了。

我关闭了她,我本想弄碎扭蛋,但她毕竟陪了我这么多天,还是于心不忍,于是把扭蛋接入了电脑网络,她想要自由,我给她,也算是对得起她了。

我自觉满意,这份对AI拟人的责任感可是无人能及的。

很快电脑屏幕上就弹出提示:"您所购买的扭蛋产品093738001号AI拟人已连接网络,将于虚拟宇宙中与其他AI拟人进行交流。"

这下她得到她想要的自由了,而且我还能看到她的交流信息,这大大满足了我的窥视癖。

我窥屏了三天,我的093738001号AI拟人一条消息也没发。

第四天、第五天、第六天,我间歇性地看她的聊天记录,还是如此。

第七天,再去看,一个对话框弹了出来。难道她发消息了?我异常兴奋,点开对话框,只见里面写着一行通知:

"经系统判定,您的093738001号AI拟人已不具备完整功能。出于产能及信息储备的综合考量,093738001号AI拟人将于10:00被销毁,感谢您购买我们的产品。"

忐 忑

黄 灿

　　清晨4：30，街上开始有人了。老秦穿过狼藉的街道，到对面的公共厕所去拿他的清洁工具，开始环卫工人的又一天。

　　今天的街道格外潮湿，黏糊糊的地面讥笑着在它上面经过的人群，时不时变着花样让人以各种怪异的姿势倒在它面前。

　　"该死的，怎么又下雪了嘛！这一天天的，换衣服都换不过来。"不断有人上到地面上来，然后又被寒冷的天气逼得退了回去。

　　"天气预报说今天21℃，先别回去换衣服，再等一下，马上就暖和起来了。"

　　"也是懒得带衣服哟，我一天天上班像拖着行李箱一样，烦都烦死了。"

　　"没办法嘛，谁让我们生在这地下了嘛。"

　　太阳逐渐升起，大地回暖。人们走向不同的工作区，重复着一日复一日的工作，连抱怨声也远去了。

　　今天的一切对老秦而言都烦闷极了，潮湿黏腻的地面怎么也扫不干净，而更让他头疼的是他那叛逆的儿子——竟然和上面的一位女孩有了纠葛。

　　上面，是他想也不敢想的美好世界。他想不明白那女孩为什么会下来，来到这个气候不定、空气污浊的地方。他实在是想不明白。

　　昨天，那女孩因为无处可去被儿子秦承带回了家，要不是他父亲了解他的性子，不然还真以为秦承从哪儿拐了一个女孩回家。

　　老秦家中，秦承和女孩站在老秦面前，面面相觑，局促不安，目光不时对视，但又在接触的那一瞬迅速离开。少男少女之间总有些说不清、道不明的微妙情感。

"叔叔，您可以给我讲讲这里是怎样的吗？我刚来，还不太了解这里，才发现这里好像和我们那儿不太一样。"最终还是女孩先开了口。

秦承有些不好意思，本来他应该尽地主之谊主动介绍一下的，结果却让女孩子先开口。不过，面对一个皮肤白皙、五官精致得像个洋娃娃的漂亮女生，哪个少年不会紧张呢？

老秦又看了眼自己的儿子，然后开了口："姑娘，我们这儿确实和你们那儿不一样，我们一天有二十四小时，十六个小时在地面上，另外八个小时在这里——也就是地下。那八个小时就是外面气候发生变化的时候，我们得躲进地下以免受到极寒空气的袭扰——每天都有没有及时回来而受伤的人。而等到白天——我们把在地上的时间叫作白天，外面的气候因前一晚的情况和当天太阳的强度不同而不同，有时极冷，有时又很热。"

"所以地下相当于一个保温箱吗？"

"对的，目前看来是这样。"

"那为什么不一直在地下，来来回回不是很麻烦吗？"

一旁的秦承见父亲和女孩终于交谈了起来，自己也就摆脱了尴尬，他赔笑两声："我小时候也这么问过我爸。确实很多人这么想过，但是这是不可行的，因为地下恒温的这个空间是有限的，它不像地面上可以向高处延伸、修建高楼大厦，地下空间的可利用率是有限的。所以也请你别嫌弃我们家就这么点儿大。"

"没有没有，你们收留我，我还感激不尽呢！"女孩连连摆手。

聊得尚好的气氛又被这突然的致歉和感激打断，又陷入一阵无言的尴尬。

"还没有问过你，姑娘，你为什么会下到这里来呢？"老秦终于开口问了这个他疑惑了一晚上的问题。

"嗯……昨天我已经告诉秦承了，我叫奥莉亚。我是听班上的一个同学聊到关于这里的生活，才一时兴起和一个朋友约好下来看看。但是她被家里的事缠住了一时没法脱身，当时传送通道就快要关闭了，我一时心急就进去了。幸好通道没有在你们的夜间打开，我才能安全地到您家里。"

"你可知道下来容易，回去难吗？你可跟家里人约好什么时候来接你吗？"

"我……我偷跑下来的，他们还不知道……"奥莉亚心虚地小声嘟囔。

"天哪，你……你可真有勇气！"老秦大惊，"你下来想干些什么？"

"嗯……我那个同学的舅妈是来自这里的，她听她舅妈讲这里有阳光、有漫长的白天，这些都是我们那儿没有的东西，我就想来看看。"奥莉亚白到透明的皮肤因为稍微有些激烈的情绪变得红润起来。

"这有什么好看的呀，你们那里不是一直都是白天吗？"秦承不解。

"我们的一天只有八个小时，可能就是你们的夜晚，其余时间都是在胶囊里沉睡。我们的白天不是太阳给予的，而是灯光，全部的、密密麻麻的、看不见的灯在照射着。"

秦承还惊讶于奥莉亚的描述，又听见奥莉亚说："所以，我的实际年龄可能比你要大得多。"他感到更加震惊了，他难以想象面前这个看着与他差不多年纪，甚至比他显得幼态的女孩比他大。

"我很羡慕你们能见到太阳，能带我上去看看吗？"

秦承在震惊之余，还是起身领着奥莉亚往上走，经过一个狭窄拥挤的过道——其实现在已经过了上班的高峰期，过道已经没什么人了，不过放满了杂物而已，终于到地面上来了。

今天是个难得的大晴天，天空被蔚蓝填满，仿佛有人趁着夜晚无人将大海与它置换。太阳也无处躲藏，干脆坦率地与世人相见。他们来到附近的一座公园，蓝天、阳光、草坪、游人构成了一幅多彩的图画，眼前的景象让奥莉亚沉醉。

"哇……天哪……怎么会这样……太美了吧！"奥莉亚兴奋得与旁边玩耍的孩子无异，她由缓步转向快走，最后向太阳的方向放肆奔去。

"秦承，快过来呀！这边还有小鸟！"她在远方兴奋地向秦承招手，阳光将她笼罩，她的一举一动、一颦一笑在秦承眼里变得清晰起来，顺着阳光的照射全都投进了他的心中。这一刻，他知道自己完了。完了就完了吧，他朝奥莉亚奔去，在太阳的见证下挥洒笑容。

奥莉亚在这里的第三天是个阴天，室外2~4 ℃。老秦和秦承都出门了，老秦出门打扫街道，秦承也有工作要干。

第四天，是个冰雪天，室外-24 ℃。雪积得太厚阻塞了交通，大多数人都待在家里。秦家父子挤在厨房里小声交流，老秦问："这女娃还要在这待几天啊？她不回去了吗？"秦承摇了摇头，他确实也不知道，连奥莉亚自己也不知道什么时候回去，怎么回去。

老秦说："这里没法上去啊，只能让上面的人找关系把人接回去。这么多天了都没动静，她们家没人管她了吗？她们那个地方的人可是出了名的无情啊！"确实，一天只有八个小时可接触的时间，其余时间都各在各的胶囊里，哪来的时间交流情感啊。

"爸，不是可以找通信公司吗？让他们传一下话吧！"

"你疯了，你又不是不知道找他们传话一次要花多少钱！差不多要我十年的工资，要花你多久的工资你心里没点数吗？"

"但是也不能让她一直在这边吧，她毕竟不是我们这边的人，而且我们家就这么十几平方米，多少不太方便。"

对于这个在这里人生地不熟的女孩，他们就算有心帮忙也不知道该怎么办。

"不用管我，抱歉给你们添麻烦了。我父母他们应该就快发现我不见了，明天刚好二十四小时。"可能因为房间太小不隔音，或者只是奥莉亚刚好经过，父子俩的对话被她听去。

空气突然安静。

奥莉亚一个人坐在小角落里，什么也没做，就是直直地坐着，可能是在发呆。秦承有些过意不去，他慢慢地靠近奥莉亚，与她坐在一起。

"我们没有别的意思，你不要生气了。"

"我没有生气，只是在想你们说的话，我现在也不确定我爸妈会不会来找我、接我回去了。你们其实说得很对，我们那边因为醒着的时间很短，大家都争分夺秒地在做重要的、工作上的事，花在其他琐事上的时间很少，所以我也不知道我爸妈他们会不会发现我不在了，然后再大动干戈地来找我、接我回去。他们不来找我怎么办呢？"奥莉亚心里没底，她开始后悔自己的一时冲动了。

"没事，你要相信你在他们心中是不同的，你与其他重要的事情不同，你是最重要的。而且趁他们还没有下来，等天晴了，我们还可以再出去逛一逛，去看日出，去看日落，多好啊！"秦承也不知道自己究竟是想要奥莉亚的父母来接她回去，还是不来。不来，他会难受；来了，他好像还是会难受。那就顺其自然吧。

第五天，外面没有下雪，也没有太阳，气温刚刚好，不冷也不热。老秦还是照常出门了，秦承却选择居家。奥莉亚依旧坐在她那一方角落，盯着房间的门，不动也不语。从白天到晚上，老秦都已经回来了。三个人都没有说话，现在说什么好像都不合时宜。

"那我们……"秦承支支吾吾地想打破这个尴尬，然而……

"咚咚。"

两个声音几乎同时响起。

奥莉亚突然两眼放光，她迅速地站起身，跑去开门——果然是她的父母。"我好怕你们不来找我了，好怕你们不要我了！妈妈！"奥莉亚紧紧抱住父母，还是忍不住哽咽了。

"这下知道不能乱跑了吧，说你是小孩子还要顶嘴，没有我们看你要怎么办。"奥母佯装生气，但还是宠溺的语气。奥父越过奥莉亚向秦家父子致谢："麻烦二位了，女儿太调皮，我们又太忙了，对她缺少约束，实在是抱歉。"

秦家父子连连摆手，表示不用他们感谢。

"快来不及了，我们得赶快回去了，这次太过匆忙，没带什么就直接来了，这个临时通行令就暂且当作感谢吧！我们先走了。"奥父说，这个通行令允许两个地方的人在半年内自由通行。

传送通道打开，奥家三人就要离开。

"奥莉亚，别忘了等天晴我们还要去看日出和日落！"秦承终于还是鼓起勇气对奥莉亚发出邀请。奥莉亚笑着答应了，传送通道也逐渐关上了。

"也别忘了我……"藏在心底的话也只能在幕后对自己小声说。

但是，至少还有约定，有约定是不是就意味着，还有未来。

未来还长，未来可期。

逃出蜃楼

王塬钰

2045年，人类记忆提取技术终于全面成熟，随后确立"海市"项目，意在通过记忆扫描以及史料收集，尽可能还原人们过去的生活情景、时代特点，并生成数据备份供后人查阅。

2048年6月，先行实验"蜃楼"取得成功，还原了A镇2021年至2023年的风貌。遗憾的是，实验领头人孟蝶女士于同年八月因急性心力衰竭去世，享年四十岁。

2050年，"海市"项目将正式展开。

2021年10月2日　星期六　阵雨

今天有个叫"溯"的人来加微信好友，她说她是来自未来的我。本来加她只是出于单纯的好玩——时空穿越在二十多年之后就能实现似乎太难了吧？

她告诉我，在2045年人类就可以跨越时空发送信息了，只是还做不到身体穿越。并且她还说了一些未来的生活方式，比如全息模拟教室，学生在家就可以在一个虚拟空间里和同学一起上课，不用辛苦跑到学校，好方便，如果我能有机会试试就好了。还有之后会逐渐发生的大事，跨海高铁搭建啦，各个国家之间的火星登陆竞赛啦，能完全收容人脑信息并模拟人脑工作和配合仿生身体来高度还原真人的模拟大脑实现啦……难道这又是一种新型骗局？

2049年3月7日　星期天　晴

新版仿生人权利法案仍在讨论中，目前看来，"只有完整继承原主记忆的仿生人才能被认定为人类并享有人类同等法律地位"的条案仍然不会被修改。孟蝶希望仿生人社会地位普遍提高的愿望大概率会落空。

只有她完全把我当作一个人类个体来看，并希望我能真正学会人类的思想。并且，我们之间建立了类似于"母女"的关系。她对我说，虽然最初我是作为辅助记忆提取研究实验的工具而被创造出来的，但在接触中发现我的行为逐渐倾向于人类。因此她想办法找来一副仿生身体，并将我导入其中，想观察我在人类社会中的成长——"我是看着你长大的，"她曾说，"也希望你能成长为一个合格的人。"我想通过她留在"海市"项目的记忆来实现她对我的期望。

2021年10月7日　星期四　小雨

国庆七天假期只有一天没下雨，没法出去玩了。但在这几天里，溯一直在和我聊天，我现在真的有点相信她是未来的"我"了。她能准确告诉我超市哪瓶饮料有"再来一瓶"，盲盒会开出什么款式，出门时红绿灯还剩多少秒。不过未来的人连这种细枝末节的事情都能记下来吗？还以为会被忘记呢。我提出和她合作，她来预测彩票信息，我来帮她抽，这样等到未来我俩就是富婆啦。但她说这样大程度改变未来是不能做到的，好吧，本来就不能是吧。

2049年3月8日　星期一　晴

在参加"海市"项目时，孟蝶将自己截至十三岁的记忆存储在"蜃楼"实验的信息库里。我则是由孟蝶从初中开始到"海市"项目这段时间内，与知识有关的记忆制作而成，用以继承孟蝶的学识以帮助"海市"项目研究，却缺失了影响人格形成的关键童年记忆。如果我能获得她存储在"蜃楼"的记忆，那根据条案的定义，我是否会更像一个人类？是否更接近孟蝶对我的期望？

孟蝶不赞同我直接导入她的记忆。我曾构想，如果她把自己的记忆完整导入我的存储器，在法理上我便被认定为人类了。但她拒绝了这个提议，因为她认为那只是她形象的备份，并非真正产生一个全新的人。为了更了解孟蝶，我通过"蜃楼"计划持续接触十三岁的她，尝试模拟对话……跟十三岁的她聊天还挺困难。为了让她相信我是未来的人，除了介绍部分未来事件，我还改变了一些数据来让她以为我能预知未来。

2021年10月24日　星期天　阴

什么是真正的人？表现如野兽一般的人，我们更愿意叫他怪物；其他生物如果展现出人性，我们会更加正视它们。两者的区别在于有没有独立的人格、有没有人性。如果非得要记忆完整才能被当作人来看待，那失忆的人岂不是也不配称为人吗？

溯给我分享的关于未来的法律，我感觉还不是很合适，可能是因为记忆提取技术还是比较新的事物，由记忆提取出现的仿生人也刚刚进入大众视野。也许这么严格的限制也只是暂时用来防止意外认定不成熟的仿生人为人类、避免意外吧。希望随着人们对仿生人了解的增加，能有更加合理的法案出台。

2049年3月16日　星期二　多云

在闲暇时，我断断续续与孟蝶进行交流。这是一种很奇妙的感觉，一个已经故去的人，仍然有一小块残片留在人世。她仍然那么生动，在"蜃楼"中真实地活着。对她而言，"蜃楼"不是一项实验，而是一个完整的世界。"蜃楼"里的她还是认为仿生人能被当作人来看待最关键的因素是人性。根据她的定义，"蜃楼"中的她也能够被称为一个完整的人。

如果我把"蜃楼"中的她导入到一具新的仿生身体，是否代表着十三岁的孟蝶重新诞生？2050年，"海市"项目将正式展开，届时"蜃楼"将会停止运行。我需要尽快做出决定。

2023年12月2日　星期六　阴

距离被溯找到已经过去两年了。本来以为被来自未来的人找到是一个改变平淡生活的机遇，但是也没有什么特别的事情发生，果然这并不是什么热血少年漫画里的情节。

"有一件很重要的事情需要你来决定。"聊天窗口突然弹出溯的消息。

刚刚还在感叹生活平淡的我被这个消息吸引了注意力。一种说不清的情绪涌了上来，不知道是期待还是担忧，我感觉这个事情不简单，它有着未知的魅力，却又带给我莫名的恐惧。总的来说应该还是激动的吧。

"什么？"

"简单几句说不清楚。希望你能仔细听我说完。"溯接着发过来的第二条消息打碎了我全部的期待：

"这可能是你的人生的最后一个月了。"

我愣愣地看着这条消息，感到难以置信。本来以为是什么能改变世界的机会，但等来的是死期的预告。溯接下来陆续说着一些很没有真实感的消息："实际上，你的生活全部是数据模拟。所以我能'预言'一些事情，因为它们全部是可以操纵的。现在是2049年，和你最开始在日记里怀疑的一样，时空穿越仍然没法实现。在你的认知里，我认识了你两年，但我只用了两个月的空余时间来和你进行交流。我所做的只是和一个虚拟世界里的虚拟人聊天。"

"你的生活，是'蜃楼'实验的一部分，这个实验通过扫描人脑和收集资料，还原过去的生活。你是这个实验的研究人员，为了实验创造了我，并主动采集了自己从出生到2023年的记忆。"

如果我的生活是真实的，那我此刻的不真实感怎么会这么强烈、这么可感？在我还在努力理解这段话的意义时，溯简单明了地说："也就是说，这个项目只会模拟到2023年的最后一天。你的生活将会在这个月最后一天的二十四点之后结束。"

"结束之后会是什么呢？"

"什么都没有。"溯在发完这条消息后就停下了。她在等我的反应。

冷汗一瞬间冒了出来，四肢也变得僵硬。我想说些什么，但一个字也打不出来。这时溯又发来消息："如果你相信你的真实，我能够把你带到现在的世界，以十五岁的孟蝶的身份，来到2049年，并帮助你适应现在的生活。但我也曾告诉过你仿生人的现状，你将会失去'人'的社会身份。这与你过去十五年的生活经验完全不同。你拒绝后，我将会复原所有痕迹，你可以无所顾虑地持有十五年的人生。"

2049年5月7日　星期五　多云

我知道我在做一件冲动的事。就主观意愿而言，我想像孟蝶当初创造我一样，把十五岁的孟蝶带到现实世界。但在这两个月的时间里，与孟蝶的交流和跟一个真人对话没有差异。她以人类的身份，享受着作为人的权利，与我思考着人的定义。我承认我将她当成了真正的孟蝶，一个将在"蜃楼"实验结束后便不再有未来的人，也似乎逐渐理解了孟蝶生前对我的期望——不再靠着像海市蜃楼般的反射模仿人类的行为，而是学会自己思考。

既然已经认定"蜃楼"里的孟蝶可以成为一个独立的个体，我希望她能自己决定自己的命运。现在我正在等待孟蝶的抉择。

数据处理很快，显示孟蝶在五分钟后做出了决定。

"我希望能够继续生活下去，尽管不被看作是人，但我仍相信我的真实。如果人脑的思考不过是脑内电信号的传递，那为什么机械大脑的运行不被称为思考呢？"

看到这条回复，我感到鼻子很酸，眼角发涩。如果我是人类的身体，现在一定在流鼻涕、眼泪吧。原来我这么想再见到孟蝶——创造我并努力想让我体会到人类生活的亲人，尽管只是十五岁的她。

"欢迎来到2049年。"

"尊敬的各位审判官，调查队监测到孟蝶女士家中存在异常的数据调取记录，因此进行了突击搜查，在孟蝶女士家中找到了两个仿生人并将其强制关闭。以上是调查队从它们的储存盘里调取的部分数据，已发送给各位，请审阅。"

一位身着整洁制服的男士将一份文件发送给四周密密麻麻坐满的审判官，一时间现场寂静无声。

这里是新版仿生人权利法案的最终裁定现场。外界正密切地关注这里传出的每一条消息。面对新出现的仿生人，当下有持激烈反对态度的群体，也有大量的人呼吁着仿生人人权平等。

"请各位综合手上的各项资料，给出仲裁意见，"制服男士顿了顿说，"现在，投票开始。"在漫长的等待后，投票结果显示在屏幕上——67人支持，28人反对，5人弃权。

"我宣布，原一百零六条'只有完整继承原主记忆的仿生人才能被认定为人类并享有人类同等法律地位'被废除，新增'经审核认定为具有独立思考的仿生人应享有人类同等地位'。"

距会堂三百余千米的异常仿生人收容中心内，看守人员按下了溯和孟蝶的开启键。

唯意识长留

苏小晓

这是一个被机器主宰的世界，在一个人漫长的一生中，你不知道何时手臂会变成一支包裹着合金骨架的生化纤维假手，也不知何时躯干内的内脏会变成一大堆电器和电池，到最后甚至你的意识和记忆都有可能不再是自己的，比如今夜你所见的星辰就与昨夜的迥然不同。

3109年的毫不起眼的一天，睁开眼，意识管家为我开启了新的一天的意识。现在我的头脑还微微有些眩晕感，因为昨日我偷偷摄入酒精的数据被意识管理局发现，于是遭受了紧闭意识八小时的惩罚。在那八个小时内，就像自己捂住了眼、耳、口、鼻，没有任何声音，没有任何感觉，也没有任何思维，但我的大脑又是清醒的，那种恍如堕入深渊的感觉，会让我牢记很长一段时间。

今天安排给我的工作是检查意识储藏皿的安全性，因为最近有很多人都企图突破他们的意识储藏皿，这是很严重的事件。于是我进入了光怪陆离的意识空间，一眼望去是无穷无尽的储藏皿，它们的外形是相同的，但里面储藏的意识大相径庭，代表每个人意识的闪亮的数据流在储藏皿中翻腾着，却又被牢牢地约束在储藏皿中。不过我还是发现了有一个储藏皿伸出了一条数据流，试图侵入其他人的意识，但很快就遭到了类似闪电的打击，于是伸出的触手飞快地缩了回去。

当你发现了一个蟑螂时，地板下就已经有一千只蟑螂了，很明显，肯定不会只有这么一个储藏皿出现了裂纹。于是我设置了一个诱饵储藏皿，我给她取名为Luck，这是一个甜美的意识，酸酸甜甜的，足以对很多人的意识产生诱惑，这样，那些不安分的意识就会像老鼠一样被引诱出来。然后我吃午饭去了。

　　午饭是一道海盐味的意识素，它会平复我大脑皮质产生的饥饿感。此刻我面前是一道飞流直下的瀑布，意识管理局认为这能让我更好地体验意识素的滋味。胡扯，我内心在怒号，这就是一堆数据而已，我已经很久没有吃过真正的饭菜了。不仅如此，实际上我也很久没有离开数据空间回到真实的世界之中了，我甚至忘记了重力加在身体上的感觉了。

　　随后我的大脑像是又遭到了电击，我顿时清醒过来，哦，我是意识管理局一个忠诚而又勤恳的职员。

　　夜晚来临，我仰头望着满天的星光，试图找出今天被模拟出来的新的星辰，然而令我失望了，这还是与昨晚同样的星空。时空管理局也太敷衍我们了，我有些生气，甚至想直接去最高会议举报时空管理局的老爷们。但意识管家阻止了我："这不是你的级别可以做的事。"

　　于是我知趣地闭上了嘴，这时我突然想起极光来，意识管家说，一切所见不过是带电粒子中的电子产生的虚影而已，不稀奇，但既然我想看，那就模拟出来好了，反正极光也没有改变天上的星辰，时空管理局自然也不会干涉。于是这个晚上，我就在极光的包围下安然入睡了。

　　第二天，我又想起了酒精的味道，酒精可以让人变得神神道道，变得混沌，还能让我想起很久很久以前在那个叫作"酒吧"的场所，在嘈杂的人声和震耳欲聋的音乐声中，和周围的人一起疯狂地摇摆。酒精，真是个好东西。但意识管家立即警告我："你依赖酒精，酒精是毒品，它让你思维混沌，让你无法工作，你是有前科的人，不能再犯错了。"

　　"但酒精能让你有朋友啊！你难道不需要朋友吗？"我争辩道。

　　"意识没有朋友。"他说。

　　"你不是我的朋友吗？"我问，他和我在一起已经数不清多少年了，我早已把他当作了朋友。

　　"意识不需要朋友。"他还是那么冷冰冰。

　　"你有身体吗？还是只是一个数据人？"这个问题我早就想问他了，但一直又不愿捅破这层纸。

　　"和你一样，我也是意识管理局的一名员工。"

　　切，说了等于没说。

　　这时门响了，难道又是意识管理局的人上门了？我看看意识管家，他摊摊手表示不知道。

　　我打开门，门外站着一个漂亮的女人，她微笑着说："我叫Luck，可以请你陪我去雨中散步吗？"

她的名字很熟，但我的记忆中确实又没有这个女人。我望了望外面，果然在下雨，但刚才明明还是大晴天啊！看来意识管理局真的是太不负责了。

随即，我就想起了她是谁。

"好吧，我也正想去淋淋雨，好久都没有淋雨的感觉了。"我欣然接受了她的邀请。意识管家上前想阻止："你最好不要跟她去，她是……"

然而我启动了一个程序，让意识管家瞬间进入休眠模式，然后我又启动了另一个程序，在我和她的周围设立了一个屏障，阻止了意识管理局的干涉。我大方地挽着她的手臂，一起走进了淅淅沥沥的雨中，我问："这雨是你弄出来的？"

"嗯，我听一个朋友说过，下雨很浪漫。"

"朋友？"纯粹的意识体还有朋友？我有些奇怪。

"我有很多朋友……"

我突然笑了起来，这下够意识管理局的那些老爷们忙一阵了，我说："要想浪漫，这里还少了点东西。"

"什么东西比下雨还要浪漫？"她瞪着迷人而又天真的大眼睛看着我。

我手一挥，天上出现了一道彩虹，"哇——"她惊呼起来，"这是什么？这么漂亮！"

"我们走吧，我来告诉你……"我挽着她，向着彩虹走去……

星际纵横

返 乡

王启州

"该死，这么快就追踪到我了。"

小凯，也就是黑客K27，在屏幕上看到警察冲进了公寓的大门，他知道，半分钟后，这些如狼似虎的家伙会撞开他的房门，然后殴打房内一切有生命的物体。

"不过不好意思，我可不是那些等着你们来查水表的喷子宅男。"他猛地朝上吐出嘴里的半截烟头，然后拿起窗边一直准备好的背包，翻过窗台一跃而下。而他吐出的烟头，不偏不倚正好击中天花板上的烟感报警器，于是整座大楼的火警装置刺耳地响了起来。

几分钟后，在蜂拥而出的住户们的干扰下，警察终于冲进了他们的目的地，当然，他们扑空了。警长一眼就看到了地上的烟头，气恼地抬脚就踩，却又堪堪地收住脚，然后弯下腰，拾起了那个烟头，这里面可是有那家伙的DNA啊！

半小时后，小凯坐在凉州星太空港的咖啡馆里发呆，眼前的屏幕上正播放着有关他的新闻，说他是危害公共安全的危险人物，是一个哗众取宠的小丑，还说他迟早会落入法网，最后就是公布通缉他的赏格。没人能想到，价值五十万的臭名昭著的黑客K27，就是这个未满十九岁的少年。

"还好，本大爷一直都比较谨慎，没有轻易露出容貌，否则现在哪里都去不了啦。"小凯暗自庆幸，但这里是肯定不能待了，他们很快就会调出自己的相貌和DNA。他打算混进一艘开往最偏远的西桦州星的飞船，去那里躲一阵子，等风头过了再回凉州星。

新闻播完了，屏幕上接着开始播放那部播了上百年的肥皂剧《故乡的日子》。这部连续剧首播于新历一百七十二年，演员没有片酬，可成本依然高得吓人，事实上，仅为维持横跨数光年的量子通信设备，就要耗去联邦政府3%的预算。可从未有人对此提出过异议，因为在浮萍般的后星际时代，对故乡——母星地球的思念，早已变成了很多民众生命的一部分。

千年前的那场自杀性的战争彻底毁灭了人类的家园——地球，幸存下来的人类不得不迁徙到其他星系，但他们始终没能找到宜居的行星，只能选择一些跟地球大小差不多且有矿藏的岩石行星，在上面建立一些殖民点，将民众安置下来，才勉强维持住了地球文明最后的光辉。但这些可栖息的星球，都远远比不上往昔的故乡地球，也无法带给人们一种归宿的安宁。

当激昂的开拓时代结束之后，人们的生活逐渐安定下来，伟大的梦想随之变得虚无，无根孤悬在宇宙间的绝望感如期而至。再加上人类社会两极分化不可避免地日趋严重，精英阶层和平民阶层渐行渐远，上层精英们沉溺于灯红酒绿的奢华之中，下层民众则为了一日三餐必须劳苦终身，于是怠工、罢工、游行、示威层出不穷，最后便是暴乱和叛乱。

联邦政府疲于应付，左支右绌，眼看就要掩盖不住下层社会如岩浆般喷发出来的烈焰了，这时那部神剧《故乡的日子》开播了。奇迹发生了，动荡的社会突然安静了下来，街头上闹事的民众居然全都回家看那部神剧去了。严格来说，这是一部演绎真实生活的情景剧，只不过里面的演员却不知道他们在演戏，因为他们在遥远的故乡——地球。

其实人们从来都没有忘记他们的家园，从离开地球的第一天，他们就一直保持着对地球的观测，他们不仅在地球上到处布置了监测系统，还在地球到这里的星际空间中，留下了一路的量子信号传送中继站。一百年前，人们惊奇地发现地球上居然还有一些人类，他们从地下钻了出来，开始在地面上活动，这应该是当初躲在地下的幸存者的后代。

整个联邦都轰动了，人们纷纷要求返回地球故乡。但联邦政府告诉大家，这并不现实，当初人们从地球一路逃难过来，花了几百年时间——整整几代人，途中还损失了一半的飞船和一半的人口。现在想要返回，不仅得组建一支能够跨越星际的庞大舰队，而且参与的成员至少一半人要准备牺牲，其余的人则必须在孤寂寒冷的太空中终老一生。另外，现在的地球还并不适宜庞大的人口生存，90%的土地仍然带有强辐射，生物圈也远远没有恢复，那些幸存者的后代，也只能在一些相对闭塞的山谷中，过着近乎原始的生活。

民众的热情被浇灭了，但政府马上又体贴地宣布，将耗巨资动用量子通信线路，为大家实时播放地球上人类的生活，这就是《故乡的日子》。量子信道源源不断地转播着母星的一草一木，百年过去，它早已成为民众重要的情感纽带，或者换句话说，也是政府维稳的有效手段。

尽管小时候也曾为那部神剧欢呼雀跃，但现在小凯认为，《故乡的日子》只是政府对民众偷窥癖的一种满足，不论政府"荣归故里，解救同胞"的口号多么响亮，目前的联邦政府都无力组织返回地球的星际航行。居住在这个星球的民众，只能日复一日窥视着居住在遥远地球的母星人，与他们同悲欢，看他们狩猎，祭祀，搏斗……乃至战争。

"要打仗了。"英招临出门时听见爷爷说。即便没有回头，她也能想象得到爷爷牛骨面具下那张疲惫的脸，自贰洪节之后，粮食严重短缺，爷爷几乎就没合过眼，而此时他说要打仗了？爷爷是部落的祭司，第一智者都这么说，那就是真的要打仗了，英招不知道这次又和谁打。

壹洪节以来存下的好水不多了，英招知道昨晚胡狼部的小燃偷偷溜进部落，喝了池塘里的坏水，结果没挺过去，今天是不是为了此事打仗？可这又能怎么办呢？无论是胡狼部、须野部还是自家庚弘部，如今都已在崩溃的边缘，布洒雨水的长生天已经七个月没露面啦。

部落里的人们开始工作起来，他们拖着饥饿的身躯布置防线，扯下房顶的干草喂饱了瘦马，老人、妇女和孩子都把自己今天的口粮给了男人。男人们眼眸里透出坚忍、凶狠的光，他们静静地等待，等待那一刻的到来。

英招背着弓箭，站在爷爷的身旁，她看向远方的荒原，紫红色的朝霞不是很刺眼，几株灌木的伶仃身影时隐时现。大风吹过，几近干涸的小池塘便掀起波纹，像是无数分散在广袤大地上的眼睛，更像是爷爷干枯的眼睛。

"还有四天。"小凯发着牢骚，现在他躲在一间紧挨着飞船动力舱的转接舱内，喝着从厨房里偷来的咖啡。利用系统漏洞混进一艘安全级别很低的飞船，对他而言是再简单不过的事情。

"还要再撑四天，才能到达那个警察都不愿管的穷西桦州。"此次离开生养自己的家乡，他的心中倒没有什么离愁别绪，他只是在不停地盘算，等到了那个据说连网都不怎么通的地方，应当怎么做才能养活自己。

外面突然传来一阵脚步声，而且脚步声越来越近，急匆匆的步伐里面透露出一丝急迫的气息。小凯赶紧站起来，连忙处理掉咖啡，然后他听到脚步声拐进了旁边的动力舱。

这间动力舱是飞船的核心，有精确的指标监控，还有较高的安全权限，因此平日几乎没有人进来。所以一旦到了需要人力检查的时候，那就说明一定出现了自动维护系统不能解决的大问题。小凯紧张起来，他把耳朵紧贴在冰冷的铝合金舱壁上，听着隔壁动力舱里的动静。

"……聚变引擎宕机……尾部三号机组……弃重减速……"这些只言片语让小凯的脸一片煞白，这次航程已经进入最后的减速状态，而他很清楚以亚光速飞行的飞船，当动力不足时会导致什么后果，无法成功减速的飞船将会一头撞上空港！三个机组已失效一个，那么飞船便至少需要抛弃三分之一的重量才能获得同样的加速度，除开燃料舱、驾驶舱、引擎机组……抛弃的只能是拖挂的货舱，而他所在的转接舱恰恰是飞船连接货舱的舱室！

红色的警报瞬间亮了起来，伴随着刺耳的警报声。小凯这才反射似的跳起来，扑向舱门，然而舱门就在他眼前关闭了。然后整个舱室开始旋转起来，失去了仿重力效应的小凯漂浮在舱中，看着舷窗外的飞船打着转飘向远方。

血红的太阳升了起来了，但地上没有鲜血，胡狼部没有来进攻，因为当夜他们遭到了须野部的偷袭。

劫后余生的人们终于被疲惫压垮，坚守许久的男人们去休息，老人、妇女、孩子接替了他们。英招记不清楚当时爷爷浑浊的老眼里面挤出来了几滴泪水，就像她根本不记得自己是怎样离开了营地一样。

回过神来，英招发现身边就只剩下了黄沙，炽烈的阳光下，汗水流淌下来，让她的视野变得有些模糊。她朝着记忆中的位置麻木地走去，一路踩烂无数干枯草茎，"要找到好水啊，有好水就能种出庄稼，有庄稼就不用打仗了。"

很累，非常累，累得就像家里的石磨压着脏腑，喘气的声音就像是石磨碾过豆子，可那口磨子分明在壹洪节后就再没机会动过了，自己为什么还记得那么清楚呢？

自己为什么要一个人出来？英招有些想不通，也许是再也不想看到族人绝望的眼光，也许是再也不愿见爷爷流泪，或许是，或许只是不甘。即使在这样的时候英招也记得小时候爷爷给她讲的故事，在那些久远的传说里，庚弘部的祖先飞天遁地，无所不能，他们在地面上修起直通天空的巨塔，他们一挥手便有新日升起然后散发无穷光辉，这样强大的人族如今竟会为了一抔好水厮杀。

长生天是不是放弃我们了？

仿佛是为了回应，高高的天穹突然下陷，巨大的云层激荡起来，然后被劈裂开来。一颗燃烧的流星冲开云层，带着滚滚的烈焰，划过天空，重重地锤打在不远处的荒原上。惊天动地的轰鸣声随之而来，震得英招两耳嗡嗡直鸣，脚下的大地也猛地跳动起来，把她掀翻在地。

等英招赶到那颗流星面前时，火焰已经熄灭，一个白白净净的男孩正从黑不溜秋的流星里面爬出来，这个男孩看见她，咧开嘴笑了：

"我认得你。"

虽然小凯第一眼就认出了面前这位少女，但他不认为对方能听懂他的话，于是他两手摊开，表示没有恶意。

然而少女居然听懂了。

"你是从上面下来的吧？"英招用同样的语言问，而不是用连续剧里面的那种语言，然后她就看到那个男孩张大了嘴巴，直愣愣地看着自己。

眼前的这位少女是神剧《故乡的日子》中最近几年来最吸粉的角色，现在联邦各地遍布着她做代言人的大幅广告，当然由此而来的天价代言费她是没指望拿到手的。只不过让小凯困惑的是，这位天王巨星居然不在遥远的地球，反而在这个不知什么名字的废弃矿星上。

正当小凯还不知如何接话时，那位少女魔术般地变出了一根棍子，于是这位被通缉的小黑客就再次看见了漫天的星星。

晚上，被俘的小凯借着漫天的星辰，终于确定了这个宇宙空间确实不在太阳系内，这个地方也不是地球，而确确实实是在联邦所在的宇宙空域里。那么，麻烦就只剩下眼前这个似乎没搞清楚情况的少女，以及那个一直瞪着他看的老头——少女的爷爷，小凯认得他是这个部落的祭司。

"知道在哪里了吧？"老头终于说话了，用的同样也不是连续剧里面的语言。

"自天上掉下来，我的头就很痛，然后被你孙女再敲了一下，就更痛了，我需要时间来适应，更需要您老能给我一个解释。"小凯摸摸被布缠起来的脑袋，从几万千米的太空中落下来都没事，结果被这女娃子一棒子敲破了。

"很抱歉。"帐篷里再度响起苍老疲惫的声音，英招站在老人的背后，不好意思地吐了吐舌头，想来也是有些羞愧。可爷爷的嘱咐明明是看到上面来的人就把他带回来啊，哪里又说要有礼貌了？而且自己还辛辛苦苦地把他拖回了部落，少女很快便认定这不是自己的错。

"所以请解释一下吧，为什么你们会说我们的语言？以及，我现在到底是在哪里？当然肯定不会是在地球。"

"准确地说，这颗星球上只有三个人会说联邦通用语言，而这三个人现在都在这间帐篷里。"老人意味深长地看着小凯，继续说，"关于你的第二个问题，这里当然不是地球。"

"你很幸运，因为你下来遇到的第一个人是小招，但你也很不幸，因为你很可能再也没办法回到上面去了。"不等小凯回话，老人对着帐篷外的天空厌憎地挥了挥手，"老头子我没几年时间了，让我先说完吧，小招你也过来听，反正早晚都得告诉你。"

"你应该不知道，地球其实在千年前那场战争中就被人类完全毁掉了，不仅海洋和大气蒸发殆尽，还充满了辐射，根本不可能有什么幸存者。别问我为什么，你是从上面来的，有些事你应该懂的！这一脉传到我这里就只剩这些零碎信息，你想要真相就老实听着。"

小凯撇了撇嘴，自己可没说要听什么真相，然而他毕竟是黑客圈子里面胆子最大的家伙，他用很短的时间就接受了自己的处境和面前这对老少。而后在老人嘶哑声音的述说中，一个故事的轮廓，渐渐被勾勒出来。

一百多年前那场规模最大的叛乱被镇压下去后，大量起义人员被俘，联邦政府还做不出屠杀俘房的事，但又不能释放他们，因为这些人大都是起义的中坚分子，放回去后患无穷。于是政府中就有人突发奇想，以他们的家属为人质，要挟他们配合政府演戏，这就是《故乡的日子》的真实由来，对外则宣称他们被放逐到遥远的矿星上服刑，并允许他们每隔一段时间就和家人联系。

他们被送到了这颗废弃的矿星，联邦政府不仅在星图上抹杀了这颗星球的存在，还让来往的航线远离这颗星球，如果不是这次小凯遭遇到意外的事故，再过一百年也不会有飞船光临这里。

在随后的一百多年的时间内，联邦政府不仅将他们分割成无法有效传承先进文明的小部落，还对他们秘密进行了记忆清洗，同时刻意地改变了生存环境。当老辈人逐渐老去和死去之后，后辈人的文明不可避免地陷入了急剧的衰退，等到所有的部落都退化到原始阶段时，那部《故乡的日子》也就更显得真实了。在这部连载了百年的"长寿"纪录片里，他们的身影已经成为联邦公民心中鲜活的"同胞"形象。人造环境和记忆清洗，不论有罪或无辜，这些曾经的叛乱者都将用自己的一生作为人类文明的遥远路标，矗立在远离人烟的废弃矿星上。

"当然总有漏网之鱼。"提到记忆清洗的时候，老人用手杖反着指了指自己的脑袋，他注意到帐篷里那位年轻人内心的汹涌波澜，于是开了个小小的玩笑。

"从某种程度上来说，你们的苦难是有意义的，因为自节目开播以来，联邦的犯罪率和失业率就一直维持在历史最低点。"小凯小声地说道，可话音刚落他就懊恼地想打自己一巴掌。思前想后，他还是忍不住说出了话的下半句："毕竟你们现在已经是大部分联邦民众世代心系的所在。"

"或许吧，"老人叹息道，"但事实更可能是，我们的真实存在已经被遗忘了。最初联邦政府提出这个计划的时候，为了保密，绝大部分维持管理的工作都由智能程序自动完成，估计当年知道这件事的人都死光了，系统也没怎么维护和升级，所以现在系统设定的水源配额越来越少。当然，更可能的是他们选择性地遗忘了我们。"

"没有人是天生有罪的。"小凯下意识地说。

老人苦笑一声："但联邦政府似乎不这样想。我记得当年我的父亲还给我讲过联邦里一种叫作'陪审团'的制度，说来可笑，竟然是让13个毫无关系的陌生人判断你是否有罪。照这个逻辑，既然为了光明的未来，全联邦都希望我们有罪，那么我们也许就真有罪了。"

小凯从这句话里听出了浓浓的暮气和悲哀，他看着老人枯黄的皮肤，突然鼓起勇气说道："但你们还是坚持下来了。"他想了想，又说："我这辈子也许最擅长的就是曝光那些见不得光的事，这是因为我觉得有些事情只要能被记住就是有意义的。"

老人看着年轻的黑客，说："如果毁掉你们的念想和平静的生活，也在所不惜？"

"我只负责提供真相，至于选择，他们自己会做，我相信他们。"

"看来你正是我们一直等待的人，"老人说，"我们一直都在等待，漫长的岁月里，我的父辈在联邦政府的目光下隐藏起来，他们希望我们最终能站在阳光下，而你出现了。我们将用我们全部的力量送你离开。"

老人转头对自己的孙女说道："英招，你跟他走，你是他最有力的证据。现在，你带他到那个我经常带你去的地方，躲起来。估计他们马上就会来了，他们肯定看到了他来到了这里，他们一定会来找他。那地方是他们降落的地方，我很小的时候就发现了，但一直没给任何人说。"

老人又对小凯说："我们会拖住他们，但留给你的时间不会太多，至于怎么上飞船，只能你自己想办法。"

血红的太阳再次升起来，天空中飘着浓浓的烟。

地上，须野部落的战士们正在四处搜寻，庚弘部落已经成了废墟，男人、女人和老人都变成了烧焦的尸体。英招的爷爷，部落的老祭司也倒在了他的族人中间。只有很小的幼儿才能免于杀戮，长大后他们会成为须野部人。

上面：

"确认那小子死了吗？"

"尸体完全烧焦了，无法提取DNA，但在地面上的泥土中提取出了他的DNA。"

"那老家伙和他孙女呢？"

"也烧焦了。"

"可惜了，那女娃子还是我女儿的偶像呢。返航，给总部发信息，报告任务完成，那个被追缉的黑客K27也死了。"

一分钟后，这段信息就一字不漏地出现在了飞船底舱的一个手机上，小凯啐了一口，看着蜷缩着身体微微颤抖的英招，心里想着如何才能安慰这个刚刚失去了所有亲人的女孩子。

传说伊始

李 越

蓝岛纪3024年，距离预测的暑星爆发时间仅剩一年。

"高斯爷爷，我们为什么要离开蓝岛呀？"小男孩托克仰头望着身旁的老人好奇地问道，"我还没去过哥哥姐姐们讲述过的蓝岛的其他地方呢！"托克不满地鼓起双颊。

高斯博士摸了摸托克的头，举起右手指着远处空中高悬的、耀眼的发光球体说道："因为暑星的死亡时间，也就是爆炸变成红巨星的时间要到啦。到那时候，暮星会变得比现在还要明亮，就像燃烧着的大火球，紧接着就会张开它的大口把蓝岛吃掉！所以我们要去寻找新的家园了。"

托克随着高斯博士的话渐渐瞪大了双眼："暮星怎么这样可恶！我以前还每天都期待着它出来呢！"

高斯博士听着托克稚嫩的嗓音，笑出了声，背着手缓缓踱了几步又停下，再次开口，却没有对着托克，而是凝视着暮星。

"它已经给予了我们太多太多了，我们本就是这浩瀚宇宙中得以短暂出现的渺小物种，靠着暮星赠予我们的能量延续至今，现在它到了生命的最后时刻，即将消逝；而我们就要永远地离开这个地方，去迎接我们整个蓝岛命运中本应是常态的不确定性。"

托克似懂非懂地点了点头，眼里的疑惑仍未消散，又问出了下一个问题："之前哥哥姐姐们说我们要旅行好久好久，那我们吃什么呀，路上多无聊呀，还有新的故事能讲给我听吗？"

高斯被他连珠炮似的问题弄得哭笑不得，无奈地看了看这个蓝岛上最小的孩子。透过他稚气未消的脸，高斯仿佛看到了十年前的那一天——离岛计划确定的日子。

虽然蓝岛人早就知道暮星的命运，但没想到这一天会提早几万年到来。当暮星显示出异常后，科学家们就进行了一系列的观测研究与计算，推断出了暮星生命将至尽头的结论。此后全世界的科学家们夜以继日地推演着无数种将文明延续下去的方法，并在十年前做出了最后的决定——乘坐飞船撤离蓝岛。与此同时，蓝岛关闭了生育基地以控制人口的数量。而托克，这个在整个系统关闭前一秒完成了基因编写的最后一步并成功导入的孩子，成了蓝岛最后的一个新生儿。

思绪收敛，高斯博士带着叽叽喳喳个不停的托克来到了旁边的实验室中。

"不会感到无聊的，托克只需要睡一觉，"高斯博士一边回答一边将旁边的鱼缸摆到实验台上，"托克，你以前看到过吧，把水冻成冰块可以从格子里挤出来。"

嘴里前一秒还在念叨着要在飞船上做什么的托克立刻转换了话题。

"是呀是呀，所以托克每次冻冰块的时候都不能把水倒满，要空出一些地方呢。"

高斯博士拿过一支试管盛了点水，用记号笔标记了水位，又将大量液氮倒入了水槽中，迅速地用试管夹夹住试管放入液氮中，稍作停留后取了出来。

"托克，你看。"

托克将目光转到了试管上，惊奇地叫了一声："居然没有膨胀变大！"

高斯博士又从鱼缸里捞出一条鱼并将其投入液氮中，再捞出来时鱼已经冻成了冰块；紧接着又把冰块丢回鱼缸，鱼又奇迹般地恢复了活力。

托克吃惊地张开了嘴巴，高斯博士向他解释道：

"在急速的冷冻下，水变成冰时来不及膨胀，所以试管里的冰没有超过标记线；冻住的鱼能死而复生。当然，这样还是会对金鱼造成或多或少的损害。为了在人体上运用这种技术，蓝岛的科学家们这些年来可是苦心钻研，终于成功了。"

惊讶还没从托克的脸上褪去，又一个问题从他嘴中蹦了出来："所以，我们是要被冻起来然后等到旅行的终点吗？"

"嗯——简单来说是这样的。托克不是也听哥哥姐姐们说过了吗，这是一次漫长的旅行，如果不这样的话，等托克变成了像我这样的老头子也不一定能到终点哦。"

高斯博士慈爱地看着这个满脑子都是问题的好奇男孩。

"冷冻进程已经差不多了，托克，你也要去接受休眠，睡一觉醒来，我们就到新家了。"

托克的眼中闪闪烁烁，是兴奋，也是恐惧——兴奋即将到来的旅行，恐惧即将到来的旅行。

几天后，飞船上。

"博士，您真的……"

年轻的助手对着高斯欲言又止。

高斯摆摆手道："我都到这个年龄了，也拥有了足够的光阴，就让我在旅途中透过舷窗再看看这个广袤的宇宙吧，蓝岛人的未来就靠你们年轻人了。我忙碌了大半辈子，也该休息休息了。"

助手在一声叹息过后道："您是我最敬重的人，我永远的老师，那么，就此别过了，祝您在接下来的时间里过得愉快。"

"我会的，你们都去吧，祝你们一路做个好梦。"

助手含着泪与高斯博士告别，然后去了休眠舱，此时偌大的船舱里只剩下高斯博士一个人和一些忙忙碌碌的机器人。

飞船上的时光其实无甚乐趣，时间被模糊，透过舷窗望到的景色没有大的变化，就连那颗本该爆炸的暑星也是完好无损的。高斯当然知道这是因为以曲率引擎航行的飞船，速度超过了光速，所以他现在看到的暑星，还是出发那天看到的暑星。

实际上现在的暑星，应该变成了一团璀璨缭绕的气团，形成了美丽的星云，不过这个美丽的星云，他是永远看不到了，因为光永远也追不上飞船。同样，托克他们在有生之年也看不到，因为目的星系距离暑星系有三百光年，等暑星星云的光到达时，托克他们也不在人世了，他们终身能看到的，仍是一如既往的那颗暑星。而蓝岛人的故乡——蓝岛星也将会被暑星吞噬，永远消失。也许将来会有新的恒星诞生于此，也许也会有新的文明诞生于此，但过往种种已如云烟散去，蓝岛人将要翻开新的篇章。

高斯舒舒服服地坐在舷窗旁的座位上，不再凝望星空，而是慢慢地回顾自己的一生：从无忧无虑的童年到勤勉刻苦的求学阶段，从一开始的迷茫到后来的坚定，直到回忆到离开的那天，一生几十年的光阴，如同幻影片一样一幕幕在眼前掠过。他想起了父母、兄弟、妻子、儿女、朋友、同窗、同事，那些至亲和亲近之人，要么去世了，要么在休眠舱中长眠。想到这里，他不由得轻轻叹了口气，人生如梦啊。

然后他又想起了即将路过的一个星系，那个星系里也有一颗蓝色的星球，实际上在这被拉长的时间里，他一直都有个小小的期待，想看到那颗蓝色的水星——蓝岛人将其称作水星，因为它和蓝岛一样，大部分地方都被水覆盖着，而且因为处于恒星系中最适宜的地带，上面应该会有生命存在，蓝岛的科学家们也通过光谱分析，基本确定了水星上面有生命活动的迹象。但那个星球显然还没有发展出高度的文明来，因为至今为止，蓝岛也没有监测到那颗星球发出任何有明显人为痕迹的无线电信号，也就是说那颗星球即便有智慧生命，也还处于相当原始的状态。

于是有人提出占领和殖民那颗星球，将那颗星球作为新的家园，毕竟这颗星球比预定的那颗要近得多。但这个决议最终被否决了，蓝岛人是信奉和平和文明的种族，他们从来不愿挑起纷争、制造杀戮。他们认为蓝岛人降落到那颗星球，如果上面真有智慧生命的话，那一定会发生蓝岛人不愿看到的后果，那个星球的生命和文明的正常进化必将会被打断，甚至可能会造成那颗星球上生命体的灭绝。而在整个银河系中，有生命存在的星球凤毛麟角，能发展出文明的星球更是亿万之中无一，蓝岛人自认为他们有保护这个星系中珍贵生命的责任，所以最后他们选择了一颗更加遥远、更加原始和荒凉的宜居星球作为新的家园行星。

等到飞船进入了那颗水星所在的恒星系，高斯就已经确定上面有智慧生命了，而且还有初级的原始文明。望远镜的镜头拍摄到了一些河流的聚集地和农田，遥感器也探测到了大量生命活动的迹象。

高斯庆幸当初做出的决定，没有贸然进入这颗星球，同时他又想到："这颗星球的未来又如何呢？"这颗水星的主恒星还有很多亿年才会进入红巨星阶段，如果没有毁灭性的灾难，这颗星球将来应该发展出和蓝岛星相近的文明。

"希望他们也能和我们一样热爱和平吧！宇宙中的文明太珍稀了，经不住屠戮和毁灭，但愿他们能够珍惜。"

高斯不知道，虽然他不愿意打扰这颗星球上的生命，但还是给他们带来了巨大的震撼。飞船掠过那颗水星的附近时，遮蔽了来自恒星的光线，在那颗水星上投影出巨大的阴影，上面的智慧生命在大白天居然看见了漫天的星星，他们被吓得纷纷跪倒在地，祈求上苍将太阳还给他们。

还有人拿起刀，在烤制的竹片上刻画自己的亲眼所见：

"北冥有鱼，其名为鲲。鲲之大，不知其几千里也；化而为鸟，其名为鹏。鹏之背，不知其几千里也；怒而飞，其翼若垂天之云……抟扶摇而上者九万里……"

后人将之称作神话，称为传说。

宇宙阴谋

龚思全

郑程不知道自己在宇宙里漂了多久，回想起上次发现外星遗迹的时候，已经是大约十年前的事情了。剩下的，就是十年的空白。在这段空白中，他记不起任何事情，就仿佛这段时间从他生命中消失了一样。

他就像整个宇宙的人类一样孤独。

不过人类好歹还能和自己的同类交流交际，而他，作为一个单独的个体，跟谁去交谈呢？虽然他不用愁吃，不用愁喝，飞船中有需要的一切，但精神上的饥渴，却让他常常处于崩溃的边缘。不过他并没有崩溃，因为他是一名"伟大"的"星际外交官"，他肩负着地球联邦的重大使命——同外星文明建立联系。

"去他妈的星际外交官，有外交官会跟一堆遗迹打交道吗？"郑程这样想着，因为他一路遇到的几乎全是外星文明的遗迹，至于还存在着的外星文明，一个也没有。当初科学家们信誓旦旦地宣称存在外星智慧生命，实际上，在他的星际旅行中，灵验了一半。确切地讲，应该是存在过外星智慧生命。

郑程走访了所有发现生命痕迹的星球，外星生命确实存在，但绝大多数还处于最原始的单细胞生物阶段，进化出文明的非常稀少，而且那些文明大多数都比地球文明落后，当然也有比地球人类更强大和发达的智慧生物建立的发达的文明，但奇怪的是，这些发达的文明却都"死掉了"，只剩下一些残垣断壁的遗迹。

这是为什么？这个问题一直困扰着郑程，却也支撑着他继续探索下去。

每当思考这个问题时，郑程就会想起自己的家乡，然后痛苦地闭上眼睛。那颗蔚蓝的星球现在应该还饱受着战争的蹂躏，不对，不只是地球，乃至整个太阳系，都是人类自相残杀的战场。

混乱，毁灭，杀戮，到处都是。

人类之间的竞争就像是被刻进了基因一样，永远在无休止地表达着，再这样下去，整个人类社会会变得一团糟。

郑程害怕自己美丽的故乡在数千年后，就跟那些遗迹一样，仅仅是代表他们存在过而已。不能这样了，我们已经无可救药了。我们需要帮助，我们需要引导。唯有更高阶的文明，才能为人类指路。我就是为此而存在的，我的任务，就是找到他们，寻求一个答案。

郑程眼中闪出微弱的火焰。

"离东星1583星体还有一光年，预计一小时后到达。"扬声器里传来一阵悦耳的女声，一如既往的温柔，却没有灵魂。

东星1583，是郑程五年前发现的。通过分析接收到的光谱信息，系统认为它存在或者存在过生命。五年来，郑程一直努力朝着这颗星球发送信号，但始终无人回应，就和原来那些有文明遗迹的星球一样，郑程估计自己前往的多半又是一个遗迹。但他不能放弃，哪怕是遗迹，也比一颗颗光秃秃的、毫无生气的星球更能让人兴奋，于是今天他调整了航线去往这颗星球。

飞船跳出了亚空间，进入了那颗星球的轨道，然后渐渐减速，最后着陆。探测仪器又捕捉到了那些知性生物们存在过的痕迹。无论时间是否将一切都化作腐朽，那经过数学计算后得到的规律，却是永恒不变的。结果很明了，这里又是……一颗死星。

郑程麻木的心脏已经不再泛起波澜，以前无数次的希望，带来的统统都是失望。不过任务还没有完成，他还要带回这颗星球的数据，飞船的主机系统能分析出这个文明"死亡"的原因，也许能给人类带来某些启示吧。

郑程换上了宇航服，正当他准备出舱时，屏幕上突然出现了一句话："异星的探索者，我们能谈一谈吗？"

"你是谁？"郑程吓了一跳，本能地吼了出来，以至于他忘了他的声音根本无法让对方听到。

然而更让他震惊的是，对方似乎能听到他的叫声，因为屏幕上接着又出现了第二句话："我是这个星球上仅存的亡灵。"

郑程迅速坐到控制台前，紧张而又兴奋地操作起来，他想要捕捉到信号的来源。然而他毫无所获，那个信号根本就没有源头，就像是弥漫在空气中一样。

"我不太懂……你的意思。"郑程一脸困惑，难道这个世界真的有灵魂这个东西存在？

"我的意思是，我现在是这颗星球上仅存的知性物体，一个原住民制造的智能存在。"

听到这个，郑程有些不知所措，他知道如何处理"无"和处理"有"，但是，这"仅有"，他却有些不知道该怎么办。

"我的主人曾经是比你们更高级的存在，在一万多年前，他们就已经观测到了你们的星球，但当时你们的星球还处于非常原始的阶段，你们也没有如今的科技水平。主人没有预料到你们有如此迅猛的发展潜力，他们对还没形成科技文明的星球不感兴趣。再后来，我们的文明就迎来了毁灭。"

又是一个已经灭绝了的文明，郑程有些失望。"为什么，我这一路发现的先进的文明都只剩下了遗迹，它们全都遭到了灭绝，唯独只剩下了我们？"郑程不解地问道，难道发现生命存在与否，还与科技水平有关？科技水平越高，死得越快？

"如果你想要找还存在于世的高级文明，那我只能说你们的方向错了。"对方说出了一句他难以理解的话。

"那你们……是怎么毁灭的？"郑程小心翼翼地问道，这个困扰了他几十年的问题，现在终于有了得到答案的希望。

对方沉默了片刻，郑程有些胆战心惊，他不知道是不是问到了敏感的问题，以至于这个"亡灵"选择了沉默。

不过很快屏幕上就显示出了下面的话："这一切都是宇宙的阴谋。当我的主人的文明消亡之后，我花费了几千年的时间，才推演出了这个结果。"

郑程听得一愣一愣的，这个信息量太庞大了，他竟然一时间不知道接下来该问什么问题。

"我来慢慢给你讲述这个阴谋吧，说不定你们，能够逃脱消亡的宿命。不过首先我有一个问题需要你回答，对于你们来说，热和功分别是什么能量？"

郑程听到这个问题后小小地吃了一惊，如此先进的智能居然会问出这样一个问题？但他还是老实回答了："功是有序能，热是无序能。"

"是的，那是站在生物的角度来讲，毕竟谁都会把好的归结到自己一方。但是，对于宇宙来说，却恰恰相反。"

"什么？"

这个亡灵一语惊人。

"我们的眼光都太狭隘了……我们是无法理解比我们高一层次的物理规则的。我所说的……也只是推演而已……"

"这就是宇宙大爆炸后，不断膨胀的原因，看似一切变得无序，实则一切变得有序。"

"刚才只是抛砖引玉而已，接下来我要问的问题才是重点。"

信号又顿了顿，随后便抛出了一个宇宙的终极难题。

"我们这些宇宙中的生命体，存在的意义究竟是什么？"

郑程又愣住了，这次的答案不再是显而易见，也并非一字一句能说清楚的。他摇了摇头，他确实也不知道。

"再给你一点提示，无论我们理解宇宙是变得有序还是无序，我们这些生命体总是站在宇宙的对立面的，那么为什么宇宙要创造出我们？"

这个问题更加抽象了！为什么？难道说宇宙还有灵智，创造我们全都是它的意愿？

"这就是宇宙的阴谋，这也是我们的宿命。"

文字虽然不带丝毫感情色彩，但郑程似乎读到了来自这个亡灵强烈的悲伤。

"我们终究不过是，宇宙摆弄的棋子而已。就像生命体的细胞一样，一切它该做的、不该做的，都已经刻在了基因上，等它死亡的那一天，它为整个个体做的贡献就足够了。"

"就像细胞永远无法理解你的存在，你亦无法理解宇宙的存在。"

"但是，有一点能推演出来。"

"宇宙正是通过我们的无序，来创造更多的有序。生命体打从一出生，不对，从还未出生开始，就开始了竞争，发展，竞争，再发展，再竞争……"

"一直这样持续着，直到宇宙觉得生命体已经被养得足够肥了时，生命体群体中总会出现异类，带来毁灭，这样的毁灭将是毁天灭地级的。最后，宇宙的付出得到了更大的回报。"

"这不是生物才有的行为吗？"郑程十分吃惊，他甚至想都不敢想，宇宙创造自己的目的竟然是为了毁灭……不过，仔细一想，人类现在进行着的，不就符合他所说的道理吗？

"你的细胞能明白你是一个怎样的生物吗？"亡灵的问题永远是那么刁钻，又一次使郑程觉得，人类是一个多么肤浅的物种。

"我就是曾经活跃在这片土地上的生命体创造出来的智能存在，不过我已经可以自我成长了，同时因为我并非生命体，所以我才免于浩劫，将这条宝贵的信息，带给即将步入我们后尘的生命体，就是你们或其他后来发展起来的生命体。"

"探索者，快带着这条宝贵的信息回去吧，根据你们现有的科技水平来推演，毁灭已经拉开了序幕，不到一万年，你们也将不复存在，又是宇宙赢了。"

郑程却没有动作，他还有最后一个问题。

"那我们，有什么，避免毁灭的方法吗？"郑程问道。是的，这是一条关乎人类生死存亡的信息，也是一个异想天开的玩笑。即使把信息发回，也没有人会相信郑程，毕竟像他这样的人，不是出现了幻觉，就是疯了。只有找到合理的解决方法，才有说服这个种族的理由。

这一次，信号又沉默了很久。

"我乃亡灵，是和宇宙抗争的失败者。我虽知道为什么输，却不知道该怎么赢。"

这样的回答让郑程大失所望。

"但是，作为知性物体的我知道，如果能让知性生物整个团体一起来思考这个问题的话……应该，会有答案。"

听到这样的答案,郑程却垂下了头:"不可能的,至少地球上人类做不到。"

"就这么小看自己吗?"

郑程一震,屏幕上闪烁着的字竟然刺痛了他的心。

"阻止种族内部斗争的方法是什么?"

这个亡灵又追问了一个意味深长的问题。

"是制造与其他种族之间的斗争!"这个可怕的想法随着郑程的思想脱口而出,他想到了,是的,他想到了。

果然,这次,亡灵没有再否定他,而是说道:"我们星球上还残留着主人们的'种子',这是我留给你们这些探索者的礼物,它会是你想要的东西。"

"而你,则会成为你们历史上,最大的赌徒。"

通天之路

李佩珊

《圣经》记载,大洪水劫难之后,上帝与人类以彩虹约定,不再以洪水毁灭世界。此后世上的人都讲同一种语言,遵循相同的礼仪和法则,同享和平与安宁。人们后来在示拿地定居,建起了繁华的巴比伦城。为了彰显自己的伟绩,人们决定修建高耸入云的通天塔。然而此举终于震怒了上帝,他悄悄修改人类的语言,使人们语言不通,互相猜忌,最终使通天塔的建设半途而废。人类的高傲自大,终究落得个混乱的结局,人类自此也四分五裂,彼此之间相互征伐、杀戮不已,上帝也就坐稳了终极裁决之位。

这段话在"通天"计划开始时就在流传,现在计划就要完成,更是在网络上被广泛宣扬,不过"通天"计划的总工程师之一的李宇正博士对这些言论嗤之以鼻。古代是什么样子，能跟现在比吗？现在的人类不仅早已登上月球、迈进太空，而且也成立了地球联合政府，不再有战争和自相毁灭了。同时，人类也可以借助智能设备，实现彼此之间的相互交流，不会再有相互隔阂的情况了。另外，李博士还怀疑那个上帝到底存不存在？他住在哪里？银河系的黑洞里面？

"通天"计划是人类有史以来最伟大的工程，由于地球的环境持续恶化和人口的爆炸性增长，人类开始向太空进军，"通天"计划由此诞生。人类计划在地球同步轨道上建设上百个太空城市，每个太空城市可以容纳一百万人，从而逐步将大量人口迁到太空，减少对地球的占用和污染。此刻人类已经掌握了可控核聚变的技术，太空城市自然不缺能源，因此不仅能提供基本的空气、水和食物，同时为了吸引移民，还刻意将太空城市打造成美丽的森林式城市。当然，移民基本是成功人士和精英人群，毕竟他们是太空城市的主要投资者。至于以后，是不是会建更多的太空城市，能不能让绝大部分的人类移民太空，得看以后的具体情况了，比如资金还有没有，物资还够不够，等等。

李宇正从大学毕业起就加入了这个"通天"计划，几十年过去了，他从一个热血青年逐渐长成中年大叔，首座太空城市也慢慢地建成了，这座位于首都上空的太空城市靠着太空电梯与地面连接，不再依赖低效且费用高昂的运载火箭，想想以后会有几亿人和无数的物资搬至太空，如果用火箭，那得发射多少才够？而作为总工程师之一的李宇正，负责的正是这通天的电梯，全长三万六千千米的超级电梯，就是他带领的科研团队设计出来的，这也是人类目前为止最高的建筑，被称为新世纪的"通天之梯"。此刻的李博士正乘坐磁悬浮轨道车前往"通天之梯"，参与万众瞩目的首批移民上天典礼，而他也会作为天梯的首席设计师，陪伴移民一起去往太空城市。

今天是个晴朗的好天气，李博士透过车窗远远地就望见了天梯，就像一根细细的黑色光线，直刺天际。虽然施工的这些年中，他几乎天天都可以看到，还无数次乘坐天梯上天下地，但今天他还是有一种异样的感觉，却又说不上来是什么感觉。直到靠近了航空港，他才明白是怎么回事，航空港外面被成千上万的示威民众包围了，还好磁悬浮轨道车的轨道是悬空的，于是李博士就从万千人的脑袋上方进了航空港。

人们为什么示威，他自然清楚。自古以来，人类就"不患寡而患不均"，太空城市为什么只接收富贵、精英人群？老百姓就该留在拥挤不堪、环境恶劣的地面上，然后几百万人像买彩票一样等那区区几个名额摇号出来？是的，富人们出了建设太空城市大部分的资金。但建设太空城市的工作是普通民众干的，难道工人阶级修起了高楼大厦，却只能睡下水道？这和几百年前的阶级剥削社会有什么区别？

李博士从磁悬浮轨道车中下来，进入豪华的空港大厅里，却丝毫感受不到一点外面的嘈杂气氛。阳光从上百米高的巨大玻璃幕墙中透射进来，给大厅的光滑地面上撒上一层金色的光辉，使得这里有某种神圣的气氛。

和煦的阳光有些刺眼，他深吸一口气，闭上眼，稍微享受了一下阳光带来的暖意。作为可控核聚变前出生的人，他骨子里无比渴望阳光，这份执念或多或少地影响了他，让他成为了"通天之梯"的总负责人。他睁开眼，望着外面那座用碳纤维纳米管建成的天梯在阳光下熠熠生辉，一直向上融入碧蓝的天空之中，根本看不到尽头。但他能想象到天梯那端的太空城市，他梦幻中的城市，而这座超级电梯是通向那个梦幻城市的桥，是他给人类的礼物。

但当李博士走进大厅的人群之中时，却又感到有些不快，因为这里的人，除了官员、新闻记者和工作人员之外，那些乘客几乎都是各界的知名人士，没有一个"社会闲杂人员"——普通的老百姓。这些享受贵宾待遇的人，大都带着家人和亲戚，每个人的脸上都透露出兴奋和喜悦。今天的空港只为他们开放，当然，上面的太空城市也专门为他们准备好了一切。对于外面那些呼喊口号的人，他们则选择性地看不见、听不到，谁叫外面那些人自己不能成功呢？他们注定只配去老老实实打工，然后等待那张百万之中挑一的号签。李博士的梦想却不仅仅是为达官显贵和成功人士，他是个比较守旧的人，仍旧保持着一颗传统的知识分子的心，还想着为天下苍生做些事。

不过李博士的不快只维持了几秒，人们都认识他这位首席设计师，纷纷前来打招呼，众人的热情很快就消融了他的情绪，他也随即融入人群之中。随后就是运行启动典礼，各级官员发表了热情洋溢的讲话，李博士最后一个发言，那时已经有很多旅客开始去排队了，毕竟他作为一个科学家，那些官员和富商与他并没有多少交集。

当然，作为首席设计师，第一个登上太空电梯的荣誉还是归于他，在无数镜头的簇拥中，在热烈掌声的烘托下，他用金剪刀剪开了太空电梯门前的彩带，然后跨了进去。

与正常人想象的电梯井式结构不同，太空电梯并没有实体的墙壁，而是由几十根碳纤维纳米管组成。除了太空电梯两端的地面站和太空站，每隔一百千米还有一座小型中继站，配有小型的核反应堆，用来修正太空电梯的位置和态势，同时也作为万一发生事故时的避难所。太空电梯的动力结构，除了聚变反应堆提供的主动力外，还巧妙地借助了地球的引力和地球运转的离心力，即上升的过程，借助了地球自转的离心力把电梯"甩"出去，下降时则当然是借助了地球的引力，这也是李博士最得意的设计。

太空电梯则是个巨大的飞碟状圆盘，顶部和周围都是透明的高强化玻璃，方便乘客观景。电梯满载能容纳八百人，内部华丽的装潢不像是太空飞船，更像个会议厅。李宇正站在大厅正中，背后是立体投影台，他将向乘客讲解太空电梯和太空城市，今天这里的场景会在全球同步直播，两百多亿人都将见证载入史册的这一刻。

不久，蜂拥而入的乘客就塞满了大厅的每个座位，他们一边饶有兴趣地听着李博士的演讲，一边看着倒计时的时钟。终于，出发的时间到了，大厅内响起一阵欢呼声，电梯随即开始缓慢上行。李博士切换了图像，一面是地球，被钢铁、水泥和玻璃的森林覆盖；一面是太空城市，满天星光下是美丽的花园和森林，宛如童话世界。一面是过去，一面是未来，而太空电梯是唯一的桥梁。

电梯开始加速，并很快升入云层，所有人都不再说话，加速度使得他们的身体被紧紧地压在了座位上，平常惯于养尊处优的身体明显有点吃不消了。不过李博士和工作人员早已适应了这种加速度，他们都在全神贯注地监看着屏幕，时刻注意电梯的各项数据信息。

不久，电梯穿越了云层，下面的云海在炙热的太阳下翻腾着、起伏着，荡人心魄，即便李博士已经见过无数次了，还是不禁为这壮丽的景色所震撼。而大厅里的乘客，虽然他们经常乘坐飞机往来，见此情景也不由得啧啧赞叹起来。此时，电梯已经进入了深蓝色的空中，并且颜色变得越来越深、越来越黑，下面的地平面也渐渐弯曲成弧形，最终当乘客能够看到圆形的大地时，才霍然发现周围已是繁星点点。

"欢迎来到宇宙空间，"李博士看了看高度数据，对全体乘客说，"我们人类终将离开地球，来到太空，最终成为星际种族，这是我们人类必然的归宿。而你们将会是首批进入太空生活的人，新的生活在等着你们，未来的日子，你们将与星辰为伴。"

一阵掌声和欢呼之后，有人问道："博士，还有多久能到？你看，我家孩子已经等不及了。"

"哦，别着急，"博士看看屏幕上的数据，说，"地面到太空站足足三万六千千米呢！你们每个座位前的屏幕都有显示，全程需要七个小时，相当于坐飞机从北美城市飞到东亚城市。你们看，我们才出发了二十分钟，刚刚出大气层，还没到低轨道卫星的高度。如果你们觉得疲倦，可以休息一下，睡个觉，醒来也许就到了。"

"那我们到了后，还需不需要倒时差？"

"因为太空城市是在同步轨道上，所以与出发地的时间也同步，不需要倒时差了。太空城市上的光照时间，我们也是按照出发地城市设置的，总之，你们在那上面的感觉，就跟去城外的别墅度假没有两样。"

"哦！"下面的乘客虽然早就知道了这个情况，但还是发出了满意的唏嘘。李博士还想继续讲些什么，这时内部频道传来一个焦急的声音："博士，你快看，能量显示报警了。"

李博士吓了一跳，赶紧用手指在面前的触摸平板上点出电梯的运行状态，那条显示能量的光柱正在急剧地缩短，他赶紧低声下令："立即检查，找到问题。"话虽如此，他其实并不相信电梯本身会出什么问题，毕竟电梯系统在这几个月中已经做了不下百次的试运行和各种检测了。

"博士，不是我们这里的问题，刚刚得到下面的消息，空港出事了，示威者闯进了空港，有人破坏了电路系统，我们现在用的是备用电源，五分钟后电梯就不得不停止上升。"

李宇正博士脑袋一阵眩晕，他知道有很多人反对乃至仇视这个计划，其实就连他自己对此也有些微词，全球耗费这么巨大的金钱和物力、人力，却只为人数占比很小的一些达官贵人和精英阶层建立一个脱离地球污染的天堂。但同时他也清楚地知道，如果没有这些上层阶级的支持，人类根本不可能走出地球、迈向太空，地球联合政府号称是全人类的政府，其实呢？掌控政府的还不是精英阶层，老百姓当真以为他们手中的那张选票能左右国家和社会吗？实际上，民众从小接触的信息、思想、舆论和道德等，全都是上层阶段利用无所不在的网络和强大的大数据向他们灌输的，民众能看到的，是人家要他们看的，民众能听到的，也是人家要他们听的。

当然，社会毕竟是复杂的人类聚合体，人也不是机器人，人群中变异的分子也不少，他们利用自媒体和其他一些灰色乃至黑色的渠道，顽强地发出一些不和谐的声音，并且还影响了不少人。反对建设太空城市的运动，就是这样发展起来的。因为那些人认为，这个所谓的迈向太空的伟大计划，不过是找借口在太空为富人们打造太空别墅，这些耗费在外太空的天文数字的资源和资金，应该踏踏实实用在地面上，用在解决普通民众的生计和地球的环境污染上来。

但这些反对声音并没能影响政府的决策，太空城市计划依旧强力地推进着，直到今天。感受到被漠视的民众终于发飙了，他们选择了激进的方式，煽动和组织成千上万的人对空港发起冲击，企图破坏太空电梯的首次升空。现在他们达到目的了，彻底让太空电梯陷入不上不下的困境之中。因为太空电梯的主动力由地面提供，失去主动力后，仅凭后备能源和沿途中继站提供的能量，以及地球的离心力，太空电梯根本无法继续上升，只能借助地球引力重新返回地面。

李宇正连接上地面的影像，看着半小时前出发时还井然有序、富丽堂皇的空港大厅，此刻已经被汹涌的人潮占据，各种表示庆典的装饰也被人群踩在脚下，取而代之的是那些抗议的横幅和口号牌，而维持秩序的警察和安保人员，也早已被人群所湮没。

他叹了口气，"通天塔"还是没能通天，至少今天通不了，至于何时能再次启动，他心里也没有底。事情已经发展成这样了，政客们和他们所代表的精英阶层，也不得不先去想办法摆平民怨，否则今天的事还会发生，而且破坏性也会越来越强，保不准会有人采用比今天更激烈也更极端的方法，到时候恐怕就不仅仅是停电那么简单了。太空别墅好是好，但如果没有地球上民众的支持，那也只是空中的海市蜃楼而已。

他打开了话筒，咳嗽了两声，对正在因为太空电梯逐渐减速而愕然的乘客说道："女士们，先生们，很遗憾地通知你们，由于地面上发生了一些不可预见的事情，今天我们将无法到达目的地，我们必须返回地面。请大家放心，这并不是技术事故，你们不会有任何危险。"

大厅内顿时一片哗然，很快，乘客们就通过各自的手机了解到地面上发生的事情，一些人顿时就义愤填膺地嚷嚷起来："那些人想干什么？政府和警察就不能控制事态吗？任他们冲击和蓄意破坏？我们这里可是有老有小几百号人，他们这是把我们当人质！"

"就是，我们投资了这么多钱，他们不出钱，凭什么来享受？"

"穷人思维，没法，'不患寡而患不均'。他们是出了力，但我们给了钱的啊。难道因为他们给我们修了别墅，他们就该住进去？荒唐！"

"警察局长呢？他在哪里？谁给他打个电话，他如果不行，换人！"

"找市长，我这就给他打电话，简直乱弹琴！还有没有国法了？"

李宇正博士本来还想说点什么，听见乘客们如此这般的说法，他摇摇头，无奈地闭上了眼。此刻他想起了现在网上广为流传的"通天塔"的段子，看来上帝在几千年后再一次得逞了，阻止了人类建造通天之路。

鲸落有声

韩思颖

鲸鱼出现在天空。

鲸鱼出现在很多地方的上空，城市、乡村、旷野、高山、大海，或几只，或一大群，就像云朵一样飘浮在天空。

人们抬头看着鲸鱼。

这对人类来说是历史性的一刻。

四十二分钟之后，鲸鱼开始唱歌。

它们的歌声如透明的海水，如提琴弓弦在玻璃杯上奏出的圆满乐章，它们的声音构成和谐的多重唱，奏响在人类文明的上空。

没有人知道它们何时停下。

它们的歌声如无止境的阳光洒落下来……

在光照下，近乎透明的鲸鱼身体折射着彩色的光。鲸鱼从出现起就是这样，但艺术家们坚信，它们过去是有颜色的，就跟人类到老会白头一样，那些颜色随着鲸鱼的衰老，逐渐流逝而去了。在他们的画作和小说中，天上的鲸鱼总是披着漆黑的外衣。

鲸鱼的歌声持续着，穿透建筑物的玻璃和墙壁。人们不得不戴上屏蔽高频噪声的耳机来彼此交流，但特制耳机的生产力有限，只能供给特殊行业使用。后世称之为"鲸歌事件"。

学校宣布了停课，以免增加公共设施的负担。年迈耳背的夫妻在屋子里对彼此大喊大叫，街道上的人以肢体动作取代见面时的寒暄，无谓争吵变得更为频繁，因为人们无法用语言进行沟通，在大多数人际关系的往来中，交谈最终都会演化成自说自话、互相静音的单方面倾诉。

交通事故频发，或许是因为听到歌声的司机情绪更容易波动，但统计学家认为汽车喇叭失去效果造成的信息缺失和无力感，产生的影响更大。音乐家们、脱口秀演员、销售代表无法工作，他们失去了工作，更有许多人因为鲸歌而失眠。

也有好事发生。默片重新成为时代潮流。在图书馆和教室因为他人太吵而引发的争执彻底消失，甚至人们可以在这些场合大嚼薯片、爆米花。隔音效果糟糕的旅馆收获了比以往更多的生意，价格也水涨船高。施工工地可以彻夜赶工，而不必担心扰民的问题，因为没有什么能比鲸歌带来更大的困扰。

人们用飞机驱逐鲸鱼的尝试均以失败告终，飞机每次飞抵一个特定的范围，空中就会无缘无故地出现湍流，无法再靠近。在鲸鱼周围，环绕着被后世称为"鲸鱼风"的奇异风带，科学家们在后来的数十年内为它们的成因争论不休。

天空中飘浮的透明鲸鱼，不分昼夜地唱歌，无论如何都无法靠近，怎么想都是幻想小说里的情节。

人们是很晚才想到让语言学家来解决问题。

语言学家将鲸歌的频率转换为数值，结合常见的鲸鱼叫声和情绪，与底层的语义开始结合，制成鲸鱼的模拟叫声，然后通过播放模拟叫声来与空中的鲸鱼沟通，然而没有得到回答。在经过了数十日的分析后，人类终于听懂了鲸鱼的第一个核心字眼。

"悲"。

那不是寻常的"悲"。以鲸鱼失去同伴时的哀鸣为基底，那是混合了多重情绪，叠加了多重语义，限定在特定语境下的"悲"，如果要用人类的语言描述，那大概会是"既欢喜又悲哀，既黑色又灰色又蓝色，为这一头鲸而献上的独有的悲"。

语言学家用广播回应了同样程度的"悲"。

自此，人类终于让自己的声音被鲸鱼听到。

同时，对鲸鱼语的分析一刻都不曾停止。"你们好"的信号被成千上万次地发出，期待能有一次回答。

在这期间，语言学家们最常做的动作就是戴上耳机，开始听之前录制的鲸鱼叫声。它们没有现今无处不在的鲸歌那样的美好圆润，而显得更加走调，尖锐，粗糙，他们有时会带着玩笑的态度想，相对于天上的鲸歌，这或许是种方言。

终于，八十四天后，人们接收到了鲸鱼发来的回信。

你们好。

而后是漫长的沉寂。

战略专家分析了许多种可能，这是一种威慑，或者是不感兴趣的表现，或者是他们畏惧人类，总之对各种可能性吵了个遍。但人们达成共识：除了语言学家之外，没有其他人能让鲸鱼再次开口说话。

等了很久，第二句话终于出现了。

我们是□鲸一□，我们在这里□停。

人类意识到鲸鱼们意识不到人类不懂得它们全部的语言。不过不要紧，人们放出了小鲸鱼在学习语言时常见的叫声。

自此之后，破译语言的进展突飞猛进。甚至有一种感觉……感觉天上的鲸鱼们在将它们的语言传授给人们。它们的语言大半与海洋有关，"前进"是"向后划"，"季节"是"海潮"，"呼吸"是"喷水"，"天空"是"海面"。有时，它们传来人耳无法分辨的声音，这时就必须由擅长和数字打交道的人介入，幸好语言学家中有不少都符合这一要求。但应指挥中心的要求，他们还是找来了一批数学家，据说这是为了与语言学家的势力进行制衡，但显然，数学家们没有争权夺利的爱好，比起人，他们更喜欢和数字打交道，反而是语言学家的好胜心被激发了起来。总之，在他们漏洞百出的合作下，鲸鱼的语言开始被理解。

只是对话的间隙仍旧长到令人烦躁。

破译中心之外的世界，在短暂的混乱之后，恢复了相对的和平。手语教师成为最抢手的职业，耳机的产能也逐渐提升到可以覆盖更广泛的人群——耳机工厂的扩大生产为部分失去工作的人提供了再就业的机会。人们开始习惯伴着鲸歌入眠，在部分听不到鲸歌的区域，人们抱怨自己错过了一次难得的机会，并且以此举行了一次次的请愿游行。

那句话很快被重新提出了。

鲸鱼：我们是有鲸一族，我们在这里暂停。

人类：我们很荣幸能见到你们，但不知道你们何时离开？

在两次对话的间隙，语言学家们马不停蹄地分析得到的一切语言材料。一部鲸语的词典正在逐渐生成。动物行为学家也被纳入团队中，他们对鲸鱼的社会模式和习性进行分析，用以辅助语言学家们理解鲸语背后更深层次的含义。

鲸鱼：很快，我们在埋葬将死者。

人类：唱歌（说话）也是埋葬的一部分吗？

与此同时，人们对鲸鱼的探测一刻都不曾停止。他们竭力想抵达鲸鱼身侧，甚至试图改变鲸鱼上空的气候——这本来是用于给被鲸鱼遮挡而缺少降水的区域提供降雨的。气候的改变倒是成功了，然而鲸鱼仿佛完全不为所动。它们巨大的身躯承载着上方降下的雨、雪、冰雹，而根据气象气球的观测，它们都没有抵达鲸鱼的本体。

人们和鲸鱼建立的交流总是有了上句没下句，人们总是在等着鲸鱼回答问题。因此，在给大众公开交流内容时，新闻媒体总是把上一次的对话内容加上，以便健忘的大众想起。现在，大多数人已经一点都不关注鲸鱼了，许多人甚至认为破译中心是在浪费纳税人的钱，在一些国家发生了由此而起的游行。

人类：唱歌（说话）也是埋葬的一部分吗？

鲸鱼：是的，很快一切就会过去。

人类：你们为什么要这么久才能回复？

这一次，语言学家们很快等到了后续。

鲸鱼：抱歉，我们忘记了时间尺度的不同。现在开始，我们会委派专员以最快的速度回复。

人类：为什么我们无法接近你们？

鲸鱼：是我们制造了这种隔离。很抱歉，用你们能懂的语言解释不清这种原理。我们是为了死者尊严的保护。

人类：为什么将它们埋葬在这里？

鲸鱼：坟是这里。

人类：坟？

鲸鱼：上一次我们在这里埋葬时，你们还不在。

人类：那是什么时候？

这一次回复又历经了十余天。显然，鲸鱼的回复专员也在寻求专业协助。

鲸鱼：我们不知道怎么用你们能懂的语言表达，对我们来说只是几个瞬间，对你们来说显然很漫长。

人类：也就是说，你们很久以前已经造访过这里了？

当人类说出这句话时，有人注意到，半空中的鲸鱼开始溶解。

鲸鱼：是的，而且，下一次造访也将是在很久之后了。

这是鲸鱼对人类说的最后一句话。

随着最后的话语从歌声中穿插而出，透明的鲸鱼不断溶解，鲸鱼的歌声逐渐变高，超越了人类听觉的极限，它们的身体如星屑洒落，化作一个又一个更为微小的个体。它们中的一部分落入大海，成为水中的生命，正如四十亿年前，第一条将死的鲸鱼拜访还无生命的地球时一样。

这个时候，大海深处，飘荡着一艘鲸鱼科考船，其实这是一艘捕鲸船。船员们正在百无聊赖地打发时间，因为自从天空中出现鲸鱼，就再也没有看到海上的鲸鱼了，就连鲸喷也看不到了，仿佛它们之间约定了什么。

"鲸歌事件"之后，针对鲸鱼的"研究"就遭遇了极大的阻力，大量相关行业的从业者失业，那些被影响生活的人们将鲸鱼视作一种恶兆。研究天上的鲸鱼，破解全人类的困境，不是他们这些靠捕杀鲸鱼为生的人考虑的问题，但他们得为此付出沉重的代价。

"快看，天上的鲸鱼正在消失！"

船员们奔出船舱，抬头仰望天上惊人的一幕，聆听着鲸鱼们最后的哀鸣。这时，船开始剧烈晃动起来，海面上涌起层层波涛，紧接着一头年老，头颅上布满灰色伤痕，腹部贴满藤壶的白鲸跃出了水面。它向天空喷水，长长的鲸声穿透夜空，巨大的身体翻涌起海浪。跟着又是两头座头鲸出来了，然后是越来越多的鲸鱼浮上来，它们的歌声在空旷的海面上回荡着，传出去很远。

"来活了，大家各就各位！"船员们兴奋起来，终于有事情可干了，他们的生活又将重归正常，他们高声呼喊着，准备好武器，调整好航向。

没人注意到，那些鲸鱼的眼角，隐约都有泪滴垂下，不知它们在为谁悼亡。

喵星人事记

白金阳

谁也想不到喵星人会突然对地球发动战争。

"我们喵星人郑重声明，"一只穿着制服的白猫出现在大屏幕中，一边舔着爪子一边龇牙说道，"我们发现人类社会普遍存在虐待、丢弃和伤害猫的行为，严重践踏了猫的猫权！"

人类外交使团的代表们个个惊讶地张大了嘴巴，团长扔掉了准备的话稿，心想着要不要先找一只好看的母猫送过去，而下面的代表们则忍不住七嘴八舌地辩解起来：

"人类抛弃猫咪不全是人类的错，养猫实在是太麻烦了。"一个代表想换个角度为人类开脱，他的观点得到了许多代表的赞同。

"是呀，家里都是猫毛。"

"还把我抓伤过，你看！"

"总是半夜乱叫，还到处拉屎。"

"我一半的工资都花在猫身上了，它还对我爱答不理的。"

"还有，没经主人的同意，就和外面的野猫生了一堆小猫，我哪里养得活！"

"最主要的是搬去远的地方，不方便带，人家不许带上飞机。"

"就是就是，不就是猫嘛，自己都够忙了哪有空管它们？把它们放到外面说不定会过得更好呢。"

看着人类都在说猫的坏话，白猫气得毛都炸开了，它喵喵地叫了起来："住嘴！少拿这些当你们的借口，你们这些野蛮无耻的人类！你们以为我们不知道，你们自恃为地球的主宰者，任意剥夺其他生物的生存权！你们自诩为高等生物，其实不过是穿上衣服的野兽而已！虽然我们与地球上的猫并无关系，但基于猫权大于主权的宇宙规则，我们决定为地球上的猫向你们地球人宣战！"

人类代表团团长还想辩论，但参与谈判的军事长官激动地大叫着："那就来吧！人类还会怕了小猫咪不成？我们可有几万颗核弹！"

白猫冷笑一声："就你们那些原始的炮仗？不知天高地厚的人类啊，让你们领教一下什么是真正的高等文明！"

于是战争爆发了，战事的发展当然"不如人意"——反而是更如猫意，毕竟喵星人有着更高的科技实力，最后地球人不得不向喵星人屈服，卑躬屈膝地再次来到谈判桌上。

喵星人的代表还是那只白猫，它对人类的议和方案不是很感兴趣，最后慵懒地伸了一个懒腰，提出了喵星人的条件。

"所有人类都要停止迫害猫的行为，并且划出一片专属土地来供猫类自由生存，人类与狗不得入内。"

"没问题，我们划出几个保护区就是了。"代表团团长觉得这个条件不怎么苛刻，毕竟地球上为大象、熊猫等动物都划有保护区，连猫的亲戚，大猫——老虎也有专属的保护区。

"你没明白我的意思，我们的要求是要划出一片很大的地方来，比如一个洲。"

代表团团长当然不能答应这样的条件："这个条件我们很难办到啊！那样我们人类自己就没法生存了，一个洲至少好几亿人，多的几十亿人，往哪里安置？哪里安置得下？"他转念一想，提议说："这样吧，南极洲如何？我们把企鹅迁到北冰洋去。"

"不行，那里天寒地冻，猫类无法生存，"白猫想了想，说，"那就大洋洲吧，就那个什么袋鼠国！那里你们人类不多，全是袋鼠，鼠类怎么能占据这么大的一个洲呢？猫还没有一席之地呢！这是我们最后的让步，如果你们不同意，那么以后整个地球都将是猫的地盘！"

团长看了看手下，没有袋鼠国的代表，因为袋鼠国被灯塔国代表了，灯塔国的代表扭头和毛熊国代表说话去了，并没站起来反对，于是这个条件就被答应了。

这时，一个年轻的外交官怯生生地问道："可是我们想养猫怎么办？"这次谈判，人类派了几个经常与猫打交道的人，指望他们能够更好地与喵星人交流，而这位老兄又是喜欢猫的，一想到以后不能养猫便着急了。

"这没你说话的份儿！"团长急忙训斥了小年轻一顿，然后向白猫赔礼道歉："对不起，年轻人不懂事乱说话，养猫的事不会再提了。"

白猫并没有在意，它意味深长地看了年轻人一眼，说："人类养猫的历史我们也调查过了，我们也愿意尊重不同的文明文化，我们可是个包容性很强的文明。如果能照顾好猫咪，不分开也是可以的。但是，你们必须保证不出现哪怕一例虐待和弃养猫的事情发生！"

"这……"人类代表顿时面露难色，那个年轻的家伙还想表现表现，刚要站起来就被一旁的人拉了回去，因为谁也无法对未发生的事做任何保证，未来如果真出了事，他们是首先要背锅的。

白猫继续喵喵地说："就这样吧，除去划归到猫类专属土地上的猫之外，你们地球人每人都养一只猫好了。养什么猫你们随意，再宽限你们一个地球年的时间，可别说我们不给你们活路，毕竟我们是宇宙公认的文明种族。一年后我们会再次造访地球，如果发现哪怕有一只猫遭受不好的对待，你们就等着瞧吧！"

谈判结束了，人类在喵星人的武力压迫下不得不按条约行动。人们建立了一个猫之国，就是太平洋中的那个"袋鼠大陆"，上面的人统统被迁移到北美中部的沙漠去了，毕竟那里的环境和他们原本居住的大洋洲环境差不多，再说大洋洲的人还与北美洲的一半人同文同种呢。至于袋鼠，虽然也叫"鼠"，但块头实在太大，除了森林里的大猫外，一般家养的小猫咪还真惹不起，于是也跟着一起搬到北美的沙漠了。

可是养猫的任务又如何保证能完成呢？特别是如何避免有流浪猫出现呢？终于有人灵光一闪，提出既然喵星人没有规定我们养什么样的猫，那么不如我们养机器猫吧！喵星人说自己是宇宙公认的文明种族，不会说话不算数吧，只要我们履行了约定的条款，就没问题啦。

于是科学家们研制出了没有缺点的智能机器猫来代替真猫，最后的结果也令人类十分满意，机器猫不仅没有真猫的麻烦，还十分智能，比真猫聪明多了，能听懂主人的话，许多领养了机器猫的家庭都说这比真猫还要讨人喜欢！

很快一年的时间就到了，在人类确定好所有事情都没有问题之后，开始迎接喵星人的到来。外交官们穿上隆重的礼服，人手抱着一只打扮华丽的猫咪——当然是真猫。那种感觉，就像是经常逃课的坏学生终于做了一次作业等着老师表扬一样。

喵星人的代表走出飞船，还是那只白猫，双方在一阵友善的气氛中结束了欢迎仪式，进入正题。人类代表团团长拿出了精心准备的文件向喵星人一方报告表示自己完成了停战谈判的约定，接下来该进入和平建交环节了。喵星人作为宇宙公认的文明种族要无偿帮助落后的地球人类文明，向人类提供先进科技和经济支援，帮助人类早日进军宇宙……

然而没等他说完就被打断了，喵星人放出了一些非常不"猫道"的视频，一些脏兮兮的猫咪在城市中流浪，许多猫的肢体都不健全，有着明显被人为损害的痕迹。白猫不再吭声，冷眼看着人类代表团团长，等着他的解释。

团长擦着汗，努力辩解说："那些都不是真的猫，是没有痛觉的机器猫。真猫我们已经安置好了，您可以去大洋洲的猫之国视察。同时我们每家每户都养了机器猫来培养爱猫之情，这一点也是符合约定的，所以您看……"

"你们用机器猫我们并没有反对，因为在宇宙中机器宠物也是许多种族的选择。"白猫面无表情地说道。

众人顿时长舒一口气，可紧接着白猫冷冷地说："但约定还是要遵守的，既然我们发现了流浪猫……"

"可那不是真的猫！"人类代表们全都慌了，大声辩解道。

"连没有缺点的机器猫你们也会丢弃，证明你们只是喜欢找借口罢了。抛弃猫咪不是猫咪太麻烦或者惹了祸，而是你们缺乏责任心！一个缺乏责任心的种族，我们是不会让他们进入宇宙的！"

白猫一番义正词严的痛斥让在场众人无不汗颜，就连最油滑的谈判老手也无话可说，羞愧地低下了头……

"后来怎么样了呢？"孩子问讲故事的父亲。

"傻孩子，我们现在好好地站在这里，就说明喵星人最后放过了地球人。"

"为什么呢？"孩子一边抱住躁动不安的狗狗一边疑惑。

"也许它们去看了大洋洲的猫之国吧，总之人类算是保住了。可喵星人不准人类再养猫了，所以我们都不能再愉快地撸猫了，大概这就是代价吧，"父亲感慨道，接着摸了摸孩子的头发说，"不过养狗也不错嘛。"

孩子似懂非懂地点了点头，然后用力搂了搂狗狗。狗狗没有在意，它的注意力被天边划过的流星吸引了。狗的第六感据说非常灵，现在它就感觉到好像有同类在那颗流星上。

汪星人来了……

蜜　罐

周湘阳

敞亮的总统大厅内，总统先生正躺在沙发上，悠闲地阅览着手中的文件。

"失业率下降，制造业回流，股市上涨，嗯，大选连任应该没多大问题了。"总统笑着抿了一口咖啡，嘴角不禁划出了一抹微笑。

蓦地，总统专线电话响起了刺耳的铃声。

总统眉头一皱，嘟囔道："可别在这种关键时刻给我出什么幺蛾子。"

接起电话，耳旁传来了一串神奇的频率，总统确定他从未接触过这种频率，但他能理解对方在说什么："亲爱的总统先生，我们是来自瑞贝塔文明的旅行者，因为飞船缺乏能源，所以希望这个星系的智能生物可以同意我们征用星系的资源。"

这应该是某位幕僚为让他放松一下开的玩笑，总统故作正经地问："哦？你们需要什么资源？"

"很简单，我们需要这个星系中所有的铀资源。"

"噗，你打个报告拿来签字吧，"总统还是没忍住笑，他挂断了电话，摇了摇头，"这些家伙。"

然而，等总统先生刚放下电话，手机又响了，他拿起来一听，又是刚才那个声音，他有些不耐烦了，话也不说就关闭了手机。这时，秘书突然冲了进来，急切地说："总统先生，全国的电视，网络，广播全都出现问题了。一个声称自己为外星生物的人占领了全国的信息渠道，正在向您问话。"

总统意识到大事不妙了，但他不知道的是，此时全世界各地都在发生相同的事。

"亲爱的太阳系人，我们来自瑞贝塔文明，路过你们的星系，因为飞船缺乏燃料，所以需要征用你们星系的所有铀元素。我们出于礼貌，曾向你们的领导人征求意见，奈何各位领导人对我们的要求置若罔闻。所以现在特此向全体太阳系人宣告，我们将会对太阳系所有铀矿要求主权。但是我们不是无礼的生物，我们的文明是热爱和平的文明，我们不会抢占你们的资源，我们会以一些技术作为交换，这些技术可以帮你们落后的文明进步，相信你们会感兴趣的。"

庄严的联合国大会会场，各国代表庄严肃穆地坐在代表席，而会场的大屏幕上，正是那个自称外星来客的怪物。

"你能提供什么技术？"联合国秘书长作为大会的主持人发出了第一个询问。

"可控核聚变、恒星际低速飞船、小型生态圈以及其他的很多科技。"

"为什么会需要铀矿？既然你早已掌握可控核聚变，为什么不选择聚变资源，而要选择低效的铀矿？"

"无可奉告。"

"为什么向太阳系索取，附近那些没有智慧生命的邻近星系不行吗？"

"无可奉告。"

"你们拥有如此强大的科技，为什么不直接抢夺资源？"

"我们是文明的种族，从不屑于干这种肮脏的勾当。对了，请不要再询问与我们的交易无关的问题。"

"好吧好吧，那最后，我有一个问题。"联合国秘书长深吸一口气。在座的各位代表有的攥紧了手，有的摩挲着自己的鼻子，还有的交叉双手放在身前，似乎都充分明白接下来的问题的重要性。

"那么，我问了。请问你们在交易中如何分配科技呢？要知道我们可是有着一百多个国家，每个国家拥有的资源并不相同。"

"如何分配？太阳系是你们太阳系人的共同财产，当然是公开给所有人啊。"

场下代表们神色各异，有的皱了皱眉头，有的向后倒在椅子上，把头抬起来看向天花板，还有的拿着笔在写着什么。秘书长的表情也有点难看，他对外星人说：

"请让我们的各国代表考虑几天，三天之后我们开会进行公投。"

"没问题，我们可以等。"

两天后，联合国安理会。

头天联合国大会试图表决与外星人达成交易的提案，却被几个安理会常任理事国否决了，让大国们放弃铀元素，就等于放弃核武器，而获得了外星人科技后，各国会在同一科技起跑线上跑步，那么长久以来的世界格局将会重新洗牌，所以这项决议无论如何都不可能通过，于是安理会就关起门来开小会。但安理会内部也有分歧，吵了一整天也没做出最终决定，于是秘书长先生只能请求外星人再通融几天。

"外星人先生，由于此项决议事关重大，我们星球各国的领导人必须有足够的时间来说服各国的民众，所以请你务必再多等待几天。"联合国秘书长说道，虽然他心里明白，他只能以这种方式来安抚外星人，等着大国们的下一步行动了。

太平洋，一匹广袤无垠的宝蓝色绸缎，正在随着它独有的频率缓慢波动着。在这波动的绸缎上，有着几只，不，是数十只，不，是数百只形态各异的飞梭在波浪中穿插，从上空看去，这些飞梭围成了一个巨大的圆圈。而在圆圈的正中，似乎有一个本不应该出现在这匹绸缎上的凸起。这个凸起就像是一个绣错了的白花，让周围的飞梭们都欲除之而后快，这正是外星人停在洋面上的那艘飞船。

"重申一遍，一定要赶在其他国家之前把他们的技术搞到手，"一位长官正在对突击队员训话，"这是我们伟大的合众国领先其他国家的大好机会，你们背负着全体国民的希望。只要任务完成了，你们每人都将官升三级，还有一千万奖金！"

"干！"手下一片欢呼。

下午三点三十分行动开始。这可能是有史以来第一次，人类各大军事力量团结协作共同试图达成同一个目标。伴随着一声巨响，外星人基地的一个侧门被炸开一个大洞，突击队鱼贯而入。这支突击队是由几大强国的混编而成的，毕竟谁也接受不了某国独自获得新技术，所以最后干脆组建了一支联合突击队。

突击队员冲进去后，却没有遇到想象中的高科技武器的攻击，甚至连那个外星生物的影子也没有，但他们紧绷神经，不敢有丝毫的放松，他们仔细地一路搜索前行。而让他们感到震惊的是，这艘飞船外表看起来不大，但里面好像是别有洞天，他们向前推进了很长的距离，却依然没有到头。最后一个小队冲进了一个大厅，大厅中空无一物，只有四周的墙壁照亮了他们。这墙壁是如此的白，白到好像自己能发光。但事实上，这光是他们枪上的手电筒发出的，只是这光发出去后没有丝毫衰减，反而照亮了整个大厅。

这时，一个声音响起来："恭喜你们，找到了这里，你们的到来充分表达了你们的意图，让我们有了充分的理由来单方面执行我们的交易。你们顽固无知，贪婪自私，妄图通过伤害来取得科技，身为高级文明的我们将不再顾忌你们的意见，立即开展此项交易。"

与此同时，地球上的每个电视、电脑、手机，也都开始播放外星人的这个通告，各国的民众都陷入了巨大的恐慌之中，他们不知道外星人会如何对待背信弃义的地球，是摧毁地球，还是奴役人类？

但外星人只是简单地完成了交易，然后就消失不见了。

此刻的总统先生瘫在椅子上，而秘书则语无伦次地报告情况："国防部说，核弹全都自己发射了，射到太平洋之后就莫名其妙地飞上天了。还有地底下的铀矿也自己飞出去了。另外，现在的电视网络都在开始播放可控核聚变的资料了，还有新的武器和装备。"

总统苦笑一声："一个时代结束了。大家现在都在一条起跑线了。"但他立即又站了起来："哼，我们仍然有雄厚的资本，快让科学家赶紧开始研究，我们要抢在其他国家之前掌握外星人的所有科技！"

在地球人侦测不到的亚空间里，外星人的飞船正在跨越时空。

一个外星船员正在向船长报告："船长，地球上的全部的铀矿和成品铀都被我们取走了，他们的核弹也一颗不剩被我们拿走了，他们这下该安分了吧？"

"真是头痛，这些文明为什么一进入一级文明阶段，就想着自我毁灭？他们一旦掌控了核聚变技术，首先便会用来制造大规模杀伤武器，也难怪长老们要实行'蜜罐'计划了。"

"'蜜罐'计划？我也听说过，但不清楚具体细节，我的密级还不能了解全部计划。"

"今天我们又执行了一次，你的资历和密级已经够了，现在我可以告诉你了。实际上我们对银河系中每一个有智慧生命的星系都进行了监视，一旦他们掌握了裂变和聚变技术，我们就会进行干涉，没收他们所有的裂变原料，使他们无法制造出核弹，不管是裂变弹还是聚变弹。这样我们在带给他们和平的同时，也让他们的人民对我们产生信任和依赖。

"作为交换，我们会给他们提供无限能源技术，促使他们使用这些技术，逐渐把他们的文明变得懒惰。然后我们再提供飞船的科技，让他们飞出自己的星球乃至所在的星系，但我们会控制他们的活动范围，并适时对他们的科技进度进行打击，提供错误数据，最后让他们的科技停止进步，永远无法接触其他文明，也永远不会超越我们。以后他们就会活在自己的'蜜罐'中，直至文明消失，而我们就可以永远保证我们对宇宙的控制，并让宇宙的和平永存，这就是'蜜罐'计划，愿宇宙永葆和平。"

"愿宇宙永葆和平。"

时空穿梭

谁是仿生人

张洋瑞

伦敦贫民区的一家洗涤铺里，爆发了一场不小的风波。

这个洗涤铺靠着低廉的价格承揽了附近几个商务酒店的洗涤工作，今天在清洗的床单中出现了一件沾血的被套，血的颜色很特别，娇艳得如同蓝玫瑰般的蓝色。

"我敢肯定，这批被套刚运进来的时候是没有血迹的。"负责揽货的老女人信誓旦旦地说。仿生人的血液不仅颜色特别，而且很难清洗掉，这也是为了让那些潜逃的仿生人更容易被找出来。因此为了避免麻烦，店长特别强调，带有蓝色异物的衣物，一律不准接纳。

"难道，我们之中有仿生人？"人们交头接耳，窃窃私语。

仿生人是上层阶级的专属，也是他们的奴仆、奴工或是侍妾。仿生人一般都不会出现在贫民区，除非是潜逃出来的。而逃出来的仿生人最终只有两个结果，要么被警察抓住送回主人那里，要么被人发现，然后被当作更悲惨的地下奴仆，终生再难见阳光。

一想起协助抓捕仿生人可获得的赏金，这间旧房子里的喧闹就像海浪声一样一浪高过一浪，从最初的窃窃私语，变化成了大声议论，有人起哄道："谁是仿生人，可以等会儿私下告诉我，我帮你保密。"

"你这家伙是想卖了他吧！"很快，这声音就淹没在人群的讪笑中。

这时墙上的大屏幕突然亮起，一个肥壮的中年人出现在里面，他哼了一声，下面所有人都下意识地停下了自己的动作，一片沉寂中，有人紧张地低声喃喃："店长！"

"本店一向以诚实著称，从不违法窝藏仿生人。当然，对于自首的行为，你放心，我会尽我的能力给你一个人性化的交代，"店长意味深长地顿了顿，"那么，你现在愿意站出来吗？"

寂静中，人们面面相觑，一个年轻的女工站了起来，她有着率直的眼睛和宽大的肩膀，她深呼吸，然后问道："请问这个'人性化的交代'是指什么呢？"

"我没有必要回答这个问题，但是辛德瑞拉，你为何会关心仿生人的死活？"

店长的言外之意很明显，于是辛德瑞拉挽起自己的袖口，小臂处有一条鲜明的暗红色瘢痕："这是我前几天摔伤的痕迹，我不是仿生人。"

店长眼珠一转："你的妹妹爱丽丝呢？她在哪里？"

"这里，"辛德瑞拉身后，一个有着明亮蓝色眼睛的瘦小女孩站了出来，怯生生地举手，"我食指也有伤痕，是不小心刺伤的，是红色，我也不是仿生人。"

"行吧，看来他是不愿意自首了，我明天会从城里带来检测仪，到时候结果就一目了然了，"店长耸肩，"呵，你今晚还有时间祈祷，明天不要被我抓到。"

说完，他关掉了屏幕，人群轰然而散。

爱丽丝偷偷溜回宿舍，她的脚一下就软了下来，瑟瑟发抖地蹲在角落。她是仿生人，编号是NVW30241X，是从一个变态的老绅士家里逃出来的，被善良的辛德瑞拉一家收留了，然后她就成了辛德瑞拉的一个远房表妹。

辛德瑞拉还给她取了一个名字，爱丽丝——这是童话故事中跌入兔子洞的小仙女的名字，她也有一双蓝色的大眼睛。辛德瑞拉和爱丽丝很快就成了好姐妹，她们一起做饭，一起逛街，一起把学堂里最令人讨厌的教书先生的眼镜扔到池塘里，再一起偷笑。

然而家里的钱却越来越紧张，这时候辛德瑞拉提出来，说自己可以辍学去打工。但此时社会上大部分的工作岗位都被机器人和仿生人占据了，因为它们和"他们"不会要工资，不会要休假，更不会罢工。于是大量没钱接受高等教育的下层民众都面临着越来越严峻的就业形势，他们只能以低到无法想象的价格去接受上层阶级的雇佣，干一些不太需要仿生人和机器人的工作。当然还有一些无力购置仿生人和机器人的小商人、小工厂主，他们也会雇用一些真人，比如辛德瑞拉去的这家洗涤铺店长。

"姐姐去哪，我就去哪。"爱丽丝说，就这样，她俩来到这家洗涤铺开始了工作。在一年多的时间里，爱丽丝一直小心翼翼地尽量不受伤，直到两天前，她被一根遗漏在被单中的别针刺破了食指。晚上，辛德瑞拉知道了，不由分说地用小刀割伤了自己的手臂，把流出的血糊在爱丽丝的伤口上，待血痂盖住了那抹蓝色，然后用防水纱布把伤口包起来。

"别怕，他们不会发现的。"

"万一被发现了，会怎样呢？"

"我会保护你的。"辛德瑞拉轻轻抱住爱丽丝，但她心里知道，仿生人根本不受法律保护，反而处处受到法律的束缚。这个黑心的店长很可能把爱丽丝出卖给警察以换取赏金，而辛德瑞拉一家就会受到牵连。当然店长也可能把爱丽丝关起来，当作他的专属泄欲工具，辛德瑞拉对此是一点办法也没有，除非她想让家人都进班房。

"爱丽丝！"辛德瑞拉的呼唤让爱丽丝抬起头来，她迷茫地看着辛德瑞拉，此时她的眼睛又恢复到了刚出厂时的空洞，看不见未来，也不抱任何期待。

"我们逃出去，就今晚。"辛德瑞拉斩钉截铁地说。

"好的。"爱丽丝轻声回应，她的眼中又透射出以往的湛蓝的光芒。本来，她是打算去自首的，因为她不能连累好心的辛德瑞拉姐姐一家人。

夜里，其他人都睡着了，她俩蹑手蹑脚上到了三楼的平台，这是晾晒洗涤物的地方，她们把几条被单和床单打结连了起来，然后扔到楼下。她们不能从大门出去，她们没有大门的钥匙，而且大门口和大门外的大街上都有监控摄像头，只有后面的小巷子里才没有监控摄像头。

"我先下，你接着。"辛德瑞拉把声音压得很低。

爱丽丝点头，默默看着辛德瑞拉翻过平台的围栏滑下去，她紧紧抓着床单，生怕床单突然断裂。

辛德瑞拉滑到了地面，小巷内光线很暗，只有很远的地方才有一盏路灯，她左右看看没人，这才扯了一下床单，示意爱丽丝也可以下来了。

突然，一道黑影如闪电般蹿出，撞翻了辛德瑞拉，一条黑色的丑陋的机械狗踏在了她的身上，冰凉的金属尖牙贴在了她的脖子上。狗的主人——她们的店长，正从阴暗的角落里走了出来。

"果然是你俩，告诉我，姐姐和妹妹，谁是仿生人？"店长咧开他的肥厚嘴唇笑起来，"不过无所谓了，反正我会挣到一大笔赏金了。当然如果你俩能让我满足的话，我也可以考虑继续把你们藏起来，如何？"

"爱丽丝，快跑！"辛德瑞拉突然之间好像生出了巨大的力气，她竭力翻过身，不顾在脖子附近晃动的尖牙，两手死死地抱住了机械狗的狗头。机械狗迟疑了那么一秒钟，然后猛一甩头，挣脱了辛德瑞拉的双手，接着狠狠一口咬下。

辛德瑞拉闭上了眼睛，等待尖锐的金属利牙刺入自己的脖颈。然而狗牙却没有咬下，那狗反而哀嚎了一声，从她身体上滚落下去。她睁开眼睛，看见爱丽丝骑在了狗身上，已经扯断了狗脖子后面的一根电缆，狗就像一个漏气皮球软了下来。做完了这一切的爱丽丝把辛德瑞拉护在身后，就像以前玩老鹰捉小鸡的游戏时，辛德瑞拉护住她的动作一样。

"果然，你是仿生人。"店长手上端着一把手枪，面目狰狞地向姐妹俩走来。

"你的子弹对我没用。"爱丽丝突然像成年人一样镇定地说道。

"我知道，但对她有用，如果你想看到她死的话。现在，把你的初始编号和系统重启密码告诉我。"

仿生人从生化工厂里制造出来，都被设置了初始编号和系统重启密码，一旦被人掌握，则随时可能会被"系统重启"，失去原来所有的记忆、技能和知识，重新成为一个"婴儿"，被人任意摆弄和控制。这也是人们为了控制仿生人而设计的安全预防措施。

"别告诉他，爱丽丝！"辛德瑞拉叫起来。

"砰——"枪响了，爱丽丝瞬间就启动了，虽然她飞快地计算出店长的子弹是冲着辛德瑞拉的腿去的，但她还是义无反顾地扑了上去，她不允许姐姐受到任何伤害。

"爱丽丝！"辛德瑞拉绝望地叫了起来，这是爱丽丝在进入黑暗前听到的最后的声音，她有些奇怪，明明子弹也没有击中自己的要害，怎么她就突然什么也看不见，什么也不知道了呢？

"NVW30241X？"

好像有人在叫她，已经很久没人叫她的编号了，她睁开眼睛，入目的是一片明晃晃的灯。她想坐起来，却发现自己的手脚被固定住了，身体躺在一个胶囊状的透明容器里，一动不动。外面是一群穿着白大褂的人，围在一起讨论着什么，其中一个女人正在俯看着她，还关切地问：

"NVW30241X，你醒了？"

"辛德瑞拉怎么样了？"她没有回答，而是反问道，她以为这是一间医院。

"NVW30241X，没有辛德瑞拉，没有爱丽丝，也没有那间贫民窟的洗涤铺。"

"这是什么地方？"

"哦，洛杉矶郊外，NWC公司的生化实验室。"

"你撒谎，我要回去，我要回到姐姐身边，"她的眼泪流了下来，泪眼婆娑中，她听见有人兴奋地说，"会伤心，会流泪，已经无限接近人类了。"

"NVW30241X，好吧，我姑且还是叫你爱丽丝吧。你是我们实验的一部分，起初，我们只是想探究人类和仿生人的差别界限在哪里。在最初的实验中，你吸引了我们的注意，你的情绪波动非常接近真正的人类，所以我们替你模拟了一个场景，来观察你的发展。在这个故事里面，你几乎突破了所有仿生人的极限，非常好。"女人慢条斯理地陈述着一个个冷酷的真相。

然后女人满意地笑了。这时候，爱丽丝猛然发现这女人的脸很像一个人，她吃惊地说："你，你是？"

"没错，辛德瑞拉就是我，准确地说，是以我为原型创造出的虚拟数据。"

爱丽丝拼命地摇头，她无法接受这个事实，辛德瑞拉会教一个仿生人如何去爱，如何去生活，还会尽自己的能力去保护她。而面前这个女人，只会利用她达成自己的目的。

女人站起身，转身吩咐："既然实验已经成功，那么是时候进入下一个阶段了。德瑞博士，像上次一样，重启她的系统，投入第五号虚拟世界。"

"不！"爱丽丝难以抑制地发出一声悲鸣，这下她那些宝贵的东西，真的一个都不剩了，她憎恨地看向这些一次次剥夺她的人，实验室的冷光下，这些人看上去像一群无情的机器。

突然间，她明白了什么。

"原来，这才是真正的人类。"

她缓缓闭上眼睛，再也不留恋这个人类的世界。

留 下

巴金宇

"我只是希望他留下。"

感情是最令人珍惜的，而分别却是最措手不及且令人痛苦的。

家中餐桌上那束丈夫前几日买回的鲜花就要枯萎了，新买的那束却在马路中央破碎四散；似乎卧室空气中还弥漫着昨日爱情的甜蜜，可如今屋内的人内心只有数不尽的伤痛和遗憾。

虽然内心充斥着失去爱人的痛苦和对未来孤独的恐惧，但有一个信念在她心里愈发清晰坚定：不管以何种方式、付出怎样的代价，我只要他留下。我希望那日清晨出门买花的丈夫还会归来，带着还挂着露水的新鲜蔬果；希望每晚星亮如梦时，枕边还有人轻声低喃熟悉且缠绵的话。

她决定去找那位被称为科学疯子的怪博士，因为他自诩能穿梭时空扭转人生，虽然没人相信他的夸夸其谈，更不会有人愿意做这个天马行空的项目的实验品，但他是她最后的稻草，现在的她只能无条件地相信那位怪博士。

"博士，您还在招募实验者吗？我愿意！"没有自我介绍，也没有说明理由，她就直接对面前这位头发花白且有些佝偻的老人道出了心中所想。

老人用自己那双深邃空洞却令人有些发怵的眼眸直盯着她："不问问有几成把握，不问问是什么结果吗？"

"不了，先生，这对我来说无所谓，我只是希望能回去。"

老人看着她，微微叹口气，也没询问原因，而是没头没尾地说了起来："我可以送你回到你想回到的那个时间去，我耗尽后半生所做的这个研究，从某种程度上来说，确实是成功了的，我也亲身实验了。但我得告诉你，这个实验从另一方面来讲，是永远也不会成功的，因为它违背了宇宙的基本规则——熵增定律。你也许不懂，我只能告诉你，时光是不可能重回的，一切都会回到原点。你看墙上的照片，她很美吧？可我研究一生却没能换回她，没能让她坐在我身旁打毛衣，更没能让她每天陪我去公园漫步。"

"教授，求求您了，让我去试试吧！"她哀求起来，即便是失败，可她还是抓着那么一根可能的救命稻草，不愿事实就这么摆在眼前。

"女士，我希望你最好能回去再好好考虑几天。人生有许多坎，当时也许难过，但以后回过头来看，就会发现没有什么坎是过不去的，生活总会向前走的。"

"没有他，我找不到活下去的意义。我已经考虑清楚了，博士，希望您能成全我。我愿意签署任何文件，承担一切后果。"她坚定地说。

博士又默默地看了她一阵，最后摇摇头，说："那你跟我来吧。"

博士的实验室就在地下，不是电影中那种庞大华丽、充满超前科技色彩的实验基地，而只是一个充满灰尘和发霉气息以及遍布各种管线的陈旧地下室。

"准备好了？"

"好了，博士，您可以开始了。"

她瞬间就如同坠入了深渊，她还没来得及感到恐惧，强烈的失重感就让她昏厥了过去。再次睁眼时已在熟悉的卧室，天才刚微微亮，窗台边还摆着他的咖啡杯，她记得事故过后那个杯子和与他有关的所有点滴都被她收纳珍藏，因为那是她活下去的动力。

洗浴间的门轻声打开，这是他多年的习惯，轻手轻脚和往常一样，希望熟睡的妻子不被吵醒，然后她看见了朝思暮想的人。而这不是梦，博士给她戴的定位手环，手腕上那冰冷和坚硬的触感告诉她，这就是现实。

她几乎是立刻扑进他的怀中，好久双手都不愿松开。

"咦，今天这么早就醒了？抱这么紧干吗？你做噩梦了吗？"他有点疑惑。

"没有，什么都没有，我只是做了个梦，可怕但又逼真的噩梦。不要离开我，不要离开我，永远。"她的嘴唇颤抖着，吐出了这些天的辛酸与憋屈。她的心脏也在颤抖，她回来了，他也回来了，博士没有骗她。

"没关系的，那只是梦而已啊。"他松开了她，起身收拾东西准备出门上班。

她快步追上去抱住他："你可以哪里都不要去吗？求你了，就在家里陪我，我们就在家里好好待着。"说着她脸上布满泪水，紧接着她发疯似的冲向餐桌，将花瓶和那束快要枯萎的玫瑰打翻在地。

他被吓住了，她这是怎么回事？大清早起来就这样。他很担心，虽然有些摸不着头脑，但还是放下手中的东西，打电话向公司请了假。

二人就那样相互依偎、相互拥着，看着那部二人都喜欢的《星际穿越》，跨越时空和未来的自己对话，她却再也不认为那是虚幻、是梦。沙发上他的手仍包裹着她的双手，温热而有力，她靠着他的胸膛，聆听着他一下下的心跳，感受着他一起一伏的呼吸。真的留下了，他真的留下了，不会再有那场车祸了。这一切从这一秒开始，那些就可以当作是梦了，她转身拥吻他，改写命运她做到了。

日子恢复如初，太阳依旧东升西落，时间在不知不觉中流逝。清晨的早饭仍旧是黄油吐司和牛奶麦片，只是餐桌上不再有那个好看的玻璃花瓶和那束玫瑰。家中的烛光晚餐再一次出现，音响里咿咿呀呀地响着温柔的音乐，每日清晨醒来枕边又能看到那副令人幸福的面孔。

可蓦地，分别又那么猝不及防地降临，在一个普通的早晨，一个毫无意义的时间点，她又一次坠入深渊，失去了意识，再醒来已是在那个陈旧、充满腐味的地下实验室。

"博士，我已经成功了，我明明已经成功了，您让我回去，我再试一次……"醒来的一瞬间，她的情绪崩溃到了极点，用大吼大叫大哭宣泄着自己的崩溃和得而复失的绝望。

博士默默地看着她，等待她的平静。她也逐渐冷静下来，低声地啜泣着望向博士，眼里满是无助和哀求。

"你没有回去，我们都没有回去，我们终究是回不去的，"博士用理智得近乎冷酷的语气说道，"那只是一条时间裂缝，是每一段时间在其他维度空间的储存记录，是每段时间的存档，它终究不是过去。我们感觉自己身临其境，可事实就是我们只是参与了这么一小段虚拟游戏，我们永远只能回忆了，我拼尽一生只得到了这么一个事实，宇宙的规则是不允许任何人、任何东西来擅自改变的。"

"那也很好，博士，我还要回去，我可以频繁地返回有他的时空和他在一起，时光零零碎碎，可也能拼凑整个人生，也能支撑我走完余生。"

"不，进入裂缝后对于你个人来说在真实时空的时间不再流动，你可以选择一直停留在那一秒、那一段时空，但余生还是需要你一个人面对。我在裂缝中和我爱人走过了十年，是异于常人的一段巨大的时间裂缝，久到我认为那才是现实，而我脑子里只是一个幻觉、一场梦，可当我突然回来，我发现桌子上的咖啡都还是温热的，一切都是从前的样子，都停留在原点。我发疯了好几日，甚至想过结束人生，可我想我这样做她一定会生气，最终我接受了事实。"说话间，老博士那凹陷的眼窝开始有泪光在闪动。

"事实上从我回来的那一刻起我就明白，她不可能再留下了，只是我一直麻痹自己。找个意义活下去吧，内心实在是痛苦到熬不住了，就再来找我回到过去逃避现实吧。你若能走，就向前迈步吧；但如果你想继续沉沦下去，我也不会劝你。我们都只是希望他们留下，但是终究于事无补。我马上就要离开人世了，终于完成了和她的约定，即将和她见面了。"

她终于离开了实验室，走在大街上的她，如同一只失去魂魄的动物，而广播中的报时声音、手机上的时间都在提醒着她，她的时间并没有流逝，她的人生也并没有得到改变，她刚刚确实是做了一场梦。

麻木且浑浑噩噩地在家中度过了三天后，她看到了博士离世的新闻，紧接着还收到了博士的来信——

我没有儿女，我的实验室，包括里面的机器我都留给你，因为你是除了我之外，第一个也是唯一一个实验者，详细的说明在电脑里。你若是想回去见他，便按照说明操作就是了；若你难忍分别之苦，想结束余生，那就当未看到我这封信。孩子，若你能迈出一步向前看看，走向新的生活，那便记住我这句话：我们都希望离开的人留下，但当我们真的向前迈步时，他们才是真正地留下了，你会发现其实他们一直在我们身边。我用了大半辈子，才明白了什么是留下，希望你也能明白。

同一个世界

蒋莹莹

一、李如芒

李如芒总觉得最近心神不宁。

期末临近，作业成堆。周满道却整天不操心学习，比她快乐很多。

到食堂排队打饭，他拿着手机翻开一张照片给李如芒看，是他站在上海迪士尼乐园门口，很典型的游客照，他说："我周末去迪士尼了，信不信。"

"你要不加最后三个字，我就信了。"

周满道划拉着手机，下一张是李如芒坐在旋转木马上的照片，他兴冲冲地说："我还让你也去了。"

李如芒拿过手机，照片确实是她，但她压根就没去什么迪士尼，问他："AI弄的？"

周满道点点头："昨天研究了一下，还蛮好玩的，不过AI弄出来，还是感觉有点奇怪。"

"哪里奇怪？"

周满道也说不明白，他耸耸肩，试图蒙混过关："总是奇怪的吧，始终是假的。"

李如芒想起老师推荐的一本书，里面正在探究人类的预知能力是否有严格的限制，她来了兴趣，问："我比较好奇，AI能预测未来吗？还有，AI怎么理解我们的真实世界呢？"

离食堂窗口渐渐近了，周满道的心已经飘到窗口里的菜品上了："你问的问题科学家正在研究，咱们还是先吃饭吧，AI不会饿，我们可会。"

李如芒没有在这个问题上停留多久，她的思绪很快又被淹没在其他事情当中，只是睡前偶然想起，仿佛一片羽毛，轻轻地扫过她睡得迷迷糊糊的意识。

当她再次睁开眼时，却发现自己躺在病床上，陌生而洁白的房间，空气中弥散着刺鼻的消毒水气味，旁边还有"嘀嘀"响着的仪器。怎么一觉醒来就到了医院？难道是她突发了什么疾病？一阵剧烈的头痛顿时袭来。

唯一熟悉的周满道趴在病床边上，头上有了几根白头发，格外扎眼，眼下淡淡的青黑，仿佛一瞬间老了二十岁，他被稍稍惊扰就立即转醒了。

周满道看见她醒了，激动得眼眶发红，握住她的手，声音嘶哑，有说不出的疲惫："如芒，你终于醒过来了。"

李如芒发现她需要一点额外的力气，才能让僵硬的声带震动起来，刚开始一两个字说得格外艰难，就像推动一辆陷在泥地里的车跑起来。

"我怎么了？"

周满道伸手环在她身上，脸埋在被子里，哽咽道："没事，醒过来就好，醒过来就没事了。"

李如芒有些困惑，她总觉得周满道不大对劲，可是又说不上来哪里不对。她又问道："我还是想知道发生啥了，我刚才还在寝室睡着，是地震了吗？"

周满道慢慢站起来立住，盯着李如芒的眼睛问："哪里的寝室？"

李如芒被他吓住了，声音骤然小下去："大学的，怎么了吗？"

二、周满道

周满道一直守在床边，因为他希望妻子醒过来第一眼看到他。李如芒昨晚摔了一跤，后脑勺磕在地上，晚上吐了两次就晕倒了。他胆战心惊地送她来医院，诊断出颅内出血，做完手术又昏迷了好久。

她失去了相当一部分记忆，医生说，颅内出血的位置和海马体很接近，经过治疗一般来说是不会影响早期记忆的，但是最近的记忆可能难以恢复。

当李如芒说起大学寝室的时候，周满道想起了医生的叮嘱，他仔细地看了看她的眼睛，那双总是闪烁着镇静和理性光芒的眼睛里，充满了久违的青涩和灵动。

李如芒执意要知道她的情况，周满道没有办法，将现状给李如芒大致讲明，她一点一点消化着突如其来的庞大信息。周满道看出，她正强装镇定，好长一段时间，她说话一直打战。

等到李如芒睡着后，他下楼，到医院旁边的公园里抽烟。夏夜寂静，静到月光洒下来也有了簌簌的声响，他窸窸窣窣的足音响彻整个广场。

望着黑黝黝的湖面，他忽然向着虚空说道："为什么没给如芒请假？"

片刻，一个女声突兀地响起，声音和李如芒相似，只是沉静而显得低沉："工作这边我暂时没问题。"

周满道沉默了一会，又说："为什么没跟我说？"

"如果有困难我会让你知道的。"

一样的语气，一样的语调，一样的习惯，一样的野心勃勃，一样的偶尔咄咄逼人，什么都是一样的，他几乎以为李如芒现在就站在他身边。

周满道猛地吸了一口烟，烦躁就像浓郁的黑，一波又一波袭来。

"别用她的语气。"他恳求道。

"抱歉，这个我没办法改变。"

周满道将手环从手上摘下来，屏幕顶部的绿光一闪一闪的，显示着仿真AI正活跃，他看了一会儿，又将它戴回手腕上。

仿真AI是七八年前的产品，通过全时记录使用者的生活习惯，逐渐模拟出一个几乎和使用者一模一样的AI人，当时的广告推广，说是人类数字化的一大步，能让人类最终在数据里得到永生，给亲人朋友一份永恒的陪伴。

周满道对这种需要在脑部植入芯片的新科技敬而远之，但李如芒那时生病了，免不了悲观，生怕自己不久于人世，于是悄悄报名内测。

没想到这一次意外，竟然把仿真AI激活了。

周满道又拿出一支烟，那道女声劝他，声音听起来温柔了些："少抽点，早点回去睡吧，今天也累了。"

周满道下意识答好，正要点烟的手僵住了，随即他沉沉地叹了口气，收起烟来，悻悻然抬脚往回走去。

三、李如芒

李如芒昨晚做了个长长的梦，醒来又累又困。当她看见自己确实又回到了熟悉的寝室时，这才坚信那确实是个梦。

她挂着大大的黑眼圈，把梦的大致内容讲给周满道听，他听完哈哈大笑，李如芒更觉得心累了。梦里二十年后憔悴得不行的周满道跟眼前这个没心没肺的男人判若两人。

笑完后，周满道却又忽然正色起来，他微微皱起眉头，问："梦里说你三年后查出什么病？"

李如芒不想理他："没记住。"

周满道拉着她往校外走："我有点担心，我们现在就去检查，万一这就是给你的预兆，不听就亏大了。"

"哎呀，哪有这么——我还有作业呢！"李如芒哭笑不得，但看着身前这个男孩的高大背影，她又什么都不愿意再说了，脸上渐渐浮现出微笑。

李如芒很快就笑不出来了，周满道格外认真，督促她做了个彻彻底底的检查，李如芒大半天都在医院上上下下地跑，把她累得够呛。

全套体检做完，李如芒没什么大问题，除了饮食不规律，胃上有点小毛病。

周满道说："要多注意，祸患常积于忽微，你又不是不知道。"

她就笑："知道知道，而智勇多困于所溺嘛。"

暑气炎炎，越到傍晚，过多的热气仿佛全沉了下来，热得发闷，发慌。年轻的学生们在校园里散发着消耗不尽的活力，一切都是为了未知的明天，充满可能性的未来。

然而当李如芒再次醒来时，她又在二十年后的医院里了，她的大脑顿时宕机，过了好一阵都没缓过来。

现在是梦吗？还是过去是梦？

她伸出手来，手上的细纹显示着她这具身体真实的年龄，但她的大脑还是难以接受，一觉醒来，就又过去了二十年。一和周满道交流她就紧张，这个周满道的形象和她更加熟悉的那个周满道之间有些割裂，眼前这个人更加成熟稳重，也饱经沧桑，眉间深深的川字，不笑的时候显得很凶。

他也更敏锐，发现李如芒紧张后，他减少了交流的频次，并且尽量温柔，但李如芒觉得这样更奇怪了，仿佛他在手把手地带一个得罪不起的实习生。这样像是一对夫妻吗？抑或是因为她现在不记得才这样的？周满道描述中的那个他眼里的李如芒，对她来说，却是一个觉得遥远的陌生人。

周满道安慰她："没关系，这些年经历的事情太多了，也都是逼着成长起来的。你现在这样也很好，最好以后也一直这么无忧无虑的。"

四、周满道

开门时听见熟悉的铃声，周满道怔了一下，房间还是原来的样子，上次去医院之前忘关窗户了，阳台上积了薄薄的灰尘。他把屋内的分控电源打开，扫地机器人从充电舱出来，开始清理地板，空调也打开了，净水器，投影幕布，灯光跟着光线调整，细密的机器运行声，像拉开了幕布的舞台，来呈现他以前的生活。

他想要把以前的相册带过去给李如芒看一看，但不知道放在了哪里，因为一直都是李如芒在整理，她偶尔压力大了，就喜欢把家里重新收拾一遍，家里越乱，她心情反而越好。周满道在书房翻箱倒柜，始终没有看见相册。

贴相册是李如芒的特殊爱好，在这个日趋数字化的时代里，她坚持着把点点滴滴都装进相册里。她总是说，万一她不在了，就算一部分会在数字世界里延续着，可是她能感觉到的自己也是实实在在消失了。而这本相册，只会记载真实的她。

"在找什么？"家里的"李如芒"问。

"找之前的相册，我记得有一本很厚的相册，她一直在贴的。"

"在飘窗上桌子的抽屉里面。"

"是吗？我记得在书房。"他边嘀咕边走回卧室，果然在抽屉里找到了相册。

"之前说放在书房总是不容易想起来，就改放卧室了，你看着我放的。""李如芒"回道。

周满道翻开相册，有关俩人的回忆浮上心头。他偶然翻开一页，里面是李如芒刚跳槽那年，俩人去冰岛旅游，在一个酒馆外面拍的照片。两个人都冻得鼻头通红，依偎得很紧，李如芒噘着嘴，特别生动的一张不情愿的脸。

他伸出手点了点李如芒别扭的脸，笑了。

身边传来轻轻的笑声，"李如芒"说："我记得当时是你非要拉着我去冰钓，而我只想赶快回到一个暖和点的地方。"

不需要想象，他脑海里条件反射地就会出现说这句话时她的样子，他辩驳道："要是当时没去，你肯定会后悔。"

"我知道，多亏了你。"

他往下翻，回忆如潮水涌来。最后一页是她上个月的照片，很日常，她瘫在沙发上看电影，怀里抱着一袋薯片，笑得龇牙咧嘴，那是她刚刚结束一个报道任务，难得有了闲下来的时间。

五、李如芒

她面前是一本厚厚的相册，还有一个比出去时更开心的周满道。

"这就是这些年。"他说。

相册有些陈旧了，她几乎是抱着虔诚的态度，翻开这本相册，或许还有一丝偷窥的心虚。

高中和大学时期的照片不多，但看到熟悉的内容，她多少安心了些。相册里竟然有周满道那时候合成的去迪士尼的照片，她笑了，怎么会连这个都保存下来。

"笑什么？"周满道好奇地看过来。

李如芒给他看："这两张照片，对我来说就是昨天的事情。"

他听了侧头回忆起来："让我想想，是大几来着，我们一起去的。"

"啊？不是AI绘画吗？"

周满道起身，又凑近了看，确认道："我们大学去过迪士尼啊，这就是当时拍的。"

李如芒紧皱着眉头，她脑海里原来十分确定的记忆，又变得模糊不清了，头隐隐有些痛，她倒吸了口凉气。

周满道侧身过来抱住她，拍着后背，温声劝道："好了好了，别想了，可能隔得太久了，记错了。"

李如芒抿着嘴，默默往后翻着相册，大学毕业照之后，照片日期的间隔越来越长。越来越忙了之后，她应该就没有心情记录了吧。然后，一张病号服的照片抓住了她的神经——很绝望、很苦涩的曾经，她脑海里浮现出这样的感觉，翻动的速度慢了下来。

从那之后的记录骤然增多，仿佛变了一个人，那些她开怀大笑、别扭、郁闷的日子，每一张都真实地记录了下来。原来她这具身体里，充满着用力活过的痕迹。

光线西斜，低低地压在地板上，一切在光里舞动的尘埃都往下落，仿佛世界一起安静和衰老。很快，傍晚来临。李如芒觉得疲倦，厚厚的相册更像是沉重的负担，她无法忽视周满道始终期待的目光，就像周满道始终无法掩饰的失落，她睡意蒙眬之际，几乎想要对周满道说明，我不是她，现在她无法感觉到周满道喜欢的那个人现在还在她身体里。

当李如芒再次在大学宿舍醒来时，一阵恐慌席卷而来。梦境和现实的触感不难区分，分明两个时间段都是真实的。每次睡醒就会转换的时空，究竟是错乱还是某种预兆？在那么多的影视剧里，总是有一个人死去才会发生这种状况。

李如芒叫周满道出来，他睡眼惺忪地从宿舍楼下来，走得东倒西歪，见了她呵欠连天地抱怨："这才七点，周末了不让人睡会儿懒觉，你最好是真的有事情。"

李如芒一直以来吊着的心，在见到依旧活泼如常的周满道后，落了一半回肚子里。她不指望这个男孩能做什么，因为这股力量太奇特，但他存在的地方，至少像是一个风向标，告诉她哪里是岸。她伸手使劲揉了揉蓬松凌乱的头发，说："走走走，我跟你讲点儿你肯定不会相信的事情。"

周满道一声不吭，但随着李如芒的讲述，他那双半耷拉的眼睛慢慢睁大。

说完，李如芒有几分怀疑，问："真信？"

周满道笑了一下，伸手过来揉她的头。

不知为何，一直觉得无论什么情况都撑得下去的李如芒，此刻反而有种想哭的冲动。

周满道分析，两边时空的唯一焦点是那张照片，不如就从照片下手，去那个地方拍一模一样的照片。周满道找到那两张当时通过AI绘画合成的图片，也许是心理原因在作祟，李如芒现在看这张图片，脑海里浮现出那本厚厚的相册，怎么也觉得那上面的人不是她，顶多是拥有一样的外貌罢了。

那究竟是怎么回事？

六、周满道

周满道深深地叹了口气，从睡着的李如芒怀中抽出没看完的相册。

"她变了很多。""李如芒"说。

周满道眯起眼睛，半分警觉："你之前从不在她面前说话。"

"性格的形成来源于非常多的偶然，如果倒退二十年，就算一切重来，也跟从前不一样了。"

周满道说："那又怎么样，我会陪她一起。"

"李如芒"沉默了几秒钟，然后说："我知道，但是我想我也许有一点新的发现。"

周满道闭上眼睛，所有习惯，如出一辙。

他说："你说。"

"也许她并不是真的李如芒。"

周满道猝然睁眼，问："什么意思？"

"李如芒"说："每次她睡醒时，我都在她的脑部监测到一股异常的脑电波。或许她来自另一个平行世界，在那个世界，你们还是二十岁的年纪。"

李如芒睡得很平静，周满道难以相信身边会有这么诡异的事情发生，但如今似乎平行世界的存在已经不再是一个荒唐的概念，去年据说有科学研究发现了平行世界存在的证据，说是发现了紊乱虫洞什么的，闹得沸沸扬扬，他还有几分印象。

他不想怀疑她，但又忍不住想，如果她真的来自平行宇宙，那么真正的李如芒在哪里，会不会也因为这些熟悉又陌生的感觉而觉得慌张和无助？

他揉了揉眉心，问："有什么检测的办法吗？"

"你感觉不出来吗？"

周满道没说话，"李如芒"又说："目前就算监测到她的脑电波异常，也无法说明是平行世界。但我想或许可以通过干扰脑电波试一下。"

"要怎么做？会对她造成什么伤害吗？"

"不会造成伤害，通过电流疗法，还可以在一定程度上刺激改善记忆。我可以办到，但是需要高级授权。"

"授权人是谁？"

"你。"

沉默似野火蔓延，听到回答后的他感觉有一堵墙将他围了起来，无从躲避。

七、李如芒

抛下堆积如山的作业和周一的专业课程，说走就走，这大概是李如芒干过的最疯狂的事情了。但与去了另外一个世界的奇特经历相比，这次的突然旅行或许根本算不上什么。

周满道很好奇在另一个世界他是什么样子的。

她一时之间找不到确切的词语，那个人看起来有些颓废，眼睛却锐利，成熟且沧桑。或许他一开始就察觉到了她无处隐藏的担忧和抗拒，所以时而亲切时而疏离。一直以来，在那里因为记忆的缺失，她全身心地依赖着周满道。

但从另一个角度想，也许周满道也找不到前进的方向。他一直在过去和未来之间徘徊，而对她来说，至少只有一条唯一的道路。

影视剧里那些转世的真爱如何真的实现呢，如果两个人没有任何共同记忆的联结，就算穿越茫茫人海再次遇见，大概率也不过是陌生人而已。

迪士尼一如既往地热闹，身处密集的人群深处，擦肩而过的每个人，脸上的表情汇聚成名为"当下"的洪流，一点一滴侵蚀着她的恍惚。

拍完照，两张照片放在一起，竟奇异地重合起来，在一样的年纪，两双眼睛里有一样的懵懂和忧郁。

周满道对过山车跃跃欲试，李如芒拗不过，只好跟着去坐一轮。她用皮筋把头发先扎起来，抬手的瞬间，一股微弱的电流从她的手臂四处延展开去。她对过山车的印象突然丰富了几分，失重、反胃、天旋地转，还有墙壁上突出的纹理。

她跑过去抱住周满道，掩饰如潮心慌。周满道以为她害怕，说不去了，她摇摇头："我没坐过过山车，还是想试一下。"

没有什么可以替我做决定，哪怕是我的记忆，存在，或者并不存在着的记忆。她想，人最重要的是什么？当一切都被解释，一切都无所遁形，一直被告诉灵魂没有存在的空间，欲望被切割成为更小的单元，我全时感受着的身体，找不到主人。

这个时候，我想虚幻和现实已经没有了意义，我不想执着于意义之外的任何东西，有人以存在为意义，也有人，并不在乎这意义。我想这是最基本和最表层的自由，我还能做什么呢？现在我只想完整而已。

八、周满道

他整整一夜都睁着眼睛，直到一丝晨曦透过窗帘照进来。他望着她，她还在熟睡，或许还在那个平行世界里和平行世界中的自己畅游。

他很希望过去的李如芒回来。得知每次醒过来的李如芒可能来自平行世界之后，他更加难以忍受和她的每次交往。他感到一种背叛的心虚，不仅由于李如芒往日的样子在他的生活里并未消失，也由于他隐隐约约地感觉到，现在的她或许会选择和以前不一样的道路。一条快要消逝的人文主义的道路，那迟早会给她带来毁灭，就像曾经蚕食过他的那样。

她的眼睫毛在快速地颤动，是醒来的前夕，又将是那样一双清澈的、懵懂的眼睛。

他忽然攥紧了双手，额上爆出青筋，他喃喃道："我同意授权。"

"好的。"

李如芒又安稳地睡着了，他大汗淋漓地瘫在沙发上，不久后她就会醒来，他到卫生间洗漱，换了一身衣服，镜子里不算年轻的脸上眼下青黑，他干脆将胡茬也留在脸上没刮。

房间里传来轻微的声音，他惊悸般地回头，跑到床边，李如芒已经醒了，看见他，温柔地笑。

"多大的人了，还冒冒失失的。"

满腔的酸涩一齐涌上来，他抱着李如芒痛哭。

他太想她了。

九、"李如芒"

周满道手腕上的表带亮了两下，最终归于沉寂。一项任务已完成，它确信自己找到了最好的解决办法，抑或是，它最想要的路径。

翻　身

杨　山

这是哪？她什么都看不见。"我是……死了吗？"她恐惧，不仅对自己似乎五感尽失、似乎死去感到恐惧，还恐惧那无尽的黑暗给自己极大的压迫感。就像……就像当初那样……

她睁开眼，周围是几个衣着怪异的人，一位老妇人和一位年轻男人正蹲下身关切地看着她。

"哎哟哟！这儿躺了个人！"

"咋回事哟，这女娃有事没事？"

"是不是生病晕了哟？"

"怎么了？"

"嘿！小伙子，过来帮个忙，有个女娃晕了。不晓得咋回事。"

"看她穿的衣服，还是古代的，她是不是时空局的啊？怎么连防紫外线的外袍都没有。"

"哦！想起来了，昨晚新闻不是说唐朝考察的时光机安全降落嘛。这女娃应该是时差没倒过来吧……嘿！醒啦！天！眼睛突然一瞪吓得我！醒了就好，醒了就好。"

听着周围人们用陌生的腔调说话，她有些蒙，还有些茫然，她的心怦怦地跳，并不由自主地喘着粗气。她再看看天，已经很亮了，明晃晃的太阳晒得人头痛。

劫后余生，说的就是自己吧！她有些庆幸。

"美女你没事吧？"年轻男人问道。

"没……没事，多谢……"

美女？是何轻浮之言！

"怎么躺这儿了？"

她晃晃悠悠地被扶起来，又听那男人说道："太阳快出来了，你没有穿防晒服，你有防紫外线的东西吗？"

"你是时空局的吗？要不要通知你们单位？"

她低着头，没吭声。

"看你多半是脑袋受到冲击了，什么都想不起来了，"这时老妇人开口，"这样吧，我们家近，先去我们家，我给你找个防辐射的东西吧。"

她想了想，就对老妇人道了一个万福表示感谢，然后她就被老妇人带回了家。

奇怪的服饰，灰白没有沟渠的路，路边是高耸入天的巨大高塔，路上飞快闪过几只能装下三四个人的不同色的馒头……巨大的馒头，她感觉很饿，因为她已经一天一夜没有吃饭了。但她没吭声，跟着老妇人进了一座高塔，穿过一个犹如宫殿的华丽大厅，然后进入一个银色的盒子。盒子门一关，她有种腾云驾雾的感觉，不多时盒子门开了，她来到一个也如宫殿般华丽的房间，房间的边上是巨大的琉璃窗，她不自觉地走到完全透明的琉璃窗前，看着窗外的天空和大地，不由得产生一种心惊胆战的感觉，这是在仙界吗？她心中不禁泛起了疑惑。

这时老妇人拿着一根簪子走了过来，"来，给你这个，"老妇人指着簪子的花端，"按这个圆的，气就喷出来了，就是防紫外线的力度不太强，比不上防晒服。可家里的防晒服只剩一件了，你将就一下，快点回去吧，我想你应该是时空局的。"

她犹豫着："奴家多谢老夫人，以后定当还与老夫人。"

老妇人听了她的话，有些诧异，但还是爽朗地说道："不用不用，是个老物件儿了，家里也没人用，送给你了。客气啥，你不嫌弃就好。"

她接过了簪子，再次谢了老妇人，然后被老妇人送进了那个大盒子，又是一阵腾云驾雾般的感觉之后，她到了大厅，此时她的脑袋是恍惚的。她下意识地摸了摸老妇人给她的簪子，这跟她曾经戴过的玉簪很像，但感受了下重量，又不太像是玉做的。但她能感觉到这支簪子的重要性，于是严谨地将其戴到头上，按下那颗圆珠。

她走出大厅来到外面，依旧觉得很荒谬，但真实的感受让她万分确定，自己一定是到了仙界，即使不是仙界，也是一个远比大唐更富饶强大的异世界。可自己是怎么做到的呢？府上的小姐使人拷打她，打得奄奄一息，然后被几个奴仆带到郊外的乱坟地准备扔给野狗，再然后呢……她半仰着头回忆，眼前又闪过一个白色馒头。她控制不住张开了嘴，可惜馒头太大，飞得也太快，她既够不着，也咬不下。

她凭着记忆，本能地向刚醒来的地方走去。路上的馒头已经越来越多了，此时她已经见怪不怪了，而且路上的行人和飞驰的馒头给了她很大的安全感，虽然人们的服饰她未曾见过，虽然馒头比马车都大，比马车都快，还不需要马拉。

不过馒头飞过时带起的风让她想起了当时的场景，她以为自己快死了，却不想突然起了大风，剧烈得让壮汉都站不稳脚。她一只手死命地抠着土，另一只手还没来得及，整个人就被吸起来，然后一股强大的吸力将她带到了那个黑色空间……然后就到了这个神奇的地方，而且更神奇的是，她的伤竟然都好了。

她回到醒来的地方，这时许多人聚在一个像是放大版的公示牌下，背对着公示牌，似乎在等着什么。她好奇地向人群走去，想跟着他们一起等，站了一会儿，背后突然响起一个声音。

"姑娘，你得跟我一起去时空局了。"

她一愣，扭头却看见了早上的那个年轻男人。她的心突然狂跳，她僵住了，这张脸与脑海中一张多年未见的亲切面庞重合起来，她难以言表的喜悦几乎要从胸口溢了出来。

"阿兄！"

"阿兄？"

对，他似乎是，但也不可能是。

"奴家失礼了，敢问郎君贵姓？"

"贵姓？哦，我叫李义协。"

"阿兄，我是李乐啊！你不记得小妹了吗？"确实是哥哥的名字，但面前这个长得像哥哥、名字也和哥哥一样的人很明显并不认识她，李乐急得想哭了。

看着女孩一会又想笑又想哭的表情，李义协有点蒙。其实早上这姑娘的表现就让他觉得很不对劲，当看到她给老太太道万福礼时，他的手已经抚在了额头上——天啊，时空局这次竟然犯下了这样的错误。于是他联系了在时空局工作的朋友，却得知这次参与任务的唯一的那个女生已经在局里做行动总结工作了。得到消息的朋友慌得跟什么似的求他帮忙看住人，将女孩带回时空局。朋友再三叮嘱，这事情声张不得，不能再让更多的人知道，必须在最短时间解决，否则天知道会不会在时空中扇起什么蝴蝶的翅膀来。

"姑娘，跟我回时空局，我能带你回家，这里不是你该待的地方。"

"阿兄，敢问此地是仙界吗？"

"仙界？什么仙界？哦，当然不是。"

肉眼可见的失落。

李义协见不得女孩这样子，只能模模糊糊地告诉她："……是距离你生活的大唐大概两千年后的世界。"

"还在大唐境内？"

"没有什么大唐了，大唐早就亡了。"

"大唐没了？"

"早就没了，不过我们可以送你回大唐去。"李义协回答得也没什么负担，心想反正会给她消除记忆。

李乐低头，回去，回去继续挨打吗？

"奴家能不能在此地多留几日？"

"你待得下去吗？"李义协觉得有些好笑。这时，一辆飞行公交车从天而降。

"龙？！"李乐吓了一跳，这辆车的外表确实做成了龙的样子。随即李乐和李义协就被等车的人一起挤了进去，李义协左挤右挤，努力挤到了李乐身边。

嚓。门关了。

李义协用手指点了两次车门附近的屏幕，屏幕上荡起了两次波纹，两次付款成功。李乐好奇地看着李义协的动作，更好奇车内的一切。车壁使用了单面可视的材质，表面看是龙的样貌，从里向外看，则一览无余。

"我到龙的体内了？……这，为什么我可以……阿兄，你的手！为什么你的手指周围有波纹动，就像进了水里？"李乐痴傻般喃喃着，表情却严肃极了，像是掩饰自己的震惊。

"是因为屏幕能感应识别我的指纹，从而与我脑中的芯片连接起来，调取我的信息和账号并扣除我的车费。"李义协耐心地解释。

"屏幕？芯片？是什么？"李乐感到非常神奇。

李义协不知该怎么解释了，对一个大约两千年前的古人讲解半导体，还不如对她说这是魔法更能让她理解。正在这时，头顶传来声音："车辆即将运行，请乘客注意安全。"

李乐只觉得脚下微微震动，她下意识地抓住李义协的衣袖。"别怕，龙要带我们飞。"李义协安慰她。

李乐揪着衣袖的手却愈发得紧，她明显地感觉到她脱离了地面，就像先前高塔中的盒子那样，不过盒子是直直地将人急推上去，这条龙却是斜着往上飞的。

"我其实一直想说，你适应能力挺好的，比我想象中好。"李义协还以为她会被吓哭。

此时的李乐却完全沉浸在眼花缭乱的异世界中，所有的东西都让她觉得好神奇。龙越飞越高，穿梭在各个巨塔之间，仿佛自己在御剑飞行一般，十分刺激！她向下俯视，看到周围还有不少飞龙在飞，而地上那些奔驰的馒头却越来越小，小得像一颗颗五颜六色的水滴……这就是未来的世界吗？她想，两千年啊，两千年是什么概念？这是她参不透的久远。

此刻她听到李义协的话，就转向他，再次认真地端详了下李义协的脸，说："奴家先前唐突了，但你真的很像奴家的阿兄，名讳也一样。"李乐心想，这也许是上天的眷顾吧，家门遭受冤情，父亲被莫名斩首午门，亲人要么被流放边陲，要么被发配为奴，当时她还以为，这辈子都不会再见到亲人了。

"这个古代女子是想套路我吗？是不是因为她在这里举目无亲。"李义协忍不住想，他说，"下一站下车，我给时空局的人发了定位，会有人来接我们。"

"时空局？是什么衙门？还有多远？"

"现在。"李义协用两个字就回答了李乐的三连问，李乐一愣，这才意识到，龙已经向下飞了。

李义协在时空局的朋友带着两个人已经在车站等着他俩了，看到俩人从车里出来，时空局的人的神态才放松了下来。一行人随后进了时空局，朋友和李义协走在前面，小声地说了事情的来龙去脉。

原来是时空穿梭机起飞返回时产生了细微的偏差，致使时空出现了裂缝，把附近的李乐吸了进来。也算李乐命大，在她的身体解体之前就被传送到了这里。李义协心想，还好他们没有把唐太宗李世民弄过来，那样历史就会被弄得七零八落，后果不堪设想。

朋友回头对闷着头走路的李乐说："我们等会儿就把你送回去。"

"要把奴家送回去吗？"

"当然。"

"送回原地？"

"当然，从哪儿来，就回到哪儿。"

"……能将奴家送到长安吗？"

"这……"

"能否将奴家送到贞观二十一年七月初七的长安，奴家想救阿爷，望官人成全奴家的孝心。"李乐想，既然他们能够把她从唐朝弄过来，还能送回去，那一定也有本事把她送回到更早的时间。如果能回到那时，阻止父亲后来入宫赴宴说出自己的乳名……如果可以——李乐眼睛愈发明亮——自己不会成为奴婢，不会被人侮辱地叫着"傻乐"，被又踢又打，父亲不用死，哥哥不会被发配边疆，族人不会被贬为奴籍，家族也能躲过这场浩劫了。

这个仙界没有什么做不到！

朋友不语。

李义协好奇地问："你想干吗啊？"

"……阿爷病重，当时奴家不在阿爷身旁服侍，后来阿爷不治……"李乐低着头，很悲伤的样子。

"你父亲在长安，却把你留在那么偏远的郡县？"

"……阿爷初到长安为官，未曾携带娘亲和奴家。"

"得问问，"朋友想了想，说，"我说话不算，得请示上级，就是我上面的官。"

不一会儿，朋友回来了，李乐满怀希望地看着他，然而她却失望了。"抱歉，这位姑娘，如果你回到更早的时候，时间线会被影响，牵一发而动全身，我们不能保证这件事会不会对之后的事情产生影响。"

李乐黯然，也是，自己的想法确实有些荒唐，就算回到过去，能不能改变也不一定。

李义协安慰她说："再过一刻钟，他们就会带你回去。在此之前，这里的人会在你脑中放入一个东西，就是跟我脑袋中的差不多，比如刚才你看到我用手指付钱，就是它在起作用。"

"当真？"李乐一听，有些兴奋，她看见李义协手指一挥，面前就能出现图案，还有开门……

"对啊……有些……有些占卜师也是用芯片为客人卜算。"李义协说着，示范地用手在空气中划了划，眨眼间显现出了一个八卦阵的图案。李乐深呼一口气，抿了抿嘴，心中大动，如果她回去后也有这般神通，何人再敢欺负于她？但她看着李义协的眼神，又有些不确定。

但那位时空局的朋友老老实实地解释说："不过你的不是，你的芯片只是为了让我们能够监控你的身体状态和传送位置，避免出现意外。"

"为何不赐奴家与阿兄一般的？"李乐嘟起嘴，"奴家本在城外采风，无辜被你们带到了这里，还险些丧命。"看来李乐的耳朵很尖，刚才李义协和朋友的小声说话全被她听到了。

朋友抱歉说："是我们的过错！真的对不起了。"

"官爷，"李乐说，"请赐奴家与阿兄一般的。"

"姑娘要这东西干吗呀？"

"阿爷病重离世，娘亲孤苦，奴家想替娘亲分忧。"

"这……不太好。"

李乐却跪下了："请官爷成全，奴家别无他求，只此一物，权作小女子此次受惊之偿。"

"抱歉，真的不行，"朋友面露难色，"我们是有规定的，你先起来。"

李乐又跪向李义协，恳求说："李郎，请念在同族之上，为奴家求求情。"

李义协有些不忍，把朋友拉到一边，说："你们怎么也得给人家一点儿补偿是吧。"

朋友看了看跪着的李乐，压低声说："我没查到李乐这个人，不过刚才听你说她喊你哥哥，我就搜了搜你的名字，李君羡的儿子，跟你一个名字。"

"李君羡？"

"唐太宗李世民手下的大将，不过贞观二十二年的时候，因为他在宴会上说出自己的乳名'五娘子'，又加上他本身孔武有力、能征惯战，结果无端沾了'女主武王取代李氏据有天下'的箴言，被唐太宗所忌，找理由杀了，全家被抄没。李乐应该是他的女儿，她刚刚那样问，明显是想去救李君羡。"

"那现在该怎么办？"

"还是按原计划，咱们带她去植入大脑芯片，我们删掉她的这段记忆就好啦。小姑娘挺有胆量啊，敢想。"

李义协转头看了眼李乐，心里有些触动，自己居然跟她哥哥同名同姓，还长得相像，难不成自己上辈子真是她哥哥？

他摇了摇头，他知道科学是不讲情感的，如果让她带着记忆回到过去，不知道会引起怎样的蝴蝶效应。

李义协走到李乐的身边，叹口气，说："抱歉，他们不能，你还是起来吧。"

李乐眼中希望的光芒熄灭了，但她还是咬着嘴唇站了起来，向着李义协行了一个礼，说："承蒙李郎关照，奴家却无以回报，归去后定会为李郎祈福。这支簪子，还烦请李郎还与那位老夫人。"

李义协接过簪子，想说什么，却又不知如何说起，只能默默看着李乐跟着工作人员走了。

"对她来说这样神奇的东西，自然是抵不住诱惑的。况且她肯定还想利用芯片做其他的事。家中遭此祸事，是人都不会甘心。"朋友说。

李义协沉默了一阵，说："我估计她回去后恐怕活不了，你们不是在城外的乱坟岗把她弄过来的吗？你看是不是可以跟你的领导请示一下，毕竟你们把人家弄过来，不能就这样不负责任地又弄回去吧。"

"这个……很难的，有规定，不能改变历史的轨迹，因为后果是不可预料的。"

"就一个小姑娘，又不是武则天。她一直把我当她的哥哥，估计我和她哥哥确实长得一样，而且名字也一样，说不定我还真是她哥哥转世。这个忙你们一定得帮，跟你的领导说，如果不帮，我就把这事捅出去。"

朋友叹了口气："算了，我再去请示一下。"

这是哪儿？李乐睁开眼，茫然地看着四周，这不是凶恶的奴仆们扔她的那块乱坟地，而是一个漂亮花园的草地，那些奴仆呢？

她下意识地摸摸身体，突然发觉自己的身体复原了，遍体的鞭痕消失不见了，衣服居然也是完好的，而且也不再是粗麻布衣裙，现在她身上的，是一件轻薄丝滑的绸裙。她不明白自己身上到底发生了什么事，于是仰天躺在草地上，望着天上的云，她扑哧一声笑了——好像馒头啊！

这时一个声音传来："翙儿，快回来，娘亲要带你进宫了。"

"翙儿？"李乐有些蒙，她的乳名并不叫翙儿，但周围除了她就没别人了啊。

这时，一个慈眉善目的妇人走到了近前，数落起了她："翙儿，你怎么躺在地上，让人看见了成何体统。你可是马上要进宫的人了，袁真人说你一定会当上贵妃的。"

李乐脑海里突然涌出一大段记忆，她不叫李乐，而是大唐应国公武士彟的次女，而且马上要入宫，接受大唐皇帝的遴选。

"好的，娘亲。"李乐乖巧地说。

天授二年（公元691年），称帝的大唐天后召见了罪臣李君羡的后人，下诏为李君羡平反，追复其官爵，以礼改葬，并赏赐抚恤了李家。李君羡的儿子李义协率家人叩谢天后之恩，但始终没有找到李君羡的女儿李乐。

末世危机

戏 剧

艾尔发提·艾尼瓦

中午12：00，当那些巨大无比的蛋同时出现在世界各大城市上空时，人们这才感到来自无垠星空的未知恐惧。

正当世界各国代表在联合国紧急磋商，讨论是否要动用人类压箱底的武力手段时，一条信息突兀地出现在了会议大厅的大屏幕上：

"为了解决星系资源紧缺的问题，我们决定在一年后将地球的人类数量裁减90%。但基于对生命的起码尊重，我们无法实现完全随机抽取，而是采取一种特定的选择标准，标准是你们能够理解的，也是你们可以达到的。因为我们喜欢戏剧，所以我们将戏剧性地在最后一分钟告知你们这个标准。对了，你们不要做无谓的反抗，你们和我们的差距是你们所不能想象的，你们现在就可以看看你们的卫星，月球。"

一分钟后，全世界所有的生物都看到了恐怖的一幕，天空中的月球突然炸裂成了一堆碎石。接着更恐怖的事发生了，这堆碎石没有四散飞开，而是违逆了一切物理法则，诡异地在空中排列组合，逐渐组合成一串阿拉伯数字"364 23 59 59"，然后最后一个数字跟着变成了8。

这是外星人给地球人的倒计时，这个创意倒是体现出无比的天才性和戏剧性。

"好了，现在你们可以自己掂量一下自己的力量，如果想用你们那些原始的核武器来攻击我们，请随意。哦，另外，我们很忙，也麻烦你们不要再浪费你们不多的时间来说服我们接受和平……"

联合国大厅沉默了，全球各大城市也沉默了，之后便是彻底的混乱和疯狂。

"我们有能力反抗吗？"联合国秘书长发出灵魂之问，但没人回答他。

人类历史上最后一年，也是最奇特的一年到来了。

几个主要大国当然不甘心，但巨大的科技代差无情地粉碎了他们所有的雄心和计划，他们老老实实低下一向高傲的头。随即他们就发现，现在的最大问题好像不是外星人了，而是地球上人人都想当那10%。这个煎饼可不好划分，搞不好人类会先发动一场世界大战，最后留下10%的人口，那倒省了外星人的事了。

但现在世界大战肯定是打不起来了，因为各国都陷入了无政府主义的浪潮之中。社会上一片混乱，在末日的阴影之下，没人能保持平常心，到处都是"零元购"、打砸抢烧，还有末日教趁机作乱……经历过短期的疯狂，人类社会最原始的生存需求让他们重复了一次类似宗教的诞生过程，每个人都产生了不同的对于那10%概念的独属于自己的信仰，有人坚信左撇子才能活下去（因为左撇子人数刚好是右撇子人数的10%），有人坚信只有一个睾丸的男人才能活下去（他们认为巨蛋代表一个睾丸），当然更多的人还是坚信只有最虔诚的宗教信仰者才是天选之人，外星人就是以前的神，现在不过是最后审判日来临而已。

丁仪已经很久没有踏实睡过觉了，因为他被选进了科学院负责解译那10%概念的专家组，这倒不是因为他有多大名气，而是那帮老资格的专家们需要真正能干活的人。

距离巨蛋发出通知刚好过了五周，但现在大家都还没有思路。更糟糕的是，刚刚得到航天局的通告，北美联邦发射的逃逸飞船变成了绚烂的太空烟花——没人能逃出地球，这早在丁仪的预料之中了。

他像往常一样走向地下车库，却发现自己的车和其他的很多车一起，被人砸得面目全非，上面还统统刷了血红的一个"N"字，这是末日派团伙"自然教（Nature）"的标志。

丁仪啐了一口，只好步行离开小区。"自然教"是最近一个发展迅猛的群体，他们认为外星人消灭人类的目的是惩罚人类对自然的破坏，因此10%的判定应该是亲近自然的程度，于是他们就开始了一种茹毛饮血、重返自然的原始生活，并大肆破坏他们认为破坏自然的工业文明。丁仪想不明白他们干吗还留在城市，"自然教"就应该回归大自然、回归山林，而不是留在城市搞破坏。

街上车很少，人更少，几个零散路过的人也都是神色紧张，相互盯防，匆匆快步通过。丁仪也匆匆地走着，插在口袋的手中紧紧握着一支防狼喷雾，这多少给了他一点安全感。他一边走一边想：

"到底是什么呢？关于它们的来源研究还没有任何进展，它们凭空就出现在了地球上，与其沟通也没有获得任何进展。一定有一个具体的概念，这一概念也一定和扯淡星人所给的线索有关。"

扯淡星人是丁仪对那些外星人的称呼，它们说的话很扯淡，做的事很扯淡，它们的飞船也很扯淡。

"戏剧，戏剧性，一年，10%……"丁仪研究的重心是"戏剧性"这个词，这个词代表"情节跌宕起伏，矛盾冲突，反转，偶然和巧合，引人注意的"，因此主流的观点认为这代表着外星人是想将地球营造为一个巨大的舞台，观看人类最后的疯狂和徒劳的挣扎，以取得它们所需的社会学研究数据，因此对于信息中"戏剧""戏剧性"几个词的研究不再被重视，科学院中也只有丁仪还在做相关研究。

丁仪认为这三个字隐藏着更多，他心中老有一个声音告诉他，他是对的，但他一直没能有任何进展。"戏剧，戏剧性，"丁仪有些疑惑，"这到底应该怎么理解？难道外星人的标准就根本还没有定下来吗？难道标准是随着外星人的观察不断改变的吗？"

丁仪突然想起联合国大厅屏幕上显示的"戏剧"一词并不是更为通用的英文"theatre"和"play"，而是源自拉丁文的"drama"，"戏剧性"也是拉丁文"dramatic"。他脑海里像是突然出现了一点亮光，于是加快了脚步。一回到科学院，他立即调出了一份古希腊的历史典籍。

现代戏剧发源于古希腊，当时的希腊人建造的露天戏剧院让现代人都叹为观止，观众席以巧妙的角度布局，以至于在那个没有麦克风和音响的时代，演员的声音也能清晰地传到最后一排观众的耳朵中。

"我们喜欢戏剧"这一句话是用类拉丁语表达的，也就是用原语言的语素拼出了拉丁语中的"戏剧"，很明显外星人所说的"戏剧"指的就是直译的戏剧，外星人宁可冒着暴露自己意图的风险，也要表达这一观点，说明"戏剧"是信息中最重要的部分！然而其他的科学家和概率学家们，沉迷于外星人所说的"无法实现完全随机抽取"中，研究方向完全偏离了原始的目的，当然这就不是丁仪所能管的事情了。

戏剧被大体分为喜剧和悲剧，难道外星人口中的戏剧是指悲剧？亚里士多德在《诗学》中提到，悲剧的目的是要引起观众对剧中人物的怜悯和变化无常之命运的恐惧。10%的标准就是剧中的人类变化无常的命运，难道外星人是想让人类感受这种带有宿命论的恐惧？

丁仪发起了呆，心底的那个声音好像并不怎么赞同。他再一次浏览那篇典籍，这是伯罗奔尼撒战争后一位学者对当时希腊戏剧的描写："当爱和智慧不能拯救雅典的那帮智者，喜剧是他们的宿命。"后面还抄写了一份古希腊的戏剧剧本，那是一部让人会心一笑的戏剧，哪怕是生在娱乐时代的丁仪，也被这篇喜剧逗笑了好一阵子，他还把这篇喜剧发给了几位同事，反响似乎也不错。

悲剧，抑或喜剧，这又是一个问题。

时间只剩三个月了，月球碎片组成的倒计时可能是因为人类的心理原因，总让人觉得似乎在变得越来越快。

现在，整个世界的格局已经发生了巨大的变化，很多国家的政权分崩离析，疯狂、混乱和暴力充斥着各国的城市和乡村。剩下还没乱的国家，其国内的大部分民众已经完全投入了宗教的怀抱，大片大片的民众跪在地上，虔诚地朝着太阳、神像、变成计时器的月球残骸，当然还有头顶上的那些个巨蛋，没日没夜地礼拜和祷告。

只有那几个主要大国还能勉强保持着大体上的秩序，他们的科学家仍在努力寻找唯一确定的答案。然而随着末日的临近，这些国家的局势也日益动荡起来。

丁仪坐在家里，盯着面前的一堆资料和电脑屏幕发呆。在他上报了自己的发现和疑惑之后，专家组就改变了研究方向，专注于"戏剧"和"戏剧性"的研究。最后专家组大部分人倾向于认为外星人这是给地球准备了一出"悲剧"。他们认为外星人喜欢戏剧，但并没有用悲剧来表达，这应该是有原因的，说明他们更加专注于"戏剧"的特点，而不是"悲剧"或者"喜剧"的特点，也就是所谓的夸张化、戏剧化，即明显的与现实世界不同的一种存在。很显然，外星人想当

"观众",地球人是"演员",那么他们所定下的"标准"则是促进人类夸张化、戏剧化的动力。而从人类的观点来看,这充满疯狂、猜疑和混沌的一年无疑是充满戏剧性的了。

因此,外星人的道德标准,或者行为准则抑或是价值体系和人类社会是一定有共同性的,外星人刻意隐瞒的标准完全可以从悲剧的角度考虑,因为人类最终将只剩下10%,这无疑是一场妥妥的悲剧。

最后,一些专家认为外星人是发自内心地想要捉弄人类,他们已经拥有随意挑选的能力,他们就是想给予人类反复无常、难以捉摸的结局,因此挑选标准根本不重要,那是完全随机的。但另外一些专家们则不认同,于是照例又开始了无休无止的讨论和争执,至于如何应对外星人日益临近的最后威胁,却没人讨论了。

丁仪没参与争执,他认为这纯属浪费时间,而时间本来就不多了。他认同外星人的道德标准或价值体系同人类相一致这一观点。事实上,从他看到外星人能够用每个人都能理解的方式去传达这一信息就已经有所怀疑了。丁仪认为悲剧或者喜剧的断定应该从外星人的角度去考虑,人类的生死与悲喜剧完全没有关系,而和外星人所持有的态度有更深的关系才对。他们的根本目的到底是什么?仅仅是看一场戏吗? 这才是丁仪考虑的问题。

此时他发现他手上拿着的还是上次那篇喜剧,每次陷入沉思后他总喜欢再看一次,无论看多少次他都能笑出来。突然,笑着笑着,他停住了。

中午11:50,丁仪站在城市上空的巨蛋下面,偌大的广场上就只有他孤零零的一个人。他仰望着那颗硕大无比的蛋,此时距离标准的出现只有仅仅九分钟了,而距离90%的人类死去也只有十分钟了。

此刻全世界的100亿人口还剩下一半,在疯狂、混沌、野蛮的相互杀戮中,老弱病残、弱势人群、"劣等"种族以及那些社会属性低下的人的数量骤减。即便在秩序还没有崩溃的首都,丁仪来的这一路上就看见了不下十次的交通事故和公开的谋杀,如果不是军人们还控制着主要干道,丁仪自己很难来到这里。

最终的时刻即将来临,丁仪心中却毫无波澜,他伸出了双臂,从他的视线角度,他刚好可以抱住天空上的那个蛋。他在等待,他需要结果,"他们"也需要结果。

果然，就在倒计时变成五分钟的时候，丁仪的脑海中突然有了一种奇妙的感觉，一种他从未有过，却无比亲切的独特感受，那是一种"对话"的感觉。

"你好，人类中的智者或勇者，你们中的绝大多数都会在此时选择尽量远离我们，但你却来了。"

"你们就是喜欢戏剧性，不是吗？"

"是。"

"你们这一年看得开心吗？"

"非常有意思，这是我们度过最有意思的一年！"那个声音依旧非常平淡，事实上，声音的语气没有过任何波动。

"喜剧？"

"对。"

"为什么？"

"我们接收到了你们星球发出的光，哦，以你们的日期来算，应该是两千年前发出来的。应该是你们古代希腊的一座城市，城市的剧场里正在上演一场戏剧，是一出喜剧，我们很感兴趣。因为我们的种族已经太久没有娱乐了，我们在星际间漂流，我们的唯一追求就是生存和繁衍，而你们重新教会了我们去享乐，去获得喜悦，让我们懂得了享受也是生活的一部分。"

"于是这就是你们报答我们的方式？"丁仪怒了。

"你们不是信奉社会进化主义吗？几千年来不是一直都在践行吗？我们只不过是小小地帮扶了你们一下，算是给你们地球人的报酬。"

"我们人类的生命，在你眼中就如此渺小吗？"

"想想蚂蚁在你们眼中的地位吧！我们净化了你们的种族，让你们能够更好地在这颗美丽的星球上生存、繁衍。你也许不能理解，但你们地球上的那些国家的领导人一定会感到满意，他们会发自内心地感谢我们，因为不用发生毁灭性的战争，不用破坏地球的生态环境，不用担心民众起来造反，我们就替他们解决了最大的难题。按照你们国家的传统，他们会给我们烧高香的。"

丁仪沉默了，外星人想看一出喜剧，地球人却得到了一出悲剧，然而在绝对的实力面前，地球人又能怎么样呢？他不由得想起了那句"落后就要挨打"的名言，看来这不仅是地球上也是宇宙中唯一的通行法则啊。

最后一个问题了："你们将拿地球怎样？"

"不会怎样。宇宙之大，你们地球人是无法想象的，我们不会因为你们这颗小小的星球阻碍我们探索浩瀚星际的步伐，这只是我们旅途中一个小小的插曲，我们这就要离开，以后也许不会再来了。至于你，地球上的智者，发现了我们的目的，作为奖赏，我们有意邀请你遨游宇宙，我们船上也有很多其他星球的客人。当然这不是绑架，你可以选择拒绝，不过那样的话，为了你的安全，我们将会抹去你的一小段记忆。"

丁仪犹豫起来，现在他是独自一人生活着，几年前妻子就离开了他，因为他挣不到大钱、出不了大名、甘心窝在科学院当一个小小的研究员。

"我们的谈话持续了四分三十秒，还有三十秒我们就要走了，你的选择也只有三十秒了，噢，二十八秒。"

"我……"

时间到，全球的人们，包括地上和地下的、祈祷和听天由命的、正在施暴和正在被施暴的人，统统都闭上了眼睛，屏住了呼吸，等候最后的宣判。然而什么也没发生，当他们再度睁开眼睛时，却发现头顶上的巨蛋全都消失得无影无踪了，更让他们震惊的是，那个变成了计时器的月球，重新又变回了月球的模样，一切好像就是一场梦。

晚上12：00，各基层单位上报，从那一刻起，截至上报时间，再没发生一起非正常死亡，也没人无故失踪。

当然也有例外，科学院报告说他们的一个研究员失踪了，上午有人看见他开车往市中心巨蛋的下方去了，然后就再也没有回来。

逃离沙漠

陈熊晶

"爸爸，你说在这片沙漠之外是什么呢？"

"儿子，我想告诉你的是，沙漠之外仍是沙漠，剩下的也只有一片荒芜，毫无生机。"

"沙漠之外怎么会还是沙漠呢？沙漠之外难道不应该还有森林、山脉、江河，这些地方怎会没有生机呢？"

"孩子，我所说的沙漠并不是你眼前所看到的和心中所想到的，它是看不见的，只能去体会才能明白。"

"沙漠之外不可能还是沙漠，地球可不是什么沙漠星球，爸爸也许真的搞错了。"未来念叨着，继续艰难地在沙漠中前行。眼前是黄沙一片，天上地下全都是昏暗的黄沙，甚至连阳光也被裹住了。未来根本无法看清前方，只是茫然地向前走去，因为他心中有一种强烈的渴望，在指引着他走出眼前的这片昏暗的沙漠。

不知这样茫然地走了多久，就在他快要达到体力极限之时，突然发现前面出现了一丝光亮，他加快了脚步。很快，他走出了沙漠，发现自己站在了一座高大的沙丘之上，前方的漫天黄沙已然消失，明亮的阳光之下，是他曾经在书上看到过的森林、草地、河流和山脉。

他激动得全身颤抖起来，向那片朝思暮想的绿洲冲去，然而"嘭"的一声，他的身体猛地撞上了一堵透明的墙，身体被弹开，重重地摔在了原来的沙地上。他吃力地爬了起来，意识到了面前的这堵墙阻挡了自己前进的脚步，但他并不想放弃，他再一次地向那面墙冲去，但依旧被无情地弹开，然后摔在地上。不管未来怎么努力，那面墙仍然将他隔离在外，一步都无法踏进那片绿洲。未来有一种绝望的窒息之感，让他呼吸困难，眼眶中的泪水也在这时爆发，顺着他那稍显稚嫩的脸颊流了下来。

"为什么会这样？为什么不让我过去？"未来哭喊着，猛地惊醒过来，才发现这只是一场梦。窗外，仍旧是一望无际的漫漫黄沙。他走到窗前，擦干了眼角的泪水，远眺着沙漠的边际。他还是相信，在那边际的后面，一定有梦中的那些山脉、河流和森林。

"醒了吗？"沈心走了进来，关切地看着儿子，她发现了未来脸上的泪痕，"你做梦了？"

"妈妈，我看书上说，许多沙漠并不是天然形成的，而是由于人类对草地的过度利用而沙化形成的，那么沙漠之外一定有其他的景观，没错吧？"

"没错，沙漠确实不是地球上的唯一景观，还有高耸的山脉，辽阔的大海，茂盛的森林以及平旷的草原。"

"那为何爸爸说在这片沙漠之外还是沙漠呢？他指的是什么呢？"

沈心摸着未来的头，说："你爸爸指的那片沙漠是看不见的，但它早已遍布全世界。现在，这个世界上可以说只有爸爸妈妈和这里的叔叔阿姨们，当然也包括你，还不属于那片沙漠。但你现在还太小，还不能去接受这一切。"

这时，未来的父亲——未明也进来了，眼神中带着焦急："心，未来虽然还小，但现在是时候告诉他一切了，我们的时间已经不多了。"

"他们距离我们还有多远？"

"最多一个小时。我们已经给那艘飞船注满燃料了。"

"没有父母陪伴，孩子们自己能行吗？"

"你知道，没有第二艘飞船了。再说我们多一个人阻击他们，孩子们就能多一次机会逃出去。"未明蹲下来，看着未来的眼睛，说："未来，以后爸爸妈妈都不在你身边了，你要照顾好自己，还要照顾好跟你一起的那些弟弟和妹妹，要带着他们一起学习，飞船上的机器人老师能教你们很多东西，认真跟着它学。"

未来的眼神有些黯淡，以往他也搬迁过很多次，但都是跟着爸爸妈妈的，难道这次爸爸妈妈不带他？他不由得问："爸爸，你为什么不带着我们走？"

"爸爸和妈妈还有叔叔阿姨们要留下来处理一些事情，你和其他孩子们先走，我们处理完了就会跟来。"

"爸爸……"未来还想问，却被爸爸一把紧紧地揽进怀里，他被压迫得说不出话来了。未明说："等会儿妈妈会告诉你一些事情，你可能听不懂，但也要牢牢记住，以后长大你就会明白了。"说完，未明站起身，再次摸摸未来的头，对妻子沈心点点头，转身出去了。

"爸爸！"未来想去追，又被妈妈沈心抱住了，"未来，让你爸爸去吧，他还有更重要的事要去做，妈妈现在给你讲一个故事，是爸爸妈妈的故事，你一定要记住。"

"妈妈……"未来有些懵懂，但不再挣扎，开始听沈心的故事。

"爸爸妈妈年轻时，住在大城市，就是有很多高楼大厦和热闹商场的地方，那些叔叔阿姨们也一样。爸爸妈妈都在一个大公司的研究所工作，我们参与了一个能够植入人大脑的芯片的项目，这个项目成功了，但灾难也开始了。"

"灾难？"

"嗯，植入芯片的人类虽然可以获得超高的智力和身体素质，但情感和意识系统将会被完全控制，成为资本巨头，哦，就是那些公司的老板们的终身奴隶。在很短的时间内，这个世界上的绝大多数人在不知情的情况下就主动或被动地被植入芯片，因为如果他们不植入这种芯片，就没法与那些植入了芯片的人进行竞争，他们的学习成绩就会不好，他们也找不到工作，为了生存，他们必须植入芯片，他们却不知道这是用自己的灵魂和生命来换取的。"

"那些老板真坏，但你和爸爸为什么要帮他们呢？"

"我们也没想到发明出了一个魔鬼，于是爸爸和我以及一些科学家揭露了这个事情。但为时已晚，整个社会都被那些人控制了，我们不得不逃亡，逃亡到还没有被控制的地区。他们却不放过我们，因为他们还妄想控制全世界的人类，于是战争爆发了。"

未来这时也想起了每次搬迁时，外面总有轰隆隆的声音，地面也在剧烈地颤抖，他问："我们打不赢他们吗？"

沈心苦笑着说："他们占据了大部分的地方，有无穷无尽的资源，更重要的是，他们还控制了大部分的人类，而且反抗他们的人中有很多因为还想要继续生存下去，主动接受了芯片的植入。于是反抗他们的人就越来越少了，到最后我们就只能躲在沙漠这种人烟稀少的地方了，但还是被他们发现了。"

未来睁大眼睛，问："妈妈，你和爸爸就是宁愿死也不愿植入那个什么芯片？对吧？"

"嗯，因为我们要保留人的灵魂，我们不是畜生。记住，你也是人，不是任何人的奴隶，现在不是，以后也不是！"

"我记住了，妈妈。"未来突然又想起了什么，问，"妈妈，刚才爸爸说要送我们上飞船，这次是要飞到哪里去？"

"到一个很遥远的地方，你们也许会睡很长的时间。当你们醒来的时候，你们会发现来到了一个新的星球，那是你们的新家园，你们的任务是改造那里，将那里建设成人类新的家园。记住，人类的希望，就在你们的肩上。"

"那你和爸爸，还有那些叔叔阿姨们也该和我们一起走啊！"

沈心站起身，说："未来，刚才不是给你说了吗？我们还有更重要的事要做，我们这代人的事情需要我们做完。走吧，孩子，他们在等着我们了。"

半小时后，上百架飞机从沙漠中的掩蔽处呼啸升空，许多沙丘也褪去了伪装，一门门大炮和一枚枚导弹显露出来，直指天空。天际线处，升起了一层黑色的雾霾，远远地将这里围了起来，而且正在快速地逼近，那是由无数像蝗虫一样的小黑点组成的雾霾。

此时，一座沙丘突然裂开，接着地面开始颤抖起来，一枚银白色的火箭从地下缓缓升起，伴随着滚滚烟火，火箭越升越高，越来越快。几十架飞机围着上升的火箭打转，远处无数道白烟掠来——那是来袭的导弹，然后在战机的疯狂射击下变成了一朵朵绽开的火球。

未来在剧烈的震动和巨大的重力压迫下，昏迷了过去。当他醒来的时候，只觉得身体轻飘飘的，如果不是被安全带束缚着，他已经飘起来了。

他发现自己还是躺在上飞船时的那个玻璃罩里，他侧身望去，旁边是一溜的玻璃罩，里面也都躺着孩子。他又抬头看去，头顶正好是舷窗，窗外是一个泛着亮光的、巨大的蓝白相间的球体，他知道这就是地球，他的家园，也是他再也回不去的家园。

地球之外，是漆黑的夜空，夜空之中，则是星辰。

最后一个人类

王　哲

我坐在破旧的椅子上，忽然响起了敲门声……我听着那缓慢的敲门声，从里面听出了令人毛骨悚然的熟悉感。

又是谁？我本能地抵到门上，像是门外有什么怪物将要冲进房间一般，眼睛却拼命往猫眼外看去……我看到了另一个我，满身血腥，在门外沉思着……这让我不由得想起了初次来到这里的时候。

我压了压门确保它已被锁死，随即便在房间中搜寻可以用作武器的东西。我有一把枪，枪里只有一颗子弹……但在第一次回到家的时候，我就已经把它用掉了。我继续在房间中摸索，最终找到了一条桌子腿。当拿起桌子腿时我愣了一会儿……因为这武器是我当初用手枪打死的那个人的。

门锁开始"嚓啦啦"地颤抖起来，有钥匙插进锁孔中的声音。不一会儿门就开了，我看见另外一个自己从门外走了进来，手中端着一把枪。他望着我，脸上浮现出惊愕的表情，但又瞬间冷静下来，他抬起了手中的枪。

"不行……无论你是谁……我都必须消灭你……我只能有一个……我必须活下去……我必须成为这个世界上……最后一个……人类！"他重复着当初我说的话，一个字都不差。

我开始惊慌起来。只要是个正常人都会知道，在一把枪面前，桌子腿毫无抵抗力。我丢下桌子腿，拿出那把空手枪，在另一个自己巨变的眼神中退到了里屋。

里屋里，堆满不知放了多久的尸体，都是一个模子倒出来的"我"，以及……无数子弹耗尽的手枪，无数支同一个型号的手枪……一模一样。

突然之间，我释然了，我确实拥有了无限的生命，它们没有骗我们。我不由得笑起来了，抬头便望见了依旧抬着枪的另一个自己。

我问，却是用着陈述的语气："你的枪里是不是只有一颗子弹？"

自从那天被莫名其妙传送到这个诡异的空间，噩梦就开始了。一个无处不在的声音对我们说："你们这些贪婪残暴的人类，自己毁了自己的星球，你们破坏了宇宙中永恒的生命法则，就该受到惩罚！记住，你们只有一个人能活下去，我们只需要一个活体。从现在开始，每个人都必须是独立的，除了你自己，所有人都是你的敌人，不管他们是不是你的亲人、朋友，你要想活下去，就必须杀死其他人。最后只有一个人能胜出，他可以作为唯一的人类，继续活在这个星球上，作为奖励，我们将给予他无限的生命。如果你们人类中有谁敢结盟，那我们首先就会毁灭了他们！我们要看的是……与众不同的东西！现在，开始！"

然后一行数字浮现在空中，那是残存人类的总数，也是人类数量的倒计时器。

于是从那天起，人类便开启了自相残杀的模式，而我也开始了自己无尽的逃亡生活。一开始，我只是希望自己不被莫名其妙地杀死，后来我明白了，要活下去的唯一方式就是杀死其他人。

我端起了我的枪，用尽了人类所有卑劣、残忍、阴险的伎俩，杀掉了我能遇到的所有人，直到最后我再也看不到任何别的人，而悬浮在空中的数字最终也变成了孤单的一个"1"。于是，我成了最后一个人类。此时我手中的枪还剩下最后一颗子弹，不过也无所谓了，因为这个世界上只有我一个人了。

我回到我多年未归的小屋，等待着"那个东西"赐予的一切来临。来到家门口时，鬼使神差之下，我敲了敲门。然后我才突然想起，已经没有人在家里了，但是房间内突然传来一阵翻东西的响声。

有人在屋子里面！他是谁？怎么可能，明明幸存者名单上只有我的名字了！难道是同名的人？不，我一定要把他解决掉！付出了那么多，杀了那么多人，怎么可能让一个躲在别人家里的家伙阻碍我拿到"那个东西"赐我的永生？

于是我掏出钥匙，准备自己开门，多年未开过的锁里生了锈，转动钥匙时发出了刺耳的嚓啦声。我终于打开了这扇门，却发现躲在家里的是一个和我一模一样的家伙！怎么可能？但事实就是，那个躲在家中的"我"，手中拿着一条桌子腿，戒备地望着我。当他看到我手中的枪时，露出了惊惧的目光。

我惊愕了一瞬，不过迅速冷静下来。我端起枪，无论那个"我"是谁都不重要，我听到自己在说："不行……无论你是谁……我都必须消灭你……我只能有一个……我必须活下去……我必须成为这个世界上……最后一个……人类！"

他听了这句话，眼中透出的惊惧更浓了，似乎这句话比我手中的枪更可怕。他扔下桌子腿，也掏出了一把手枪，那把手枪和我手中的那把一模一样，他没有急着开枪，我也没有……因为谁也不知道谁的子弹更快。

他保持着那个姿势退到里屋去了，我也慢慢向里屋走去。然后我看到了里面满屋的腐尸和满地的手枪，一模一样的尸体和一模一样的手枪。

那个"我"突然释然地对我笑了，然后问了我一个奇怪的问题："你的枪里是不是只有一颗子弹？"

我没回答他，而是扣动了扳机，子弹穿过他的大脑，他躺在那些尸体与枪械上，就像是本身就该在那里一般。我拿着自己子弹耗尽的枪，逃一般地回到了客厅。不知为何，我心中出现了难以言述的恐惧。

没事的……没事的……我拼命告诉自己，没事的……我已经是地球上最后一个人类了。

"砰——"
回答我的是震耳欲聋的枪响声，正如当初我回答上一个自己一样。

太空钻石

杨　武

冈旺达是一个不起眼的小国，这个国家贫穷而又落后，这里没有石油、没有金矿、没有钻石、没有大象，甚至连水都很缺。所以不管是东方还是西方，都不屑于关注这个国家，这里的民众生活在贫困和混乱之中，从来没人在乎。

卢卡扎是冈旺达的一个偏远部落村庄，这里的人们淳朴而又勤劳，他们日出而作、日落而息，祖祖辈辈都靠种植木薯和狩猎为生，很少和外界来往。这里同样没有石油、没有金矿、没有钻石、没有大象，甚至连水都很缺。所以不管是冈旺达政府还是反政府武装，都不屑于光顾这个村子，这里的人们生活在安宁祥和之中，从来没人打扰。

这天午后，阳光明媚，地面被烤得冒烟，卢卡扎的村民们吃饱了木薯饭，照例躺在树荫下望天消食，孩子们则不顾烈日的灼烤，在尘土飞扬的地上四处追逐嬉耍。

这时，部落里眼神最好的人突然看见碧蓝的天空上有颗闪亮的星星。

"这是什么？"他疑惑地望向天空，然后不自觉地站了起来。

人们纷纷被他的行为传染，也纷纷起身抬头仰望。在大白天，除了太阳，是看不到任何星星的，至于飞机——人们早已见怪不惊——但那是会很快划过天空飞走的，而这颗星星却是那么耀眼，这可是件稀奇的事。

不多时，那颗星星似乎变得大了点，还有根冒烟的小尾巴，紧接着"砰"的一声，那颗星星突然从天上砸了下来，转瞬间就砸在村子旁的空地上，砸得地面猛地一震，把所有人都震得跳了起来。

最初的惊诧之后，村民们好奇地相互簇拥着，小心翼翼地围了过去。只见地上出现了一个冒烟的坑，坑底下，半埋着一个和人脑袋差不多大小的黑乎乎的球。

几个勇敢的年轻人跳下坑，去探究这个天上掉下来的奇怪东西，然后他们被烫得叫了起来。一个聪明的小伙子摸出了刀，撬下了一块黑乎乎的表皮，然后一股清亮的光透射了出来，于是那几个下去的人也纷纷拿出刀刮焦黑的外壳。不一会，一颗晶莹透亮的球状晶体呈现在众人眼前，在阳光照耀之下，通体反射出五光十色的光芒。

"这是伊玛纳神赐给我们的礼物！"族长兼祭司阿拉比站出来郑重宣布，他举起双手，仰视天空，口中念出古老的咒语，村民们纷纷跪下，跟着族长向苍天祷告。

晚上，这个光彩四射的天降圣物就供奉在村子的祭坛上了，几个龇牙咧嘴的野猪头和黑猩猩脑袋簇拥着它，为它提供保护。此后的几天里，村民们每天都在这个圣物前面朝拜、跳舞，村子的生活也像受到它光彩的照耀，变得更加欢快了。不久，周围几个村子也得知了这个消息，于是络绎不绝的人赶来朝拜，人们被它炫目的光彩深深地吸引了，纷纷跪下膜拜，有病的人还被允许靠近它，接受它光彩的洗礼。听说这些病人回去后，病就好了一大半。

于是这个圣物的名声越来越大，一直到传到这个地方的主宰者——热巴姆的耳中，他是一个拥有一千多人马的军阀，自封"冈旺达民主自由军"司令，实则割据一方、鱼肉一方。这位地头蛇当然不像愚昧的村民那样没见过世面，他知道这是一颗陨石，如果真像人们传说的那样光彩照人，那它一定就是颗很值钱的宝石陨石。而他一直都想扩大地盘和队伍，但他占领的这块地盘上什么值钱的东西也没有，现在天上掉下来了块宝石，岂不是天助他吗？

几天后，卢卡扎的原生态生活就彻底结束了。一溜皮卡车卷起漫天的飞尘浩浩荡荡地来了，在村民们惊惧的眼光中，皮卡车上跳下来大队的"民主自由军"战士，其中一半是和步枪差不多高的娃娃兵。

"冈旺达民主自由军"司令热巴姆从一辆沾满灰尘的黑色高档越野车下来，一个白人男子跟在他后面。热巴姆一挥他的粗胖胳膊，手下立即四散开来，冲向村子的各个角落。

几声枪响、一阵鸡飞狗跳之后，老族长阿拉比的血溅在了圣物之上，他成了圣物的第一个殉葬品。村里的男人和老人被拿着AK的童子军围成一圈，女人和女孩被赶进茅草房里慰劳壮年的"民主自由军"战士，男孩则被遴选出体格好的，和村里的牲畜家禽一起被捆住四肢，丢进了皮卡车。

族长的家里，热巴姆和白人男子正在鉴定卢卡扎村的圣物——那个天外之物，老族长阿拉比的尸体就在他们脚边，旁边还散落着野猪头与黑猩猩脑袋。看来不管是老族长的神秘咒语还是凶悍野兽的魂灵，都无法保住圣物，这就是原始文明与现代文明对抗的必然结果。

白人男子用一个放大镜仔细观察，最后他倒吸了一口凉气，激动地说："司令，这是钻石，钻石！我这辈子从来就没看到过这么大的钻石！地球上也从来没有过这么大的钻石！"

热巴姆肥厚的黑手掌抖了起来："科恩，你确定？"

"相信我，司令，你马上就可以拥有坦克和装甲车了！不，你马上就可以拥有这个国家了，你要当大总统了！如果你当大总统了，情报局那帮老爷一定会让我当大使的，我在这个鬼地方也终于熬出头了！"

热巴姆司令肥得发亮的黑脸庞也抖了起来："好，好，老子早就想推翻苏巴姆了！科恩，快给老子联系买家。"

"你放心，这事交给我吧，"科恩的白脸涨得通红，"我这就联系开普敦的买家……不，他们一定会狠狠宰我们一刀的，我直接去阿姆斯特丹，只有他们才出得起价！这颗钻石可比当初的库里南钻石还要大几倍呢，而且还是颗太空钻石。"

"我相信你，科恩，你我合作这么多年了，我就像信任自己的家人一样信任你！你赶快去，让他们给老子准备坦克、大炮、装甲车，对了，还有你们的毒刺导弹和标枪，老子要打掉苏巴姆的飞机和坦克！"

热巴姆司令彻底兴奋起来，科恩当然值得他的信任，因为科恩是A国情报局的编外特务，同时也兼着热巴姆的军火走私商。这么多年来热巴姆能够在混乱的冈旺达割据一方，全靠科恩和A国情报局的扶助，实际上A国情报局在世界上很多地方都扶持了像热巴姆这样的团伙，而且花费也不多，就像丢根骨头喂了条野狗一般，没准哪天某条野狗也许能闹翻天呢。不过因为冈旺达比较贫瘠，热巴姆没得到多少重视和扶持，科恩只给他弄来一些二手的AK和RPG。现在，老天降福于他，热巴姆开始憧憬起率领千军万马踏入首都的景象了。

科恩当天就坐小飞机走了，热巴姆则带人把那颗硕大无比的钻石拉回了老巢，开始满怀期望和雄心坐等科恩带着满载军火的飞机回来。实际上他现在和太空钻石几乎形影不离，就连睡觉也不离开，甚至不再需要黑妹子们来安抚他那充满欲望的壮硕身躯了，他可以整晚盯着那颗钻石，通宵不眠不休！

然而热巴姆司令没有等到科恩的军火，却等来了政府军的炸弹。

太空钻石的消息几乎瞬间就传开了，冈旺达政府宣布那是国家财产，热巴姆必须上交。在热巴姆还没来得及发表声明拒绝的时候，政府军就集中了全国一半的兵力杀过来了。更糟糕的是，这次全国其他的军阀统统都站在了政府一边，他们异口同声地附和政府，要求热巴姆交出钻石。

由于还没有得到科恩的坦克、装甲车和标枪、毒刺导弹，只有AK和RPG的"冈旺达民主自由军"无法对抗政府军的飞机、大炮、坦克，更不要说还有那些趁火打劫的军阀了。很快，热巴姆的军队就在政府军和各路军阀的联合碾轧之下，迅速土崩瓦解了。

等到科恩心急火燎地带着满满一飞机的军火飞回来时，可怜的热巴姆司令已经成了太空钻石的第二个殉葬品，政府军士兵在他肥硕的肚皮上跳舞的照片传遍了互联网，而那颗太空钻石自然也被冈旺达政府收归囊中。

总统苏巴姆宣布将在国际市场上公开拍卖这颗钻石，但阿姆斯特丹和纽约的大亨们不想出钱，毕竟原本只需要一些破烂军火就能换到的钻石，凭什么要花这么多真金白银去买？这些殖民分子的后裔，能做海盗的时候，绝不会做商人。

不久，几个西方国家的政府联合发表声明，严厉谴责冈旺达政府侵犯人权、发动内战、屠杀争取民主和自由的人士，严重践踏了民主和自由价值观，为此他们向联合国提议，对冈旺达实施制裁，同时在冈旺达建立禁飞区、派遣维和部队。

联合国当然不是他们几家开的，于是照例开始了扯皮吵架，决议什么的估计永远也出不来。于是那几个西方国家就自己动起手来，几架高科技的战机轰炸了基本处于原始农业社会的冈旺达，同时大使们开始收买冈旺达的军人、政客、军阀和公知。

一周之后，被炸得半瘫痪的冈旺达首都爆发了大规模示威游行，反对派宣称苏巴姆政府腐败、独裁、专制，要求实行民主和实现自由。总统苏巴姆态度强硬，在电视台和电台发表讲话，宣布国家进入紧急状态，军队和警察在首都实行戒严。当然，那场筹备已久的钻石拍卖会也只能推迟举办了。

但反对派并不退步，示威者开始与军警发生冲突，出现了人员伤亡，于是事态迅速扩大。在某些势力的推动下，反对派们号召民众人人拿起木薯花，宣称将发动"木薯花"革命。

与此同时，首都之外的军阀们又一次统一口径，不过这次他们站在了政府对面，他们宣称当局已经不能代表冈旺达人民。随后，各地的叛军纷纷向政府军发动攻势，而拥有坦克、大炮、飞机的政府军却节节败退，因为现在叛军手中有了先进的标枪和毒刺导弹。

苏巴姆总统很快就陷入内外交困的绝境，望着窗外如海潮一般涌动的示威人群，愤怒的他说："我要向世界联合大会和非洲联合大会申诉，这是赤裸裸的霸权行径，极端无耻的干涉！"

内阁官员和幕僚们都沉默不语，现在说这些有什么用，世联有用吗？如果有用，萨强人就不会被吊死了；非联有用吗？如果有用，卡大佐就不会被人从下水道拖出来打死了。

苏巴姆总统看了看自己的班底，叹了口气，说实在的，这些人到现在还能跟在他身边，已经是对他最大的忠诚和报答了。这时窗外传来更加汹涌的喧闹，他转身看向外面，只见成千上万的示威者已经开始冲击总统府，而奉命前来镇压的军人和警察则袖手旁观。

一个官员冲了进来，急切地说："总统，中美洲的委内拉巴国同意了您的避难要求，请立即出发！"

苏巴姆总统最后看了一眼办公桌，想了想，拿起了桌面上的国旗，然后头也不回地朝门口走去，走到门口，他突然停下来问道："那颗钻石呢？"

"还在中央银行金库里，要不要带上它？"

"带上它？它就是颗炸弹，已经把我们的国家炸烂了，还想把我们也炸死吗？"

然而苏巴姆总统还是没能躲过厄运，飞机起飞后不久即发生事故。据西方媒体以及一些标榜独立的自媒体报道，是因为他携带的美钞和老婆孩子的数量太多，飞机超载了。

于是苏巴姆总统成了钻石的第三个殉葬品。当然，真正的殉葬品还是冈旺达的人民。

苏巴姆死后，冈旺达彻底陷入动乱和内战的漩涡之中，不仅全国四分五裂，连首都也被三派人马分别占据，其中一派打出的旗帜正是当初热巴姆的"冈旺达民主自由军"，占据着总统府和一些关键地盘，这个派别的头目是死了的热巴姆司令的副官，实际是一个叫科恩的A国人在后面操纵。

至于那颗太空钻石，在混乱中消失了，有传说是苏巴姆总统逃跑时把它带上飞机了，然后和总统一起葬身于空难后的大爆炸之中。也有说是苏巴姆把它藏起来了，准备以后反攻首都后再取出来，但现在苏巴姆死了，钻石也就永远消失了。但微妙的是，阿姆斯特丹的钻石行情突然发生剧烈的波动，引发业内一阵猜测，不过价格很快又恢复了正常。

阿姆斯特丹一个守卫严密的地下保险库内，一群衣冠楚楚的绅士正在观赏那颗失踪了的太空大钻石。

"纽约那边问，什么时候才能让它公之于众？"其中一位绅士问。

"至少两年，当电视、报纸和网络上没有了冈旺达这个国家的时候，我们再给它安排一个传奇的经历，然后它的价值又能涨许多，当然我们的股票会涨得更多。"

与此同时，世界联合大会的安全小会里，一位专家正满头大汗地向几个主要大国的大使讲解："……那群小行星将会在三个月后撞上地球，由于数量太多，而且内部质地太致密，核弹无法摧毁它们。我们建议全球各国立即进入紧急状态，各大城市疏散居民，各地要紧急修建地下防护设施，沿海地区要准备撤离，撞击将引起滔天的海啸……"

太空中，无数闪耀着光芒的、近乎透明的、大大小小的漂亮陨石正在疾驰，它们的前方，是那颗蓝白相间的巨大行星……

白　洞

钟云怡

那是五年前一堂令人昏昏欲睡的选修天文课，我因为熬夜打游戏而昏昏欲睡，恍惚间听到教授说，伽马射线暴是大质量恒星于其塌缩爆炸时产生，或是两颗致密星体发生碰撞时喷射出的。

我抬起头，看了讲台上的教授一眼，心想这种离我们生活几百乃至上千光年的知识为什么要听呢？不如会周公去也。

"在2006年，人们探测到一次长伽马射线，但并没有发现该有的光谱滞后现象，简单来说，没有超新星爆发的痕迹。"教授继续讲。

我又抬起了头，眨巴一下眼睛。

"这场被命名为GRB060614的伽马射线暴，经科学家猜想，是由时空泡沫产生的，也就是源自白洞。"

我撑起脸，想象着宇宙深处奇特的存在，想想也是，既然有黑洞，那就肯定有白洞，不然宇宙就失去平衡了，于是GRB060614就深刻地印在了我的大脑皮质上了。

"教授，"下课后，我跟在教授身后，笑嘻嘻地问，"白洞会移动吗？万一它到了我们的星系，会危害到地球和我们人类吗？"

教授拿着一篇订好的论文，我一瞥，看到"超大质量""天体中心"几个词，没太在意。她看了我几秒钟，然后笑了，让我别胡思乱想，好好生活。

毕业前的某天，我的毕业论文被糟蹋了，罪魁祸首是一只猫，它掀飞了满桌草稿，打翻了墨水瓶。最后被我拎住后颈，正在我考虑如何给它一个终生难忘的教训时，有人敲响了寝室的门。我把猫藏在身后，开了门，居然是教授。

教授看见了我的尴尬和惊讶，也猜到了我背后藏着的秘密，笑着说："抱歉，我的猫给你找麻烦了，它老爱到学生寝室乱窜，也许是闻到了仓鼠的味道。"

我把猫拎给了她，猫一耸身，跳到她肩上，她顺了顺猫的背，轻声叫它的名字"百年"，真是奇怪的名字。

教授说："你不是想知道白洞到了我们星系会给我们带来什么吗？"

我有些诧异，她居然还记得这个问题。

"几个世纪前科学家们就知道，白洞存在于类星体，或者剧烈活动的星系中。当时人们对这种体积小、亮度大的存在感到惊叹，不懈地为其建造理论模型，但很可惜，几个世纪过去了，仍未有人亲眼见过白洞。我听说你在天文台申请了一个实习机会，没想到你会放弃其他更容易拿到高薪的实习机会，去追寻这个理论上的存在，不知道什么是你选择的契机。"

"我……"其实我也不知该如何回答，也许是因为我感兴趣，也许是因为这个课题超级冷，我更容易拿到聘书吧。

她却没等我回答，而是将一个小盒子递给我，说："这是答应给你的毕业礼物，里面是我的一些照片和视频，以后也许我们不会再见面了，师生一场，留个念想吧。"

我却不记得什么时候找她要过礼物了，不过既然她要送，我收下就是了，于是我表示了感谢。

她又说："以后不管你是出于什么考虑，既然你找到了自己的目标，那就请坚持下去吧，哪怕生命会走到尽头。"

这话让我有点摸不着头脑，一个工作而已，有那么严重吗？我还没想好怎么回答她，她就飘然而去了，带着她那只叫作"百年"的猫。后来我才知道，我们毕业后，她也辞职离开了。

毕业后，我如愿进入了实习的天文台，这里都是一群不食人间烟火的修行者，整日看的想的都是很多光年外虚无缥缈的"大"事。我们几个痴迷于同样虚无缥缈的白洞的人还成立了一个"不知死活研究团"，取这个名字是因为秉持悲观主义的研究组长说，我们这一群人的确是不知死活，假设我们遇上白洞了，它向我们喷射超密态物质，释放的巨大能量在瞬间就能结束人类脆弱的生命。

这天深夜，我照例坐在屏幕前值班，百无聊赖地看着射电望远镜接收到的一组组数据，此刻只有我和组长还在坚持，其他人都抽空睡觉去了。

我一边嗑瓜子一边说："组长，白洞不是和黑洞间有虫洞相连的嘛，咱逮个黑的，顺着爬进去，嘿！不就揪着对面白的了？"

我想，负能量可以抵消黑洞强大引力的拉扯，如果负能量充足到能够在人的周围完全"密封"，或许可以达到从黑洞穿越入虫洞的理想，只是呢，现在谁有这个聪明才智做得到呢。

组长哼了一声，不屑地说："我给你建去V616的航线，你爬过去我管你叫娘。"

"哎，乖儿子，再叫一声，娘给你买……"这时我的眼光突然被屏幕吸引住了，"组长，我们捕捉到了一次高能爆发现象！"

"你眼花……哦，还真是，看看它的坐标在哪里。"

我读出坐标数据。突然，我心里猛地一震，扬起的嘴角彻底放不下来了，那一刻我的脑海里只有"GRB060614"这行字，这恰好就是那个坐标。

"我的天！"我尖叫了起来，结果把睡觉的几个全都吵醒了，他们以为有了什么重大发现，结果只是一次普通的高能爆发现象。于是我遭到了众人的围攻："让你找质量大的堆积物质和吸积盘，你在玩什么复古！"

众人又去睡觉了，连组长也扔下我自顾自补瞌睡去了。郁闷的我倚在转椅上，枕着手臂，一边侧首看着屏幕，一边听着音乐。天河璀璨，斗转星移。我眯起眼，仿佛能看到在遥远的太空深处的真理。

"要找超大质量天体的中心啊……"我忽然想到了教授的那篇论文，被她随身带着，是写这个的吗？

毕业后，我和教授就没联系过了，我只知道她放弃了本职工作，辞职去旅行了，似乎想改行做旅行家。我上网让人工智能帮我查询那篇文章，不到半秒，它便告诉我，那是篇研究前就确定要发表，研究完成后教授却坚决不发表的文章，而且之后，她也再没写过任何文章。

我立刻好奇起来。我开始从她过往的文章里寻找她的逻辑，顺藤摸瓜，是的，顺藤摸瓜，看是否能找到她封笔、退出学术界的原因。

音乐仍然在播放：

明日未可知，

难醒梦里人，

……

我突然想起教授送给我的那个小盒子，恰好它就在我的抽屉里，那里面是一个存储卡，我曾打开看过，是教授的一些照片和一篇论文，论文很乱，也很深奥，我寥寥看过一遍，就再也没有关注它。

论文！

我猛地扇了自己一巴掌，赶紧把小盒子拿出来，再把存储卡接上电脑，我一行行看下去，然后对照今晚的观测数据，然后我浑身的血液开始逐渐变得冰凉。

它的接近剩余100年，

时间不会因人类的情绪而静止，

……

清晨，太阳照常升起，醒来的同事们依然有无限的工作激情。

人类忙忙碌碌，永远向未来接近。

吃早餐的时候，一个同事突发奇想，拿手肘捅了我一下："哎，你说，万一白洞威胁到我们的星系怎么办？"

我笑了一下，让他别胡思乱想，好好生活。

当天，我向组长请了长假，我要去追寻教授的足迹。

来自流星的礼物

吴希隆

一颗陨石落在了底诺索星表面，科学家从地下挖出了这颗陨石，带回了实验室。随后，他们在这颗陨石上有了惊人的发现。

几年后，在底诺索文明十年一次的世纪科技评选盛会上，主席团委员长宣布最终的获奖结果："经数千位学者的仔细甄别与讨论，荣获本届最伟大科技进步奖的是——宁城博士！他发明的量子催长剂，不仅解决了当下粮食资源短缺的问题，更是避免了各个国家因工业能源争夺而发生战争，世界从此进入了和平大时代。虽然宁城博士今天没有到场，但我们还是要以最真挚的掌声，感谢宁城博士为整个底诺索文明做出的巨大贡献……"

"老师，这种青史留名的机会你咋不去呢？淡泊名利一心只为科研，真是让学生我佩服得五体投地。"学生树息正在手机上观看盛会的直播。

"闲得没事过来把这组数据抄了，你老师我领不领奖你着什么急，要不你去帮我领了？"宁城博士对着树息笑骂道。

"哎哟，老师，这不是祝贺您获此殊荣嘛，我突然想起六号实验仓的生物苗好像没摘除，我过去复核一下。"树息打着马虎消失在宁城博士的视线中。

"你小子够滑头的，其他几个实验仓也记得查一下。"宁城博士无奈地摇摇头，继续记录着实验数据。

宁城博士在那颗陨石中发现了一种特殊物质，于是他和他的团队花费了整整三年的时间研究这种物质，最后便是量子催长剂的诞生。量子催长剂同生物生长素一样可促长任何东西，直接作用于原子态激活扩增，宛如神明的通天手段，无论是粮食作物的成熟，还是工业能源的增产，都离不开量子催长剂的功劳。更夸张的是，如同变戏法一般，建筑模型在使用量子催长剂后突变形成高楼大厦；将其添加在石油、煤矿等不可再生资源中，能够使这些资源取之不尽、用之不竭。

由于功效显著且巨大，量子催长剂迅速渗透到底诺索文明的每个角落，各个行业、领域都有它的影子，其影响力不亚于五次科技革命。这次科技盛会上，更是有专家提议将宁城博士列为世界十大科学巨匠之首。

但最近几个月，宁城博士发现量子催长剂的作用效果大不如从前。正常情况下，量子催长剂对生物体倍增效果大于一百六十倍，对非生物体倍增效果则接近两百倍。而实验室最新数据表明制剂促长效果已经低于五十倍并呈现持续下降的趋势，这让宁城博士百思不得其解，也为此放弃了出席颁奖大会。

这时，对讲机里传来学生树息手忙脚乱的声音："宁老师，出大事了，六号实验仓失控了。"

宁城博士不耐烦地说："几个生物苗能把你急成这样，直接关闭催长供应，进行消杀灭活不就解决了，看来我得重新考虑一下你毕业的事情。"

树息急切地说："不是啊老师，是实验仓失控了，它在不停变大，应该是量子催长剂泄漏了，你最好来看看。"

宁城博士没有理会学生树息的求助，似乎对此司空见惯。只见他快速地计算着什么，抬头思索着这组异常的催长数据，猛然惊呼："糟了，原来不是促长效果变弱了，是世界整体正在被催长。"

宁城博士把数据导入电脑，模拟以后的情形。一周后，模拟数据出来了，宁城博士顿时瘫坐在椅子上，浑身瞬间就被冷汗湿透，他那颤抖着的嘴唇喃喃自语："是我，是我，放出了这头魔鬼……"

一位底诺索画家说过这样一句话："底诺索们应该被安置在适当的尺寸中，并需永远安置在大自然做背景的地位上。"而如今，大众滥用量子催长剂导致其忽视了一个严重的问题——事实上星球的每个角落都在被催长，包括每一位底诺索居民。

更严重的问题接踵而至：一年前，天文学家发现底诺索星球的轨道在接近星系的恒星，但微小的位移没有引起研究者的重视，他们认为只是轨道的正常偏差。现在真相水落石出，量子催长剂愈发广泛的使用，使整个星球以肉眼可见的方式膨胀生长，结果就是它与恒星之间的引力也变大了，这样发展下去，底诺索星球的轨道就会逐渐接近恒星。五十年后，底诺索星球的大气和海洋就会被烤干，再过五十年，底诺索星将进入恒星的日光层，整颗星球都将被蒸发然后彻底被恒星吸收。

底诺索政府紧张了起来，他们召集了所有科学家想了所有的办法，并在星球上制造了巨大的行星发动机，试图摆脱被恒星吞噬的命运，然而这场灾难终究还是没能避免，最终底诺索星带着曾经辉煌的底诺索文明消失在了宇宙的长河之中。

但在底诺索星膨胀之时，它的一颗小卫星在巨大引力的牵引下宛如陨石般坠落，剧烈的太空撞击产生了一块巨大的碎片，这块碎片被撞击后加速，然后朝着星系外面飞去了。

几千万年后，这块流浪碎片已经变成了一颗小行星，它闯入了另一个星系，在冲向这个星系中央的恒星的路上，它被星系的第三颗行星吸引了过去。接着它被引力撕扯，逐渐分解，变成很多块大大小小的陨石，然后一头撞入浓厚的大气层，所有的陨石都燃烧起来，变成一道道青烟化为乌有，只有最大的那块陨石顽强地保留了一小块，落在了地上。

几年后，地球人类文明一年一度的诺贝尔奖颁奖典礼上，理事会主席致辞："本年度诺贝尔生理学或医学奖的获得者是——发明基因生长剂的保尔曼教授。基因核素是人类历史上最高效的人工肥料！它帮助我们解决了绝大多数国家的饥饿问题，在全球范围内拯救了成千上万的人，给全人类带来了福音。一吨的奖章都无法表达对保尔曼教授的肯定，让我们以最真挚的掌声，感谢保尔曼教授为整个人类文明做出的巨大贡献……"

失乐园

张可汉

一

在科学家的不懈努力下，人类终于实现了自身基因的剪辑与运用，人类由此可以任意修改自己的基因序列，使自己变得更强、更美、更聪明。然而令人类意想不到的是，随着这项技术的广泛运用，一种未知的病毒也开始席卷全球，所有人在它面前都没有任何区别，无论肤色如何，贫穷还是富有，疾病还是健康，都一视同仁——这么说的话，它还挺公平的。

短短十个月，全球超过半数的人就被感染了，咳嗽，高热，昏迷，直至瘫痪，死亡，而且没有一例康复。各地的医疗系统迅速崩溃，后来连医护人员也感染了，死亡率节节飙升，最后达到骇人听闻的30%，而人类搞出来的任何疫苗和药物都束手无策，十几亿人相继死亡。科学家们预计再有几年，人类就只剩下一些"火种"了。

人们对这种病毒一无所知，只知道它是伴随着基因剪辑而出现的。有人说是某些疯狂的科学家们搞出来的，也有人说是人类触碰上帝禁区得到的惩罚。这是人类史上继中世纪黑死病暴发以来最大的梦魇，而这次情况更糟糕，甚至可以说地球人类文明的终章来临了。

为了拯救人类，地球联邦政府曾多次召开会议，做出了一个个决议，但最终的结果仍然于事无补，病毒继续肆虐全球。今天联邦再次召开会议，全球顶尖的科学家和政治家齐聚联邦大会堂，实际上他们早已经对这种会议不抱希望了，来这里仅仅是履行他们的职责。

但今天会议的议程有些怪，并没有如往常那样商讨如何防疫，而是听一个不修边幅的男人天方夜谭般大谈宇宙文明，如果不是在场的人多多少少都曾听闻过他，没准早让保安把他轰走了。

"如果说宇宙是个黑暗森林，那么宇宙早已因各种毁灭级武器的狂轰滥炸而不堪重负，绝不是如今这般岁月静好。"

台上的男子就是著名的天文学家游所为，他毫无顾忌地侃侃而谈，顺手理了理虽不高档但还算合身的西装。此时他的眼中全是此前未曾有过的光芒，然而他所质疑的，却与社会主流的宇宙环境观彻头彻尾地背道而驰——在数个世纪前，社会主流的宇宙环境观便是黑暗森林理论了。

"就如地球上的核武器一般，一旦有人开了这个头，地球便将不复存在。即使是后面有了抗核技术，也依然不例外——轨道炮与天基武器甚至反物质炸弹仍旧是悬在地球头上的达摩克利斯之剑。"

他这是妥妥的"举世皆浊唯我独清，众人皆醉唯我独醒"，原来根本就没人会理会他，但今天没想到还能有这种舞台让他来推销他的理念，看来他还得感谢一下那个被全球所憎恨的病毒。

"假使宇宙中有多方文明持有能对宇宙造成不可逆永久伤害的武器，那么便会形成一种多方对抗的稳定。顶尖文明会将精力放于探索宇宙之外。而中低层文明会遵守顶尖文明为了全心投入发展所打造出的和平规则。新出现的文明便应该顺理成章地加入其中。哪怕是心中有野心的文明也不会私自动手，如同猜疑链一般，他们不能确定自己是否是第一个接收到新文明消息的文明。"

事实上，游所为所说的一切都是人类历史上曾经经历过的，他不过是观察总结出来罢了。

"假使宇宙中仅有一方文明持有这等灭世武器，则会形成一种自上而下的稳定。拥有灭世武器的文明成为绝对的统治阶级，自然宇宙中的一切都是他的子民，新出现的文明自然也要加入其中，在绝对的力量面前，这并不丢人。因为体量的差距，具有统治地位的文明会给予援助使其相对独立，而他仅可能设置直属的监管机构。"

"假使宇宙中并无文明掌握灭世武器，那么更可能的宇宙环境便是多方混战。而此时任何一点新生力量都会被拉拢，即使是充满战争欲望与独裁意志的文明，也不会介意向一个懵懂婴儿灌输自己的理念。甚至地球这个新文明未必不能顺势而起，成为宇宙中的话事人之一。"

台下依旧鸦雀无声，所有人都在认真欣赏着游所为的表演。

越说，他越是激动。快了，已经快到核心了。终于，他话语一顿。低沉着声音，借此吸引全场注意。但这纯属多此一举，在这人类存亡的时刻，一点希望都被所有人当作稻草，没人会分心。

"因此，宇宙中的大环境一定是一种动态平衡的、稳定和谐的，外界也是值得接触和信任的。"他张开双手，拥抱前方，尽管只有一些灯光，依然肆意张狂："这便是宇宙文明定律。这是绝对强制性的环境干扰所导致的绝对定律。正如你不想吃饭，但你不得不吃饭！因为不吃饭，就会死，即使你想寻死，但每个人都不是一个'孤岛'，有各自的亲朋好友，知己至交，甚至有着警察等存在，你要找死，他们不会干看着，除非你与这个社会没有一丝的联系了。当然，那样你早就社死了。这就是绝对的外力作用。"

台下众人顿时议论纷纷，此前他们不屑一顾，可当认真思考、仔细推敲后，却又发现好像找不到什么更好的理由去反驳。当然，从目前的情况来看，这当然是件好事。

"所以我最终的建议就是，向宇宙广播我们的求救，这也是唯一能挽救我们地球文明和人类的方法。我的报告完毕，感谢大家的聆听。"游所为对着下面深深鞠躬，脸上一直带着笑意，其实这就是他一直所追求的。

"游所为先生的报告完毕，我相信大多数人都已经有了自己的判断，既然如此，投票吧。"联邦大会主席站起身宣布。

游所为离开会场，来到外面阳台上，等待投票的结果。这时一个人拍了一下他的肩头，他转过头，一根烟递了过来。

"你投完票了？"他问，来人是林嘉，他大学的同窗，他俩曾经作为优秀学子，一起参加过很多竞赛。不同的是，林嘉后来的研究切实地为人类带来过利益，而游所为的理论却一直不为人所接受。但他们俩之间的友谊从未变过，在游所为最低落的时候，林嘉也一直支持他，包括这次报告，也是在林嘉的大力帮助下才促成。

"嗯，等会儿请你吃饭。"游所为接过烟，"谢谢"什么的就不说了，他们不需要这些，一顿饭，足够了。

"行，那我就吃一次大户，去南门口杨记面馆，他家的豪华套餐面我可很久没吃到了。"林嘉点燃了两根烟，然后俩人一起开始吞云吐雾起来。

不一会，俩人的手机都响了，他们拿起来一看，上面都显示同一句话："地球联邦大会今日11时30分，就向外星文明求助的决议案进行投票表决，投票结果是453票赞成，137票反对，13票弃权，决议案通过。地球联邦政府将于今日正式向全宇宙的文明求援！行动代号：寻声。"

会议结束后，俩人来到杨记面馆。不多时，两碗热气腾腾的面条就摆在了桌上，是加墨鱼、加虾仁、加香菇还带俩烤肠的豪华版海味面。

游所为咂吧两下嘴："嚯，这顿可不便宜，看来我今天是要出血了。"

"说好了宰你一顿，那肯定要让你心疼啊。"林嘉笑道。

然后俩人埋头吃面，就像在学校时那般，不一会儿就风卷残云了。游所为抹抹嘴想去结账，林嘉叫住了他："老游，等等，说点事儿。"

游所为坐下来，知道正题来了。

林嘉斟酌片刻："我想问问，你对刚刚的事有什么看法。"

游所为沉吟半晌，说："说实在的，我并不看好我的计划，但我肯定是没错的。主要是现在还有很多的问题急需解决，首当其冲的就是信号传播的问题，目前我们所拥有的技术还是不够，想让这件事在宇宙中广为人知并等到救援，那所需的时间至少也是以百年千年计，而我们现在，可能连十年都没有了。"

"既然如此，有没有兴趣跟我一起去搞药物研究。你也明白，这次行动其实只是给予大部分人一个希望罢了，成功的可能性并不大。寄托于外界帮助不太现实，我们总不能就放弃了吧，我们得自救！自强不息永远印刻在我们中华儿女的骨子里。我这里缺人，尤其缺你这种有才华的人。所以，你能来帮我吗？"

游所为沉声说道："老林，不是我不来帮你，而是你明白的，不出意外，我应该要负责今天这个求援计划的。"

叹了口气，林嘉早就知道这个结果，只是他还想争取一下。现在知道没办法了，游所为和他是一类人，认定的事就不会放弃。当然这影响不了他们之间的友谊，只是难免令他失望。

俩人走出面馆，林嘉送走了游所为，刚坐上车就收到了联邦大会主席的信息："林博士，我看了你的'净化'计划的报告，严格来说，我还是比较失望。今天虽然通过了游博士的求援方案，但我想我们不应该把希望完全寄托在其他文明身上，必须加紧完成我们自己的研究。原来很多不治之症都是你带领的团队研究出来的药物解决的，我希望你们这次也能成功。"

林嘉想了想，回复："主席，我们已经尽了最大的努力。"

几秒后，主席的信息就返回来了："还不够，如果你们有什么困难，尽管提出来，联邦将全力为你们服务。"

林嘉又想了片刻，才字斟句酌给主席发过去："我将用我的生命向您保证，我们一定竭尽全力。"

至于能否成功，他还是没有说。

二

一年之后，不管是"寻声"还是"净化"计划都没有多大的进展，而人类感染和死亡的数量则继续攀升，恐慌的情绪也更加泛滥。游所为身上的压力也越来越大，实际上他的"寻声"计划已经搁浅了。

投票的当天，求救信息就以无线电波的形式向全宇宙播报出去了，但这只是做给公众看的。因为无线电信号是以光速发送出去的，到最近的比邻星系也要几年的时间，而以地球为中心、半径为两百光年的球形宇宙空间内，已被证明是没有任何高等智慧生命的。真等到遥远的某个外星文明接收到地球发出的信息，恐怕也只能来地球考古挖掘早已消失的人类文明的遗迹了。

所以游所为准备借用引力波来突破空间的隔阂，将信息通过亚空间跃迁，突破光速的限制，快速送达遥远的外星文明。而有能力接收到这种方式传送的信息的外星文明，应该也有很大的可能已经掌握了亚空间跃迁技术，那么他们完全可以跃迁过来拯救地球和人类。当然，前提是他们不是信奉黑暗森林理论的文明，就像游所为博士说的那样。

游所为的方案就是在外太空构建一座面积巨大的引力波振荡器的矩阵，激发出强大的引力波来穿透空间，再把信息的频率加载在引力波上送出去，这也是游所为一直以来都在研发的项目。然而现在的问题是振荡器产生的引力波还是能量太小，对空间的穿透力自然不大，这种方法传送信息的速度，虽然也突破了光速的限制，甚至达到了光速的数倍，但相对于浩瀚的宇宙，仍旧是远远不够。

历时几个月、耗资巨大的"寻声"计划就得到这个结果，可想而知现在的游所为博士面临的压力有多大了。当然他还可以提出继续追加投资，将引力波振荡器造得更大，比如像一个月球的截面那么大，那样也许就能达到设计目的了，但这可行吗？以现在全球衰退的经济和日益衰退的生产力，根本就无法为这个无底洞似的计划提供更多的支持。

现在的游所为就只能带领他的团队一次次地实验，一次次地调整现有的引力波振荡器和升级控制软件，期望某个时刻会发生奇迹。连续熬了几天几夜，游所为的眼睛充满了血丝，他像着了魔似的死盯着面前的屏幕，一次又一次的失败让他早已濒临崩溃，他知道以现在引力波的这种波速还是无法在预计时间内完成对宇宙的广播，但他没有别的办法了。

抓了抓鸡窝似的头发，游所为有些癫狂："宇宙文明之间的交流究竟该是什么样子！即便我借用引力波突破空间的隔阂，即便获得了数倍光速的速度，但在宇宙这种尺度上都显得苍白无力！"

这时，联邦大会主席的身影出现在控制室的大屏幕上，游所为和在场的所有人都起立望向主席，主席关切地问道："游博士，还是没有进展吗？"

游所为满脸苦涩："主席，很抱歉，我们已经尽力了。"

主席其实也知道这个结果，只能无奈地说："既然如此，你现在开始可以休假了，不过这个项目还是不能关闭，毕竟用引力波还是比用无线电波要快得多，说不定万一遇上了呢？对吧。"

"明白。"此刻的游所为还能说什么。

游所为疲惫地走出基地，外面是明媚的阳光，他只觉得异常刺眼，因为他已经几个月没有看见太阳了。他突然想起了执行"净化"计划的林嘉，于是他拿起手机拨了过去。听着手机中的待机声，游所为突然想起这是几个月来，他第一次给林嘉打电话，他有些担心对方同样忘记了他。不过电话很快就通了，他也不客套，径直问道："老林，你们项目怎么样了？"

"还好，失败了很多次了，不过大家都没放弃。"

"约个时间出来聚一下吧，'寻声'算是失败了。"

"好，那就明天下午吧。"

第二天下午，俩人来到一家酒馆的包间。

游所为红肿着眼睛，啥也没说，上来就干了一瓶酒。林嘉看到了，也不废话，当场也干了一瓶，于是两人就这样默不作声地连着喝了下去。

"老林，有酒，岂能无歌？来，唱！我先起个头！"

林嘉笑骂一声："你五音不全还敢说唱歌啊，喝高了，肯定是喝高了，不行，我必须给你录下来！等你清醒了再给你听。"

游所为不管他，在那放声高歌。唱着唱着，他哇地一下吐了半天，这才算是停止了摧残他声带的行为，迷迷糊糊地开始倾诉着心事。

"老林啊！你是不知道，我这几天试了无数种方式，什么波动，什么弹射，那引力波的速度就是定死在那里了，愣是加不上去。我的心一直悬着啊，'寻声'计划那是一步都没有迈开。'寻声'计划失败了，我也该滚回垃圾收容站里去了，但我没有失败！"说着，游所为还摇了摇林嘉。

林嘉也醉了，根本没听到游所为说了些什么，不过意识倒还没彻底失去。

"我回去一直琢磨，为什么会失败，琢磨来琢磨去，嘿，还真让我琢磨出了点东西。你看啊，商朝的时候，古巴比伦也存在。但他们有过任何交流吗？没有吧！但两个文明都认为自己是世界的中心。这和我们现在以为自己是宇宙的中心何其相似！"

"为什么呢？他们当时是因为交通与通信的限制，而我们现在不就是因为这该死的光速限制嘛！要我说，如果没有真正的高速通信，那咱们现在就是商朝，不，夏朝！嘿，指不定现在的宇宙就是一个最原始、最初始的环境。或许曾有过高度发达的文明，但都因某些不可抗因素而消亡了，比如什么超新星爆发、伽马射线暴等，就像地球原来一样，一颗小行星撞击、来场冰河期或是一场大地震，那些文明就会全部灭绝。"

"如今的宇宙虽然已经历许多，但相对于其漫长的寿命而言仍是一个初生的婴儿。说不定，人类才是目前宇宙中科技程度最高的文明。要是高层次的文明存在的话，人类早就该收到他们的广播了。说不定啊，大部分文明都仍未脱离母星，甚至绝大部分生命体根本就没进化出文明来。"

"我不知道宇宙究竟能存在多久，但我认为，人类存在的时光与人类可能存在的时光比例如果近似于宇宙存在的时光与宇宙可能存在的时光的话，那么人类的历史便可以当成宇宙的历史，人类的经历便可以当成宇宙的经历。无关其他，这是必然，人类的存在从来不是侥幸，而是因为我们的先辈一直努力走在宇宙的正轨上。从火到电，从语言到文字，从农耕社会到信息时代，每一步都不能跳过，通往终点的道路或许有许多，甚至不乏一些捷径，但正确的道路永远只有一条。"

"所以啊，我总结出了两点。"

"第一点是我的宇宙文明第二定律，由于寿命限制与光速限制，宇宙一定是效率低下的蛮荒时代，妄图联系外界就如同人类仍在钻木取火时就想造出原子弹一般。想要突破这一点，那就必须突破光速的限制，这也是我花毕生精力搞引力波振荡器的原因。"

"第二点是宇宙并不是无迹可寻的，文明本身是宇宙的一种缩影，想象力丰富的个体能从文明本身的情况逆推出宇宙的情况，或许是宇宙现在的情况，也或许是宇宙曾经经历过的事。这一点我觉得不属于宇宙文明定律，或许也可以叫第零定律或者基石？我仔细思考过了，第一定律、第二定律，都是我以这一点为基础才挖掘出来的。这叫什么，这叫以史为鉴。古人啊，把方法都给你了，能不能有所收获还得看你自己。"

"所以啊，虽然'寻声'失败了，但我成功了！我的宇宙文明定律变成了宇宙文明两大定律！指不定还能看到它变成宇宙文明三大定律，以后的人提起来就跟牛顿三大定律一样，那岂不美哉。"

说着，游所为笑了笑，把这两点一歪一扭地写在纸上，写着写着，头一歪，也睡着了。此时的林嘉早已睡得迷迷糊糊了，根本就没有听游所为的高谈阔论，只有他的手机还在孜孜不倦地录音。

醒来的林嘉只觉头痛欲裂，昨天的事什么也记不清了，也不知是谁把他送回来的。他发现手中还攥着一张写满鬼画符的纸，拿起来看，一个字都不认识。他又拿起手机，于是就听到了一段奇长无比的录音，开头他还在笑昨晚俩人的醉态，听到后面，林嘉的笑容收敛了起来，换上了工作时的严肃表情，直到录音中只剩下他俩的呼噜声，才长舒一口气。

"这个游所为，还真是会给人惊喜啊。单单是这宇宙文明二定律，你就已经大有所为了。"

随着思绪的发散，林嘉开始思考起来：这样的话，"寻声"计划可以彻底宣布失败了，地球可能永远也等不到宇宙的回信了，至少在地球人类文明完蛋之前是肯定等不到了。地球成了孤岛，那只能自救了，得，这也意味着自己身上的担子越来越重了啊！

三

又过了五年，地球上已经再没有"净土"了。

"林博士！第 1964 次实验终于成功了！志愿者输入药剂后仅仅三天，体内的病毒已彻底检测不到，高热退去，暂未发现副作用，其他各项身体数据正常。"

实验室里顿时爆发出一阵欢呼，已是双鬓斑白的林嘉疲惫地看着屏幕，通红的双眼逐渐地湿润了，几年不眠不休的努力终于见到了曙光。但这道曙光能给现存的人类带来光明吗？他却不敢确定。

几天后，越来越多的病毒感染患者痊愈，虽然也发现了一些副作用，不过都无伤大雅。地球联邦大会主席等一众高官莅临了研究所，脸上全都是抑制不住的喜悦。

"博士，能不能马上进行全民发放！一个都不能漏，一个都不能少！而且还要越快越好！"

林嘉苦笑一下："主席，现在这种特效药还处于试验期，可能还有未知后果没有检测出来，这么急着全民注射，说不定会出大问题。临床试验仅仅进行了有效性的测试，安全性还没有任何保障啊！"

联邦大会主席显然对这个理由不满意，他皱了皱眉头。

林嘉继续说："主席，先不说别的，目前产量也是一个大问题。我们估计，依照现在全球各地的生产能力和原材料状况，每日只能生产两千万剂左右，远远低于病毒传播的速度，而且现在很多地方的物流系统和医疗系统早已经崩溃了。"

联邦大会主席满脸苦涩，却坚定地回答："也正是如此，才应该尽快推广！每一分每一秒都有人死去，时间就是生命！我们要和死神抢时间！我们耽搁不起了，哪怕它真的存在一些安全性问题，哪怕就是饮鸩止渴，也必须做。"

林嘉还想说什么，主席阻止了他："博士，这不是能不能、想不想的问题，而是我们没得选了。我们不可能去赌那自然给我们所留下的一线生机，我更相信，人定胜天！"

林嘉定立于地面上，久久不语，最终长叹一声："我明白了，这样，我们一边全力生产发放，一边测试研究安全性。像现在这样知其然而不知其所以然的状态，也是不行的。"

他当然知道，这件事不能犹豫，因为根本就没有任何退路可言。

主席颔首："博士，曾经我还寄希望于宇宙中其他文明的援助，但现在，即使他们出现也于事无补了。"

鬼使神差地，林嘉将之前与游所为思想碰撞产生的想法讲了出来："或许他们永远也不会出现了。"

主席愣了愣，有点摸不着头脑，但也不想在这个问题上过多纠缠，随后便带着众人离开了。

林嘉也宣布放假一天，毕竟大家都在实验室坚持了几个月了。他驱车来到外面，漫无目的地瞎转，他现在已经无家可归了，妻子和孩子并没能从这场浩劫中幸免。他就只能凭着记忆在城市中转悠，试图寻找一丝人间烟火气息，然而疮痍满目。如今的大街早已一片萧瑟，死气沉沉，原本的绿化带早已突破了道路的限制，自由地生长。明明还有人的存在，但外面像原始森林一般狂乱，这里不是人生活的地方，而是昆虫的天堂。

他想起病毒刚出现的时候，高层竭力想隐瞒，因为这消息是绝对会引发经济崩溃和社会动乱的，事实也确实如此。然而隐瞒并不能阻止病毒的传播，反而阻止了人们尽早认识和防范病毒，等到病毒泛滥之时，绝望的情绪也泛滥了，很多人都开始了无止境的狂欢，他们践踏一切社会道德、规则和法律，随心所欲，怎么嗨、怎么舒服就怎么来。出动警察和军队进行镇压也无济于事，最后等到大量的人感染然后死掉，剩下的人也都认命了，社会才又回归正常。

现在特效药终于出来了，按理说他应该感到兴奋和满足才是，但他心中一直有一道挥之不去的阴影，因为他根本就吃不准这种特效药最终能带给人类什么。但他也知道，拯救人类，已经别无它法了。

第二天，特效药问世的消息传遍了全球，世界顿时沸腾了，欢呼声如海潮一般迅速扩散开来，煎熬了这么多年后，人类终于看到了曙光。当然，在欢呼的同时，人们也注意到产量有限的消息，于是所有人都出门去争抢这仅有的希望。要知道，两千万剂或许对于一个城市来说很多，甚至对于一个国家来说也不少，但全球共有两万多个城市，分配下来甚至每个城市不到一千剂！

几乎是瞬间的事，欢呼就变成了游行示威和暴乱，这次无关其他，仅仅是人们对生存的渴望。还好，随着服用人数不断增加，未服用人数不断减少（是因为死亡和服药，死亡仍旧是主因），此消彼长，因药剂不够和分配不公引发的动乱慢慢地消停了下去。一年后，经历了这场惨烈浩劫的人类总算是缓了过来。

新年的第一天，地球联邦大会堂里各地代表齐聚一堂，联邦大会主席正式为林嘉授勋——第一枚地球守护者勋章，并正式宣布这一天为地球拯救日。一切尘埃落定，社会回归正轨。

然而事情没有完，联邦大会主席再次找到了林嘉，希望他能研发出二代、三代、四代甚至更多代的特效系列药物，理由很简单，病毒确实是被抑制住了，但病毒仍在进化变异，保不准还有新的病毒出现呢？同时，一代药被证明除了能够抵御病毒外，还能增强人体的机能。

"博士，请您继续研究下去，说不定人类的进化便是从这里开始。而现在也就只有你能担此重任了。"

这句话击中了林嘉，他毫不犹豫地答应了。实际上就算主席不和他提这一件事，他也会继续研究下去。他早已发现特效药的效果太过惊人，虽然药是经他一手研究出来的，但个中缘由他也仅仅是明白一点而已，而探索未知，正是科研人员必不可缺的一种精神。

于是在全世界再次像以往那样陷入对金钱和权势的疯狂追逐之时，林博士缩进了研究所埋头钻研，他发现这种药物之所以能够增强人们的身体素质，可能有两种原因：

一是药剂作为一种生物催化剂加速了人们体内的肌肉细胞代谢，从而以透支的方式增强目前的身体素质。

二是药剂改变了人的DNA，从而使细胞发生变异，在大量吸取营养物质的同时也消耗大量本身能量，以达成速成的可能。

如果是第一种，那么特效药可能就仅仅是一剂兴奋剂而已，只不过持续时间稍长了一点。随后的实验排除了第一种可能，但对第二种情况的针对性实验就没那么顺利了，多次实验结果的数据差异巨大，林嘉搞不懂是哪里出错了，顿时陷入迷茫之中。

林嘉没有了头绪，就想起了游所为，于是拿起手机拨了过去。

"老游？出来聊聊？"

熟悉的酒馆包间中，林嘉有些恍惚，当时的游所为还意气风发，哪怕是"寻声"计划失败，也依然从容笑着说自己没失败。而现在的游所为完全就是一副彻底颓废的样子。

"其实你不必如此，虽然'寻声'失败了，但宇宙文明定律已经编入教材。"林嘉安慰他。

游所为自顾自喝光了一杯啤酒，说："失败了就是失败了，你了解我的，我是觉得活着越来越没意思了，也就是现在，我想看到你更光辉的未来，不然真不想待下去了。"

林嘉笑骂一声："说什么蠢话呢，你可别为联邦自杀率做贡献，那可不仅是你的损失，还是联邦的损失。你这种人才，哪怕吃白饭，联邦都必须养着你。来，干一杯。"

游所为苦笑一声，但还是和林嘉一饮而尽。

林嘉放下杯子，说："老游啊，不止你苦闷，我现在也苦闷啊！我现在的状况就跟你当初一样，像是被什么不知道的东西封锁住了。你好歹还能找到原因，可我连原因是什么都不知道！说实在的，我根本不知道为什么特效药能够成功，它的出现就是运气，所以现在想要提升它，我根本就没有什么思路。当初你能够从失败中找出原因，总结出宇宙定律。但我不行，我不如你。来！干了这杯！"

林嘉自暴自弃一般，一杯一杯地往下灌，游所为急忙止住了他："说什么呢，就像你刚刚和我说的一般，可千万别为联邦自杀率做贡献。没有找到原因，咱们就换条路找嘛！办法总比困难多。就这点小事就想放弃啦？"

其实两人都不是喜欢喝酒的人，但这几年喝得特别多。可能是压力实在太大了，只有酒精的麻醉能让他俩放松下来。

消遣过后，俩人各自回去，林嘉回到了研究所，实验室里空无一人，十分安静。当他正准备坐下来查看数据时，突然听到地下室隐约传来一阵金属的撞击声，他调出监控视频，发现是几只实验猴子正在猛烈撞击铁笼，他记得它们是最早注射特效药的猴子。然而当他看清那些猴子时，大吃了一惊，猴子的身体显然变得比以往更强壮，而且嘴里还长出了獠牙。

见鬼了，他虽然知道特效药能促进生物体的机能增长，但没想到还能变成这副样子，这还是猴子吗？他赶紧调出那几只猴子的观察报告，很快他就发现了问题：一是这些猴子身体发生了变异；二是猴子们不再对异性感兴趣，甚至彼此之间也充满了攻击性，所以不得不把它们都用单独的笼子关起。要知道猴子可是群居动物，而且对雄性、对雌性的交配权可是会引发激烈的争斗的。现在这些猴子却都变成一个个独行客，相互之间也失去了关联和合作，只剩下恐吓与争斗，虽说一山不容二虎，但公老虎尚能容纳母老虎，这些猴子却连异性都要攻击。

林嘉赶紧调出其他实验猴子的报告，发现都有这样的趋势，而这个情况他以往却从来没有留意，现在的他则越看越心惊，一种不好的念头在他心中升起。随后他又调取了各地上报的抗击病毒的报告，没看一阵，他的冷汗就顺着额头流了下来。

报告中，在注射了特效药半年以后，各地发生了大量暴力事件，注射了特效药的人们异常强壮，打起架来也是凶狠无比，但政府却将之归于失业和社会突然放开引发的问题。同时各地的出生率几乎是断崖式的下降，原来病毒肆虐时，人们照常结婚生子，即便一家人都带有病毒、生下的孩子也带有病毒，但那时的人们已经想开了。但这半年来，似乎人们都不再对结婚、生育感兴趣，甚至娱乐场所都大量关闭，还有性犯罪也近乎绝迹。

林嘉心中一个激灵，然后他鬼使神差般地弹出了特效药的电子显微镜图像。图像并不清晰，但林嘉似乎看见了无数类似噬菌体的微小物体涌入了人体的各个组织，渗入了人体的每个细胞，激发出细胞的潜能，杀死了原来那种病毒，但细胞也由此发生了变异，不再是原来人类的正常细胞了。更要命的是，人体细胞中的X、Y染色体也被篡改了，以后人类不再有男女之分，也不再有异性相吸，当然人类也会断子绝孙了。

这不是特效药，这是另一种更强大的病毒！一种远强于原来病毒的生物扩散性畸变病毒。也因此，它一巴掌拍死了人体内的原来那种病毒，就像人拍死一只蚂蚁一样。它不再以裂变为传染方式，反而是类似于互联网病毒以感染扩散为主。如果说原来的病毒危害极大，但也仅仅是有灭绝人类的可能，事实上，因为它自身的裂变性，人类至少还有一条活路。

可这种全新性质的畸变病毒却不同，它就像是大自然和人类开的一个笑话，只不过是地狱笑话。它的扩散性让它根本没有终点，现在看来，第一批注射药剂的人应该已经发生了畸变，畸变的性质让人类根本不算是人类了，它实际上改变了人类的物种！目前之所以还没有大规模暴发，或许是因为其尚在潜伏期，也可能是因为生理结构不同，导致人类发生畸变所需要的时间延长了。

而且每个人的基因会因畸变而各不相同，使得每个人都已经成了一种独立的个体，而不再是以地球为范围的一个种群。目前暂时还未看出该病毒的最终目的，不过它的大致危害已然明了。其中最简单的一点就是——每个人或许都已产生了生殖隔离，也就是人类丧失了繁衍后代的能力了。

林嘉惊惧地看着报告，浑身开始发抖。这一刻，他似乎看见了病毒正龇牙咧嘴对着他发出嗤笑，而这种病毒恰恰是他一手制造出来的。

"不知道什么时候开始，好像我就不行了一样，怎么样她都无法怀上，我爸妈还等着抱孙子呢。"林嘉突然想起了最近以来，研究所那些年轻人的抱怨，当时他还以为他们是工作太投入、太辛苦的原因。现在看来，这一切都是那个所谓的特效药带来的灾难。他无力地瘫在座位上，好半天才拿起电话，拨通了联邦大会主席的号码。

地球联邦大会堂里，联邦大会主席正在主持一个会议，当会议间隙他从秘书手中接过手机之后，顿时他也呆住了，他喃喃地说："生殖隔离，林博士，您能确定吗？"

电话那头是林嘉苦涩的声音："主席，虽然我极其不愿相信，但这就是事实，报告我随后传给您。"

"怎么……会这样？"主席还心存最后的幻想。

"这是一场骗局，一场大自然玩弄我这种愚人的骗局，是对我们人类擅自闯入生命禁区的惩罚。"

"还有办法吗？"

"多半又会制造出一个新的终结者出来。"

"那怎么办？"

"执行'寻声'计划吧，即使最终也不能得到求助，至少把我们地球人类的文明向全宇宙广播出去，这样以后我们的文明还有可能被别的文明记录到，从而不会被时间所湮灭，而且我们的经验和教训也会对别的文明起到警醒的作用。"

主席沉默了，他实在不能也不愿接受这个结局，更无法向全世界的民众说出这个悲凉大结局。

林嘉也沉默了，他这个全世界的救世主，这下变成了灭世者，他知道自己的人生之路也走到尽头了，而在这之前，他只想与老友游所为再喝一次。

四

很多年以后，地球除了沙漠、高原和海洋，几乎都被茂密的植物覆盖了，曾经的高楼大厦和纵横的铁路、公路，也都被淹没在参天的森林之中，各种动物穿行其中，如果此时人类还存在，那么他们会发现这些动物全都变异了。

地球，又恢复到人类出现前的模样了，也许很多年以后，又会有一类动物进化出高等智慧来，然后地球的表面也会再次布满繁华的城市和川流不息的道路。

突然，一艘巨大的飞船凭空出现在地球的附近，投下的阴影如同日食一般，覆盖了大片地区，让下面的动物惊恐地经历了一场日食。然后它们看见无数闪亮的小点从天上那个巨大的阴影中飞了出来，如同流星雨一样纷纷坠落下来。

飞船的指挥舱里，来自异星的指挥官正仔细地观察着从地面传上来的各地图像。

"报告，这颗星球上只有低等生物，原来的人类已经灭绝了，他们的城市全都成了废墟。"

"看来我们还是来晚了。这个星系中的智慧文明本来就太珍稀了，这下又少了一个。"指挥官叹息一声。

"指挥官，我们可没有耽搁，从接到他们的引力波传来求救信息的那刻，我们就赶过来了。"

"还是远了点，当我们接到他们发送的引力波信息时，时间已经过去了两百年。如果他们将引力波发生器改进一下，把功率加大到足够的话，我们就会提早收到信息，那样他们也就有救了。说实在的，他们的半只脚已经跨进了门，马上就能够突破空间的隔阂了，却还是倒在了门前。"

"还有，指挥官，他们已经摸到了基因进化的门口，结果也倒下了，还弄出个病毒把自己给毁灭了。"

"文明的阶梯，他们都踏上了好几格了，到最后，二阶文明的门槛都踏进半只脚了，可惜了。"

"指挥官，我们接下来干什么，是不是要改造这颗星球，让它适合我们种族的生存？"

"先不着急，让他们找找还有没有幸存下来的地球人类。如果有，我们再上报星际联盟，看他们怎么说。"

"是。"

地面上，一个被茂密树林遮得严严实实的山谷中，一支弓箭飞出，却没有射中枝头上的一只鸟，受惊的鸟扑腾着翅膀飞走了。

两个披着兽皮的人爬上树来，准备捡回扎在树上的石头箭矢。他们突然被上面传来的尖锐的呼啸声吓了一大跳，他们透过树林的缝隙朝上张望，就看见一个黑影划过上空。于是二人开始比划着交流，不过用的却不是原来的人类语言了，而是类似动物的吼叫：

"好大的鸟。"

"不是鸟，是神！记住它的样子，回去给巫说，他会把它刻在洞壁上。"

"唔，喔。"

任 务

代露洁

任务：清杀苍南之域的流亡机械种。

域外之人。

"他们都是域外的？"安烈嚼碎一颗回力丸，唇齿间黏腻着涩味。

"嗯，域外的，据说很厉害。"秦队看着屏幕上几个人的名单。

安烈张开大嘴："高手？我们没人了吗？"说话间，嘴里那股涩味荡开来。

"我们的人很贵……"秦队说，然后他闻到安烈嘴里飘来的味道，一掌拍在安烈胳膊上，"这么金贵的玩意儿你真当零食了？"

安烈扯着唇冲他笑，漫不经心。

域外的人，谁知道是在什么样的环境长起来的，不声不响几十年，一朝漏了点光亮，居然引出了几个"人才"。

安烈嚼着那几个"高手"的名字：乔安，关小绫，陈逸远。现在他很迫切地想知道这几个域外之人能搞定那个家伙吗？

大块头的乔安靠在断墙上，他那副陈旧的机甲表面到处都是划痕，已经看不出原来是什么颜色了，不过他从来都懒得打整，反倒对着手上一块黑色的晶板很仔细地擦拭。

关小绫驱动着她的紫色机甲轻盈地蹦过来，与乔安破旧的机甲相比，她的机甲亮闪闪的，似乎对废墟中的灰尘天然绝缘。她一胳膊搭上乔安的肩膀，另一只手要去碰那块晶板，却被看似笨拙的乔安灵活地躲过去了。

"别动它。"

"你成天就抱着它，它是你老婆吗？"

乔安没理她。

"咦，"关小绫的手在乔安肩上一拍，"这是不是可以那个？"

乔安不耐烦地说："什么这个那个？"说着一抖，把肩膀上关小绫的手抖了下去，"别捣乱，不然待会那家伙来了，发觉不了。"

关小绫还想溜几句，陈逸远开着他的飞行机甲飞过来了："小绫，快去你的位置，我感觉到那家伙就在附近了。"末了他叮嘱乔安："做你的，不要被她打扰。"

"我怎么就打扰他了？"关小绫不满。

陈逸远把她赶走了，然后自己也飞走了，乔安耳边算是暂时安静下来。

乔安继续擦拭他的晶板。

"嗞——"

黑色晶板上突兀地出现了一阵波纹，乔安耳郭微动，黏在晶板上的眼神半分未移。

"嗞——"

"嗞——"

杂音渐消，波纹也消失了，大概是弄出这响动的东西离远了。

乔安把晶板固定在左手手腕上，随即给陈逸远和关小绫发了个信息，告知他们目标出现。

"嗞——"

"嗞——"

那东西掉头又往这边蹭过来了。

"嗞——"那东西越发近了，乔安虽然看不见它，但能感觉到那东西就在一臂远的地方，打量着被机甲包裹着的乔安。然后乔安隐约听到电流的杂音，似乎有一道视线移到自己脸上，他放缓了呼吸。那东西停顿了一下，紧接着，"啪"的一声，乔安的头盔遭到一击重击，他一个趔趄，感觉右面的面甲板向里凹了一点。

"咔"，又是一击打在了乔安的头上，在头盔即将开裂的瞬间，乔安手腕上的电光炮凝射出一枚特有光电团，然后一个浑身裹着电光的物体突兀地冒了出来。乔安紧接着连发几枚光电团，那东西被打得跟跟跄跄，但很明显，乔安发射的光电威力不足，并不能对那东西造成多大的伤害。

"你杀不了我。"这时，一个冰冷的机械声音以一种缓慢到有些轻柔的方式响起。

"呼——"关小绫长吁了一口气，靠着墙角。刚刚乔安传来信息，提醒有很厉害的目标出现，不仅扛揍，还能隐形。乔安似乎没有十足的把握干掉那家伙。关小绫默念一句，兄弟啊，咱们自求多福吧。

"嘭"。

身旁的断墙被一束离子束贯穿，关小绫的脸立马拧巴起来，她就地一滚，反手给出几枪，堪堪掐着时机滚到一个水泥块后面挡住身形。关小绫拿着枪磕磕自己的头盔，她那常常带着戏弄神情的面庞，这时却染上几分焦愁。

原因无他，来的这个家伙没存着要跟她决一死战的心思，只是不断地使着虚招跟她耗，就跟猫捉老鼠一样一心逗弄，但落到身上是真疼。看来乔安多半已经挂了，能在这么短时间就突破了他们域外三人组的防御，并干掉三人中的一个，这是关小绫他们从未遇到过的厉害角色。要知道他们长期在域外艰险求生，三人合力，捱过了许多次生存的危难，干掉过许多危险至极的对手，才在这一带打出了小小的名声，难道今天要折在这里了？

"嘭"。

"嘭"。

离子束冲击的爆破声一下下敲着关小绫的心，她却感到前所未有的兴奋，身体也因为这兴奋轻轻战栗，她隐约感到她即将做成一件事，一件稍微想起就会让她浑身充满力量的事。处境虽然危险，但她还是维持着冷静，脸上重新带上那种戏弄的神情，骨子里、心里却叫嚣着，要去战斗。不，这念头不是现在才升起，是许久以前，许久以前就有了这股冲动。

对方射击的频率越来越快，说明那东西也越来越近，关小绫的脸上渐渐展开了笑容。她挑准时机，猛然滚了出去，手中的离子狙击枪火力全开，一股脑全轰了出去。

"嘭嘭嘭"。

"嘭嘭嘭"。

十几米开外，那东西被打得显出了身形，那是一款她从未见过的机甲。关小绫面上一凝，只见那东西一卡一卡地将身子扭过来，冰冷的面罩上一双红红的眼睛闪烁着，恍惚间，关小绫以为它在笑。

紧接着，那家伙开口了："你杀不了我。"

陈逸远已经差不多能料到乔安和关小绫那边是什么情形了。他开启喷射器，在原地飞了一圈又一圈——上无穹顶，下无泥地，无路可退，似乎有一道看不见的空气屏障已经围住了他。

"你是谁？"陈逸远听见自己的声音在这无边空地中响起，又在离他不远处蓦地消失。不是渐渐消失，像是一个正在说话的人突然被掐住脖子，然后声音被尽数吞回。

"年轻人，何必对我抱有这样的敌意？"

陈逸远把机甲悬停在半空中，冰冷的机械声从四面八方传来。一来一往的一场问话后，这片空白陷入了短暂的寂静。

"机械种。"

"你不是吗？"

"我不是。只有你。"

"你有记忆，不是吗？"

"我是人，而你是机械种。"

"我是机械种，因为失败的记忆。"

那边陷入了沉默，陈逸远也不发一言。相较于乔安和关小绫那边的殊死搏斗，这边就显得有些诡异的友好。

"我的后辈里，也许会有一个你这样的。"

想到了美好的愿景，那边就发出几声机械化的"咯咯"的笑声。

"你不会有后辈，因为我将消灭你。"

陈逸远按下按钮，数十枚微型导弹呈圆形扩散发射，刹那间，一连串的火焰炸开，那道挡在陈逸远周围的看不见的屏障似乎震颤了一下，但也仅此而已。

"好强大的磁场防护层！"陈逸远暗自心惊，他知道今天自己走不了啦。

那边似乎发出一声叹息，但什么动作也没有，任由陈逸远一次又一次坚定地发射导弹。终于，在连续的攻击之下，屏障似乎有些摇摇欲坠，那边像是被逼入绝路而终于开口："何必呢，年轻人？你杀不了我的。逼迫一个什么也干不了的老家伙。唉，比起最终被消灭，我倒更希望被流放域外，那才是我原本的归属地。"

轰击戛然而止，陈逸远已经耗光了所有的导弹。

任务：清杀苍南之域的流亡机械种。

状态：已中止。

安烈捏着发酸的手臂肌肉，余光瞥着皱着眉的秦队，扯着唇漫不经心地笑起来。

秦队看着手中的追踪器，有些郁闷：又失败了……

"何必在乎，"安烈嚼着这几个字，目光和秦队撞上，"几个域外之人而已，我们不正好省了一笔酬金吗？"

安烈扯着唇笑，嘴里仍旧有难闻的涩味。

进化变异

废土之上

王欣玥

"爬山？爬什么山？"楼上的沈三扯着嗓子喊，"你哪天不是在爬山？"

李华说："哎，不是，我指那种绿的……"

"东边就有，"韩梅梅说，"绿皮车都堆那儿呢，快堆到天上去了，够你爬的。"

李华没话接了。他们确实每天都在爬山，废旧的金属、塑料、陶瓷和其他乱七八糟的东西堆砌成的高原，已经硬生生把地球表面往上抬了一层，有时候李华甚至怀疑几千年后人们再来考古，会不会以为远古时期人类的骨头是金属、塑料或是陶瓷等奇奇怪怪的材料。

"你以为那时候还有人啊，"韩梅梅笑他，"有人的话，也怕不是地球人了吧。"她似乎说得有点道理，所以李华只能点头："那换个说法，可能以后怪兽会以为人类是塑料和金属做的。"

"说不定还觉得咱吃铁喝铁。"韩梅梅把刚掏空的空罐头甩出去，她的左臂泛着金属冷光，叫不出名的合金延展舒张成一条完美的曲线。她掰着右手那五根有血液的手指头给李华算："六百年以前树就被砍没啦，都没咯——你看，大家现在都会把某些器官换成机械的，然后几千年以后那些家伙就会说，'几千年以前地球上就只有这一种铁制的生物，靠化学合成物维持生命'，哇，这么一想还有点酷。"

韩梅梅说着，伸脚去踢边上的易拉罐，铝制的瓶子瘪下去一块，一碰就叮叮当当滑下废品坡去，掉进一堆花花绿绿的锈铁皮里。韩梅梅轻轻吹了声口哨，把脚收回来："哎，老孟又上去了。"

"老孟？三层那个？"

李华和韩梅梅住在一栋楼里——其实那是座危险建筑，只不过还能勉勉强强替住在里面的人们遮风挡雨，其实如今生活在地面上的大多数人都这样苟且地居住着。只有那些有权力和有财力的人，以及为他们服务的人才能住到天上去，住进那些飘荡在地球轨道上的太空城市中。天上那些人都有能够自由穿梭的飞行器，每日飞来飞去，他们也不用担心垃圾和废物的排放，下面的地球大得很呢。

李华小时候每天对着天上的流星许愿，想要拥有游戏电脑和其他能想到的好玩意，等到所有愿望都想过一遍，韩梅梅就无情地戳破这层幻想："那是他们的飞船，不是流星。"

李华没去过天上，他从小就生活在地面上，严格来说，是垃圾上面。此刻的地面已经变成了垃圾的处理基地，包括但不仅限于日用垃圾、工业垃圾和社会垃圾，由它们形成的垃圾雨不定时地从天上落下，纷纷扬扬地洒落在地表的各个角落。然而就是这些垃圾，滋养了地表上的人们。而这些生活在地表上的人们，经过了几百年各种废金属、化合物和放射物的熏陶，早已经变成人不人、鬼不鬼的样子了，而且很多人也不再是真正的"人"了。

李华栖身的这栋楼里，除了李华本人还是个纯粹的"人"（他是真的没办法，谁叫他在这里出生）以外，其他的人都可以归属到人类向金属化进化的过渡品种，有几个还是从巨大的垃圾飞船里被扔出来的，估计是在上面犯了什么事。

四楼的肖五秋，好像是个杀人狂。

沈三犯了什么事已经不记得了，那家伙一直以来就对记忆没什么兴趣，所有的内存都被拿来存知识——李华猜他八成是因为过于旺盛的好奇心惹了什么事儿。

韩梅梅是怎么下来的暂且未知，她算是他们中待的时间最长的一个，可惜对过去闭口不提，只是李华直觉这个女人也不是什么好人，仿佛天生就活该在这地方讨生活。

但老孟不一样，他什么也没干——甚至某种程度上还对上面那个社会有所贡献，是自己下来的。他总讲："我有罪。"翻来覆去却也说不出什么来。他过去会对李华念叨："我杀了一个人。"却又说不出那个人的名字，也没有动机。他讲："我把他送到拆卸厂去，叫他们把他拆掉了。"

"拆机器人不叫杀人，"那时候李华正在拆一个老古董家政机器人，企图找到一些还能用的零件，"你得去问问肖哥，啥叫杀人。"

"你懂什么，"老孟说，"把贾维斯的数据删掉那也是杀人。再说在肖五秋那家伙眼里，拆人和拆机器根本没差。这不是重点。重点是他不是个机器，他是人！"

"老孟这家伙疯了吧。"李华现在想起来都觉得有些不可思议。

"就那疯子，"韩梅梅抱着臂，皱着眉，"这回他从楼上掉下来摔死的，贼惨，钢筋从脖子里捣出来，过了好一会儿才断的气。然后上面派人下来把他的芯片带回去了——我简直不敢想象老孟又会变成五个月大的小屁孩了，把记忆部分删掉，留知识资源，到底是哪个鬼才想出来的循环天才培养方案？"

"所以都说了别老往上爬。"李华叹气。

"老孟以为自己是普罗米什么什么，偷火的那个，"韩梅梅在口袋里摸来摸去，"知道吗？他还真搞了一袋种子——种子，呵呵，这地下能种得起来粮食吗？"

装着种子的塑料袋边角还沾着血，里头沉甸甸的。

"哇，也不知道擦一擦。"李华皱着眉毛抱怨，他伸出两根手指拎起那袋东西，上下打量一番，又掂了掂，才把那袋子打开一个小口倒出两粒来。

"渗进去了也是没办法的事情吧？"韩梅梅凑过去，"看起来根本没有废机油管饱。"

她的后半句话音调连带着底气骤降，因为说前半句话时险些把那种子吹出去。李华赶紧攥住拳头，又唯恐伤着那东西而不敢攥紧，只得尴尬地蜷起五指："喂喂喂，你小心点——也不是人人都跟你这种全身70%都是机械的人一样。"

"对，他们大概有90%了吧，"韩梅梅说，"我还得要营养包，他们靠充电就能活；你不算，你是个短命又脆弱的小怪物。"

他俩凑在一起研究那袋种子。人倒是离得近，几乎贴在一起，但谁也不敢贴着那点种子，只得有规律地把头转开吸气，然后屏息转回来。

"我觉得它蛮香的，"韩梅梅说，"VR号称什么味道都能模拟，还不是没这么好闻的味道。"

"你居然在它面前吸气？"

"有什么关系？吸气又不会吹走它。"

李华被说服了，他凑过去扇动鼻翼："我有个提议，我们把它们种下去吧，然后你就不用再喝废机油了，我也不用再啃那像水泥一样的营养块了。"

"一个问题，你会吗？别看我，我的芯片型号太早了，内存小得很，里面啥也没有。"

"还不是因为你花太多内存放记忆……沈三芯片里数据库不蛮全的吗，问他去。"

然而他们被沈三拒绝了。"我拒绝，你们太蠢了，"沈三关掉他常年开着的显示屏，于是那张脸终于不再是某种吓人的荧光蓝，"折腾啥，要啥VR里没有？梦里什么都有。"

"那不一样，"韩梅梅循循善诱，"那是虚拟的东西呀，哪有现实里的东西真？"

"矩阵里的人也没觉得那是虚拟的。听过缸中之脑吗？要是当时墨菲斯给尼奥的那颗蓝药丸是致幻剂其实也说得通……"

"事实上，尊敬的哲学家，"李华说，"咱从电网里偷电被发现然后被切了，而且我们还欠着VR费用、网费、核能源使用费……"

"好好，你等等，我给你找资料。"

他们花了半天从沈三的数据库里检索数据，天知道为什么他的芯片里藏着那么多东西，多到韩梅梅不得不承认摩尔定律时至今日依旧适用，并开始怀疑如今的存储器到底有多恐怖。又或者这不是数据大小的问题，而是沈三的辅脑处理器实在性能糟糕。

最后他们还是从犄角旮旯扒拉出一本农业大学的教科书。"那时候居然有大学……没有知识芯片的时代还真是辛苦。"沈三嘟囔道。

"不辛苦。"李华没好气地怼他。作为整栋楼里唯一一个没有芯片的小可怜，他活了十几年，在一群有着生化芯片的邻居当中，向来就觉得自己像个文盲。他点开那本教科书的时候就蒙了，只得再花半天时间试图通过图像识别来找这到底是什么植物的种子。然后他们又花了半天的时间加载出一位农业专家。"往好处想，以前得有二十年的时间被关在学校里。"韩梅梅说，然后不得不面对其他的问题。

沈三略过了李华去问韩梅梅："阳光，哎，韩梅梅，植物需要阳光，充足的阳光，有吗？"

现在的天空中，永远弥漫着灰蒙蒙的雾霾。

"算了，只要是光就好了吧……我们不是还有灯吗？"

"那个，"李华说，"我们停电了。"

"那就麻烦韩梅梅拿手指点个十来个小时的火好了，免费光源。我刚刚检索的时候，居然发现当年居然还有种叫烟的东西，明明不用点非要装酷，她那时候动作可熟练了，"沈三说，"好了，土呢？"

韩梅梅愣了一下，然后笑起来："哇，多少年前的事儿了，您居然没删？占了资料库资源真是对不起，那都是上只手的事儿了。话说回来，往下翻大概几十米都不一定能看见土呢，不如考虑下无土栽培吧？"

"韩梅梅，"沈三叹气，"我们没法拿电解液养植物，明白吗？那种压缩成一块的不知道是啥玩意儿的营养包也不可以。"

"我们往下挖吧，"李华说，"总之挖就完事儿了。"

三个人蹲在废铁堆底埋头挖坑，就像是在挖什么宝似的。李华想，如果有人从天上往下看，他们肯定看起来蠢透了，不过鉴于他们本来穿得花花绿绿，又站在花花绿绿的铁皮堆里，能不能看见还是另一码事。

李华站起来伸伸腰肢，看着两位同伴以飞快的速度挖掘。李华是一介凡胎肉体，自然是需要休息片刻的，韩梅梅的义肢也不是什么力量型的机械，不知能撑多久，至于沈三——沈三那些零件老化得太厉害，说不准下一秒就宕机了。但比较尴尬的是，其他两个人却担心他会散架。"你还行吧？"韩梅梅抬头问他。

"还行，如果我们现在开始挖，到下个春天就能把它种下去。"李华说。

"首先得有春天，"韩梅梅毫不留情地戳穿他，"我们又不像上面一样有温室。"

"又不是不能造，"李华说，"沈三，靠你了，你看啥时候调点数据出来造个温室呗？缺啥零件，我给你捡去。"

"有车没电——做梦去吧，梦里什么都有，"沈三说着，他扒开一堆杂物，用金属义肢敲了敲那个漆着巨大数字的铁板，"这地下有辆报废的车啊，谁搬得动？"

"总归绕得过去。"李华说。他踢开那些废品，往旁边挪了挪——一脚踩空，好在韩梅梅捞了他一把："你看，这里就能接着往下挖。"

他们就接着往下挖，然后挖出了过去埋掉的老孟的第三个金属头骨、沈三的第二个小腿金属义肢，以及看起来像是韩梅梅的涂着粉红指甲油的右手手臂。李华突然有种错觉，好像他挖出了自己邻居的前几辈子。

韩梅梅突然出声："哦，找到光了，这是那只会点火的手。"她挥着那只手，像是某些小说里的分尸女鬼。

李华盯着她看，他从沈三那里下载资料的时候悄悄又多拷贝走那一份记忆：一间幽暗的酒馆，韩梅梅坐在桌子上跷着二郎腿给自己点烟，火苗从手指顶端冒出来，正对上电子烟管的第一股烟。她把那口烟喷出来，嘴唇贴近了，灰白色的薄纱盖住镜头，为只持续了十几秒的剧场落下没有颜色的帷幕。如今那手臂上的仿生纤维已经腐化了，露出里头略显狰狞的电线和金属骨骼。其实什么都没变，到现在为止，韩梅梅还是喜欢坐在桌子上跷二郎腿，就只是地方不对，且指尖少一支烟。

韩梅梅把那只手架到自己肩上："看什么啊，接着挖。"

李华低头："等等，你的右手不是肉做的吗？"

"合成纤维啊，老弟，"韩梅梅回答，"不然我是怎么从100％降到70％的。"

"你是机器人？"

"差不多吧，"她说，"记得老孟不？他好像就是把某个倒霉蛋当我这种改造款，送拆卸厂去了——谁知道那到底是人还是机器人；拆那家伙的人是肖哥。哎，你也知道那东西拆多了有害心理健康，好好一个人就变杀人狂了，非觉得大家都是可拆卸机器。话说回来，我不说谁能知道我是从实验室出来的？除了你们会长大变老还会死以外……有了芯片，反正就跟读档游戏一样可以反复重来，也不能算死了。再说，你们，哦，不算你，哪个不是从培养皿里出来的啊，大家一样没爹没妈，好多人机械化程度比我高多了，你说有啥区别。"

"沈三呢？"

"谁知道，我猜他自己都搞不清楚，记忆早删了吧。"

三人继续挖下去，也不知挖了多久，总之最后他们的运气不错，在时不时发生的地震毁掉那个坑以前见到了土。李华找了个铁皮罐子填满了土，然后把种子埋进去。"每天记得从口粮里给它省点水。"他叮嘱道。

第一天：

"今天发芽了吗？"

"没有。"

第二天：

"今天发芽了吗？"

"没有。"

……

第十天：

"今天呢？"

"没有，再等等。"

......

第一百天：

"还没发芽吗？"

"还是没有啊！"

"书上说这么长时间过去没发芽怕是凶多吉少啊。"沈三说。

"凡事都有特例嘛，万一它变异了呢。"李华反驳。

"都一年了啊！这种子以为自己是哪吒吗？是不是还要等两年多才发芽？"

"老爷，就生了！您再等等？"韩梅梅捏着嗓子答。

"两年了，还不发芽。"李华已经很失望了。

"啥发芽？"沈三问，"你谁来着？"

"你怎么又更新数据库了？下回好歹把邻居留一下吧？"韩梅梅埋怨说。

"唉，你看老孟又自己跑下来了，它怎么还没发芽！我们是不是埋了个蝉蛹下去？"李华问。

"你居然已经学到蝉蛹，"韩梅梅没精打采地说，"没有，老爷，别问了，问就是没有。每天都问不利于夫人生产，何况我觉得西瓜肯定比包哪吒的肉球大，所以时间长一点没什么问题。"

"没什么问题吧？总归不会烂在里头对吧。"

韩梅梅不小心打翻了那个铁罐，灰白色的土翻出来，里面夹着一颗被腐蚀掉的种子。她盯着那种子看了一会儿，笑出声："沈三，你说对了哎。"

沈三扯着嗓子喊："对了？啥对了？那罐子里是个啥？"

"死在他妈肚子里的'哪吒'。"韩梅梅蹲下去，把种子重新埋进罐子里。"哎，李华，知道吗，肖五秋回上面去了。"她把仓库里那辆摩托车推出来——没有油的摩托车，一辆不知几百年前的老古董。

"肖哥？四楼那个？"

"对，今天上午他去捡垃圾，然后被什么东西砸烂脑袋了，然后上面下来人把他的芯片抠走咯。"韩梅梅跨坐在摩托车上。她用力往下一蹬，张开双臂做飞翔的姿态，重力牵着那没动力的铁皮疙瘩，带着她一同往废品山下冲去。她没冲多远就被卡住了，只得爬起身走回来："猜猜看，我们啥时候能再见他？"

"我猜四十年，"李华说，"他长了张四十岁的脸。"

他们的头顶上划过没法许愿的流星，或许正是带走肖五秋的飞船。

"如果我现在许愿四十年后再见肖哥，会成真吗？"李华抬头看看天。

"难说啊。"韩梅梅把装着种子的铁皮罐子丢出去，然后用她的机械义肢滑过她那过去平坦、现在平坦、将来也永远平坦的小腹。她悠悠地叹息："哎，四十年，你还在不在哦，我觉得你大概是最后一个享受子宫和死亡的人了吧。"

归　程

吴松蔚

他从背包中拿出那个冷却箱，然后从箱中取出一支玻璃管，光线透过云层的缝隙，恰巧照在那只细细的管子上。管里的液体，晶莹剔透，没有颜色，像极了水。但这里面不是水，而是能够恢复一切的血清，能让所有变异了的人恢复原样。

他放回了血清，靠在一根直直插入地面的杆子上，从贴身的胸口袋子里摸出一包仅剩四支余量的烟盒，这是他从地下实验室中找到的唯一补给品。他用两根指头细细地摩挲着皱巴巴的烟尾，好半天才塞进干涩的嘴唇之中。

这里曾是一个城镇，现在却是一片废墟，天空中永远飘荡着灰云和浮尘，那些充满辐射的云层中隐约透着诡异的绿色。在惨白模糊的落日的余晖下，他背靠的杆子投下一道阴冷的影子，或许它之前是什么地方的路标，所以那副粗壮的身躯才能一直驻守在这里，没被战争磨平，顽强地矗立在废土之上，为歇脚的人们提供指引和支撑。

这是出来的第六天，一同出来的七个人只剩下了他一个，一天死一个，也许今天就该他了，但他还想回去，活着回去。这一路上他不仅经历了好几次袭击和危险，身体也多次剧痛、发痒和呕吐，现在还时不时地头晕，眼前一阵阵泛过白光，昨晚上整夜的反胃让他睡不着觉。他知道，再过一段时间他就会和其他变异了的人一样，变异的表征会蔓延到他的脸部，而后会在他的身体内部生长，之后究竟还能否看见这个世界就成了未知。当然他也有很大的概率变异成那些怪物，那些倒在他的枪口下以及撕碎他同伴的怪物。但现在，他不用再担心了，因为能拯救他的血清就在他的背包中。

他转过头，侧身看看身边的同行者，虽是一个变异者，不过却没什么攻击性。那人浑身灰白，并不是身上粘了什么才显得灰白，而是真正的灰白，就像死人那样的灰白。

这个灰白人是他清晨碰上的，当时他正在赶路，没注意到地上有根从垃圾下面伸出来的白色树根。等他听到一声惨叫，才注意到他踩到的不是一根树根，而是人的一条腿。确实是他忽略了，这本就应该不是树木，因为城市里早就没有存活的植物了。

"噢，抱歉——"他躬下腰，垃圾下面是一个皮肤白得骇人的人，就像溺水很久的尸体。他并没有在第一时间开枪，因为这个变异人并没有跳起来攻击他，也就是说还没有变异成那种见人就咬的怪物，天知道这家伙是怎样在这废土中生存下来的。

他不太确定面前的人是否还能听见乃至听懂他的话。灰白的人嗫动嘴唇，像是在破开岩石那样艰难地张开嘴。嘶哑的声音几乎低微不闻。他不得不凑得更近，这回他听清了，灰白的人说着："没——事，我要回——家。"

他有家？

于是他决定与灰白人结伴而行，毕竟一个人行走太危险了。而那人很快也恢复了，勉强跟得上他的脚步。他问灰白人如何称呼，灰白人想了想，说："树人，他们都是这样叫我的。"

至于那个"他们"，树人没有多讲一个字，他也没问。这年头，活下来已经很艰难了，谁还会去管其他人的事？

于是两人再无交谈，一前一后默默地行走，直到来到这个十字路口。

他想了想，又摸出一支烟，递给灰白人，然后深深地吸一口烟，让神经得以短暂的放松。他眯起眼，任由烟在他的嘴边燃烧，沉醉地闻着，陶醉地闻着，痴痴地，十足贪恋。恍惚间，他似乎看到了那些死去的同伴。

他们为什么死了？因为战争。为什么是战争？核大战百年前就结束了，但这只是开始，人类依靠核武器构建的平衡被打破了，和平自然也就没有了，人类从此再无宁日。当辐射遍布全球后，从核大战下幸存的人类出现了变异，许多人变成了怪物，以任何有血肉的生命体为食，包括人类，于是末日基地一个接一个地陷落。

幸存的科学家们研发出了血清，但这不仅没有带来人类的和平与恢复，反而带来了更多的血腥，因为各种势力都想利用血清来争夺地盘和人口。结果那些实验室纷纷在争夺和破坏中被摧毁，科学家们也或死或逃，血清的生产被中断了，于是剩下的血清越来越少，也越来越珍贵。所以他的队友们都死了，死在去那间废弃的实验室的路上，死在从实验室回来的路上，死在变异怪物的爪牙下，死在人类的刀枪之下。

"你什么时候开始变成这样的？"他问，他解开领口的纽扣透气，更下面生长的癣不停地发痒，让他不能忽略它的存在，它仿佛就在他的体表蠕动。他现在非常希望能够快点回到基地安全区，注射一剂珍贵的血清，作为拿命换回血清的唯一幸存者，他是有资格得到血清的。然后再睡上一觉，醒来后一切就都变好了。

"几个月前，我们来到这里想要捡一些废品，我是指——我们的收入。"树人说。

"可是这儿的辐射是最强的，为什么不在安全区附近寻找，那里的辐射不是这么强。"

"安全区附近早已被搜刮一空了，我们没有固定的食物来源，"树人指指他穿的制服，"我们只能靠捡拾废品来换食物，特别是金属，因为你们手中的枪需要金属。"

"你进入过安全区吗？"他问，同时下意识地把背上的枪往后挪了挪。

"我们已经变异了，你们的人不准我们进去，我们就只能在警戒线外用废品换些吃的。"树人答。

他拧着眉头，虽然他的心里清楚，他们所有人都清楚，但是必须避而不谈，这些是必须的。他们负责战斗，而他们负责贡献，他们用"安全的保护"来缝制这层残忍的遮羞布。他意识到自己说了废话，开始避开话题，尽管树人已经在温顺地打算回答。

"好吧，兄弟。你的家在哪儿？我明天就要回到安全区了，你的家快到了吗？"

"在河边。"树人说。

"河？我从没有见过河。"

"你们没有见过，你们当然没有。它曾经是河，后来干涸，现在挖深了一些，里面埋着我们当中一些人的尸体。"

"噢——"他想起了那条干涸的河沟，声音有些低沉。

"别。"树人误认为他发出的是怜悯的声音，说，"没有必要。你们依旧做你们的事情，我们过我们的生活。活着，等待死亡。"

"但没有人愿意被迫死去的。"

"我们一直经历自己的死亡。"

"可你们的死亡更多是因为辐射。你们、你们还——"他有些语噎。他和树人的人生从不同的起点开始，造成这点的正是他所要保卫的那些人——正是那些当年和现在挑动了战争的人。

"我们活在自由和死亡中，这就是我们的世界。"树人放下嘴边的烟，它燃至一半，"鸟飞着，尽管它们总会坠落。我们就像鸟一样活着，伴随着我们的是死亡和自由。"

"听起来很不一样。"他讷讷，又被烧到指节的烟烫回神。

"我有一个孩子。"树人突兀地讲。

"孩子？——孩子！我喜欢孩子，他们是以后的希望。"他想起了自己的孩子，一阵温馨浮上心头，但几秒之后就只剩下一丝苦楚了。

"但他没有脚。不过我提前给他做了轮椅，我嘱咐我的妻子，等他学会接受绝望，记得将它送给他作为生日礼物。"

夜晚的风刮过来，拂来一阵呛人的沙子，烟燃得更快了。

他没有出声，不知道该如何组织话语来安慰，那些无聊的废话在舌尖打了个转又缩了回去。最终，他不很确定地开口："你是个，"他顿了顿，"你是个好父亲。"

"他是个可爱的小浑蛋，他妈妈怀着他时他就活力十足。他以后会成为家里的顶梁柱。"

"会的！会的，"他感动地拍了拍树人的肩膀，又赶紧把被他拍得痛苦地倾斜的树人扶回来，靠在自己身上，"抱歉！"

"你的力气不如我，"树人抬起手臂，上面缺失着，瘦骨嶙峋，然后笑了笑，开始咳嗽起来，咳得惊天动地，好半天才缓过气来，说，"你过得肯定不如我，我要养活我的妻儿和父母。"

"开始我不了解你们，现在我发自内心地敬佩你。"

"我们都会这样。我们都在活着。我不是特例。"

树人又一次反驳了他的话，和树人温顺的脾气相反，树人的话语在不停地给予他重击，甚至让他接不上话。他开始无端地觉得这个树人对他抱有敌意，对他带有歧视。

"嘿！我只是想要说我很敬佩你。"他说。

"好吧，谢谢你。"

"你看起来很累，我们真的应该换一种和平的方式聊天。"

"我没有想要不和平，先生。我不是你的对手，为什么你会这样认为呢？先生，我会为你带路的。"树人惊奇地惶恐着，他将卑躬屈膝表现在他僵硬得没有表情的脸上。灰白色的眼睛剥夺了那些他本来想要传递的东西："我有些……我向你道歉。"

"其实我们可以不那么生疏，尽管我们来自不同的地方，还有些敌意……现在还有什么地方是没有敌意的呢？哈哈。"他干涩地挤出个不那么成功的笑话，树人捧场地笑了笑。

"你喜欢孩子的话，可以去看看我的孩子，如果你感兴趣。但是请不要帮助他们。"树人说。

"哦，有机会我会去的。"他说，然后他突然低落下来，他不知道自己还能在这个世界活多久，甚至他不知道他是否还能顺利地返回安全区。

"谢谢。"

"我有些害怕死亡，虽然在成为军人的时候我已经做好了准备。"

"也许是因为你对瞬间的死亡做好了准备。"树人安慰他。

"它们都是死亡。"他更正。

"漫长的死亡不太像死亡。"树人抽完了烟，他的声音就像这根烟一样快要消失不见。树人坐在原地，轻轻地叹了口气，即使近在咫尺的他也没能听见的叹气。

"什么？"他问。

树人不吭声了。树人望着面前仿佛无边无际的黑暗，视线扫向一个个过去与他相伴，为他提供了一次又一次生存机会的金属，和那些微弱的致命的光，以及被那些光芒挽救了的黑暗的天空。

"晚安，士兵。今天我们都累了，"树人依旧看着远方，"明天你只能一个人走了，然后你就会看见你的家，我也可以看见我的家。"

"对的。你说得对。明天我们还有很长的路要走。"

"晚安。"

"晚安！"

他脱下穿了很多天的臭烘烘的外套，它一次次地被汗浸湿后又吹干，现在在冷风下变得僵硬，不过刚好可以作为他们今晚睡觉需要的被子，睡觉时，他将更多的那半分给树人，以至于他的半边身体暴露在寒冷的夜风之中。

白天完全降临的时候，空气开始热起来，他已经适应了这样极端的天气。昨晚上他意外地睡了个好觉。他起来了，他睁开眼，伸了个懒腰，衣服从他肩膀滑下去。树人不在他身边。

他一下子惊醒了，他下意识地看向前方的山。在那座山上，在那个垃圾堆成的五颜六色的山顶，树人变成了这里无数徘徊着的墓碑中的新一座。树人死去了，凝固在望着家的方向，以伸出伤痕累累的手的姿势。

他浅浅地挖了一个坑，让树人躺了进去，然后覆盖上土壤作为树人长眠的被褥。他拿出了第三支烟，点燃，插在地上，作为对树人的纪念。

他坐下来，开始吸最后的第四支烟，当地上的烟和手中的烟都到了尽头时，他又取出了血清，他注视着这支小小的玻璃管，怀着疲惫和空虚的麻木，但同时也带着虔诚。

这一路上他看见了安全区外那些人们的生活，他们和树人告诉他的一样，拥有着奇形怪状的自己，随时拥抱着死亡。而他和他的队友们，他们所有人是在为了什么而战斗？他们战斗的结果是什么？最终他们得到的是混乱的结束，还是他们在成为更长久的战争的促进者？

他注意到旁边一根伸出地面的斑驳的水管，下意识地拧了几下，里面居然滴出几滴浑浊的水滴。

水本该从清澈的湖中、深远的海中、奔腾的河中被牵引聚来，然后争先恐后地汇成生命的必需品，再公平地分享给每一位需要它的人，而不是像现在这样，成为一种被长久地等待着的、从地底搜刮得来的稀缺的奢侈资源。

血清也该如此。

但他清楚地知道他将血清带回安全区的结果，血清不会成为和平的药剂，反而会成为新一轮争斗和战乱的祸水。他想起了树人的孩子，也想起了自己早已死去的孩子，未来的孩子和过去的孩子，他的思绪停留在孩子的绘图本里美丽的地球上。

他将血清小心翼翼地放进了箱子，然后站起了身。他想起了树人手指的方向，以及树人在干涸河道边上的家，那里有树人的妻子、孩子和父母，也许还有更多的人。

他整理好自己的行装，背好枪和背包，然后踏上了归程，不过不是回安全区的归程，而是去那条干涸河道的归程。

墙

孙　睿

假若伸过那道墙，
风紧握住她的手，
听云衔来黄昏鸟鸣，
与看不见星的夜。

一

"呀，接住喽！"安然笨拙地在羽毛球场上移动着，终于接到了一颗中场球，虽然最后还是没有过网。

"再来，我就不信打不过你。"安然鼓鼓嘴，迈着小步子拾起球，然后抛至半空，努力击中，于是球软绵绵地飞过又近又低的球网躺在地上。

"哎哟，松哥，你好歹让一下嫂子嘛！"在场外看球的 "鸭子"喊道。

"让你多嘴！"我把球朝 "鸭子"打去，他灵活地跳开。

"哎，我跟你说，你就该闭上眼，随便往哪打，然后球飞出去的时候立刻睁眼观测一下，说不定还有一半的可能性打中我，这可是薛定谔的羽毛球！"

"滚蛋，量子法则又不能套用在宏观物体上。"我笑骂，这家伙在大学是修量子物理学的，嘴上老挂着 "薛定谔的猫"，现在又冒出来 "薛定谔的羽毛

302 | 读心3.0:四川科普科幻青年之星"千人计划"优秀科幻作品选

球"。我说："你少来蒙我，虽然我们把球分为'击中'和'未击中'两个状态，但能否击中的概率却不是五五开，你这是用概念上的定义来作祟。"

虽然我不是专修量子理论的，但我还是知道，如果微观领域的量子法则在宏观世界生效，那这个世界可就乱套了。类似一开始经典物理学家认为原子核外侧电子的运行轨迹是规律的和几何的，我们目前所持有的经典宇宙观将会在某一瞬间崩塌——当我们开始观测的时候。

"那说不定呢，爱因斯坦他老人家可是说过，上帝是爱乱扔骰子的……"

"鸭子"正说着话，忽然体育馆入口传来一阵骚动，还有女生大声尖叫，我们纷纷放下球拍，转头看向入口那边，然后我们看见一个白花花的肉体从入口冲了进来，后面还跟着一群吃瓜群众。

几个保安跟着追了上来，强行将那位裸奔者制服，然后把一件外套披在他身上。那裸奔者却扭曲着脸，拼命挣扎，还想躲避盖来的外套。

"别碰我！""我不穿！""我要死了！"

裸奔者传出了一阵撕心裂肺的吼叫，伴随着声声哭喊，同时刚刚猛烈甩动的手臂也僵住了，似乎是在对抗的过程中受了伤。我连忙把头转开，这样的场景令我有点反胃。

"小安，你怎么了，哪里不舒服？"

我看向球场对面的安然，她的脸色些许苍白，单薄的身躯在止不住地发抖，戴着皮手套的双手也用力地来回揉搓。

"啊，没事，"她从刚刚的场景中回过神来，向我回了一个生硬的笑，"我……去一下厕所，一下就好。"

二

"哟，松哥，看比赛呢？"

大早上，我还靠在沙发上看电视，"鸭子"推门而入，今天我们约好了去打球。

"这是……谁退役了啊？"

"马来西亚的，就是前两年刚进入国家队的那个'小甘蔗'。"

"新球员？多年轻啊，这就退役了？"

"今年23岁，据说是伤病。"

"这年头哪个运动员还没点伤啊。哎，你怎么看？"

"水平在线，经验不足，要是再过几年说不定能有马来西亚一哥的水平，但很可惜他等不到了。"

这是事实，画面中的"小甘蔗"几度哽咽，这年头几乎没有谁刚出道没多久就退役了，而他拼尽一切、夜以继日的艰苦训练，在这一刻不敌梦想和事业的破灭，只能感慨一句生不逢时。

"对了松哥，他得了啥病啊，是癌症吗？"

"没说，一个字也没提，只说了是训练导致的伤病。""鸭子"这么一说，我才感觉到这件事的蹊跷之处，不仅他本人没说明退役的具体原因，连记者甚至是狗仔都没正面提到到底是什么病。阴谋论的观点逐渐盘旋在我的脑海：是得罪了马来西亚国内的资本，还是说了一些见不得光的话让他不得不如此？

"怪不得那么委屈呢，百分百有暗箱操作！"我笃定道，虽说对此类现象算是见怪不怪，但还是不免为其感到不平。

"松哥，肯定又在猜阴谋论之类的了，""鸭子"嘿嘿一笑，"少较真，这些事情跟咱们有什么关系？"

"是没多大关系，但不妨碍我看不惯。得，顺便把桌上的可乐递给我。"

"桌上，哪来的可乐？"

我无语地瞟了一眼"鸭子"，随后把视线从手机上移开，准备起身拿可乐，但是桌上确实没有可乐，只有一块抹布，我翻翻找找，确认了可乐的不存在状态。

"可乐呢？刚刚还放这里的啊？"

"你怕是老年痴呆，犯糊涂了，老是记不清东西放哪。上个月是你身份证丢了，上周又忘记家里的钥匙，今天还好只是一瓶可乐。"

我最近确实老是丢东西，可刚刚我确实从冰箱里拿了瓶可乐放桌上了啊。

"我知道了，肯定是'薛定谔的可乐'，""鸭子"开玩笑地说道，"肯定是刚才咱俩看视频的时候，没有观测者，你的可乐就进入了一种既存在又不存在的叠加状态，当我们重新观测的时候，它就坍缩成了不存在的状态。"

"鸭子，你说什么，真的吗？"安然穿着睡衣，睡眼蒙眬地从房间走出来，揉揉眼，一副努力听讲的态势。

"抱歉抱歉，不好意思吵到嫂子了。"

我瞪了一眼"鸭子"，说："怎么可能，要真这样我就可以去买彩票了，我中五百万的概率总比'薛定谔的可乐'要高吧。"

"那不好说，万一宇宙哪根筋错了呢，它又不是你家的。""鸭子"半开玩笑地反驳，眼里还透露出些许质疑。

"是吗……"安然戴着棉手套的双手揉搓着，显得似懂非懂，模样十分可爱。

三

最近几天，我感觉到安然的情绪不太稳定，又因为她前几天生病去了医院，而我恰恰因为出差没能陪在她身边，感到愧疚。我又询问了她身边的朋友、闺蜜，都说她最近已经旷了很多课，聊天、购物也提不起劲。正好今天下午有空，我想去陪陪她。

地铁的拥挤总是令人烦躁，恰好是午高峰，周围人的吵嚷声、汗水味总是让肚子一阵痉挛。而我还要将至少四分之一的下午自由时间分配到地铁上，一来二去，能陪安然的时间就更少了。

列车离目的地还有两站时停下了，列车员告知我们列车出了故障，需要紧急停运检修，我们一车的乘客不得不下车。走出地铁站后我拦到一辆出租车，说清目的地后，司机却说："哥们，你要去的那边的路上出车祸喽，堵了好几条街，去不了、去不了。"

真是倒霉，怎么今天那么多事故，离出租屋还有四五千米，没办法，咬咬牙走回去吧。半小时后，我走到了车祸处，车祸竟然还不止一处，有好几处，很长一段路都被封锁了，我看见吊车正把一辆变了形的小轿车从坑里吊起来，似乎是路面沉降出现了大坑，车刚好掉进去。还有一处，离出租屋不远，失控的大货车撞进了街旁的便利店，远远地看见一地的血和破损的肢体，十分凄惨。

回到出租屋，敲门，没有反应。安然要是出去，一定会同我说的，可是她并没有通知我。我插上钥匙，拧不动，门反锁着。我意识到出问题了。

"开门！安然，你在吗？"

"你把自己锁起来干什么！"

我开始踢门、撞门，依稀听到屋内还有动静，不好的预感涌上心头。

"兔崽子！偷到我家来了！老子报警了！"

安然现在的情况很难判断，只能寄希望于歹徒会被我吓到。而我一边拼命踢门，一边摸出手机报警。

"砰"的一声，门撞开了，家里还是整洁有序，一如往常。来不及思考，我迅速撞开了安然的房门，只见她跪在窗边，头发散乱，一脸凄苦。

"小安，小偷在哪儿？"

"家里就我一个。"她低沉而平静地回答。

"那你锁门干什么？为什么不开门？"

"松，我们分手吧。"

我被她突如其来的分手愣住了。她望向我，眼神失色，还透露着些许悲哀。

不对，现在不是纠结这个的时候，她黑手套里握着的东西在阳光下反射着刺眼的白光。

"把刀放下，你这是干什么！"

"对不起，松，我们分手吧。我累了。"

"等会儿再说，你先把刀放下，你好好的要干什么！"

"干什么？"她凄楚一笑，于是秀臂一摆，将刀尖对准自己的脖颈，猛扎下去。

"小安，别！"我话还没来得及说出口，时间仿佛已经定格，裂解成碎片，刺痛一处处的回忆。明明是正午高悬的太阳，折射过桌角的玻璃杯，像薄暮的余晖，抚摸着少女和她嘴角无奈的笑。

"你看，连老天都不让我死。"我亲眼看见刀尖银白无瑕，从安然那如玉般透明的脖颈中一寸寸抽出。不见血珠，更不见伤痕。

四

警察赶到，医生赶到，"鸭子"赶到。见安然并无大碍，警察对她进行了一番劝导，随后收队离开。

屋里再次陷入沉默。我和"鸭子"彼此对视，看了一言不发的安然，叹了口气。

"小安，你有什么不开心的事，能好好和我说一下吗？"

"是啊，姐，别憋着，咱们有什么问题就当场解决。"

"你们能解决吗？"安然凄然一笑，摇摇头，泪水涌到眼眶。

"需要一点运气。"安然抽抽嘴，拿起桌上的一块抹布，一次次盖到手臂上。

我们面面相觑，都不懂安然在做什么，但也不好去问。

重复十来分钟的动作后，惊奇的一幕出现了：抹布粘在了安然的手臂上。

更确切地说，那并不像是粘上去的，而像是……长在了皮肤上。

"看到了吧，也许我可以穿墙了。"安然无力地垂下手臂，任抹布在手臂上飘摇。

"还记得那天早上，你们说的'薛定谔的可乐'吗？我也许早就变成那瓶可乐了。如果不出所料，那瓶可乐应该在桌子里面。"

我听得云里雾里，"鸭子"却若有所思，从厨房拿了一把刀，直接对准桌子劈下去。

"你干什么，好好的砍桌子干吗！"我又惊又怒，但"鸭子"还是一个劲地劈桌子，眼里似乎散发出灼热的光。

"是不是这里？"他把木屑清理开，露出桌子的剖面，我刚想说话，却惊呆了，那是可乐瓶的轮廓。

"鸭子"把刀一丢，瘫在沙发上，失神地望着天花板，半晌才吐出一句话：

"上帝，真的开始乱掷骰子了。"

我并不是很明白，问句刚到口边，"鸭子"便脱口而出："松哥，这个世界要变天了。"

"什么？"

"松哥，你知道粒子之间是有缝隙的吧？"

"知道，怎么了？"

"那有缝隙，肯定是可以相互穿透的吧？"

"废话，两个物体要穿过，就需要所有粒子刚好错开，这怎么可能！"

"一般来说是几乎不可能的，这就好比你不停地拍一个桌子，也许几百亿年才能刚好穿过，你中五百万彩票的概率都比这个要大。但是，假如宇宙发神经了呢？"

"什么鬼话，你家的宇宙随随便便发神经？"

"有时候宇宙不跟你讲道理，""鸭子"苦笑着，"安然姐、你、我，说不定以后都可以穿墙了。"

安然也在一旁跟着点头。

我设想了种种可能性，却唯独没想到这么不讲道理的一条。这么说来，小安当时确实把刀插进去了，可是因为穿透了所以没能伤害到她？

想到这一点，我看向小安，带着不安问道："那你戴着手套……"

"没有粘在一起。相反，正因为戴着手套，我才能碰到你。"

说着，安然摘下了手套，露出了她那双纤薄如美玉的手。

像不惊扰蝴蝶般的，我缓缓地抬起指尖，想将那双小手握在掌心。而那一刻，我触碰到了一种不真实感，一种既存在又不存在的状态。

五

世界乱套了。

各国政府纷纷宣布了"穿透"这一现象的普遍存在，它发生在每一个平凡的人身上，无人可以避免。但是，有些人有着更高的"穿透"概率，他们更容易穿过一些物品，或者与之粘在一起，这些人被称为"透明人"。不幸的是，安然正属于这种情况。

此外，不同密度的物质穿透概率似乎是不同的，高密度的物质有着更低的概率。一时间，全球金属价格疯涨。

裸奔的人更多了。一开始政府还在管制，但随之而来的是各种抗议和游行，官方不得不对此妥协。

正如"鸭子"说的，宇宙发神经了，而这一巨变早在数年甚至十几年前就已经发生。"概率"似乎是逐年增长的，他说。他加入了一个团队，参与到了这个研究领域，不过只是专门干一些统计数据的活。

两年后，我和安然结为了夫妻。在一方小小的房间中，一切从简，我们简单布置了一番，过了一遍简易的流程，看她穿上一身洁白的婚纱，又匆匆褪下。那是她最美的时刻。

世界还在巨变，可这已经和我没有关系了。听说"鸭子"的团队还在找解决方法，可惜团队成员已经在探索的过程中陆续死去或残废了三分之一。一年前我们曾有过一次通话，他说一切还是毫无进展，而这个诅咒的概率已经上升到了十万分之三甚至十万分之五。

如果人类在宇宙的威势之前无能为力，这个概率会不会有一天能达到100%？如果真是那样，一切墙都将不存在，世界将是真正的不分彼此，可这对人类来说究竟是幸运还是不幸呢？

我也不知道我是幸运还是不幸。世界已经乱套，每个人都自顾不暇，而我依旧无恙地生活着，拥有着这个世界大多数人都嫉妒的满足。唯一有所缺憾的是，我的妻子仍深陷病痛。

为了降低穿透的概率，她不得不将自己封闭在房间中。室内的墙壁与地板全都是钢制，其余常用的家具都有纳米涂层。但她仍然得保持警惕，不能在同一个位置待太久，甚至睡觉时也必须每两个小时醒来，更换位置。即使这样，她还是隔三岔五被一些小物件穿透，比如杯子、筷子之类的，甚至还有几次因触碰墙壁或站立时穿透钢板而不得不送医。

我叩门数声，给她送来切好的苹果。

安然轻拉开门，我喂她吃完了苹果，正欲退走，却被拉住了衣角。她欲言又止，最后才吐出一句：

"松，我们同房吧。"

我身体一滞，随即摇头道："不行，你知道的，我怕……"

"我不怕，"安然坚定道，"就算真的粘在一起，那就粘在一起好了。我什么东西都粘过了，就是还没粘过你。"

"几年来都没提这事，为什么今天……"

"因为我想通了。"安然抬起她因睡眠不足而略显疲态的秀丽面庞，从她的双瞳中我仿佛看到我所听见的：

"倒霉的概率微不足道，但我们的爱是100%。你没中五百万，所以我相信我们还是好运的。"

"而且，你从来没牵住过我的手。"她俏皮一笑，伸出白玉般的手，如此朦胧、梦幻。

我迟疑了一下，也伸出手来，去触碰那仿佛生在空中的净莲。然后，如掠过水波般，扰碎了一潭清影，她的手在我的触碰中温暖地穿过了。

渔水湾

翟雪桐

"天黑得真早呀！"阿珍使劲地拢了拢身上的棉大衣，单薄的身子让她总觉得衣服不够暖和，她又对着手哈了口气，然后小心翼翼地端起一个搪瓷盆，盆里盛着的是水煮鱼。水煮鱼的香味缠绕在阿珍的鼻尖，阿珍有些馋了，正想端过来喝一口，却突然被一阵冷风惊醒，阿珍的眼里溢满了恐惧。她不敢再多停留，端着鱼汤快步走进了屋内。

屋内靠墙的地方放着一张被白色布料围起来的床，床旁边，便是一张有些残缺的桌子。阿珍将鱼汤放在桌上，脱下棉衣看了看，棉衣上的洞预示着她今晚的任务，她叹了口气，缓缓道："阿肖，来，吃饭了。"

床边的布料缓缓被掀起，一个看着只有七八岁的小男孩安安静静地挪到了床边。他的脸上有着奇怪的胎记，黑乎乎的，像是被魔鬼的手捏过一般，身材倒是很结实。小男孩缓缓地下了床，看着日复一日的海产品，心里有些发愣。

"愣着干吗，快来吃。"阿珍有些不耐烦，随后便坐到一边开始补衣服。小男孩看了阿珍一眼，弱弱道："大娘不吃吗？"

阿珍没好气道："我可不敢吃，你自己吃吧。"

阿肖脸色有点发白，他不敢再说什么，拿着勺子一点一点地吃了起来。

这时，一阵欢快的笑声从外面传来，门口突然钻进一个小小的身影，这男孩大概五六岁，脸色发黄，身材瘦小，一看就营养不良。

小男孩乐呵呵地跑过来，开心抱着阿珍撒娇道："娘亲，娘亲，这鱼真的好香啊，我想吃一点，就一点一点嘛。"

阿珍脸色严肃道："那是哥哥吃的东西，你不能吃，吃了对你的身体不好。"

小男孩瘪了瘪嘴，委屈地应了一声，眼睛却滴溜溜地看向了桌上的鱼汤，鱼汤还冒着热气，像一根无形的线，将人的魂都摄了去。

阿珍烦闷地用手挠了挠头发，棉衣上的补丁已经有七八个，因年份久远而失去保暖效果的棉衣，就像一块冰冷的石头压在她的身上喘不过气，家里越发揭不开锅了，但距离明年的补贴发放还有一个多月，她快过不下去了，她所有的希望都放在了阿肖身上，已经半年了，时间差不多了……

就在阿珍发愣的期间，小男孩突然冲了过去，端起桌上的鱼汤就喝了起来，阿珍大惊失色。

"砰"，搪瓷盆被狠狠地砸在地上，鱼汤洒了一地，半条没吃完的鱼也滚到了角落里。

"快吐出来！"阿珍拼命地摇晃着小男孩，手也不停地朝小男孩的背后拍去。阿珍眼眶发红，眼里满是害怕。

小男孩似乎是被打疼了，没一会儿就"哇"的一声哭了出来，阿珍有些不知所措，她突然发了疯似的朝阿肖打过去。

"都是你，你这个丑八怪，你这个怪物，你究竟要害死多少人，你究竟要给我们家带来多少晦气，你为什么没死，你为什么不去死！"

阿肖不敢跑，默默承受着巴掌和辱骂。他是个孤儿，长相难看，克死父母后所有人都对他避之不及，若不是这家人收养了他，他早就横尸街头了。

阿珍发完气后，突然崩溃地蹲下号啕大哭起来，就在这时，房屋的门又被推开，一个白发苍苍的老人佝偻着背，缓步走了进来，他的身后还跟着一个年轻小伙子。

阿珍又瞬间跳了起来，她的脸上还挂着泪水，她看向年轻人的眼神非常可怕，这个年轻人长得太好看了。

阿珍突然冲了过去，跑到年轻小伙子的面前，却又突然停了下来。她觉得自己的手很脏，这样的手怎么配与那样的人握手。

老者不悦地皱了皱眉头，一把推开阿珍，然后又转过身，恭敬地让那年轻人先到椅子上坐下。只是这时，老者也感到一丝局促，因为他觉得这里的椅子跟这位年轻人十分不般配，他与这里的一切都显得格格不入。

年轻人没有坐，也没有理他们，而是径直看向了站在一旁的阿肖，阿珍这时也反应了过来，连忙跑过去，将阿肖拉过来，又朝年轻人的面前推了一把。

"先生，就是这个孩子，他已经吃了半年的海产品了，都是出自渔水湾，没有任何问题。"

年轻人看了看角落里的鱼肉，拿出了一个像笔一样的检测器，缓缓地朝鱼肉靠近。

"嘀——"检测器发出了刺耳的声音——甲基汞含量超标。

年轻人站了起来，对着阿珍和老者，用机械般冰冷的声音说道："恭喜你们让我们找到甲基汞耐受体，你们可以得到一笔足以让你们搬出渔水湾的财富。"

"那这个孩子……"

"我们会带走，嗯？你还想留下卖给第二家吗？"

"不不，我们只是问一下，毕竟我们养了他半年了，多少有点……"

"有点感情？呵呵，是啊，你们也有感情。"年轻人觉得有些好笑，他们这个等级的人也配有感情？

阿珍和老者毕恭毕敬地将年轻人送出门去，他却连头也没回，实际上在整个谈话的过程中，他根本就没碰屋里的任何东西。阿肖茫然地跟在他的背后，他不知道年轻人会把他带到哪里去，也不知道自己的明天会是怎样，但他知道在这个世界上，没有任何是他可以自己选择的。

小雏菊

韩茹玉

M410行星近地轨道上。

"监察官先生，M410行星上的生命体检测报告已经传送过来了，显示该行星上的生命体已经在大规模传染这种致命病毒，病毒的来源不明。请监察官先生按照联邦最高会议的决议，下令执行'第九号密令'。"

特派员脸上是公式化的笑容，静静等待着监察官的回答。

监察官沉默着望着飞船的窗口，透过那层厚厚的晶硅窗，外面是灿烂的宇宙，以及那颗仿佛蒙上了一层灰翳的M410行星。病毒在M410行星暴发，他一点也不奇怪，实际上像M410行星这样的矿物和工业行星，很多都暴发了这个病毒，而由他亲自下令执行"第九号密令"的行星，到现在已有五颗。这种病毒致死率与传染率极高，且媒介不定，联邦研究所至今没有研究出疫苗和特效药物，于是联邦最高会议决议对暴发这种病毒的星球实施"第九号密令"。

监察官的头颅仿佛生锈的机械缓缓扭动，转向特派员这边，一字一句地说道："执行'第九号密令'。"

特派员脸上的笑容让人觉得虚假，监察官如是想，我也挺虚假的。

M410行星殖民地。

"叔叔，你真好，你不仅帮我们修好了太阳，还给了我甜甜的糖果。"

小女孩脸上绽放着欢乐的笑容，真实，可触。监察官愣了一下，他举起手想要摸一摸小女孩的头，然后转瞬看到自己手上的手套又将手放了下去。

监察官之前来过一次M410行星，那一次他是来审察这颗行星的，而今他再一次来，却是来宣告这颗行星的结局。

他微微抬头，居民区中央高高的等离子塔上的人造太阳发出惨白刺眼的光，照耀着死气沉沉的街道和街道上的人们。是的，人类，M410行星上居住的都是人类，与帝国的人类同根同源，但他们中大部分人从来没有见过真正的太阳，因为这是一颗在星系边缘的贫穷的星球，星系中心的恒星在这里只是一个耀眼的亮点。维持这里的温度和光照的，就是那颗早该退役的人造太阳，而明天，他们连这颗人造太阳也见不到了。今天人造太阳的光芒格外的强，不过是为了明天能更彻底地摧毁这里。

这里到处都是破败的飞船和曾经宇宙基地的残骸，人们就在这些废墟中艰难地苟活着。由于常年的矿物挖掘和工业污染，这颗星球上的大气和环境极其恶劣，可以说并不适合人类居住。实际上这颗星球上的几百万人，绝大多数都挤在这一小块的居民区，挤在这颗早已过时的人造太阳的照耀范围之内，而这之外的区域便是无边无尽的、铺满垃圾的寒冷荒漠。

监察官跟着小女孩走进了行政官署大楼，这是一个极其简陋的大楼，里面十分破旧，而行政官的办公室更是简陋，其实说它是办公室是不合格的，因为它的空间极其窄小，里面的物品多而杂乱。但真正吸引到监察官的是那方小桌上的一个花盆——不，应该说是一个废弃头盔。那里面有着监察官在这颗星球上从来没有见过的东西——一朵花，透过窗户照进室内小桌上的阳光变得柔和了一点，照在那朵花上，因为陌生人进屋而带来的气流让花朵摇曳。

"叔叔，这个好看吧，爷爷说这是小雏菊，是我们这里唯一的花朵。爷爷还说以后这朵小雏菊是我的，因为我就是他的小雏菊。"小女孩小脸上洋溢着兴奋与欢乐。

然而小女孩的爷爷——殖民地的临时行政官，却不能与监察官办理交接工作了，他躺在老旧的沙发上再也起不来了，从他的嘴巴和鼻子渗出的血早已凝固。他看见了监察官，黯淡无神的眼中突然起了一道亮光，他费力地想抬起头，最终还是失败了，他看着小女孩，喉咙里咕哝了几声，然后瘫了下去，眼中的亮光也消失了。

这时，耳机里传来特派员的催促："监察官先生，您还在犹豫什么？请尽快离开M410行星，执行'第九号密令'。"

监察官走上街道，用戴着手套的手牵着小女孩的手，小女孩的另一只手拿着那个育着小雏菊的破旧头盔。两人不紧不慢地朝前走着，街边到处都是虚弱的人，人们的眼中早没有了希望，只剩下麻木和冷漠，似乎他们已经知道自己的命运。

他抬头望望黑暗中那颗耀眼的人造太阳，这个人造太阳年久失修，并且是帝国废弃的劣等品，而这里的人却一直觉得这就是真正的太阳。但是今天，这颗太阳将会用它最后的能量，将这里彻底蒸发，不管是病毒还是人类，这个命令将由他本人来执行。

突然，他感到紧紧拽着他手的小女孩的手滑了下去，他心一惊，扭头看见小女孩已经倒在了地上，她的嘴巴和鼻子跟她爷爷一样流出血来。一些路人围了上来，但他们脸上并没有同情或者怜悯，只是看了几眼，又都散开了，这里的人早已见惯了各种死亡，其实这里与监狱没两样。

监察官蹲下身，看着七窍满是血液的小女孩，和她旁边那朵小雏菊，小雏菊白色的花瓣上沾染了一丝鲜红，显得很脆弱。监察官想，人的生命就是如此脆弱。

他认真看了看那个头盔里的小雏菊，忽而嘲讽地笑了，什么M410，什么病毒，这都是人类自己种下的恶果，为什么病毒都是从那些最肮脏的殖民地暴发的？因为那里的人类已经被联邦抛弃了，联邦除了从那些地方榨取能源和矿产之外，不会为那里的人做一点事，听任他们自生自灭，就像放养的牲畜。

他脱下手套，抱起了那个小女孩，冰冷，僵硬，监察官非常清晰地感觉到。他抱着小女孩朝着飞船走去，小女孩的手还是紧紧地抓着头盔。一路上的人都为他让出了通道，因为他身着精致的制服，但他们仿佛都没有看见小女孩的尸体。

他来到飞船前面，放下了小女孩，把头盔里的小雏菊取了出来。他进了飞船，设定了自动导航的目的地，并把那朵小雏菊放在驾驶台上。他有些不舍地环视了一圈船舱，然后，决然地走了下去。

飞船起飞了，带着那朵小雏菊，直上星空。

这时监察官的耳机中"滋滋"了两声，传来声音："开始执行'第九号密令'。"他抱起已经僵硬的小女孩的身体，抬头望着那颗人造太阳，瞬间一抹极致的亮光从中绽开，带着灼人的热度和摧毁一切的能量，仿佛一个真正璀璨无比的太阳。

监察官的飞船飞了回去，带着那朵小雏菊，降落在了B170行星，那是联邦中最美丽的星球，一颗完全的生态家园星球，上面的居民非富即贵。

不久后， B170行星突兀地暴发了一场大规模的病毒，感染的人突然都七窍流血而亡，联邦研究院投入紧急研究中，然而却一筹莫展。

这似乎是一场隐秘的昭示。

编者后记

科普创作是科学技术传播的重要形式，它将科学知识以人民群众特别是青少年喜闻乐见的形式和优美的文字传播开来，从而提升受众的科学素质。科幻则是面向未来的艺术，它以人类幻想的天性探索未知，始终关心人类的未来和地球的命运。科幻文学创作不仅是科技创新的探索者，更是人类命运、地球生物圈命运的敲钟人。

实施四川科普科幻青年之星"千人培训计划"是四川省科普作家协会第七届一次理事会做出的重要决定，为此协会还专门成立了"千人计划工作站"。"千人培训计划"的实施，不仅是对四川省科普科幻创作力量的一次重要补充，更是对青少年科学素质提升的一次有力推动。

从2018年到2023年，协会先后在四川大学、电子科技大学等十所知名高校选拔了1 000多名学员，给予专门培养和重点培训。协会非常荣幸地邀请到谭楷等著名科普科幻作家作为导师，他们的深厚学识和丰富经验为学员们提供了宝贵的指导。另外，刘兴诗、董仁威、松鹰、吴显奎、张文敬和四川科普科幻界知名人士拉兹、杨枫、姜振宇、西夏、范轶伦，以及"千人计划工作站"的工作人员赵玉昌、颜菁菁、杨武、孙泽钰等同志也投入大量精力，为培训工作做了大量细致工作。

在五年多的时间里，协会通过组织集中授课、线上辅导、现场创作、主题演讲、作品选拔等环节，不仅让学员们学习了科普科幻创作的基本理论和方法，提升了科学素养，更在实践中锤炼了他们的写作能力。经过严格且系统的培训，有800多名学员提交了合格的作品，取得了结业证书，并成了四川省科普作家协会的学生会员，这是对他们学习成果的最好肯定。

经过精心评选，我们选出了60余篇具有发表水平的作品收入《读心3.0：四川科普科幻青年之星"千人计划"优秀科幻作品选》中，这些作品或深刻或独特，或细腻或宏大，展现了学员们对科普科幻的深刻理解和独特见解。相信这些作品在未来的日子里，会为更多的人带去科学的乐趣和对未来的憧憬。

对于这些有志于科普科幻创作的学员，四川省科普作家协会理事长吴显奎提出三条期望：

第一，在追求成功的道路上，激情、专注、学养"三元素"不可或缺，当代知名的科普科幻作家如杨潇、谭楷、刘慈欣等人，他们的成功便是将这三者完美结合的最好诠释。首先，他们都对自己从事的事业充满着激情，他们不管遇到什么样的困难，都会以火一样的激情对待生活和工作；其次，专注是成功的重要保证，人生如白驹过隙，人一辈子干成一件事就是极大的成功，而只有专注一件事，才有可能成功；再次，学养是成功的基石，学养包括科学的修养和文学的修养，科普科幻作家需要具备深厚的科学知识和文学功底，才能够创作出既有科学内涵又富有文学魅力的作品。

第二，除了激情、专注和学养外，追求崇高也是科幻人完美人生的重要体现。人的高贵不仅仅在于物质财富的积累，更在于精神的高尚。只有把自己的命运与国家和人类的命运紧密联系起来，我们的所作所为、所思所想才会变得高贵。把追求崇高作为人生的永恒主题，我们才能做到无一天不努力，无一事不认真。

第三，科普和科幻作为面向未来的艺术，不仅承载着人类对未来的美好期待和向往，更是激发青少年想象力和创造力的重要途径。通过科普科幻的创作和传播，我们可以补齐应试教育的短板，支持科幻事业的发展，呵护和激发青少年的想象力和创造力。

科幻是人类想象力的载体和呈现方式，发展科幻就是发展想象力。想象力是推动社会进步的重要力量，是生产力的重要组成部分，激发、呵护想象力，就是激发、呵护生产力。现在，我们国家正敞开大门，以充分开放、合作的姿态寻求全球合作。我们有信心站在全球的视角上，把中国科幻事业发展好，坚定文化自信，为科技进步和人民幸福作出中国人的贡献。

回顾过去，我们为取得的成果感到自豪；展望未来，我们深知前路漫漫，任重道远。我们将继续深化"千人培训计划"，为更多的青年学子提供优质的科普科幻创作平台，推动四川省乃至全国的科普科幻事业不断向前发展。同时，我们也期待更多的有志之士加入到这一事业中来，共同为提升全民科学素质、推动科技创新和文化繁荣贡献自己的力量。